Armee des Teufels

Insa Kuhn

Herstellung und Verlag:
Lulu Press, Inc.

ISBN: 978-1-4478-8743-0
Schriftarten:
Libertine und Biolinum
Satz: LaTeX 2ε und KOMA-Script
Modell: Kiki
Coverdesign/Fotos by mrc's

Insa Kuhn · Armee des Teufels

Für den

Nicht-Fantasy-Fan

Andrea

Vielen Dank für den

schönen Abend

Insa K

25.01.12

Der Mann trat in das Fadenkreuz der Zielvorrichtung.

"Bingo. Ich hab ihn", flüsterte Darren.

"Negativ!", hörte er die Stimme seines Truppenführers im rechten Ohr.

"Ach, verdammt!"

In Darrens Stimme musste seine Enttäuschung überdeutlich zu hören gewesen sein, denn Steve antwortete: "Ist nicht meine Entscheidung, Großer."

Darren schnaubte verächtlich. Natürlich war es nicht seine Entscheidung. Die Entscheidungen fällten hier die Sesselfurzer auf ihren Regierungsstühlen. Darren war kein eiskalter Killer. Aber er war auch Realist genug, um zu wissen, dass es manchmal nur diese Lösung gab.

"Worauf wartet unser werter Herr Einsatzleiter noch? Darauf, dass er noch eine Geisel erschießt?"

Steve seufzte. Er konnte Darren sogar verstehen. Darren war der beste Scharfschütze in seiner Truppe. Er hatte freies Schussfeld. Eine Geisel hatte dieser Psychopath bereits erschossen. Es gab absolut keinen Grund, noch länger zu warten. Trotzdem sagte er: "Warte einfach, o.k.?"

Ihm gefiel dieses Kompetenzgerangel genauso wenig wie Darren. Aber er konnte im Moment leider so gar nichts dagegen tun. Dafür fehlte ihm das eine oder andere Abzeichen an seiner Uniformjacke.

Darren schwieg. Durch den Sucher des Zielfernrohres konnte er den Kerl genau sehen. Er stand direkt vor dem Fenster, dieses arrogante Arschloch. Entweder war der Kerl ein absoluter Trottel oder es machte ihm Spaß, Darren zu reizen. Und er hatte, so wie es aussah, bereits auf eine weitere Geisel angelegt. Nach Darrens Meinung kamen diese Typen viel zu oft davon und hatten viel zu oft die Chance, unschuldige Menschen mit in den Tod zu nehmen. Darren war der einzige wirkliche Scharfschütze in der Truppe der Präzisionsschützen. Anders als seine Kollegen hatte er seine Ausbildung beim Militär absolviert. Mit entsprechendem Gerät betrug die Distanz, die er treffsicher abdecken konnte, weit mehr als das, was er hier zu überbrücken hatte. Somit hätte dieser Einsatz eigentlich keine Herausforderung für ihn sein müssen. Trotzdem. Aus irgendeinem Grund war er heute nervös. Durch die vielen Einsätze beim

Militär war er es auch durchaus gewohnt, tagelang an derselben Stelle zu liegen, ohne viel zu essen oder zu trinken. Aber anscheinend war heute alles anders. Darren fuhr sich mit der Zunge über die trockenen Lippen. Er lag jetzt schon seit einer Stunde hier in der prallen Sonne auf dem Dach gegenüber der Bank. Und langsam aber sicher bekam er ziemlichen Durst. Ein Grund mehr, diesen Kerl einfach abzuballern, dachte er mit einem schiefen Grinsen. Ohne sein Ziel auch nur einen Millimeter aus den Augen zu lassen, atmete er tief ein.

Das typische Geräusch von Rotorblättern wurde wieder lauter. Darren verzog genervt das Gesicht und hob den Blick. Wie ein großer schwarzer Schatten schwebte der Helikopter direkt über ihm. Der künstliche Orkan, den die Rotorblätter verursachten, trieb ihm Staub und Dreck in die Augen und er kniff mit einem ärgerlichen Knurren die Augen zusammen. Er hatte gehofft, dass der Helikopter nach seinem letzten Verschwinden nicht wieder auftauchen würde. Aber wahrscheinlich war das auch ein bisschen zu viel verlangt. Schließlich gab es nicht jeden Tag die Gelegenheit mit einer einzigen - wie eine Bombe einschlagenden Story - reich zu werden. Der Helikopter drehte sich langsam auf der Stelle.

Darren ließ sich nicht ablenken und er musste den Blick auch gar nicht noch länger auf den Helikopter richten, um zu wissen, dass die Seitentür offen stand, aus der sich ein sensationslüsterner – oder vielleicht auch nur hoffnungslos abgebrannter und verschuldeter – Reporter herauslehnte. Die Kamera im Anschlag und wirklich alles filmend, was irgendwie nach den Abendnachrichten aussah. Für einen kurzen Moment blitzte vor Darrens innerem Auge die Vision auf, wie dieser Trottel den Halt verlor und – sich natürlich dabei filmend – in die Tiefe stürzte. Ein flüchtiges aber durchaus schadenfrohes Grinsen huschte über sein Gesicht.

"Verdammte Reporter", murmelte er und rollte innerlich mit den Augen.

"Sorgt dafür, dass der Hubschrauber verschwindet!", hörte Darren die Stimme seines Vorgesetzten.

"Ja. Und wenn es geht, nehmt auch gleich McGee mit."

Darren war sich durchaus bewusst, das er mit dem Feuer spielte. Aber es fiel ihm immer schwerer, seine Wut im Zaum zu halten. Der

Irre in der Bank hatte seine Position immer noch nicht verändert. Worauf wartete Einsatzleiter McGee eigentlich noch? Eine bessere Gelegenheit, es zu Ende zu bringen, würden sie mit Sicherheit nicht kriegen. Der Kerl hatte gedroht, die Bank in die Luft zu sprengen aber Darren konnte weder an ihm, noch an den schätzungsweise zwanzig Geiseln, die er durch den Sucher sehen konnte, irgendeine Sprengladung entdecken. Nicht einmal verräterische Ausbuchtungen an der Kleidung konnte er ausmachen. Gut möglich, dass dieser Kerl nur bluffte. Aber das war dann ja wohl sein Problem. Wer mit dem Feuer spielte, neigte eben dazu, sich zuweilen zu verbrennen.

Plötzlich kam Bewegung in das Bild. Der Kerl bewegte sich unruhig von einem Fuß auf den anderen. Darren konnte sehen, wie seine Lippen sich bewegten und die angespannte Körperhaltung verriet ihm, dass er offensichtlich lautstark mit jemandem redete, der - dem Winkel seiner Waffe nach zu urteilen - vor ihm auf dem Boden lag oder saß. Situationen wie diese hatten erfahrungsgemäß nicht die Angewohnheit, sich von selbst zu bessern, je länger man wartete. Darren wusste das nur zu gut. Um so mehr fehlte ihm das Verständnis für die Entscheidung der Einsatzleitung, noch zu warten. Und worauf auch? Darauf, dass der Irre da drinnen die nächste Geisel erschoss? Was der Kerl gerade in dem Moment auch tat! Darren konnte sehen, wie sich sein Finger um den Abzug krümmte. Ein Schuss krachte.

Die meisten der Geiseln griffen sich schreiend an die Ohren, manche warfen sich weinend auf den Boden und schlugen schützend die Hände über dem Kopf zusammen. Nur eine der Geiseln - eine junge Frau von schätzungsweise dreißig Jahren mit kurz geschnittenem, schwarzem Haar - zuckte nur leicht zusammen. Darren konnte den Impuls, doch abzudrücken, gerade noch unterdrücken.

"Kein Abschuss!", hörte er Steve in seinem rechten Ohr brüllen.

"Ist ja gut. Ich hab's gehört."

Darren verzog schmerzerfüllt das Gesicht. Eine Woge heißer Wut drohte in ihm aufzusteigen und dieses Mal sah er nicht die geringste Veranlassung, sie irgendwie zurückzuhalten.

"Jetzt zufrieden? Das wäre dann Nummer zwei", kommentierte er.

Seiner Stimme war die Wut deutlich anzuhören. Es lag eine Kälte darin, die Steve einen eisigen Schauer über den Rücken laufen ließ.

"Nicht meine Entscheidung!"

Steve versuchte sich für etwas zu rechtfertigen, was er nicht zu verantworten hatte.

Das war nicht fair! Mit einem unwilligen Knurren wischte Darren diese Gedanken – und noch einige andere, die sich ausschließlich mit der Einsatzleitung und ihrem viel zu frühen Ableben beschäftigten – beiseite und konzentrierte sich wieder auf seine Arbeit.

Der Geiselnehmer sagte noch irgendwas und fuchtelte mit seiner Waffe herum. Die schwarzhaarige Frau antwortete ihm und er richtete drohend die Waffe auf sie. Die junge Frau hob beschwichtigend die Hände und redete auf ihn ein. Ihre stahlblauen Augen fixierten ihn und die Berechnung und die Kälte darin ließen Darren für einen Moment stutzen. Sie schien nicht die geringste Angst vor dem Kerl zu haben. Entweder war sie verdammt mutig oder verdammt gut ausgebildet.

"Wer bist du?", flüsterte er mehr zu sich, als für die anderen bestimmt. Obwohl ihm durchaus klar war, dass die anderen mithören konnten.

"Was ist?", fragte Dara.

"Dara, kannst du die schwarzhaarige Frau sehen, mit der er redet?"

Eine Sekunde nichts. Dann: "Ja! Was ist mit ihr?"

"Kennst du sie?"

"Nein."

Für eine ehrliche Antwort kam sie ein bisschen zu schnell, aber das nahm Darren in diesem Augenblick nicht wahr.

"Noch nie gesehen. Sie sollte lieber vorsichtig sein. Könnte sich als Fehler erweisen", ergänzte seine Kollegin.

"Hm", machte Darren. Irgendwas stimmte da nicht. "Steve. Hat die Einsatzleitung einen verdeckten Ermittler da drinnen?"

"Nein. Jedenfalls weiß ich nichts davon. Aber das heißt ja nichts. Warum fragst du?"

"Ist nur so ein Gefühl.“

Noch bevor Darren dazu kam, sich weiter Gedanken darüber zu machen, trat der Kerl einen Schritt auf die junge Frau zu und holte mit seiner Waffe aus. Zu Darrens Überraschung verzichtete er jedoch darauf, sie zu schlagen, sondern bremste die Waffe nur Millimeter vor ihrem Gesicht ab. Der Blick, den sie ihm zuwarf, hätte Tote erwecken können.

Der Kerl sagte noch etwas zu ihr, gab ihr einen Tritt gegen den Oberschenkel und schlenderte dann fast gemütlich zur gegenüberliegenden Wand. Der Fenstersturz behinderte Darren die Sicht und somit auch das Schussfeld. Er fluchte leise.

"Dara. Deiner.“

Seine Kollegin auf dem Dach schräg neben ihm schnaubte verächtlich.

"Nicht von hier aus. Wird kein sauberer Schuss."

Auch ihre Stimme klang enttäuscht. Darren verzog das Gesicht. Das war ja mal wieder typisch! Nicht nur, dass diese Bürokraten nichts von ihrem Job verstanden. Auch noch der Zufall kam diesem Kerl zur Hilfe. An manchen Tagen machte dieser Job einfach keinen Sinn. In seinem rechten Ohr knackte es und Steve meldete sich: "Darren, Dara. Ihr habt den Befehl zum Abschuss!"

Darren konnte hören, wie Dara verächtlich schnaubte. Er selbst rollte nur mit den Augen.

"Jetzt ist es ein bisschen zu spät. Schönen Gruß an die Einsatzleitung."

Steve entgegnete nichts. Es genügte schon, wenn Darren sich ziemlich weit aus dem Fenster lehnte. Denn schließlich konnte die Einsatzleitung jedes Wort mithören. Er hatte auch so schon alle Hände voll zu tun, die Wogen zu glätten, die Darren nur allzu gern aufbauschte.

Darren nahm aus den Augenwinkeln eine Bewegung wahr und sah kurz über die Dachkante nach unten auf die Straße. In die Einsatztruppen unter ihnen kam Bewegung. So wie es aussah, bereiteten sie sich auf die Stürmung des Gebäudes vor. Darren runzelte verärgert die Stirn.

"Steve, was ist da unten los? Entweder wir kümmern uns drum oder die gehen rein. Was soll der Mist?"

Hoch lebe die Kommunikation. So hoch, dass keiner rankommt, dachte er verärgert. In diesem Moment machte der Geiselnehmer einen Schritt zur Seite. Noch immer nicht genug, um einen gezielten

Schuss abzugeben, aber immerhin ein Anfang.

"Ich habe keine Ahnung, was das soll!" Steve klang ehrlich überrascht. "Die spinnen doch. Ich kläre das."

Doch das war gar nicht mehr nötig. Der Kerl in der Bank hatte längst gemerkt, was draußen vor sich ging. Er trat noch einen Schritt nach links. Jetzt hatte Darren freies Schussfeld! In dem Moment, in dem er den Abzug durchzog, erblickte er den schwarzen Kasten in der Hand des Psychopaten. Verdammt! Zu spät!

Eine Sekunde früher und Darren hätte sich erst einmal damit begnügt, ihm den Kasten aus den Fingern zu holen. Im gleichen Moment, in dem der Daumen des Geiselnehmers den Auslöseknopf auf dem Kasten berührte, schlug die Kugel in seinen Kopf ein. Der Kerl erstarrte und dann zerriss eine gewaltige Detonation die Stille.

Die Fensterscheiben zerbarsten und überschütteten die Einsatzkräfte draußen mit Millionen kleiner, scharfkantiger Splitter, die ihnen gegen die heruntergelassenen Visiere und die Helme prasselten wie glühender Regen. Eine Stichflamme schoss aus einer der Fensteröffnungen und leckte gierig nach einem Opfer. Etliche Männer der Truppe wurden von der Druckwelle von den Füßen gefegt. Die Fensterscheiben der meisten umliegenden Einsatzfahrzeuge zerbarsten ebenfalls in einem dumpfen Splittern. Schaulustige schrien und suchten das Weite. Dicker Qualm, Feuer und pulverisierter Beton nahmen die Sicht und regneten auf die im unmittelbaren Umfeld stehenden Männer und Frauen nieder, wie Ascheregen nach einem Vulkanausbruch.

Wie in Zeitlupe stürzte das zweistöckige Gebäude in sich zusammen und begrub mit einem gewaltigen Krachen und Bersten die Geiseln und den Kerl unter sich. Darren fluchte wieder hemmungslos und war mit einem einzigen Satz aus der Bauchlage im Stand. Er machte auf dem Absatz kehrt, sicherte seine Waffe, schulterte sie und stürmte die Leiter hinunter, die er um auf das Gebäude herauf zu kommen, benutzt hatte.

Der Hubschrauber über ihm hatte alle Hände voll zu tun, um nicht ins Trudeln zu geraten, so hastig war der Pilot abgedreht. Darren überkam ein Gefühl tiefer Befriedigung. Selbst Schuld, diese Pressefutzies! Er kannte sie zur Genüge. Schließlich war sein bester Freund auch Reporter. Aber mit ihrer Arbeitsweise würde er sich wahrscheinlich nie arrangieren können. Er tat seinen Job, um anderen zu helfen. Die hingegen wollten nur sich selbst helfen. Was ja auch völlig in Ordnung war. Aber nicht, wenn man andere noch in Gefahr brachte.

Darren wandte den Kopf und sah, dass Dara auch aufgesprungen war und sich auf den Weg nach unten machte. Hier unten war das Chaos noch viel größer, als es von oben ausgesehen hatte. Die Einsatzkräfte hatten alle Hände voll zu tun, die Schaulustigen zu vertreiben oder zu beruhigen, damit nicht etliche von ihnen noch in die falsche Richtung liefen und sich damit noch weiter in Gefahr brachten.

Der Qualm und Staub war hier so dicht, dass man die Hand vor Augen nicht sehen konnte. Einige der Beamten hatten sich hustend abgewandt und nicht wenige von ihnen lagen verletzt am Boden. Die Menschen hier auf der Straße wuselten durcheinander, wie Ameisen in einem riesigen Ameisenhaufen. Sirenen heulten, Reifen quietschten und das Donnergrollen der gewaltigen Explosion lag noch immer in der Luft. Darren und Dara kamen fast gleichzeitig bei Steve an. Der starrte fassungslos auf das nicht mehr vorhandene Gebäude und erhob sich gerade hinter dem Fahrzeug, hinter dem er in Deckung gegangen war. "Was war das denn?", flüsterte er fassungslos.

Steve schirmte die Augen ab, um besser sehen zu können. Doch bei dem ganzen Qualm und dem Chaos hier war es unmöglich, einen Blick auf die Trümmer zu werfen.

Darren sah an Steve vorbei und konnte erkennen, wie sich eine Gestalt durch den Rauch und das Chaos ihren Weg zu ihnen bahnte. Ihr schwarzer Stoffmantel wehte wie ein Paar schwarzer Vampirflügel hinter der Gestalt her. Darunter trug der Endvierziger die schwarze Polizeiuniform, die der Großteil der Männer hier auch trug. Aber die Rangabzeichen waren deutlich einflussreicher als bei allen hier. Das kurz geschnittene graue Haar rahmte ein Gesicht ein, welches eher zu einem Türsteher einer heruntergekommen Diskothek gepasst hätte: Kantig, hart und an etlichen Stellen vernarbt. Seine braunen Augen sprühten vor Zorn, das konnte Darren selbst auf die Entfernung hinweg sehen. Vielleicht lag es aber auch einfach nur an der Art seiner Bewegungen. Er schien es ziemlich eilig zu haben. Der Mann schäumte vor Wut und stampfte mit harten Schritten auf sie zu. Mit nur wenigen Schritten hatte Einsatzleiter McGee sie erreicht und blieb direkt vor Steve stehen. "Was zum Teufel ist schief gegangen? Sie hatten einen eindeutigen Schießbefehl!"

Seine Stimme klang noch hektischer, als seine Bewegungen waren. Er funkelte Steve feindselig an.

Steve straffte sich. Er war McGee zwar direkt unterstellt, als Kommandant einer Sondereinheit, aber er hatte nicht vor, hier klein beizugeben.

"Als meine Schützen den Schießbefehl bekommen haben, stand das Zielobjekt ungünstig. Und als sich dieser Scheißkerl dazu bequemte, sich vernünftig hinzustellen, war es bereits zu spät, Sir." Das letzte Wort betonte er in einer Art und Weise, die klar machte, was er von diesen Vorwürfen hielt. Und wenn du Arsch nicht zu lange gewartet hättest, wäre der Job auch schon längst erledigt, sagte sein Blick.

Ein paar Sekunden sah McGee Steve mit einem Ausdruck in den Augen an, dass Darren jeden Moment damit rechnete, er würde Steve schlagen. Dann wanderte sein Blick zu Dara hinüber.

Dara sah ihm fest in die Augen. Nur Darren grinste ihn frech an.

"Finden Sie das lustig, Diego?", fragte McGee und reckte kampflustig das Kinn.

"Nein, Sir. Aber ich bin eben ein freundlicher Mensch", entgegnete Darren und grinste noch breiter.

"Außerdem", ergänzte er, "habe ich ihn getroffen. Sie können sich gern selbst davon überzeugen, wenn Sie Eimer und Schaufel dabei haben."

Plötzlich erlosch Darrens Grinsen von einer Sekunde auf die andere und er funkelte McGee feindselig an. Dieser arrogante Scheißkerl hatte vielleicht Nerven! Er hatte zu lange mit seiner Entscheidung gezögert und jetzt sollten er und Dara Schuld sein?

McGee schnappte sichtlich nach Luft und Dara schien auf ihren Stiefeln etwas fürchterlich Interessantes entdeckt zu haben. Steve wandte sich halb zu Darren um und signalisierte ihm mit den Augen, den Bogen besser nicht zu überspannen. Es dauerte nicht lange bis McGee seine Fassung wiedergewonnen hatte. Was seine Laune aber nicht im Mindesten besserte. "In Anbetracht der Umstände werde ich gegenüber ihrem frechen Ton noch einmal ein Auge zudrücken, Diego."

Wie großzügig, dachte Darren, machte aber keine Anstalten irgendwie auf die Worte McGees zu reagieren.

Nach ein paar Sekunden schien auch der Einsatzleiter eingesehen zu haben, dass Darren nicht daran dachte, ihm zu antworten. Er schnaubte wütend und wandte sich an Steve.

"Wie auch immer. In zwei Stunden habe ich den Bericht über das Versagen Ihrer Schützen auf meinem Schreibtisch, Timberman."

Mit diesen Worten drehte er sich um und stapfte den Weg zurück, den er gekommen war.

Steve wandte sich zu Dara und Darren um. Darren starrte McGee hinterher. Er verzog abfällig das Gesicht und bedachte McGee mit einer ganzen Reihe unfeiner Spitznamen, die er vorsichtshalber in seiner Muttersprache - italienisch - ausstieß. Dara hatte das Gefühl, dass das in diesem Fall vielleicht auch ganz gut war. Sie verstand zwar kein Wort, aber das meiste davon klang ziemlich unfein.

Dann holte Darren aus und trat mit seinem schweren Stiefel gegen den Reifen des Streifenwagens, hinter dem Steve in Deckung gegangen war. Mit einem leisen Knirschen verabschiedete sich die Windschutzscheibe aus ihrer Halterung, kippte nach innen und zerbarst mit einem lauten Krachen und Splittern auf dem Armaturenbrett. "Das wird er dir mit Sicherheit in Rechnung stellen", stellte Steve völlig sachlich fest, konnte sich aber ein Grinsen nicht verkneifen.

Der Rettungssanitäter stieß mit der rollbaren Trage die Tür auf und gab der Trage einen Stoß, der sie noch ein Stückchen weiterrollen ließ.

Frank stoppte sie mit dem Fuß und sah den Rettungssanitäter an, als wolle er ihn mit seinen Blicken aufspießen. Der Rettungssanitäter beachtete ihn gar nicht, sondern hielt ihm eine Kladde hin, auf der eine Liste befestigt war. Es standen etliche laufende Nummern darauf. Für seinen Geschmack ein bisschen zu viele. Aber so war das nun einmal, wenn ein Verrückter mit Bomben herumspielte. Frank griff nach der Liste und zog einen Kugelschreiber aus der Kitteltasche.

"Das ist die Letzte. Ich mach jetzt Feierabend", verkündete der Rettungssanitäter, während Frank das Formular unterschrieb.

Frank reichte die Kladde zurück und nickte mit einem milden Lächeln.

"Sind ganz schön viele. Ich mach mich besser gleich an die Arbeit."

Der Sanitäter nickte und verabschiedete sich. Die Tür fiel hinter ihm ins Schloss und Frank war wieder allein. Als die Information vor mehreren Stunden eingegangen war, hatte er hier mit seinen fünf Kollegen auf Hochtouren gearbeitet: Leichen entgegennehmen, Formulare unterschreiben, den Toten Nummern verpassen. Erst später würden sie versuchen, diese Nummern durch Namen zu ersetzen. Als es langsam ruhiger wurde, hatte er seine Kollegen nach Hause geschickt und den nächsten Trupp bestellt. Sie alle hatten einen langen Tag hinter sich. Und da nahm er sich nicht aus.

Mit einem Seufzen griff er nach der Trage und schob sie auf den letzten freien Platz in der großen Halle. Er ergriff das Tuch und schlug es ein wenig zurück. Was er darunter zu sehen bekam, ließ ihn die Stirn in Falten ziehen.

"Du bist aber eine Hübsche", flüsterte er und strich der Toten sanft über die Stirn. So unrecht hatte er da auch gar nicht. Die Tote war wirklich eine Schönheit. Und sie war, anders als die anderen, kaum sichtbar verletzt. Sah man von ein paar Schrammen und einer einzigen, tiefen Platzwunde über dem rechten Auge einmal ab. Ihr Gesicht war schmal geschnitten und hatte hoch angesetzte Wangenknochen und selbst der Umstand, dass ihre Augen geschlossen waren, konnte die katzenähnliche Form der Augen nicht verbergen.

Frank zog das Tuch noch ein Stückchen weiter herunter. Alle Toten, die man ihnen hier herunterbrachte, waren bereits nackt. So konnten die Leichenbeschauer sich wertvolle Zeit sparen. Bei dieser Frau war es auch nicht anders.

Unendlich vorsichtig, fast zärtlich streifte Frank das Tuch ganz ab. Seine braunen Augen musterten die Tote. Der Körper der Toten war völlig unversehrt und nebenbei gesagt wunderschön. Sie war für eine Frau recht muskulös und ihre Brüste waren rund und fest. Der Blick seiner Augen änderte sich und ein anzügliches Lächeln spielte um seine Lippen. "Du bist wirklich ein verdammt hübsches Luder, Kleines."

Verstohlen sah er sich um. Noch immer war er allein und es würde sicher noch eine Weile dauern, bis seine Kollegen eintrafen. Genug Zeit! Er ließ seine Hände über ihren Körper gleiten und schloss die Augen. Sie fühlte sich wunderbar an. Ihre Haut war trocken und warm! Unter normalen Umständen wäre ihm das sicher aufgefallen aber nicht in seinem momentanen Zustand.

Die Gier nach dieser Schönheit ließ ihn den normalen Verstand ausschalten. Er hatte es schon lange aufgegeben, nach dem Grund für seine Neigungen zu suchen, geschweige denn, sie zu verstehen. Und jetzt war mit Sicherheit der falsche Augenblick, darüber nachzudenken.

Frank streifte in einer komplizierten Bewegung den Kittel ab und versuchte gleichzeitig, seinen Gürtel zu öffnen. Es hatte einen Grund, warum er ausgerechnet Leichenbeschauer geworden war. Wenigstens konnte er hier dafür nicht in den Knast kommen. Frank schwang sich auf die Liege und kniete nun über der jungen Frau. Wieder fuhren seine Hände über ihre Brüste und er lächelte wieder dieses anzügliche, schmierige Lächeln. "So was Hübsches hatte ich hier schon lange nicht mehr."

Mit diesen Worten beugte er sich, immer noch ihre Brüste berührend, zu ihr herunter und küsste sie. Zuerst vorsichtig, dann immer wilder. Er spürte, wie die Gier in ihm alle Moral und Ethik zum Teufel schickte. Er fingerte hektisch an seiner Hose herum, während er sie immer wilder küsste. Er wusste, dass es falsch war. Er wusste, dass er krank war und eigentlich dringend Hilfe brauchte. Aber er kämpfte schon viel zu lange gegen diese Gier und diesen Trieb an, um sich noch erinnern zu können, wann ihm das erste Mal bewusst geworden war, was er da eigentlich tat. Er nahm sich immer wieder vor, sich dieses Mal wirklich Hilfe zu holen. Nachher! Danach! Versprochen!

Er konnte sich jetzt kaum noch beherrschen. Seine freie Hand glitt immer fordernder über den Körper der jungen Frau. Er hätte es vermutlich nicht einmal gemerkt, wenn jetzt jemand hereingekommen wäre.

Plötzlich biss ein scharfer Schmerz in seine Unterlippe. Er konnte das Blut schmecken, welches augenblicklich aus der Wunde austrat. Eine starke Hand krallte sich von hinten in sein Haar.

Der Schreck, der ihn durchfuhr, kam einem Stromschlag gleich. Frank entfuhr ein entsetztes Keuchen, als sein Kopf nach hinten gerissen wurde. Zuerst dachte er, einer seiner Kollegen wäre vielleicht zu früh. Aber das stimmte nicht!

Die Tote vor ihm schlug die Augen auf! Ihre stahlblauen Augen bohrten sich tief in sein hohles Hirn. Bis hinunter zu seiner Seele. Frank riss entsetzt die Augen auf. Er war nicht einmal in der Lage, sich zu bewegen.

Die junge Frau lächelte. Aber es war ein Lächeln, mit dem man seinem Todfeind den endgültigen Todesstoß verpasste. "Kriegst du keine Lebende ab, oder warum tust du es mit Toten, du perverses Schwein?"

Ihre Stimme drang an sein Ohr. Aber er konnte den Sinn ihrer Worte zuerst nicht verstehen. Das konnte doch nur ein Traum sein. Das musste ein Traum sein. Das durfte nur ein Traum sein. Er hoffte, dass er gleich aufwachen und sich köstlich darüber amüsieren würde. Wieder riss die Hand an ihm und diesmal konnte er einen Schmerzensschrei nicht unterdrücken. Nein! Das war eindeutig kein Traum!

Die junge - tote! - Frau stand mit einem Ruck auf. Mit der einen Hand immer noch sein Haar festklammernd, gab sie ihm mit der anderen einen Stoß, der ihn von ihr herunterpoltern und auf der anderen Seite der Liege auf den Boden prallen ließ. Noch immer hielt sie ihn am Haar fest, sodass er sich nicht wirklich bewegen konnte.

Pure Angst durchströmte seinen Körper und lähmte jeden Muskel. Mit einer Ruhe, die in dieser Situation völlig unpassend schien, schwang die Frau die Beine von der Trage und riss ihn wieder auf die Füße. Ein weiterer heftiger Stoß ließ ihn nach hinten taumeln, bis er von der gegenüberliegenden Wand gestoppt wurde. Das Blut tropfte von seinen Lippen zwischen seine weißen Turnschuhe auf den blanken Boden. Die Frau funkelte ihn hasserfüllt an.

"Ihr Menschen seid echt pervers", sagte sie mit seltsam sanfter und fast mitleidig klingender Stimme. Dann hob sie die Hand. Mit dem Zeigefinger nahm sie ein wenig Blut von seinen Lippen auf und betrachtete den Finger, als sähe sie diesen roten Lebenssaft zum ersten Mal. Dann lächelte sie und leckte sich das Blut von dem Finger. Frank stöhnte entsetzt auf. Er hatte solche Angst, dass er fast ohnmächtig wurde.

Die junge Frau legte den Kopf ein wenig schief und betrachtete ihn amüsiert. Dann ließ sie ihn völlig unvermittelt los und lächelte wieder. "Ich möchte dich nicht von der Arbeit abhalten. Zeig mir nur den Ausgang und ich bin weg."

Frank reagierte automatisch, ohne dass er es wirklich steuern konnte. Er hob die Hand und wies auf die Ausgangstür der Halle. Sie drehte sich ohne ein weiteres Wort um und schien sich im gleichen Moment in einen Schatten zu verwandeln. Wenigstens kam es Frank so vor, so schnell, wie sie sich durch die Tür bewegte. Fast, als wäre sie nur ein Albtraum gewesen. Aber die Tür schwang immer noch hin und her und schien ihm dabei höhnisch zuzuwinken. Er verdrehte die Augen und rutschte an der Wand hinunter, bis er mit einem trockenen, dumpfen Laut auf dem Boden aufschlug.

Sie wischte sich mit dem Handrücken das Blut von den Lippen und schloss mit einem genießerischen Seufzen die Augen. Ja! Genau das hatte sie gebraucht! Die vergangenen Stunden waren anstrengend gewesen und sie hatte seit ihrer Ankunft hier vor vierundzwanzig Stunden nichts mehr zu sich genommen. Mit Ungeduld hatte sie auf die Nacht gewartet. Die Nacht war ihr Freund. In ihrem Schatten konnte sie sie selbst sein. Ganz ohne sich vor den neugierigen Blicken verstecken zu müssen.

Jetzt endlich war es Nacht und ihre Stunde war gekommen. Lillith ging in die Hocke und begann, die junge Frau, die ihr gerade – ganz bestimmt nicht freiwillig - ihren Lebenssaft geschenkt hatte, auszuziehen. Sie war immer noch nackt und brauchte dringend neue Kleidung. Diese Kleine hier schien die gleiche Kleidergröße zu haben. Zudem hatte sie auch noch den gleichen Geschmack. Lillith hatte etwas Mühe, den schlaffen, leblosen Körper umzudrehen. Tote hatten ein erstaunliches Gewicht, obwohl die junge Frau normalerweise wohl kaum mehr als fünfundfünfzig Kilo schwer sein konnte. Ächzend zog Lillith die junge Frau in die Höhe. Sie zog ihr die schwarzen Overkneestiefel aus und legte sie zur Seite. Dann befreite sie ihr Opfer von dem Rest der Kleidung: ein schwarzer Ledermantel, eine blaue Bluse und schließlich die enge, schwarze Hose. Als sie alles angezogen hatte, ließ sich Lillith noch einmal in die Hocke sinken, um die Overknees aufzuheben. Sie schlüpfte in die Stiefel - und erstarrte plötzlich! Sie hatte etwas gehört.

Ein Geräusch, das sie nur allzu gut kannte. Ein Scharren und Kratzen, wie das von scharfen Krallen auf dem harten Asphalt. Sie hörte ein leises Hecheln und dann roch sie ihn. Lillith drehte sich ohne sichtliche Hast um und stand einem Geschöpf gegenüber, welches auch direkt aus einem Horrorfilm entsprungen sein konnte.

Es wirkte auf den ersten Blick wie ein zu groß geratener Hund. Auf seinen vier Pfoten stehend hatte es immerhin eine Schulterhöhe von über einem Meter. Der Kopf war überdimensional groß und die Schnauze nicht so stumpf, wie die eines Hundes. Die spitzen Ohren bewegten sich unablässig. Und mit dem struppigen, schwarzen Fell hob er sich nur unwesentlich von den Schatten ab, in denen das Wesen lauerte. Wache, relativ kleine aber gelb glühende Augen beobachteten jede Bewegung ihrerseits. Die Augen wirkten auf seltsame Art und Weise durchdringend und kaltblütig.

Alles in allem sah dieses Ding eher aus, wie ein Wolf. Was vermutlich daran lag, dass es ein Wolf war. Er bleckte die Zähne und ein schneeweißes, von spitzen langen Reißzähnen dominiertes Gebiss kam zum Vorschein. Lillith lächelte und entblößte damit ihrerseits ihre spitzen Fangzähne.

"Du kommst spät, Faturek", tadelte sie und machte einen Schritt auf den Wolf zu.

Der Wolf knurrte feindselig. Dann richtete er sich zu seiner vollen

Größe von immerhin gut 1,80 Meter auf die Hinterbeine auf. Es war ein bizarrer Anblick, denn ein Wolf auf zwei Beinen bekam eine irgendwie menschliche Silhouette, die diesem Albtraumwesen ganz und gar nicht zustand. Dann trat er einen Schritt zurück und senkte demütig den Kopf.

"Tut mir leid, Herrin. Ich wurde aufgehalten." Er behielt den Kopf gesenkt, trotzdem hatte diese Haltung nichts Demütiges. Seine Stimme klang seltsam. Es war eindeutig die eines Mannes. Kräftig, dunkel und von einer Selbstsicherheit geprägt, wie sie nur jemand ausstrahlte, der wusste, dass nichts und niemand ihm etwas anhaben konnte. Aber sie war auch auf eine seltsame Art und Weise – zumindest unterschwellig – unterlegt mit einem leichten Knurren.

Lillith ging wieder zurück zu der Frauenleiche. "Wie auch immer. Hast du sie gefunden?"

Sie wischte sich noch einmal das restliche Blut von den Lippen und schmierte dann die Hände an der nackten Toten zu ihren Füßen ab.

Jetzt hob der Wolf doch den Blick und sah sie eine Winzigkeit zu lange an, um seine Nervosität zu verbergen. "Nein, Herrin! Aber es ist noch nicht zu spät!"

Lillith runzelte verärgert die Stirn. Dann sah sie sich gehetzt in der dunklen Gasse um, in die sie die tote, ahnungslose Frau geschleift hatte. "Wir müssen Ari finden, bevor sie ihn findet. Sie kann noch nicht weit gekommen sein. Aber lass uns zunächst einmal von hier verschwinden."

"Aber Ihr habt sie doch bis in die Bank verfolgt. War sie nicht auch in der Leichenhalle?"

Lillith schnaubte verächtlich. Sie gab es nicht gern zu, einen Fehler begangen zu haben. Und schon gar nicht vor einem Untergebenen. Aber das spielte jetzt auch keine große Rolle mehr. "Nein, Faturek! War sie nicht. Dieser dämliche Kerl mit seiner Bankräubernummer ist mir dazwischen gekommen. Sie hat eine Sekunde, bevor er reingekommen ist, die Bank verlassen."

Faturek knurrte. Aber Lillith hatte trotzdem den Eindruck, als sähe sie auf seinem Gesicht – wenn man das denn so nennen wollte – ein schadenfrohes Grinsen. Augenblicklich war dieser Moment aber auch wieder vorbei und er senkte wieder demütig den Kopf.

"Wir werden sie finden, Herrin!"
Lillith lächelte. Ja! Das würden sie. Zweifellos, weil das Böse immer gewann. Zumindest hier, in der Welt der Menschen.

Ein unangenehmer, schriller Klingelton riss ihn unsanft aus dem Schlaf. Darren fuhr hoch und seine Hand knallte grob auf den Lichtschalter auf seinem Nachttisch. Das Licht flammte auf und blendete ihn im ersten Augenblick, sodass er die Ziffern auf seinem Wecker nicht erkennen konnte. Nachdem er ein paarmal geblinzelt hatte, stellte sich das Bild langsam scharf. Er zog verärgert die Augenbrauen hoch.

Aber es konnte trotzdem nicht der Wecker gewesen sein, der ihn aus dem Schlaf gerissen hatte. Erstens, weil Darren nicht so verrückt war, in einer Freischicht seinen Wecker um sechs Uhr morgens zu stellen und zweitens, weil das schrille Klingeln verdächtig nach einem Telefon klang. Telefon? Natürlich!

Darren schlug die Decke zurück und schwang die Beine aus dem Bett. Für einen Moment dachte er ernsthaft darüber nach, das Klingeln einfach zu ignorieren. Aber es klang irgendwie … aufdringlich.

Er schlurfte, ausgiebig gähnend, ins Wohnzimmer seines kleinen Appartments. Bei jedem Schritt begleitet von dem Schrillen des Telefons, als wolle es ihm den Weg weisen. Mit der rechten Hand fuhr er sich über das kurz geschnittene, schwarze Haar und mit der Linken hob er ab.

"Wer stört?", knurrte er ohne sich mit einer Begrüßung aufzuhalten.

"Hier ist Matt!", flötete es fröhlich und unanständig ausgeschlafen ins Telefon.

"Matt wer?", fragte Darren. Natürlich wusste er, wer sich am anderen Ende befand.

"Matt, der Star-Reporter natürlich! Wer sonst. Darren, ich habe hier eine super Story."

Darren war es von Matt durchaus gewohnt, in Grund und Boden geredet zu werden. Aber wenn Matt so aufgeregt war wie jetzt und er selbst zudem noch so unausgeschlafen wie jetzt, grenzte der Redefluss des Reporters schon fast an Körperverletzung.

"Schön! Dann schreib es doch einfach auf und mach einen Bestseller daraus. Ich komm dann zur Autogrammstunde." Er gähnte wieder und fragte dann verschlafen: "Wo bist du?"

"In der Leichenhalle!"

Darren grinste. "Lieb von dir, dass du dich noch schnell von mir verabschieden willst, bevor du das Zeitliche segnest."

Matt ignorierte die Spitze. "Ich hab hier 'ne Tote, die wieder aufgestanden sein soll."

Darren verdrehte die Augen. "Matt, ich interessiere mich schon nicht für die Lebenden. Wie kommst du darauf, dass ich mich für die Toten interessieren könnte? Im Übrigen gehöre ich im Moment weder zu der einen noch zu der anderen Spezies. Hast du mal auf die Uhr gesehen?" In seiner Stimme lag Vorwurf und langsam war er richtig genervt.

Matt ignorierte auch diesen Einwand. "Für diese Tote wirst du dich mit Sicherheit interessieren, glaub mir."

"Und was macht dich da so sicher?"

"Erinnerst du dich an die Bank gestern?"

Darren erstarrte. Ob er sich daran erinnerte? Er war dabei gewesen, verdammt noch mal! Er nickte, obwohl ihm klar war, dass Matt diese Bewegung gar nicht sehen konnte.

"Ja", krächzte Darren mit belegter Stimme, "Was ist damit?"

"Die Kleine, die hier vor einer Stunde rausspaziert ist, war eine der 'Keine Überlebenden!'"

Darren lief ein eisiger Schauer über den Rücken. Was redete Matt da? Es hatte keine Überlebenden gegeben. Das wusste er ganz genau. Es hatte bis tief in die Nacht hinein gedauert, bis sie die letzten Toten aus den Trümmern geborgen hatten. Er und Dara hatten so gut geholfen, wie sie konnten. Schließlich wurde jede Hand gebraucht um das Chaos, welches dieser Scheißkerl angerichtet hatte, wenigstens halbwegs zu beseitigen. Darren hatte irgendwann aufgehört zu zählen, wie viele Leichenwagen vor der Trümmerlandschaft angehalten hatten, um ihre grausige Ladung aufzunehmen und dann wieder abzufahren. Die vielen Särge hatten sich tief in sein Bewusstsein gebrannt. An Überlebende konnte er sich beim besten Willen nicht erinnern.

"Wir müssen reden", unterbrach Matt seine Gedanken.

Als Darren immer noch nicht antwortete, schlug Matt vor: "Frühstück bei dir, mein Süßer. Ich will einen 1A-Cappuccino und ich sorge für das Frühstück."

Matt unterbrach die Verbindung ohne sich zu verabschieden,

oder wenigstens Darrens Einverständnis abzuwarten. Darren starrte den Telefonhörer an. Leichenhalle hatte Matt gesagt. Er warf einen Blick auf die Uhr neben dem Telefon. Um ausgiebig zu duschen, musste es noch reichen.

Er war plötzlich alles andere als müde. Die Informationen, die Matt ihm gegeben hatte, hatten ihn wieder wachgerüttelt. Aber auf eine Art und Weise, die seine Gedanken völlig durcheinander gerüttelt hatte und er hatte das Gefühl, dass eine kalte Dusche jetzt genau das richtige war, um einen klaren Kopf zu bekommen. Es hatte keine Überlebenden gegeben. Das konnte nur ein Irrtum sein.

Darren bemerkte, dass er den Telefonhörer immer noch in der Hand hielt. Er drehte ihn in den Händen als sähe er so ein Ding das erste Mal im Leben. Ein beunruhigendes Gefühl überkam ihn. Sein Verstand sagte ihm, dass es unmöglich war. Aber das klang nicht sehr überzeugend. Überzeugender war da schon die innere Stimme, die ihm leise zuraunte, dass nichts unmöglich war. Langsam und widerwillig legte er den Hörer wieder auf.

"Das ist unmöglich", murmelte er zu sich selbst. Er fuhr sich noch einmal durch die Haare. Dann machte er kehrt und schlurfte ins Badezimmer.

Das hätte sich Darren natürlich auch denken können. Er servierte einen 1A frisch aufgeschäumten Cappuccino und Matt kam mit einem Frühstück einer Fast Food Kette. Nach einer kurzen Begrüßung hatte Matt sich bereits an den kleinen Tisch im Essbereich platziert und seine Tüte ausgepackt. In der Zeit, in der Darren den Cappuccino machte, hatte Matt sein Frühstück bereits heruntergeschlungen.

Darren ließ gerade den Espresso in den Milchschaum laufen, als er einen Blick über die Schulter warf. "Dass du dieses Zeug überhaupt runter kriegst", sagte er kopfschüttelnd zu Matt.

Matts Augen wanderten suchend über den Tisch und saugten sich an der Tüte fest, die Matt eigentlich für seinen Freund mitgebracht hatte.

Darren nahm die beiden Tassen aus der Espressomaschine und balancierte sie vorsichtig die paar Schritte zum Tisch.

Matt machte eine fragende Geste auf Darrens Tüte.

"Nimm ruhig", sagte Darren und stellte die beiden Cappuccino ab.

Er ging noch mal zurück an den Kühlschrank. Als er gestern Nacht, beziehungsweise heute Morgen (genauer gesagt vor drei Stunden), nach Hause gekommen war, hatte er sich zwar etwas zu Essen gemacht, doch es dann aber letztendlich nicht mehr gegessen. Mit einer übertriebenen Geste stellte er den Teller mit dem - wie Matt zugeben musste - wirklich lecker aussehenden und frisch belegtem Ciabatta auf den Tisch.

Aber Matt bezweifelte ernsthaft, dass sein Magen so etwas Gesundes und Fettarmes überhaupt als vollwertige Mahlzeit anerkennen würde. Mit einem Schulterzucken machte er sich über die zweite Tüte her.

Darren setzte sich und grinste. "Ehrlich, Matt. Es ist überhaupt kein Wunder, dass du immer den Aufzug nehmen musst."

"Kann ja nicht jeder so durchtrainiert sein, wie du", erwiderte Matt kauend.

Und das war nicht einmal gelogen. Darren war nicht nur durchtrainiert und muskulös. Er war auch noch groß, hatte schwarzes, kräftiges Haar und samtbraune Augen. Wenn er lächelte, lächelten sogar die Augen. Und seine italienische Abstammung sorgte für den Rest. Er wusste um seine Wirkung bei den Frauen aber trotzdem lebte Darren allein. In seinem Job war nicht viel Platz für eine funktionierende Beziehung. Und bisher hatte er auch noch keine Frau getroffen, die keine Schwierigkeiten damit hatte, dass ihr Freund sein Geld damit verdiente, anderen eine Kugel in den Kopf zu jagen. Und das auch noch ganz offiziell mit Pensionsanspruch. Und wenn er dann auch noch zugab, dass er seinen Job liebte, wurde es erst richtig kompliziert. Nicht gerade der ideale Schwiegersohn! Darren begann in seinem Cappuccino zu rühren und grinste immer noch.

"War 'ne saubere Leistung, gestern", lobte Matt immer noch kauend.

"Ich liebe meine Arbeit", gab Darren zu. Sein Grinsen erlosch. "Weil ich mit meiner Arbeit mitunter sogar erreiche, dass unschuldige Menschen am Leben bleiben." Bis auf das letzte Mal, fügte er in Gedanken hinzu.

Matt schluckte den Bissen herunter, den er gerade im Mund gehabt hatte. Er hatte den vorwurfsvollen Unterton in Darrens Stimme richtig gedeutet und er hatte seinen Freund nicht beleidigen wollen. Seit sie sich kannten - war das wirklich schon seit zehn Jahren? - hatte er keinen Hehl daraus gemacht, dass er Darrens Job nicht gerade für die Erfüllung aller Träume hielt. Einen Menschen zu töten war niemals richtig, fand Matt zumindest. Aber manchmal offensichtlich unvermeidbar - soweit Darrens Meinung. Sie waren sehr gute Freunde und eine solche Beziehung verschmerzte auch solche Meinungsverschiedenheiten. Doch manchmal konnte Matt es einfach nicht lassen, Darren damit aufzuziehen. Aber heute war es anders. Darren war ungewöhnlich ernst und ihre sonst so harmlosen Sticheleien zu diesem Thema schienen ihn heute irgendwie zu nerven.

"Tut mir leid, Darren. Ich wollte dich nicht beleidigen."

Darren winkte ab und nahm einen großen Schluck aus seiner Tasse. "Wenn du dieses Zeug, das du Frühstück nennst, runtergeschlungen hast, können wir uns vielleicht unterhalten."

Matt hatte den letzten Bissen runtergeschluckt. In der Tüte waren zwar auch Servietten. Aber danach zu wühlen war ihm jetzt zu umständlich. Er wischte sich kurzerhand die Hände an der Jeans ab, die offensichtlich auch schon bessere Tage gesehen hatte. Vielleicht hatte sie aber auch nur ein paar Frühstückszeremonien zu viel hinter sich.

"Praktisch, so eine tragbare Serviette", feixte Darren und grinste.

Matt überging diese Spitze. Er wühlte in seiner mitgebrachten Aktentasche und knallte ihm einen kleinen Plastikhefter auf den Tisch.

Nun begann auch Darren zu essen, anstatt nach dem Plastikhefter zu greifen, wie Matt offensichtlich erwartet hatte. Er wirkte enttäuscht.

"Was ist das?", fragte Darren immerhin zwischen zwei Bissen.

Auch Matt hatte sich mittlerweile den Cappuccino herangezogen und einen großen Schluck davon genommen. Mit der anderen Hand klappte er den Hefter auf und begann, darin zu blättern. "Die Kleine, von der ich dir erzählt habe ... "

"Ja, richtig! Deine spannende Idee für den nächsten Bestseller."

"Nun, ja. Der Leichenbeschauer behauptet, sie hat ihn gebissen, ist dann aufgestanden und hat das Gebäude verlassen."

"Gebissen?", fragte Darren. "Wieso sollte sie ihn beißen? Abgesehen davon, dass Tote so was im Allgemeinen nicht machen?"

Matt nahm noch einen großen Schluck. "Er genießt bei seinen Kollegen einen … sagen wir mal … gewissen Ruf."

"Was für einen Ruf?" Darren biss ein großes Stück von seinem Ciabatta ab und kaute genüsslich.

"Weißt du, Darren. Es gibt Menschen, die sind aus gutem Grund Leichenbeschauer geworden. In der Leichenhalle kriegt das keiner mit und dann können sie dafür auch nicht in den Knast kommen. Auf dem Friedhof müssten sie … "

Darren hörte auf zu kauen und sah Matt aus großen Augen an. Er setzte sein Frühstück ab und hätte sich fast an dem Bissen verschluckt, den er noch im Mund hatte. "Er wollte sie … ", begann er, brach dann aber ab, weil das, was er hatte sagen wollen, so widerwärtig war, dass ihm schon bei dem Gedanken daran übel wurde.

"Tja!" Matt hob die Schultern und grinste. „Offensichtlich hatte sie andere Pläne. Sie hat ihn in die Lippe gebissen. Ist aufgestanden, hat ihn gegen die Wand gestoßen und ist dann einfach rausmarschiert. Das ist natürlich alles inoffiziell. Der liebe Doktor behauptet, er habe sich auf die Lippe gebissen, und wie die Leiche verschwinden konnte, kann er sich auch nicht erklären." Matt verzog das Gesicht zu einem zweifelnden Stirnrunzeln.

Darren schob seinen Frühstücksteller von sich weg. Ihm war der Appetit gründlich vergangen.

"Ach, ja und noch was", sagte Matt beiläufig, zog den Teller, ohne gefragt zu haben, zu sich heran und begann zu essen. „Sie soll gesagt haben: Ihr Menschen seid doch pervers. Natürlich auch ganz inoffiziell."

Darren runzelte die Stirn. "Was kann sie damit gemeint haben?"

Matt zuckte mit den Schultern. "Keine Ahnung."

"Hast du selbst mit ihm gesprochen?"

"Na klar hab ich das!"

"Und was für einen Eindruck machte er?"

Matt sah Darren an. "Den Eindruck eines Mannes, der sich an einer Leiche vergreifen wollte, die sich urplötzlich gewehrt hat." Er zuckte beiläufig mit den Schultern. "Ein bisschen durch den Wind würde ich sagen."

"Und du glaubst ihm?" Darren konnte ein mitleidiges Lächeln nicht ganz unterdrücken. Und in seiner Stimme klang echter Zweifel an Matts Geisteszustand.

Matt seufzte. "Klingt schon ein bisschen komisch, oder?"

Darren griff nach dem Schnellhefter, drehte ihn zu sich herum und begann, darin zu blättern.

"Hast du ein Bild von dieser Frau?", fragte er und im gleichen Moment, in dem er die Frage gestellt hatte, schlug er eine Seite um und entdeckte das Bild. Er erstarrte.

"Hübsch, hm?", fragte Matt und machte eine flüchtige Geste auf die Frau auf dem Bild.

Darren hörte gar nicht richtig hin. Er starrte wie paralysiert auf das Bild. Er hatte von Anfang an gespürt, dass mit dieser Frau irgendetwas seltsam war. Aber mit seltsam hatte er nicht gemeint, dass sie als Untote durch die Straßen von Los Angeles wanderte, um perverse Leichenbeschauer zu beißen.

"Kennst du sie?", fragte Matt lauernd. Darrens Reaktion war ihm offensichtlich nicht entgangen.

Darren schüttelte den Kopf. "Nein. Aber ich habe sie da gestern gesehen. Sie war die Einzige, die nicht wirklich Angst vor diesem Scheißkerl hatte."

"Mutig und hübsch. Genau mein Geschmack." Matt schob den leeren Teller von sich und lehnte sich zurück. Dann ließ er die Hände auf seinen Bauch klatschen und sagte: "So! Jetzt bin ich satt!"

Darren hob den Blick und grinste ihn an. "Diesen Satz höre ich viel zu selten von dir."

Matt lehnte sich nach vorn und legte beide Hände auf die Tischplatte. "Was hältst du von der ganzen Geschichte?"

"Ich weiß nicht so recht. Das muss ein Irrtum sein. Ich meine, vielleicht war sie gar nicht tot. Wäre ja nicht das erste Mal, das jemand, der für tot erklärt wird, doch nicht tot ist." Selbst in seinen eigenen Ohren klang dieser Vorschlag einfach lächerlich. Noch viel lächerlicher, als die vielen anderen Erklärungen, die ihm als Alternative einfielen.

"Da hast du recht", stimmte Matt zu. Er faltete die Hände und stützte sein Kinn darauf. "Nur, dass wir nicht das Jahr 1420 schreiben, sondern das Jahr 2011."

Darren sah Matt an. Er schwieg. Was hätte er auch sagen sollen. Matt hatte unwiderruflich recht. Diese Möglichkeit konnte nicht infrage kommen. Plötzlich änderte sich Darrens Blick und sein Ton wurde irgendwie mitleidig. "Oh, nein. Jetzt kommst du mir sicher wieder mit einer von deinen Vampirgeschichten, oder?"

"Und wenn es so wäre?", fragte Matt lauernd.

"Matt, ich bitte dich. So was gibt es nicht." Darren schüttelte den Kopf und schnaubte verächtlich.

Matt richtete sich wieder auf und sah Darren fast beleidigt an. "Warum müssen Leute wie ich euch immer beweisen, dass es solche Wesen wirklich gibt. Warum beweist ihr uns nicht einfach, dass es sie nicht gibt?"

Darren verbarg mit einem resignierenden Seufzen das Gesicht in beiden Händen und fuhr sich dann mit den Händen durch die Haare. Er war zu müde für solche Grundsatzdiskussionen. "O.K. Matt. Ich sag dir was. Du machst deinen Job und ich mach noch ein Nickerchen. Ich habe nämlich ganze zwei Stunden geschlafen, bevor du mich angerufen hast. Gib mir noch ein bisschen Zeit. Bist du heute Nachmittag in der Redaktion?"

"Heute Morgen, heute Mittag, heute Nachmittag, heute Abend auch …" Matt machte eine Handbewegung, die deutlich machte, dass er diese Aufzählung beliebig weit fortsetzen konnte. Dann stand er auf. Im Stehen trank er den Rest aus seiner Tasse.

"Also, bis nachher, Darren. Ich halte dich auf dem Laufenden."

"Warte mal. Der Hubschrauber!" Darren sah Matt mit einem schiefen Grinsen an. "Vielleicht kannst du ja einen deiner Kollegen bestechen. Der Hubschrauber hat von oben eine viel bessere Sicht gehabt! Vielleicht ist unsere kleine lebende Tote ja vorher irgendwie rausgekommen."

Matt machte ein Gesicht als wolle er sagen: Ja, sicher. Träum weiter. Laut sagte er: "Welcher Sender war das?"

Darren musste einen Moment überlegen. Er atmete tief ein und schloss die Augen. Das half ihm immer, sich die gesehenen Bilder noch einmal ins Gedächtnis zu rufen. "CNN cable, glaube ich."

Er öffnete die Augen und grinste Matt schief und mit einem eindeutig anzüglichen Grinsen an.

"Arbeitet da nicht deine kleine Freundin?"

Matt seufzte. "Ich werde sehen, was ich tun kann. Aber ich glaube nicht, dass das viel bringt."

Im Grunde genommen war sich Darren ebenfalls darüber im Klaren, wie gering die Chancen der Frau gewesen waren, dort rechtzeitig raus zu kommen. Aber er wollte zunächst alle logischen Erklärungen ausklammern, bevor er sich mit so unlogischen Dingen wie Vampiren und Untoten in Los Angeles beschäftigte. Darren nickte müde.

Matt ging zur Tür, öffnete sie halb und drehte sich noch einmal zu Darren um. Sein Blick war ernst und es lag fast so was, wie Angst darin als er sagte: "Ob du es glaubst oder nicht. Ich hoffe, es gibt eine logische Erklärung für das Ganze."

Natürlich hatte er nicht mehr schlafen können. Darren hatte sich erst einen zweiten und dann einen dritten Cappuccino gemacht. Aber das hatte auch nicht viel geholfen.

Das Gesicht dieser Frau ließ ihn nicht mehr los. Irgendetwas stimmte an dieser ganzen Sache nicht. Vielleicht war es auch nur eine verblüffende Ähnlichkeit mit einer der Toten aus dem Leichenschauhaus. Aber das erklärte natürlich noch lange nicht, warum definitiv eine der Leichen fehlte. Darren atmete tief ein und seufzte. So kam er nicht weiter. Er stand auf und packte seine Sporttasche. Ein bisschen Ablenkung konnte jetzt nicht schaden. Er hatte sich erst für den Nachmittag mit Matt verabredet. Und er hatte nicht vor, seine Freischicht mit solchen unnützen Grübeleien zu verbringen. Was ihn wieder zu der Frage brachte, warum zum Teufel er sich überhaupt mit dieser ganzen Geschichte befasste? Sollte Matt doch seine Story haben. Er war Reporter und er lebte von solchen Schauergeschichten, die ihm die Leser morgen sicherlich scharenweise aus den Händen reißen würden. Aber er hatte mit dieser Geschichte nicht das Geringste zu tun! Hoffte er jedenfalls. Denn da war, tief in ihm drin, immer noch dieses seltsame Gefühl, das ihn – wenn er ehrlich zu sich selbst war – schon seit gestern beschäftigte. Er hatte das Gefühl, mit dieser vermeintlichen Story mehr zu tun zu haben, als ihm lieb sein konnte.

Wie auch immer. Hier herum zu sitzen brachte absolut nichts. Darren warf sich seine Tasche über die Schulter, die er – zu seinem maßlosen Erstaunen – völlig automatisch gepackt hatte und ging zur Tür. In dem Moment, in dem er die Türklinke berührte, klingelte sein Handy. Er zog es aus der Jackentasche und sah an der Nummer, dass es Dara war.

Darren lächelte und ertappte sich bei dem völlig blöden Gefühl, sich auf ihre Stimme zu freuen, als er das Gespräch annahm und sagte: "Hi, Dara! Auch schon wach?"

"Noch nicht so richtig. Aber du offensichtlich schon."

Er konnte ihr Gähnen – welches sie krampfhaft zu unterdrücken versuchte – förmlich hören.

Darren grinste. "Ich war schlauer. Ich habe gar nicht erst geschlafen. Ich wollte gerade zum Training gehen."

"Das ist eine wirklich gute Idee. Hast du in deiner Tasche noch Platz für einen Trainingspartner?"

"Wenn du dich ganz klein machst, wird es schon gehen, denke ich. Ich bin schon auf dem Weg. Du hast zehn Minuten!"

"So wie du fährst eher fünf", entgegnete Dara mit einem schadenfrohen Lachen.

Darren runzelte verärgert die Stirn, auch wenn sie die Bewegung nicht sehen konnte. "Bis jetzt bist du noch immer heil angekommen und ich habe nicht vor, diese Tradition zu brechen. Also halt mich nicht weiter von der Arbeit ab."

"Also gut. Bis gleich." Sie unterbrach das Gespräch und Darren drückte mit dem Daumen die Taste, die seinerseits das Gespräch beendete. Er steckte das Handy wieder in die Jackentasche, trat durch die Tür, zog sie zu, ohne abzuschließen, und lief fröhlich pfeifend den Gang hinunter zum Aufzug.

Darren lenkte seinen Wagen durch den langsam dichter werdenden Verkehr. Der Hummer hatte aber keine großen Schwierigkeiten, sich Respekt zu verschaffen. Allein durch seine Größe und die Massigkeit überlegte der Fahrer eines normalen Fahrzeugs sicherlich dreimal, bevor er sich mit diesem Monstrum von Geländewagen anlegte. Das war einer der Gründe, warum Darren sich für diesen Wagen entschieden hatte. Im alltäglichen Stau-Wahnsinn, der hier zu einer bestimmten Zeit auf den Straßen herrschte, half ihm das allerdings auch nicht viel. Wenn die Räder dieses Wagens zum Stillstand gekommen waren, war er ein Wagen, genau wie jeder andere.

Darren hatte Dara bereits wieder zu Hause abgesetzt. Sie hatten etwa zwei Stunden trainiert. Ein bisschen Laufen, ein bisschen Hanteltraining und anschließend noch einen gemütlichen Saunagang. Dann hatte er sie nach Hause gefahren. Dara hatte noch etwas vorgehabt und so war er gleich wieder gefahren. Aber sie hatten sich für heute Abend verabredet. Sie wollte für ihn kochen.

Nicht, dass Darren es ihr nicht zutraute, aber diese Einladung hatte ihn zunächst mehr als verwirrt. Er war durchaus kein altmodischer Mann. Er hatte keinerlei Schwierigkeiten damit, dass die Einladung von Dara kam. Aber er hatte sich schon ein wenig über sich selbst geärgert, dass er sie nicht schon längst eingeladen hatte. Dara war erst seit ungefähr sechs Wochen in ihrer Abteilung. Und von Anfang an war sie der Star der Truppe gewesen. Nicht nur, weil sie die einzige Frau war, sondern weil Dara etwas ganz Besonderes war. Sie hatte nicht die geringsten Schwierigkeiten, den enormen körperlichen Belastungen im Training und im Einsatz eines Präzisionsschützen standzuhalten. Aber das war es nicht allein. Darren hatte selten eine schönere Frau gesehen. Ihr blondes, bis auf die Hüften reichendes und stets zu einem dicken Pferdeschwanz geflochtenes Haar rahmte ein Gesicht ein, das aussah, als hätte man es aus Porzellan gemacht. Dabei wirkten ihre Gesichtszüge aber keinesfalls zart und zerbrechlich. Die Sommersprossen auf der Nase gaben ihr im Gegenteil eigentlich nur noch ein mädchenhaftes Aussehen und vielleicht war es gerade diese Mischung aus kleinem Mädchen und selbstbewusster Frau, die sie so faszinierend machte. Aber das Magische an Dara waren eindeutig ihre Augen. Geschlitzt wie die einer Katze und dabei von so langen Wimpern gesäumt, dass sie schon fast unnatürlich wirkten. Sie hatten eine tiefe, strahlende Farbe. Das eine Auge war grün und das andere von so strahlendem blau, wie ein tiefer klarer Bergsee. Wenn er ehrlich war, hatte er sich von Anfang an in sie verliebt. Er hatte es sich nur nicht eingestanden. Alle in ihrer Truppe empfanden ähnlich, da war er sich ziemlich sicher. Und es war auch wirklich schwer, sich ihrer Ausstrahlung zu entziehen. Von Anfang an hatten sie eine besondere Bindung zueinander gespürt. Eine Bindung, die tiefer ging als bloße Freundschaft, ohne, dass Darren ein Wort dafür hätte benennen können.

Darren wurde von einem wilden Hupkonzert aus den Gedanken gerissen, als er ohne zu blinken die Spur wechselte. Er grinste, sah in den Rückspiegel und riss entschuldigend die Hand hoch. Der Fahrer hinter ihm streckte ihm den Mittelfinger entgegen, was er sich sicherlich verkniffen hätte, wäre Darren nicht in Zivil unterwegs gewesen.

Seine Gedanken bewegten sich wieder in Richtung Dara und er spürte, wie ihn ein vertraut warmes Gefühl überkam. Die Einladung heute Abend war eigentlich nichts Besonderes. Er war schließlich nicht das erste Mal bei Dara in ihrem Apartment. Er hatte sie schon oft nach Hause gefahren und war auch das eine oder andere Mal auf einen Drink geblieben. Aber das war auch schon alles. Er fragte sich nicht zum ersten Mal, warum er so anständig geblieben war. Offensichtlich empfand Dara für ihn ebenfalls etwas. Da war er sich absolut sicher. Aber je mehr er darüber nachdachte, desto mehr kam er zu dem Schluss, dass er wohl ihre Freundschaft nicht aufs Spiel setzen wollte. So ein Blödsinn. Freundschaft. Das mit Dara war schon längst mehr. Und Sex hatte eigentlich noch keine Freundschaft zerstört. Wenigstens nicht, wenn er gut war. Aber heute war es anders. Er spürte, dass sich etwas ändern würde zwischen ihnen. Er konnte nur noch nicht genau sagen, ob ihm diese Veränderung auch gefiel.

Darren schrak hoch, als er feststellte, dass er fast seine Ausfahrt verpasst hatte. Er riss den Hummer, wieder ohne zu blinken, herum, ignorierte das neuerliche Hupkonzert und schoss so dicht vor einem Porsche in die Ausfahrt, dass er im Spiegel sogar das erschrockene Gesicht der Fahrerin erkennen konnte. Er musste in Zukunft wirklich besser aufpassen beim Fahren. Schließlich wurde er noch gebraucht. Das hoffte er wenigstens.

Die Fahrt zu Matt dauerte heute irgendwie länger als sonst. Wenigstens kam es ihm so vor. Mit dem unbestimmten Gefühl von Unbehagen steuerte er den Hummer in die Tiefgarage, was an sich schon eine Meisterleistung war. Die Erbauer solcher Tiefgaragen fuhren offensichtlich alle nur Dreirad! Wieder erwarten gelang es ihm aber, den Hummer ohne eine einzige Schramme durch die engen Gassen zu steuern. Er stellte den Wagen auf den Besucherparkplatz ab - wobei er natürlich gleich zwei Parkplätze brauchte - und stieg aus.

Dann beugte er sich in den Innenraum, um die beiden Coffee to go herauszuholen. Er balancierte die beiden Becher mit einer Hand – gut, dass er sich Deckel hatte geben lassen – und mit der anderen Hand fummelte er den Schlüssel ins Schloss, nachdem er die Tür mit einem beherzten Fußtritt geschlossen hatte. Dann klemmte er sich den Schlüssel zwischen die Zähne und machte sich in Richtung Aufzug auf den Weg. Der Aufzug kam auch prompt. Darren stieg ein, drückte den Knopf für die dritte Etage. Dann steckte er den Schlüssel ein und nahm jetzt endlich die zweite Hand für den Kaffee zur Hilfe.

Als sich die Türen wieder öffneten, empfing ihn der typische Lärm einer mehr oder weniger gut funktionierenden Redaktion einer Zeitung. Überall herrschte geschäftiges Treiben. Die mindestens dreißig Tische, die hier in einem scheinbar völlig ungeordneten Chaos im Raum verteilt standen, waren bis auf wenige Ausnahmen alle besetzt. Überall wurde telefoniert, mit Kollegen über die neueste Story diskutiert, gelacht oder an irgendwelchen Artikeln geschrieben, die übermorgen wahrscheinlich niemand mehr kannte. Darren steuerte Matts Schreibtisch an, was mit zwei vollen Kaffeebechern in der Hand gar nicht so einfach war. Es war der reinste Hindernislauf. Reporter schienen es einfach immer eilig zu haben. Aber das brachte der Job natürlich so mit sich. Es gelang Darren – er hätte es selbst nicht zu hoffen gewagt – unbehelligt Matts Schreibtisch zu erreichen.

Er hatte schon vom Aufzug aus sehen können, dass Matt nicht an seinem Platz war. Aber das störte ihn nicht. Er ließ sich auf dem schwarzen Drehstuhl hinter dem Schreibtisch nieder, stellte die Kaffeebecher auf den Schreibtisch und begann, in ein paar Unterlagen zu blättern, die Matt auf dem Tisch liegen lassen hatte. Die Männer und Frauen an den Nebentischen warfen ihm den einen oder anderen schrägen Blick zu. Offensichtlich hatten sie doch gemerkt, dass er nicht Matt war. Aber es schien sie auch nicht weiter zu wundern, dass er sich benahm, als wäre er hier zu Hause.

Darren ignorierte die Blicke, hörte auf in den Unterlagen zu blättern, die nur belanglose Informationen über die neuesten Ereignisse enthielten – es konnte ja schließlich nicht jeden Tag eine Leiche verschwinden – und nahm sich einen der Kaffeebecher. Ein junger Mann trat an seinen Tisch und lächelte auf ihn herunter. "Hey, Darren! Na, heute schon ein paar umgelegt?"

Darren hob den Blick und sah ihn über den Rand seines Kaffeebechers hinweg an. Er kannte diesen jungen Mann, konnte sich aber nicht an seinen Namen erinnern. Um Zeit zu gewinnen, nahm er einen Schluck Kaffee. Er war so heiß, dass Darren schmerzerfüllt das Gesicht verzog und den Becher erst einmal wieder absetzte. Jetzt fiel ihm auch der Name des jungen Mannes wieder ein. Darren lächelte: "Nein, Josh. Du wärst der Erste."

Im ersten Moment machte sich ein entsetzter Ausdruck auf Joshs Gesicht breit. Doch nur eine Sekunde später hatte er den derben Scherz offensichtlich verstanden, zumindest lachte er gekünstelt aber immer noch ziemlich unsicher. Er sah sich suchend um.

"Matt ist nur mal kurz raus. Wahrscheinlich für kleine Königstiger." Ihm schien die Situation sehr unangenehm zu sein.

Darren schluckte die Antwort, die ihm auf der Zunge lag – nämlich das er das so genau eigentlich nicht hatte wissen wollen – herunter und lächelte schief. "Dachte ich mir schon. Ich warte hier. Es kann ja nicht allzu lange dauern."

Josh hob die Hand, um sich zu verabschieden. Darren nickte ihm knapp zu und Josh drehte sich auf dem Absatz herum, um regelrecht vor ihm zu flüchten. Darren sah ihm kopfschüttelnd nach. Als er den Kopf wieder in Richtung Aufzug umwandte, sah er Matt, der mit weit ausgreifenden Schritten auf ihn zugeeilt kam. Ohne eine Begrüßung stürmte er auf seinen Schreibtisch zu, nahm den zweiten Becher Kaffee und in der gleichen Bewegung auch noch seine Jacke von der Stuhllehne und sagte: "Wir müssen reden. Aber nicht hier."

Darren machte keine Anstalten aufzustehen. Er grinste verschwörerisch und erwiderte: "Wieso? Wirst du vom FBI abgehört?"

Das Grinsen gefror jedoch augenblicklich auf seinem Gesicht, als er in Matts Augen blickte. Sie sahen sehr ernst aus, und wenn er Matt nicht besser kennen würde, hätte er jetzt gesagt, dass sein Scherz über das FBI vielleicht gar nicht so unwahr gewesen wäre.

"Was ist los?", fragte er besorgt.

Matt stürmte schon wieder Richtung Aufzug und winkte ihm ungeduldig, ihm zu folgen. Auch Darren nahm seinen Kaffee vom Tisch und musste sich beeilen, hinter Matt herzukommen und nicht den Aufzug zu verpassen.

Matt hatte ihm auch auf dem fünfminütigen Fußmarsch zu dem kleinen Restaurant nichts erzählt und Darrens Beunruhigung wuchs mit jedem Meter, den sie zurücklegten. Jetzt saßen sie am Tisch und Matt studierte in aller Seelenruhe die Karte. Zunächst tat Darren ihm sogar den Gefallen, sich auch mit der Karte zu beschäftigen. Aber dann konnte er es nicht mehr aushalten. Er klappte geräuschvoll die Karte zu und fragte: "Also, sag schon. Was ist so wichtig?"

Matt klappte seine Karte ebenfalls zu und legte sie auf den Tisch. Er sah Darren ernst an. "Ich war bei dem Sender, der mit dem Hubschrauber die Luftaufnahmen gemacht hat."

"Und? Was ist dabei rausgekommen?"

Eine Kellnerin kam an den Tisch und fragte nach ihren Wünschen. Matt bestellte das große Frühstück. Darren hatte nicht besonders viel Hunger. Er bestellte lediglich einen Cappuccino und ein kleines Frühstück. Die Kellnerin bedankte sich freundlich für die Bestellung, warf ihr blondes langes Haar herum und stürmte mit eisernem Stechschritt davon.

Matt griff ihr Gespräch wieder auf: "Fehlanzeige. Weder vor noch nach der Explosion hat sich jemand rausgeschlichen."

"Und die Leiche der Frau? Hast du da was Neues erfahren?"

Matt schüttelte den Kopf. "Nein! Die ist immer noch verschwunden. Aber ich habe eine andere schlechte Nachricht."

Darren zog fragend die Augenbrauen hoch.

Matt setzte seine Ausführungen fort. Aber erst, nachdem er sich ein Stückchen vorgebeugt und die Stimme zu einem Flüstern gesenkt hatte: "Die Polizei hat ganz in der Nähe der Leichenhalle eine nackte Frauenleiche gefunden."

"Und? Das passiert. Wir sind hier in Los Angeles, Matt", entgegnete Darren in dem gleichen verschwörerischen Flüsterton und mit einem sarkastischen Augenzwinkern.

Matt rollte mit den Augen und fuhr fort: "Die Frau war zwar nicht die, die wir suchen. Aber es ist trotzdem seltsam."

Darren wollte gerade eine Frage stellen, als eine junge Frau in Kellnerkluft an ihren Tisch trat. Sie brachte nicht das ersehnte Frühstück, sondern trat fast nervös von einem Fuß auf den anderen.

"Entschuldigen Sie, Sir", sprach sie Darren an. "Hatten Sie das kleine oder das große Frühstück?"

"Das Kleine", antwortete Darren. Erst jetzt sah er auf – und stutzte verwirrt. Irgendetwas an ihr verwirrte ihn. Aber er konnte beim besten Willen nicht sagen, was.

Sie lächelte ihn schüchtern an.

"O.K. Verzeihung. Aber hier ist schon mal Ihr Besteck."

Mit diesen Worten fingerte sie nervös eine Serviette vom Tablett. Das Messer rutschte aus der Serviette und fiel klirrend zu Boden. Sie erschrak augenblicklich und starrte ihn fast ängstlich an.

"Entschuldigung. Das tut mir wirklich leid, Sir!"

Darren lächelte. "Ist schon o.k. Kann ja mal passieren."

Sie bückte sich nach dem Messer. Dann griff sie in ihre Schürze und hielt etwas in der Hand, das nach einem klobigen Siegelring aussah. Unbemerkt ließ sie dieses Ding in Darrens Jacke verschwinden, die er über die Stuhllehne gehängt hatte. Als sie sich wieder erhob, streifte sie ihre langen, roten Haare glatt und lächelte verlegen. "Ihr Frühstück kommt sofort."

Sie legte vorsichtig das Besteck auf den Tisch und mit einem letzten verzeihungsheischenden Blick drehte sie sich um und ging in Richtung Küche davon.

Darren sah ihr verwirrt nach. Und erst jetzt fiel ihm auch auf, was ihn so gestört hatte. Hatte ihre Kellnerin nicht blonde Haare gehabt? Er war sich ganz sicher. Sein Job als Scharfschütze brachte es mit sich, dass er auch auf solche Kleinigkeiten achtete. Vermutlich hatte das alles nichts zu bedeuten. Wer wusste schon, wie die Arbeitsaufteilung hier organisiert war? Er runzelte verwirrt die Stirn und wandte sich wieder Matt zu. "Wo waren wir stehen geblieben?", fragte Darren.

Matt verteilte das Besteck und sagte währenddessen: "Die Leiche der Frau von letzter Nacht war nicht nur völlig nackt, sondern auch noch fast blutleer."

Darren brauchte ein paar Sekunden, um zu begreifen, was Matt ihm damit sagen wollte. "Blutleer? Was zum Teufel soll das heißen?"

"Blutleer, eben." Matt zuckte mit den Schultern. Dann grinste er Darren verschwörerisch an.

"Ohne äußere Anzeichen von Verletzungen!"

Vermutlich bis auf zwei kleine Einstiche am Hals, oder?, wollte Darren sagen, aber plötzlich spürte er diesen Kloß im Hals. Er musste mehrmals schlucken, und als er seine Stimme wieder gefunden hatte, kam auch schon die Kellnerin mit dem Essen. Sie lud alles auf dem viel zu kleinen Tisch ab. Sie runzelte kurz fragend die Stirn, als sie das Besteck auf dem Tisch entdeckte. Mit einem Schulterzucken schob sie das Besteck, welches sie auf ihrem Tablett liegen hatte, beiseite und wollte sich gerade umdrehen, als Darren sie noch einmal zurückhielt.

"Stimmt etwas nicht?", wollte sie mit einem freundlichen aber trotzdem irgendwie gelangweilt wirkenden Lächeln wissen.

"Doch, alles bestens. Bitte sagen Sie Ihrer Kollegin noch einmal, dass sie sich keine Sorgen machen soll wegen des kleinen Unfalls von gerade eben. Sie schien wirklich ziemlich verstört."

Die Kellnerin runzelte die Stirn und legte den Kopf schief. "Meiner Kollegin?"

Darren nickte. "Ja, die junge Frau mit den roten Haaren."

Die Kellnerin warf ihm einen Blick zu, als wolle sie ihn fragen, ob er noch ganz bei Trost war. Dann schüttelte sie den Kopf.

"Es tut mir leid. Aber von meinen zwei Kolleginnen hat niemand rote Haare."

Für sie war der Fall offensichtlich erledigt, denn sie drehte sich ohne eine Reaktion seinerseits abzuwarten um und verschwand.

Darren sah sich verwirrt und suchend um. Sie hatte recht. Er konnte außer ihr noch zwei weitere Bedienungen sehen. Aber keine davon mit roten Haaren. Er runzelte die Stirn.

"Was ist los?", fragte Matt, zog sich seinen Teller heran und begann zu essen.

"Nichts!" Darren war nicht ganz bei der Sache, was deutlich an dem abwesenden Ton in seiner Stimme zu erkennen war. "Ich wundere mich nur ein bisschen über die junge Frau."

Er warf Matt einen Blick zu und dieser sah kurz von seinem Teller auf.

"Ist das wichtig?", fragte er kauend.

War es wichtig? Darren hatte nicht den Hauch einer Ahnung. Vielleicht, vielleicht aber auch nicht. Aber auf jeden Fall war es seltsam. Ein letztes Mal sah er sich suchend um und dann schüttelte er den Kopf. "Nein! Vermutlich nicht. Also, wo waren wir noch?"

Auch er nahm sich seinen Teller und begann zu essen. Matt schüttelte ungehalten den Kopf.

"Mann, Darren. Bist du heute durch den Wind. Ich sagte, man hat eine Frauenleiche gefunden, die kaum noch einen Tropfen Blut in den Adern hatte. Nicht weit von der Leichenhalle entfernt, aus der unsere kleine Freundin verschwunden ist. Ist doch ein merkwürdiger Zufall, oder?"

"Ein Überfall, vielleicht?", fragte Darren. Er verstand immer noch nicht, worauf Matt hinaus wollte. Doch! Eigentlich verstand er es sogar ziemlich genau. Und das war einfach lächerlich!

Matt schüttelte abermals den Kopf. "Ich sagte schon: keine äußeren Verletzungen. Außer zwei kleine Einstiche am Hals."

Darren hörte auf zu essen und starrte Matt an. Dann begann er zu lachen, auch wenn ihm das Lachen förmlich im Halse stecken blieb.

"Ja, klar. Da versucht dich einer zu verladen, du Starreporter!" Er schüttelte den Kopf. Aber das ungute Gefühl blieb trotzdem.

"Meinst du? Ich halte es für einen seltsamen Zufall."

"Du willst mir also wirklich erzählen, dass ein Vampir hier sein Unwesen treibt? Matt, bitte. Was immer du nimmst. Du solltest die Dosis reduzieren."

"Ich meine es ernst. Darren, das kann doch kein Zufall sein."

"Warum kommst du damit ausgerechnet zu mir?", fragte Darren.

Matt brachte irgendwie das Kunststück fertig, ihn anzugrinsen und gleichzeitig weiter zu kauen. "Weil du mein bester Freund bist, und bestimmt der Einzige, der mich nicht für verrückt hält. Aber jetzt mal im Ernst. Kannst du nicht mal die Augen und Ohren aufhalten? Du würdest mir wirklich sehr helfen. Wozu hat man schließlich Freunde bei der Polizei?"

Darren verzog das Gesicht. "Wahrscheinlich um einem illegale Informationen zu besorgen?", schlug er vor.

Matt hatte sein Frühstück bereits restlos verputzt und Darren musste sich wieder einmal wundern, wie schnell Matt schlingen konnte, ohne sich zu verschlucken. Wahrscheinlich jahrelange Übung, dachte er mit einem Grinsen.

Matt warf einen Blick auf seine Uhr. Er riss die Augen auf und sprang hoch. Der Stuhl rutschte ein Stück zurück und wäre fast umgefallen, wenn er nicht am Stuhl des Nachbartisches hängen geblieben wäre. Matt setzte die Tasse an und stürzte den Rest seines Kaffees herunter. "Ich muss los. Hab noch einen dringenden Termin."

Darren grinste schief. "Ja, sicher. Komischerweise immer dann, wenn wir zusammen essen und immer nur am Monatsende."

Matt wirkte nicht im Geringsten ertappt. Er legte den Kopf schief und sah Darren an, als verstünde er überhaupt nicht, was sein Freund ihm damit sagen wollte. Dann grinste er entschuldigend, nahm seine Jacke und fragte: "Wärst du bitte so freundlich ...?"

Darren winkte ab. "Geh schon, du Parasit. Ich halte dich auf dem Laufenden."

Matt klopfte ihm mit einem dankbaren Lächeln auf die Schulter und verschwand. Darren sah ihm noch eine Weile nach. Manchmal fragte er sich ernsthaft, ob Matt nicht zu viele von diesen Fantasy-Romanen gelesen hatte, die in seiner Wohnung den Großteil des Platzes auf seinem Bücherregal einnahmen. Er hatte Matts Leidenschaft nie teilen können. Vielleicht brachte das sein Beruf so mit sich. Es war nicht das erste Mal, dass Matt sich in eine Geschichte verrannte, mit der er sich anschließend nur vor seinen Kollegen lächerlich gemacht hatte. Langsam aber sicher begann Darren, sich Sorgen um Matt zu machen. Mit einem letzten Lächeln in die Richtung, in die Matt verschwunden war, griff er wieder nach seinem Besteck.

Ihm lag nicht daran, sich jetzt hetzen zu lassen. Darren genoss die Ruhe und den Frieden. Beides Worte, die in seinem Beruf nicht viel Platz hatten. Als er fertig war mit seinem Frühstück, winkte er die Kellnerin heran. Noch einmal sah er sich suchend um, fand aber die Rothaarige nicht wieder. Er bezahlte die Rechnung mit einem großzügigen Trinkgeld und verstaute die Geldbörse wieder in der

Innentasche seiner Jacke. Dann stand auf und griff in die Jackentasche, in der er die Autoschlüssel aufbewahrte. Ein Ausdruck tiefer Verwirrung huschte über sein Gesicht. Dann zog er wie in Zeitlupe ein Ding aus seiner Tasche, das eindeutig nicht der Autoschlüssel war. Es war ein goldener Ring!

Dara hatte sich wirklich alle Mühe gegeben. Der Tisch war wundervoll dekoriert mit Kerzen, Servietten und dem besten Besteck, das sie finden konnte. Die Weingläser auf dem Tisch waren auf Hochglanz poliert und es duftete köstlich. Darren hatte nicht einen Moment daran gezweifelt, dass Dara auch wirklich kochen konnte. Aber wenn das Essen nur halb so gut schmeckte, wie es roch, dann würde er in Zukunft wahrscheinlich öfter vorbeikommen. Die große Frage war allerdings, ob das nicht sowieso in seiner Absicht liegen würde. Als Dara ihm geöffnet hatte, war ihm schier die Spucke weggeblieben. Fast hätte er vergessen, ihr den mitgebrachten Blumenstrauß zu überreichen. Sie war wunderschön!

Dara trug (das war eigentlich das erste Mal, dass Darren sie in etwas anderem als Uniform oder Sportklamotten sah) ein enges, schwarzes Kleid mit einem tiefen Ausschnitt. Nicht das Darren etwas dagegen gehabt hätte, aber an ihr sah es so verführerisch aus, dass er für seine Gedanken fast ein schlechtes Gewissen bekam. Aber eben nur fast. Sie war schließlich eine erwachsene Frau und sie würde ihre Entscheidungen selbst verantworten müssen. Das Kleid war trägerlos und passte wie auf den Leib geschnitten. Sicher, bei den wenigen Gelegenheiten, in denen sie zusammen in der Sauna gewesen waren, hatte er sie schon mit weniger Kleidung gesehen. Und nebenbei hatte ihm das, was er gesehen hatte durchaus gefallen. Aber dieses Kleid schien sie auf eine schwer zu beschreibende Art noch weniger anhaben zu lassen.

Sie hatte ihn hereingebeten und als sie sich umgedreht hatte, hatte der Anblick Darren ein schiefes Lächeln und noch mehr unfeine Gedanken entlockt. Das Kleid war ziemlich tief ausgeschnitten.

Aber damit hatte er irgendwie schon gerechnet. Keine Frau machte sich die Mühe, ein solches Kleid anzulegen und verzichtete dann auf den krönenden Abschluss. Sie hatte die Blumen in eine Vase gestellt und war mit einem vielsagenden Lächeln in die Küche verschwunden. Jetzt stand er hier. Er war nicht zum ersten Mal in ihrer Wohnung. Aber zum ersten Mal so! Ohne, dass er selbst genau wusste, was er damit meinte, traf es die Sache doch ziemlich genau. Er konnte die Veränderung, die sich hier ausgebreitet hatte, förmlich spüren. Schon auf dem Weg hier her hatte er dieses ... ihm fehlten einfach die richtigen Worte. Es war wie das Wissen um einen bevorstehenden Sturm, der alles verändern würde.

Darren hörte Dara in der Küche hantieren und fragte sich vergeblich, wie er dieses Gefühl einordnen sollte.

"Brauchst du Hilfe?", fragte er nach einem fast verlegenen Räuspern.

"Du kannst vielleicht schon einmal den Wein aufmachen." Dara spähte durch die Küchentür und grinste ihn an. "Du weißt ja: Frauen haben damit so ihre Probleme."

Darren grinste zurück. "Normale Frauen vielleicht. Aber nicht solche Frauen wie du, oder?"

Trotzdem griff er gehorsam nach der Weinflasche und dem Korkenzieher auf dem kleinen Tisch. Und als wäre das trockene Plopp des Korkens der Startschuss gewesen, kam Dara in diesem Moment aus der Küche. Sie balancierte ein Tablett mit zwei Tellern vor sich her. Darren stellte den Wein wieder zurück auf den Tisch und sog hörbar die Luft ein.

"Das riecht fantastisch, Dara. Wenn ich gewusst hätte, dass du so gut kochst, wäre ich schon öfter mal zum Essen geblieben."

Dara lächelte ein Lächeln, das alles und nichts bedeuten konnte, und stellte einen der Teller auf seinen Platz. Dann bedeutete sie ihm mit den Augen, sich zu setzen und Darren folgte der Aufforderung. Er nahm die Weinflasche zur Hand und goss ihnen beiden ein. Als auch Dara sich gesetzt hatte, nahm er das Glas zur Hand.

"Auf uns?"

Dara erhob ebenfalls ihr Glas. "Auf uns", bestätigte sie.

Als sie beide ihre Gläser an die Lippen setzten und einen Schluck nahmen, sahen sie sich über die Ränder der Gläser an. Und in diesem Moment wusste Darren, was sich zwischen ihnen verändern würde.

Das Essen war wirklich wundervoll gewesen. Aber nicht so wundervoll, wie das, was danach folgte. Sie hatten über dieses und jenes geredet, gegessen, gelacht. Und sich schließlich geküsst. Ein wundervoller, inniger und alles verbindender Kuss. Aber es war keineswegs bei diesem Kuss geblieben. Wenn Darren noch irgendwelche Bedenken gehabt hatte, hatte er sie spätestens in dem Moment über Bord geworfen, indem sie sich ins Schlafzimmer begeben hatten.

Darren hatte schon eine Ewigkeit nicht mehr so intensiv geliebt. Es war ein Gefühl von so tiefer Verbundenheit, wie er es noch nie beim Sex erlebt hatte. Dara schien es ähnlich zu gehen. Sie hatten sich nicht sehr viel Zeit gelassen. Aber das war auch nicht nötig gewesen. Sie waren sich so nah in diesem Moment, wie sich zwei Menschen nur sein konnten. Auch beim zweiten Mal hatten sie sich nicht viel mehr Zeit gelassen und das anschließende Bad, welches sie zusammen genommen hatten, trug noch zusätzlich zu einer durchaus befriedigenden Müdigkeit bei, der sie schließlich nachgegeben hatten und nebeneinander in ihrem Bett eingeschlafen waren.

Jetzt war es bereits Morgen. Wenigstens vermutete Darren das. Die Sonne schien durch das Fenster direkt auf sein Gesicht. Er blinzelte und hatte im ersten Moment Mühe überhaupt etwas zu erkennen. Doch als seine Augen sich an die Helligkeit gewöhnt hatten, stellte er bei einem Blick auf den Wecker fest, dass es noch nicht allzu spät war. Sein Blick glitt über das unordentliche Laken zu seiner Linken und er musste wieder lächeln. Die Stelle war noch warm. Sanft strich er mit seiner Hand über das Laken. Aus der Küche hörte er Geschirr klappern und der Duft von frisch gekochtem Kaffee wehte zu ihm ins Schlafzimmer. Darren wollte gerade die Beine aus dem Bett schwingen, als Dara auch schon mit einem voll beladenen Tablett hereinkam.

Sie blieb an der Tür stehen und grinste ihn schief an. "Bleib ruhig im Bett. Dann ist der Weg gleich nicht so weit."

Darren faltete ergeben die Hände und senkte den Kopf. "Sehr wohl, Mam."

Dara balancierte das Tablett zum Bett und lud es kurzerhand mitten auf dem Bett ab. Darren rutschte vorsichtig in eine bequemere Position und ging dann in den Schneidersitz. Dara ließ sich neben ihm nieder und griff als Erstes nach einem Becher Kaffee. Sie hob ihn an die Lippen und trank einen vorsichtigen Schluck. Ihr Bademantel klappte ein wenig auf und gab mehr frei, als er verhüllte. Darren beugte sich zu ihr hinüber und gab ihr einen Kuss auf die Wange. Sie wandte den Kopf und lächelte. Die Sonne brach sich in ihren Augen und zauberte ein Muster aus tausend Farbschattierungen auf ihre unterschiedlich gefärbten Augen. Darren ertappte sich bei dem Gedanken, warum sie eigentlich so lange gewartet hatten. Dann griff auch er zu einem Becher Kaffee und trank. Beim Frühstück redeten sie nicht viel und anschließend hatte Darren sich ins Badezimmer begeben, um ausgiebig zu duschen, während Dara das schon vor ihm erledigt zu haben schien, denn sie begann gleich, sich anzuziehen.

Jetzt kam Darren gerade aus der Dusche. Dara war bereits angezogen, saß aber immer noch auf dem Bett. Darren trocknete sich die Haare mit einem viel zu großen Handtuch ab und setzte sich zu ihr. Sie sah ihn an mit einem Ausdruck in den Augen, den er nicht deuten konnte. Dann nahm sie ihm das Handtuch weg, beugte sich zu ihm und küsste ihn.

Das hieß, sie versuchte es. In diesem Moment klingelte Darrens Handy auf dem Nachttisch. Mit einem unwilligen Knurren nahm er es in die Hand, schaute auf das Display und drückte den Anrufer weg.

"Ist nur Matt. Wahrscheinlich will er mir wieder eine seiner Vampirgeschichten erzählen." Er lachte und wollte dort weiter machen, wo sie gerade unterbrochen wurden. Aber diesmal wich Dara zurück. Der Ausdruck in ihren Augen war jetzt eindeutig Sorge. "Was meinst du damit?"

"Erinnerst du dich an die Frau in der Bank?"

Dara nickte. Der Ausdruck von Sorge in ihren Augen stieg.

"Ihre Leiche ist verschwunden. Nicht weit von dem Leichenschauhaus hat man eine weitere Leiche gefunden, die – behauptet Matt jedenfalls – so gut wie blutleer gewesen sein soll. Und jetzt denkt er natürlich ..."

Dara prallte fast entsetzt zurück und ein Ausdruck von Panik explodierte in ihren Augen.

"Du musst gehen!", sagte sie und sprang auf.

"Was?"

Dara begann, seine Kleidung zusammen zu suchen. Darren sah ihr verdutzt dabei zu.

"Hab ich was falsch gemacht?", fragte er etwas verunsichert.

Dara reichte ihm die Klamotten und schüttelte den Kopf.

"Nein. Hast du nicht. Ich ... Darren ... " Sie brach erneut ab.

Darren nahm zögernd die Klamotten entgegen und begann, sich anzuziehen. Er konnte beim besten Willen nicht verstehen, was in sie gefahren war. Aber irgendetwas schien sie in Panik zu versetzen.

Dara startete einen neuerlichen Erklärungsversuch. "Hör zu, Darren. Versteh mich jetzt bitte nicht falsch. Sei nicht sauer auf mich. Die letzte Nacht war die schönste, meines Lebens, und wenn es nach mir geht, mit Sicherheit nicht die Letzte. Aber jetzt musst du gehen. Ich muss noch einmal weg."

Sie sah seinen zweifelnden Blick und ergänzte: "Es ist wichtig!"

Darren hatte sich mittlerweile komplett angezogen. Aber die Zweifel waren noch nicht aus seinem Blick gewichen.

Sie kam einen Schritt auf ihn zu und hob die Hand, als wolle sie ihn berühren. Doch dann ließ sie die Hand wieder sinken und gab ihm einen innigen, leidenschaftlichen Kuss.

Darren sah sie verwirrt an. "Was ist los mit dir?"

"Ich liebe dich, Darren. Aber du musst jetzt gehen. Wir sehen uns bei der Nachtschicht, o.k.?"

"Was ist denn bloß los, Dara? Hast du irgendwelche Schwierigkeiten?"

"Nein!", sagte sie – vielleicht ein wenig zu schnell. Und ihr Blick sagte: noch nicht!

Aber Darren spürte, dass es jetzt keinen Sinn machte, weiter nachzubohren. Seufzend sah er sie an. "Ist mit uns alles in Ordnung?"

Dara lächelte. "Könnte gar nicht besser sein, wirklich. Ich werde dir später alles erklären. Aber jetzt muss ich noch was Wichtiges erledigen."

Darren seufzte und ging zur Tür. Dara begleitete ihn. An der Tür drehte er sich noch einmal zu ihr um, zog sie an sich und küsste sie.

"Ich dich auch", sagte er augenzwinkernd und mit einiger Verspätung zu ihr. Sie nahm seine Jacke von der Garderobe und warf sie ihm zu. Und in diesem Moment spürte Darren, dass Dara es wirklich ernst gemeint hatte.

Trotzdem es heller Nachmittag war, war es in der Gasse so dunkel, dass man fast eine Taschenlampe brauchte. Ari öffnete vorsichtig die Augen. Zunächst konnte sie wirklich nichts erkennen. Ihre Augen brauchten allerdings nicht lange, um sich an die Dunkelheit hier zu gewöhnen. Sie ließ den Blick über die Gasse schweifen. Und wie in jeder typischen Gasse eines Gettos wie diesem hier, fand sie hier auch nichts Außergewöhnliches. Müllcontainer und anderer Abfall bestimmten im Wesentlichen das Bild, das sich hier bot. Hier und da lag ein betrunkener Obdachloser. Die Häuserfronten links und rechts waren so hoch, dass es dem Wort Häuserschlucht eine ganz neue Bedeutung zu geben schien und Ari fragte sich ernsthaft, ob hier unten jemals die Sonne schien.

Ihr Kopf dröhnte als hätte sie einen Schlag auf den Kopf bekommen, vermutlich, weil sie wirklich einen Schlag auf den Kopf bekommen hatte, wie sie sich jetzt wieder erinnerte. Ari spürte den harten, rauen Stein im Rücken und registrierte erst jetzt, dass ihre Arme irgendwo über ihrem Kopf festgebunden waren.

Eine Katze schlenderte vorbei, blieb dicht vor ihr stehen. Sie starrte irgendwo über Ari auf die Mauer, an der Ari stand. Dann machte die Katze plötzlich einen Buckel, ihr Schwanz plusterte sich auf. Sie legte die Ohren an und fauchte feindselig.

Irgendetwas tropfte Ari auf den Kopf und das begleitende Knurren klang alles andere als gutmütig. Ari hob den Kopf. Über ihr auf dem Rand der Mauer hockte ein Geschöpf, als wäre es aus einem Albtraum entsprungen. Es fauchte die Katze an, die mit einem entsetzten Laut davonsprang, dann senkte sich der Blick der bösen Augen direkt auf Ari. Ari wich dem nächsten Speichelfaden aus so gut es ging und verzog angewidert das Gesicht.

"Hey, Faturek! Du sabberst, Kumpel!", beschwerte sie sich.

Faturek quittierte das mit einem neuerlichen Fauchen und packte fester zu. Seine Krallen bohrten sich tief in Aris Handgelenke und sie konnte gerade noch einen schmerzvollen Aufschrei unterdrücken. Sie hatte sich getäuscht. Ihre Hände waren keinesfalls gebunden. Faturek hielt sie kurzerhand fest, was im Ergebnis so ziemlich das Gleiche bedeutete.

"Ari, Ari, Ari!"

Die Worte waren begleitet von einem künstlichen Seufzen. Ari wandte den Kopf und links von ihr schälte sich ein Schatten aus dem Schwarz der Wände. Der Schatten schlenderte gemächlich auf sie zu und blieb direkt vor ihr stehen.

"Aliana hätte einen erfahreneren Läufer schicken sollen. Du bist viel zu leicht zu fangen, Schätzchen."

Lillith lächelte und entblößte dabei die spitzen Fangzähne. Ari schnaubte verächtlich.

"Du kannst mich nicht töten, Lillith. Ich bin die Geliebte des Teufels."

"Warst, Schätzchen, warst! Jetzt hat er ein neues Spielzeug. Aber das ändert natürlich nichts an der Tatsache, dass du recht hast."

Lillith legte den Kopf ein wenig schief. "Ich kenne die Spielregeln, Ari. Du kannst dich nur selbst richten. Und glaube mir: Wenn ich mit dir fertig bin, wirst du mich anbetteln, dich umbringen zu dürfen."

Faturek über ihr gab ein Geräusch von sich, welches wie die Mischung aus einem Lachen und einem Hecheln klang. Wieder tropfte Ari sein Speichel auf den Kopf. Aber dieses Mal verzichtete sie darauf, ihn darauf hinzuweisen, sondern behielt Lillith im Auge.

Lilliths Lächeln erlosch übergangslos. "Wo ist der Ring?"

"Glaubst du wirklich, dass ich so dämlich bin und das Ding mit mir rum trage?" Ari machte ein abfälliges Geräusch.

Lillith reagierte blitzschnell und ließ eine Hand vorschnellen. Sie packte Ari unter dem Kinn und zwang ihren Kopf mit einem schmerzhaften Stoß gegen die Mauer. Sie knurrte und in ihren Augen blitzte reine Mordlust auf. Mit dem Fingernagel der anderen Hand fuhr sie die Konturen von Aris Gesicht nach. Sie drückte dabei ein wenig fester zu, als nötig gewesen wäre, sodass ihr Fingernagel eine nicht sehr tiefe aber dennoch heftig brennende Spur auf Aris Wange hinterließ.

"Wo ist der Ring, Schätzchen? Es kann für dich schnell vorbei sein. Es kann aber auch ein Weilchen dauern. Das kannst du dir aussuchen."

Ari antwortete nicht. Aber ihr Blick sprach Bände. Die Verachtung, die sie in diesen Blick legte, musste Lillith nur als Herausforderung verstehen. Noch einmal ließ sie Aris Kopf schmerzhaft gegen die Mauer krachen. Ari verzog das Gesicht und stöhnte leise auf. Ihr Kopf dröhnte und ein stechender Schmerz bohrte sich tief in ihren Schädel.

"Das Ding nutzt dir gar nichts", presste sie mit zusammengebissenen Zähnen hervor. "Es ist zu spät. Dara hat sich verliebt, weißt du. Sie haben schon miteinander geschlafen."

Für einen Moment sah es so aus, als wollte Lillith ihren Kopf abermals gegen die Mauer schlagen. Doch dann stoppte sie die Bewegung plötzlich. Ihre Augen wurden schmal. Ari hatte recht. Wenn Dara bereits Sex mit ihm hatte, würde es nicht reichen, den Ring einfach wieder zu ihrem Herren zu bringen. "Hm. Wie bedauerlich! Dann kann ich leider nichts mehr für ihn tun, oder? Jetzt stellt sich nur noch die Frage, wer von uns beiden ihn eher findet."

Sie holte mit der anderen Hand aus, um Ari ihre Krallen in die Augen zu schlagen und Ari ergriff die einzige Chance, die ihr noch blieb. Sie riss die Beine hoch, gehalten von Faturek, und trat Lillith ins Gesicht. Lillith schrie auf und taumelte einige Schritte zurück. Sie schlug die Hände vor das Gesicht und zwischen ihren bleichen Fingern sickerte hellrotes Blut hervor. Aus der gleichen Bewegung heraus riss Ari die Beine noch höher und trat Faturek vor die Schnauze.

Faturek fiel mit einem Winseln rückwärts über die Mauer und verschwand begleitet von einem ohrenbetäubenden Scheppern und Poltern auf der anderen Seite. Blitzschnell ließ sich Ari auf die Knie fallen und wich damit Lilliths Krallen aus, die bereits wieder nach ihr zu greifen versuchten. Ari trat Lillith die Beine unter dem Körper weg und griff um sich. Sie bekam irgendetwas Kaltes, Hartes zu fassen, sprang auf und ließ ihr Fundstück auf Lillith niedersausen. Es senkte sich mit einem unangenehmen, schmatzenden Laut in Lilliths Bauch. Die Vampirin schrie auf und versuchte, danach zu greifen, aber Ari trat ihre Hände einfach beiseite. Dann drehte sie das Fundstück in der Wunde herum und mit einem letzten, leisen Seufzen verdrehte Lillith die Augen. Ihr Kopf fiel haltlos auf die Seite. Ari zog das Ding aus Lilliths Bauch und warf es achtlos beiseite. Erst jetzt bemerkte sie, dass es ein altes, abgebrochenes Rohr war. Es würde Lillith nicht töten. Aber vielleicht so lange aufhalten, bis sie Darren in Sicherheit gebracht hatte. Ohne sich noch einmal nach Faturek umzudrehen, sprintete sie los. In dem Moment, in dem sie aus der Gasse stolperte, sprang Faturek wieder auf die Mauer. Für einen kurzen Moment überlegte er, ob er ihr nachhetzen sollte. Aber dann entschied er sich dafür, seiner Herrin zu helfen und war mit einem einzigen Satz von der Mauer herunter und neben Lillith.

Lillith schlug im gleichen Moment die Augen auf und setzte sich auf. Ihre Nase hatte bereits aufgehört zu bluten und auch die Bauchwunde blutete nicht mehr so stark. Aber es würde noch eine Weile dauern, bis sie sich schloss. Lillith starrte zuerst ihre blutverschmierten Finger und dann ihren Bauch an.

"Dieses kleine Miststück!"

Ihr Kopf ruckte zu Faturek herum. "Finde sie!", fauchte sie ihn an. "Sie wird uns zu ihm führen. Und dann bringen wir es zu Ende. Ich komme nach, sobald ich wieder stehen kann."

Ohne eine Antwort sprang Faturek auf die Füße und hetzte auf allen Vieren aus der Gasse hinter Ari her. Er wusste, dass seine Herrin ihn finden würde. Aber jetzt musste er erst einmal Ari finden.

Darren drehte den Ring in den Fingern. Er fühlte sich seltsam an. Sonderbar warm und irgendwie - lebendig! Die Finger, die den Ring hielten, begannen zu kribbeln und Darren zog die Augenbrauen zusammen.

"Was ist das für ein Ding?" Ihm war bewusst, dass ihn niemand hören konnte. Schließlich war er allein. Nachdem Dara ihn - vorsichtig ausgedrückt - nach Hause geschickt hatte, war er auch sofort nach Hause gefahren. Er hatte seine Jacke an die Garderobe gehängt und dabei war ihm wieder dieser Ring eingefallen. Seltsamerweise hatte er ihn fast vergessen! Er hatte wieder das Gesicht der Kellnerin vor Augen, die so plötzlich verschwunden war. Und er erinnerte sich, dass sie sich nach irgendetwas gebückt hatte, bevor sie verschwunden war.

"Ich Idiot", flüsterte Darren zu sich selbst. Natürlich! Die Kellnerin! Niemand anderes konnte ihm dieses seltsame Ding zugesteckt haben. Gut! Die Frage nach dem: wer? hatte er jetzt geklärt. Die Frage nach dem: warum? leider noch lange nicht. Darren besah sich den Ring genauer.

Auf den ersten Blick schien es ein ganz normaler, wenn auch ein wenig klobiger, Ring zu sein. Aber bei genauerem Hinsehen konnte Darren auf seiner spiegelnden Oberfläche Bewegung ausmachen. Darren blinzelte ein paarmal. Aber es blieb dabei. Die Oberfläche des Rings bewegte sich unablässig, ohne wirklich seine Form zu verändern. Fast, als fände die Bewegung unter der Oberfläche statt. Seine Fingerspitzen kribbelten noch immer und langsam aber sicher begann er sich zu fragen, ob er nicht vielleicht doch träumte. Das war einfach völlig unmöglich! Auch nach nochmaligem Blinzeln blieb es dabei. Die Oberfläche bewegte sich eindeutig! Darren konnte weder Buchstaben oder Zahlen oder sonst irgendetwas erkennen. Was hatte er denn auch erwartet? Einen Geheimcode der CIA?! Vielmehr schienen diese Bewegungen keinem bestimmten Muster zu folgen. Sie bildeten Formen, die sie schon nach ein paar Sekunden wieder aufgaben nur, um sich dann neu zu formieren und ein völlig anderes Muster zu bilden. Auf der Oberseite des Ringes war eine kleine Plattform angebracht, auf der sich Symbole befanden: Eine Art Flamme und irgendetwas, was wohl die Unendlichkeit des Weltraums darstellen sollte. Mit einem verwirrten Kopfschütteln legte Darren den Ring behutsam vor sich auf den Couchtisch. Augenblicklich verschwand die Bewegung von der Ringoberfläche. Darren streckte den Zeigefinger aus und hielt noch einmal inne. Aus irgendeinem Grund zögerte er, den Ring nochmals zu berühren. Seine Fingerkuppe begann wieder zu kribbeln. Nach einem letzten, tiefen Atemzug entschloss er sich doch, den Finger zu senken. Kaum hatte er den Ring berührt, begann seine Oberfläche wieder zum Leben zu erwachen. Mit einem erschrockenen Keuchen und so schnell, als hätte er sich verbrannt, zuckte Darren zurück.

Es klingelte an der Tür und Darren fuhr erschrocken zusammen. Dann hob er mit einem ärgerlichen Stirnrunzeln den Kopf und starrte in Richtung Tür. Für einen kurzen Moment überlegte er, ob er den Ring wieder einstecken sollte. Er überlegte es sich dann doch anders, erhob sich ächzend und ging zur Tür. Er öffnete sie, ohne vorher durch den Spion gesehen zu haben.

"Na, Dara. Hast du … "

Darren hob den Blick und brach verdutzt ab. Vor ihm stand nicht Dara.

"Darf ich reinkommen?", fragte die rothaarige Kellnerin.

Darren war viel zu verdutzt, um zu antworten. Er war nicht nur erstaunt, sie hier zu sehen, sondern auch erschrocken, wie sie mittlerweile aussah. Die blutige Spur quer über ihre Wange hatte zwar aufgehört zu bluten. Trotzdem hatte Darren genug Erfahrung mit solchen Verletzungen, um beurteilen zu können, dass diese Wunde relativ frisch war. Mit einem nervösen Lächeln wandte die Kellnerin sich um und warf einen Blick hinter sich. Suchte sie etwas? Sie wandte sich wieder an Darren.

"Darf ich reinkommen, bitte!"

Diesmal reagierte Darren. "Nein!"

Wieder sah sich die junge Frau nervös um. "Bitte, Darren. Es ist wichtig!"

Darren riss erstaunt die Augen auf. "Woher kennst du mich? Du bist die Kellnerin aus dem Restaurant, richtig?"

Sie nickte und warf abermals einen nervösen Blick hinter sich. "Ja. Lass mich rein und ich werde dir alles erklären!"

Darren trat ganz automatisch einen Schritt beiseite und sie floh regelrecht an ihm vorbei in den Schutz der Wohnung. Darren warf noch einen verwirrten Blick den Flur entlang. Dann schloss er die Tür. Die junge Frau war hinter ihm stehen geblieben, sodass er fast mit ihr zusammengestoßen wäre. Sie lächelte fast verlegen und trat einen Schritt zurück.

"Brauchst du Hilfe?", fragte Darren und deutete auf die Wunde in ihrem Gesicht. Die Rothaarige winkte ab und Darren zuckte mit den Schultern. Dann deutete er den Wohnungsflur hinunter und die junge Frau setzte sich in Bewegung. Darren setzte sich wieder auf seinen Platz und bot auch ihr einen Platz an. Sie lehnte mit einem dankbaren Kopfschütteln ab.

"Mein Name ist Ari. Ich habe vorhin etwas bei dir deponiert. Das muss ich jetzt wiederhaben."

Darren nickte und deutete mit dem Kopf auf den Ring auf der Tischplatte. Ari griff nach dem Ring aber Darren war schneller. Seine Hand knallte auf die Tischplatte und begrub den Ring unter sich. Ari starrte ihn an. In ihren Augen blitzte es herausfordernd auf.

"Das Ding gegen ein paar Infos." Auch Darren sah sie herausfordernd an. Aber er grinste dabei dermaßen frech, dass Ari tief einatmen musste, um ihre Wut unter Kontrolle zu bekommen.

"Also gut, Darren. Das ist mein Verlobungsring und ich muss ihn wiederhaben, sonst macht mir mein Verlobter die Hölle heiß."

Darren starrte sie an. Sein Grinsen erlosch. "Und wer ist dein Verlobter? Der Froschkönig?"

Ari öffnete den Mund und wollte etwas sagen. Dann überlegte sie es sich doch anders und wechselte die Taktik.

"Darren. Es ist wirklich wichtig. Gib mir das Ding einfach."

"Woher kennst du meinen Namen?"

Ari schwieg. Darren seufzte schwer und theatralisch. "Ich fürchte, so kommen wir nicht weiter, Lady!"

Noch immer ruhte seine Hand auf dem Ring. Er fühlte, wie seine Handfläche zu kribbeln begann. Aber er widerstand der Versuchung, die Hand zurückzuziehen.

Ari rollte mit den Augen. "Glaub mir, Darren. Ich würde dir und Dara nur ungern wehtun."

Völlig unvermittelt sprang Darren auf. Er machte einen Schritt auf Ari zu als wolle er sie packen und schütteln. Dann blieb er stehen und funkelte sie feindselig an.

"Was?"

"Dara meint es wirklich gut mit dir. Aber es gibt da ein paar Dinge, die selbst Dara nicht verhindern kann."

Das Bedauern in Aris Stimme war echt. Aber trotzdem verstand Darren kein Wort. Er öffnete den Mund, um eine entsprechende Frage zu stellen. Ari kam ihm zuvor. Sie trat einen Schritt auf ihn zu. Sie sah ihn mit einem Ausdruck in den Augen an, den Darren nur schwer deuten konnte. Täuschte er sich, oder war das, was er in ihren Augen lesen konnte, echtes Bedauern?

Ari seufzte. Dann sagte sie: "Es wird Zeit, zu gehen, Darren."

Mit diesen Worten griff sie nach seiner Schulter. Darren prallte zurück und stieß dabei gegen den Tisch. Der Ring rutschte über die glatte Glasplatte und kam genau an der Kante zum Stillstand. Für eine Sekunde blickten beide dem Ring hinterher. Und diesmal war Ari schneller. Sie streckte mit einer Bewegung, die so schnell war, das Darren sie kaum wahrnehmen konnte die Hand aus und griff nach dem Ring. Sie ließ ihn mit einer ebenso schnellen Bewegung in ihrer Hosentasche verschwinden. "Den nehm ich wohl besser." Darren ballte wütend die Fäuste und machte einen bedrohlichen Schritt auf Ari zu.

In diesem Moment klingelte es erneut an der Tür. Darren machte keine Anstalten, sich in Richtung Tür in Bewegung zu setzen. Stattdessen starrte er Ari mit funkelnden Augen an.

Ari grinste. "Willst du nicht aufmachen?"

Darren schwieg. Er verengte die Augen und ihr Grinsen erlosch.

"Geh schon. Ich werde dir nicht weglaufen, versprochen."

Wider Erwarten setzte Darren sich jetzt doch in Bewegung. Ari hielt ihn noch einmal am Arm zurück. "Wenn es die Schwarzhaarige ist, solltest du besser den Riegel vorschieben!"

Darren starrte Ari einen Moment verwirrt an. Von welcher Schwarzhaarigen redete sie eigentlich? Es klingelte erneut und diesmal gesellte sich auch noch ein ungeduldiges Klopfen dazu. Darren machte seinen Arm mit einem Ruck los, stapfte noch immer wütend durch den Flur und riss - ohne vorher durch den Spion gesehen zu haben (wozu hatte er dieses Ding eigentlich?) - die Tür auf. Und dann starrte Darren in Daras Gesicht.

"Dara! Hi!" Seine Stimme klang völlig verwirrt und irgendwie als hätte ihn jemand bei etwas ertappt. Sie lächelte flüchtig und der Ausdruck auf ihrem Gesicht gefiel Darren überhaupt nicht. Trotzdem sagte er: "Komm rein."

Er trat einen Schritt zur Seite und Dara folgte seiner Aufforderung, noch bevor er den Satz ganz beendet hatte. Sie stampfte an ihm vorbei ins Wohnzimmer. Mit einem verwirrten Kopfschütteln schloss er die Tür und beeilte sich, ihr nachzulaufen.

"Dara. Das ist ... "

"Ari", fiel Dara ihm ins Wort und funkelte Ari böse an. "Was hast du jetzt wieder angestellt?"

"Warum muss ich immer an allem Schuld sein?" Ari klang wirklich beleidigt.

Darren starrte wortlos und kopfschüttelnd von Dara zu Ari und wieder zu Dara.

"Vielleicht, weil du die Geliebte des Teufels bist?"

In Daras Stimme lag so viel offene Feindseligkeit, dass Darren vorsichtshalber einen Schritt näher trat. Für einen kurzen Moment hatte ihre Feindseligkeit ein neues Opfer erspäht und sie funkelte Darren an. Er erstarrte.

"Was läuft hier, Ladies?", fragte er, aber beide Frauen ignorierten ihn.

"Das ist ja mal wieder typisch für dich. Vorurteile haben wir nicht", schimpfte Ari. Dara setzte zu einer Antwort an.

"Ladies?", fragte Darren vorsichtig. Wieder reagierte keine der beiden Frauen.

"Ich war es nicht, die den größten Vogel der Gesichte abgeschossen hat, Ari!"

Bevor Ari antworten konnte, stieß Darren einen schrillen Pfiff aus. "Ruhe jetzt, ihr beiden! Was zum Teufel ist hier los?"

Ari grinste ihn an. "Zum Teufel ist schon gar nicht so schlecht, finde ich."

"Lass deine blöden Witze, Ari. Willst du es ihm erzählen oder soll ich?"

Ari verdrehte die Augen und seufzte. "Du wirst es mir wahrscheinlich nicht glauben, mein Hübscher. Aber ich versuch's einfach mal. Ich war die Geliebte des Teufels. Als er mich abserviert hat, war ich sauer und hab ihm den Ring der Gezeiten geklaut. Mit diesem

Ring kann er die Gezeiten verschieben und somit die absolute Herrschaft über Gut und Böse für sich entscheiden. Verständlicherweise will er den natürlich wieder haben."

Sie sah Darren an, als erwarte sie eine ganz bestimmte Reaktion von ihm.

"Schon ... klar ...", sagte er zögernd und warf einen Hilfe suchenden Blick zu Dara. Seine Augen fragten: Hat sie sie nicht mehr alle?

Dara schüttelte leicht den Kopf. Das war ganz und gar nicht die Antwort, die er hatte hören - oder besser sehen - wollen.

Dara wandte sich an Ari: "Lillith ist auf dem Weg hierher und sie hat Faturek dabei."

"Stell dir vor. Das hab ich auch schon gemerkt", giftete Ari. "Wir hatten bereits das Vergnügen!"

Sie deutete mit einer abgehakten Bewegung auf ihre Wunde und verzog missmutig das Gesicht. "Die Braut und ihr Schoßhündchen werden langsam echt lästig. Wir sollten hier schnellstmöglichst verschwinden!"

"Was hat dich eigentlich geritten, Lucifer einfach dieses verdammte Ding zu klauen?" Dara war außer sich vor Wut. Sie konnte sich jetzt kaum noch beherrschen. Ari war bekannt für ihre Kurzschlussreaktionen. In der Vergangenheit hatte das des öfteren zu Problemen geführt. Aber sich mit Lucifer einzulassen, war wirklich das Dümmste, das Ari bis jetzt auf ihrer - zugegebenermaßen schon ziemlich langen Liste an Dummheiten - vorzuweisen hatte.

"Ich war verletzt und wütend, ja!", verteidigte Ari sich. "Dieser Kerl hat mich einfach abserviert."

"Was ist passiert?"

"Lillith ist jetzt seine Favoritin." Ari sah betreten zu Boden.

"Dann gib ihm das Ding einfach zurück. Selbst Lucifer muss sich an Regeln halten. Was er bis jetzt auch immer getan hat, Teufel hin oder her. Wenn wir anfangen die Regeln zu brechen ... "

Sie sprach nicht weiter, aber das war auch gar nicht nötig. Ari wusste auch so, was Dara sagen wollte.

"So einfach ist das leider nicht." Ari trat nervös von einem Fuß auf den anderen.

Dara verengte misstrauisch die Augen. "Was willst du damit sagen?"

"Ich kann ihm das Ding nicht einfach zurückbringen. Er hat seine Armee bereits aufgestellt."

"Das wäre nicht das erste Mal, Ari. Aliana wird das regeln."

"Alianas Macht geht zu Ende, Dara. Deshalb hat sie mich geschickt. Lillith soll sich nicht nur den Ring wiederholen, sondern auch den zukünftigen Wächter des Lichts ausschalten, damit er Alianas Platz nicht einnehmen kann."

"Dann sollten wir ihn vor ihr finden", schlug Dara vor und wollte sich herumdrehen.

Ari hielt sie zurück. "Das Finden ist nicht das Problem. Das habe ich schon erledigt."

Langsam, wie in Zeitlupe drehte Dara sich zu ihr um. Sie spürte, dass Ari ihr etwas Unangenehmes mitzuteilen hatte, und schluckte hart.

"Und wo ist dann dein Problem?" Ihre Stimme klang rau und belegt.

"Du wirst ihn nicht gehen lassen wollen." Aris Blick streifte Darren und saugte sich dann an Dara fest. Plötzlich wurden ihre Augen kalt. "Ich werde ihn mitnehmen müssen, Dara."

Dara trat fast entsetzt einen Schritt zurück und schüttelte den Kopf. "Nein, Ari. Ich will noch mehr Zeit mit ihm."

Dann warf sie einen Hilfe suchenden Blick auf Darren. Mit ihm? Was lief hier eigentlich? Ari machte einen Schritt auf Dara zu.

"Wir brauchen ihn, Dara."

"Es ist noch zu früh."

Ari schüttelte traurig den Kopf. "Aliana hat entschieden. Es tut mir leid."

"Nein!" Ihre Stimme klang trotzig, wie die eines kleinen Mädchens.

"Dara, bitte. Du weißt, was auf dem Spiel steht." Dara warf einen entsetzten Blick auf Darren, sah dann wieder Ari an, von Ari wieder zu Darren.

"Nein! Das kann Aliana nicht wollen."

"Ich habe einen Auftrag. Er muss sein Schicksal erfüllen. Du kennst die Regeln, Dara."

"Du kommst zu spät!", verkündete Dara. "Wir haben schon miteinander geschlafen."

"Dara, was … was soll das? Musst du ihr alles auf die Nase binden?", mischte sich Darren jetzt wieder in das Gespräch ein. Noch immer begriff er nichts von alle dem, was die beiden Frauen besprachen. Aber jetzt wurde ihm das Gespräch eindeutig unangenehm.

"Ich weiß." Ari sah Dara ernst an.

Sie riss entsetzt die Augen auf. "Spionierst du uns etwa nach?"

"Ich bitte dich, Dara. Wenn ein Kerl wie Darren dich abends besucht und erst am nächsten Morgen wieder aus dem Haus stiefelt, braucht man doch nur zwei und zwei zusammenzuzählen."

Sie grinste. Dann warf sie einen Blick auf Darren.

"Schade, ich hatte gehofft, dass ich das erledigen darf. Schließlich sind nicht alle meine Aufträge so hübsch." Ari warf Darren ein eindeutig zweideutiges Lächeln zu, welches er einfach ignorierte.

"Ihr beide habt mir eine Menge zu erklären, Ladies."

"Gern. Wann hast du den Faden verloren?", fragte Ari und verschränkte demonstrativ die Hände vor der Brust.

Darren funkelte sie feindselig an. "So ungefähr bei: Was hast du jetzt wieder angestellt!"

Ari rollte mit den Augen. "Dann können wir ja ganz von vorn anfangen!", stöhnte sie mit gespieltem Entsetzen.

Dara hob abwehrend die Hände. "Schluss damit. Wir sollten es ihm wirklich erklären, Ari. Das sind wir ihm schuldig."

"Also gut. Setzen wir uns besser." Sie machte eine einladende Geste auf das Sofa und in diesem Moment ertönte ein Schrei aus dem Treppenhaus. Gefolgt von einem Laut, der wie die Mischung aus einem Heulen und einem Knurren klang. Dann ein dumpfes Poltern. Dann Stille. Dara und Ari starrten sich entsetzt an.

"Raus hier!", rief Dara, packte Darren am Arm und zerrte ihn zur Tür. Sie spähte durch den Spion. Aber der Flur war leer.

"Woher weiß Lillith eigentlich, nach wem sie suchen muss?", fragte Dara ohne den Blick von dem Spion zu wenden.

Ari setzte ein bedauerndes und irgendwie verlegen wirkendes Lächeln auf. "Möglicherweise habe ich es Lucifer gegenüber einmal erwähnt."

Ihre Stimme klang leise. So wie die Stimme von jemandem, der eine unangenehme Wahrheit zu beichten hatte, der aber hoffte, das ihn auf diese Weise niemand hören würde. Dara und Darren drehten sich gleichzeitig wie in Zeitlupe zu Ari um. Sie zuckte verlegen mit den Schultern.

"Bist du von allen guten Geistern verlassen, Ari? Was hast du dir dabei gedacht? Du kennst die Regeln."

"Und du kennst Lucifer!", verteidigte Ari sich. "Du weißt, wie überzeugend der sein kann. Besonders in gewissen Situationen."

Ihr Lächeln wurde versonnen und anzüglich. Dara schüttelte fassungslos den Kopf und spähte wieder durch den Spion. Auf dem Flur war immer noch nichts zu sehen. Und es war still. Zu still. Darren schob Dara sanft zur Seite und blickte selbst noch einmal durch den Spion.

"Gibt es noch einen anderen Ausgang?", fragte Dara.

Darren schüttelte den Kopf. "Wir müssen wohl oder übel durch den Flur."

Er konnte Dara und selbst Ari ansehen, dass ihnen dieser Vorschlag so gar nicht gefiel und er begann sich zu fragen, was den beiden eigentlich eine solche Angst einjagte.

"Wer ist diese Lillith?" Darren sah abwechselnd Dara und Ari an. Als keine von beiden antworten wollte, verschränkte er die Arme vor der Brust und lehnte sich lässig gegen die Tür.

"O.K. Wie ihr wollt. Ich habe Zeit!"

Dara fuhr mit geballten Fäusten und einem mörderischen Funkeln in den Augen zu Ari herum und sah sie herausfordernd an. Ari reagierte nicht und so versuchte Dara zu erklären: "Sie ist die junge Frau, die wir beide in der Bank gesehen haben, Darren."

"Die Schwarzhaarige?"

Dara nickte.

"Matts Vampir?"

Abermals nickte Dara und Ari zuckte leicht zusammen. Sie warf ihm einen Blick zu, der mehr sagte, als tausend Worte es gekonnt hätten.

"Sie ist wirklich einer, richtig?"

Darren schluckte hart und er hoffte inständig, dass Dara ihn jetzt auslachen würde. Aber das tat sie nicht. Stattdessen holte sie tief

Luft und lächelte bedauernd. "Diese Geschichte ist wirklich zu lang für die Eile, in der wir uns befinden, Darren."

Für das, was jetzt in ihm vorging, musste ein neues Wort erfunden werden. Noch nie in seinem Leben war er in einen solchen Strudel der unterschiedlichsten Gefühle geraten. Er hatte das Gefühl, den Boden unter den Füßen zu verlieren und ins bodenlose Nichts zu stürzen. Und noch immer spürte er tief in sich die Hoffnung, dass er nur träumte. Jeden Moment musste er aufwachen und neben Dara in ihrem Appartment liegen. Dort, wo er hingehörte. Dort, wo er sein wollte. Nicht hier. In einer Welt, die ihm plötzlich so unwirklich vorkam, als wäre sein bisheriges Leben ein einziger Traum gewesen, aus dem er nun langsam aber unaufhaltsam erwachte. Die beiden Frauen sahen ihn schweigend an und Darren wurde klar, dass es das Schicksal offenbar nicht besonders interessierte, was er dachte und was er wollte. Wie es aussah, blieb ihm keine andere Wahl. Darren stieß sich von der Tür ab.

"Also gut. Wir reden später darüber."

Er drehte sich zu der Tür um und öffnete sie einen Spalt. Vorsichtig spähte er nach rechts und links. Aber der Flur war auch in diese Richtungen völlig leer. Darren drückte die Tür absolut geräuschlos wieder ins Schloss, drehte sich wortlos um und verschwand im Schlafzimmer. Als er nach einer Minute wieder erschien, hatte er sein Holster mit der Dienstwaffe umgeschnallt. Im Laufen kontrollierte er das Magazin der Waffe und ließ es dann mit einer ruppigen Geste wieder einschnappen.

Ari wollte etwas sagen, aber Dara trat ihr gegen den Fuß. Darren stiefelte wieder zur Tür und öffnete sie abermals.

"Alles klar, Ladies?", fragte er im Flüsterton. Ohne eine Antwort abzuwarten, öffnete er die Tür nun so weit, dass sie sich hindurchquetschen konnten. Die Waffe im Anschlag huschte er voran zum Aufzug. Doch er zögerte, die Hand nach dem Rufknopf auszustrecken.

Stattdessen öffnete er die Tür zum Treppenhaus, die sich nur zwei Schritte neben dem Aufzug befand. Er schloss die Augen und lauschte. Das Treppenhaus schien ebenfalls leer zu sein. Und dennoch konnte Darren Geräusche hören. Ein leises Huschen und Kratzen. Der Laut erinnerte ihn an irgendetwas aber er konnte es beim besten Willen nicht zuordnen. Schließlich gab er es auf und trat wieder neben die beiden Frauen, die inzwischen vor dem Fahrstuhl auf ihn warteten.

Auf Daras fragenden Blick antwortete er mit einem Kopfschütteln. "Bin mir nicht sicher. Vielleicht ist es besser, wenn wir den Aufzug nehmen."

Er bedeutete den Frauen ein wenig auf die Seite zu treten, drückte den Rufknopf und brachte die Waffe in Anschlag, noch ehe die Tür aufglitt. Der Aufzug war nicht leer! Auf dem Boden lag eine Gestalt, die nur noch entfernt an einen Menschen erinnerte. Die Kleidung war in Fetzen gerissen und durch und durch mit Blut besudelt. Ebenso wie die Haare und dort wo seine Kehle hätte sein sollen, gähnte ein tiefes Loch. Die Wände des Aufzugs hatten ein wildes Muster aus blutigem Rot und auf dem Boden breitete sich eine ebenfalls rote Lache aus. Darren erstarrte.

"Matt!"

Um diesen Namen laut zu schreien, fehlte ihm die Kraft. Der Anblick war so schrecklich, dass er im ersten Moment nicht einmal in der Lage war, seine Waffe zu senken und sich um seinen Freund zu kümmern. Die Tür wollte sich gerade wieder schließen. Aus einem reinen Reflex heraus stellte Darren, ohne die Waffe herunter zu nehmen, einen Fuß in die Tür und diese glitt erneut auseinander. Dara machte einen schnellen Schritt an Darren vorbei und Ari sah sich gehetzt in dem Gang um, in dem sie standen. Erst jetzt erwachte Darren aus seiner Starre und ließ sich neben Matt auf die Knie sinken. Mit der einen Hand immer noch die Waffe haltend, streckte er die andere aus, um Matt zu berühren. Aber er konnte es nicht. Und er brauchte sich auch nicht davon überzeugen, ob Matt noch einen Puls hatte oder nicht. Sein Hals war so zerfetzt, dass es unmöglich war, das er noch lebte. Für einen Moment schwebten Darrens Finger über der schrecklichen Wunde an seinem Hals. Dann fiel sein Blick in Matts Augen. Sie waren weit aufgerissen und hatten einen stumpfen Glanz. Alles Leben war bereits daraus gewichen und Darren konnte noch immer das Entsetzen sehen, welches Matt im Augenblick seines Todes empfunden haben musste.

Darren schloss die Augen und senkte den Kopf. Er spürte, wie Dara ihn am Arm berührte. Mit einer unendlich mühevollen Bewegung öffnete er die Augen und blickte sie durch einen Tränenschleier hindurch an. Er hatte nicht einmal bemerkt, dass sie sich ebenfalls neben Matt gekniet hatte. Seine Tränen zogen eine heiße Spur über seine Wangen, wie Säure, die sich auf ewig in seine Haut gebrannt hatte. Seine Schuld! Es war seine Schuld, dass Matt hier war. Wäre er vorhin ans Handy gegangen, als Matt versucht hatte, ihn zu erreichen …

"Ich will ja nicht hetzen. Aber wir sollten uns beeilen. Sie … "

Der Rest des Satzes ging in Aris entsetzten Aufschrei über. Sie starrte den Gang hinunter und Darren konnte das gleiche Entsetzen in ihren Augen sehen, welches in Matts Augen stand. Darren lehnte sich ein wenig vor, um aus dem Fahrstuhl heraussehen zu können. Seine Augen weiteten sich und sein Verstand weigerte sich zu glauben, was er sah. Eine Kreatur, die es nicht geben durfte. Nicht in den schrecklichsten Albträumen und schon gar nicht hier. Ohne darüber nachzudenken, sprang er auf und brachte, die Deckung des Fahrstuhls nutzend, die Waffe in Anschlag.

Dara zerrte Ari in die Kabine und drückte den Knopf für die unterste Etage. Ari stolperte über die Leiche und prallte hart gegen die Wand der Kabine. Darren schoss. Einmal. Und dann war der Albtraum von Kreatur auch schon heran. Zuerst hatte er dieses Geschöpf für einen übergroßen Hund gehalten. Aber jetzt konnte er es genauer in Augenschein nehmen. Es überwand nämlich mit einem einzigen Satz die Distanz von gut fünf Metern von der Haustürnische – in der es geduldig gelauert hatte - bis zu ihnen und stand plötzlich direkt vor Darren. Jetzt kam ihm seine Ausbildung zum Scharfschützen zugute. Seine antrainierten Reflexe übernahmen die Kontrolle und er schoss erneut. Die Geschosse schlugen präzise in den Körper des Tieres ein. Genauso präzise, wie bereits der erste Schuss getroffen hatte. Dennoch zeigten sie kaum Wirkung. Für einen kurzen Moment trafen sich seine Augen und die des Wolfes und Darren erkannte an seinem Blick, dass er sich getäuscht hatte.

Er stand keinem Tier gegenüber, sondern einem intelligenten Lebewesen, welches genau wusste, was es tat. Der Wolf riss die Arme hoch und wurde von dem Einschlag der Kugeln einen Schritt zurückgetrieben. Doch in dem Moment, indem sich die Tür des Aufzuges endlich schloss, sprang der Wolf bereits wieder los. Er krachte mit einem gewaltigen Scheppern gegen die geschlossene Tür und hinterließ eine ausgeprägte Beule darin. Darren trat erschrocken einen Schritt zurück und wäre fast über Matt gestolpert. Er ruderte für einen Moment mit den Armen, sorgsam darauf bedacht, die schrecklich zugerichtete Leiche zu seinen Füßen nicht anzublicken. Der Aufzug setzte sich in Bewegung.

"Was zum Teufel war das denn?" Zu mehr als einem Flüstern war Darren nicht fähig. Er starrte immer noch auf die gewaltige Beule in der Tür. Ari sah ihn mit einem Schulterzucken an.

"Lilliths Schoßhündchen!"

Darren sah sie zweifelnd an. Schoßhündchen schien ihm in diesem Zusammenhang doch ein wenig untertrieben. Er tauschte einen Blick mit Dara. Sie zuckte nur mit den Schultern.

"Ihr solltet mir jetzt besser erzählen, was für Überraschungen noch auf uns warten. Ich möchte wenigstens wissen, wofür ich sterbe."

Er verzog das Gesicht, als hätte er in eine Zitrone gebissen.

Dara lächelte. "Ist jetzt ein wenig ungünstig. Wir müssen hier weg."

Dann wandte sie sich an Ari. "Ari, wo ist das Portal?"

Ari setzte zu einer Antwort an, überlegte es sich dann doch anders. Sie sah Dara fest an, schwieg aber. Daras Gesichtsausdruck wurde hart.

"Für deine Spielchen habe ich im Moment wirklich keine Nerven! Wo ist das Portal?"

"Du kennst doch die Regeln, Dara! Ich darf es dir nicht sagen."

Man konnte Ari ansehen, dass sie sich wirklich unwohl fühlte in ihrer Haut. Und Darren konnte es ihr nicht einmal verdenken. In Daras Gesicht war mittlerweile ein Ausdruck getreten, der selbst ihm Angst machte. So hatte er Dara noch nicht erlebt. Sie funkelte Ari an und ballte die Hände zur Faust, dass die Knöchel weiß hervortraten.

"Überspann den Bogen nicht, Ari."

Ihre Stimme klang leise, drohend und schneidend wie ein Skalpell. "Es hat schon genug unschuldige Opfer gegeben."

Sie musste nicht erst eine Geste auf den am Boden liegenden Leichnam machen.

Darrens Blick wanderte überall hin, nur nicht auf den Boden. Der Aufzug kam mit einem Ruck zum Stehen und die Türen glitten auseinander. Darren brachte sofort die Waffe in Anschlag. Nichts geschah. Mit klopfendem Herzen machte er einen vorsichtigen Schritt vor. Er spähte in beide Richtungen den Flur herunter. Alles war ruhig. Darren packte die Waffe fester und warf einen Blick zu den beiden Frauen zurück.

"Alles sauber. Aber ich weiß nicht, für wie lange. Wir sollten uns beeilen."

Er sah Ari fest an. "Gibt es noch mehr von diesen Biestern?"

Ari sah ihn mit einem säuerlichen Gesichtsausdruck an und entgegnete mit einer Grimasse: "Nein, mein Hübscher. Wenigstens nicht hier."

"Ari, was soll das nun wieder ..."

"Jetzt kommt endlich. Wir müssen hier schleunigst weg", unterbrach Dara die beiden und machte einen entschlossenen Schritt an Darren vorbei hinaus in den Flur.

Rechts von ihnen befand sich die Eingangstür in das Appartmenthaus. Auf der Straße herrschte reges Treiben. Das war ja auch kein Wunder. Schließlich war heller Nachmittag. Auch Ari trat an Darren vorbei und dieser folgte den beiden Frauen rückwärtsgehend und inständig hoffend, das nicht ausgerechnet in diesem Moment einer seiner Nachbarn den Flur betreten würde. Er hätte nicht gewusst, wie er die Waffe hätte erklären sollen. Ganz zu schweigen von der Leiche im Fahrstuhl. Matt hier einfach so zurückzulassen, versetzte ihm einen gehörigen Tritt seines Gewissens. Aber, wenn er nicht zulassen wollte, dass er und die beiden Frauen genauso endeten, hatte er keine andere Wahl. Darren hörte die Tür hinter sich. Sie quietschte erbärmlich.

Aber als er sich umdrehte, sah er nicht, wie Ari und Dara durch die Tür verschwanden, sondern wie jemand im Gegenteil das Haus betrat. Die Frau, die aus dem Leichenhaus verschwunden war! Dara und Ari blieben wie angewurzelt stehen und auch Darren war in diesem Moment zu keiner Bewegung fähig. Wenigstens für den Bruchteil einer Sekunde. Dann übernahmen wieder seine antrainierten Reflexe die Kontrolle und er brachte die Waffe in Anschlag. Sie wies genau zwischen die Augen der dunkelhaarigen Schönheit.

Geistesgegenwärtig steppten Dara und Ari einen Schritt zur Seite, damit Darren freies Schussfeld hatte. Die Dunkelhaarige war nicht im Geringsten überrascht. Geschweige denn, beeindruckt. Sie lächelte und entblößte dabei ihre spitzen Fangzähne.

"Da bist du ja. Ich muss sagen, Aliana hat wirklich Geschmack."

Sie trat einen Schritt auf Darren zu. Die Vampirin trug keinerlei Waffen. Vermutlich hatte sie das auch nicht nötig. Und eigentlich war es nicht Darrens Art, sich an wehrlosen Gegnern zu vergreifen. Aber in diesem Falle war er gern bereit, einmal eine Ausnahme zu machen. Er ließ ihr nicht die geringste Chance. Und schon gar nicht beging er den klassischen Fehler, über den er sich in den unzähligen Filmen, die er sich schon angesehen hatte, immer wieder von Neuem ärgerte: Er ließ sich auf keine Diskussion ein. Darren zog ruhig und präzise den Abzug durch. Ein Schuss krachte. Die Dunkelhaarige zuckte kurz zusammen. Dann erlosch ihr Lächeln und ein kleiner, roter Punkt erschien zwischen ihren Augen. Sie brach ganz langsam in die Knie. Dara und Ari reagierten genauso schnell wie kaltblütig. Sie sprangen über Lillith hinweg und stürmten aus der Tür. Darren drehte sich noch einmal um.

In diesem Moment flog die Tür zum Treppenhaus mit einem ohrenbetäubenden Splittern und Krachen aus den Angeln, prallte gegen die gegenüberliegende Wand und trennte sich mit einem - wie es Darren schien - noch lauteren Splittern von ihrer Glasscheibe. Die Splitter - die Tür bestand aus Sicherheitsglas, das eigentlich gar nicht so einfach splittern sollte! - bedeckten den Boden mit kleinen, spitzen, scharfkantigen Geschossen. Darren zog rein instinktiv den Kopf ein.

Aus den Augenwinkeln sah er den schwarzen Schatten, der sich jetzt gerade wieder erhob. Der Wolf war mitsamt der Tür gegen die Wand geprallt und die vielen kleinen Splitter, die sich in seinem Fell verhakt hatten, glitzerten wie Schnee im Licht der hereinfallenden Sonne.

Darren begann, rückwärts zu laufen und wäre dabei fast über Lillith gestolpert. Der Wolf schüttelte sich und richtete sich mit einem drohenden Knurren ganz auf. Seine glühenden Augen fixierten die Darrens und augenblicklich sprintete das Geschöpf los. Nach ein, zwei Schritten ließ sich der Wolf auf die Vorderpfoten fallen, um schneller voranzukommen. Der Boden war durch die Glassplitter so rutschig geworden, dass die Pfoten des Wolfes darauf kaum Halt finden konnten. Immer wieder rutschte er seitlich weg.

"Scheiße", flüsterte Darren, drehte sich herum und war mit einem Sprung über Lillith hinweg. Er warf sich gegen die Eingangstür und fiel förmlich durch sie hindurch auf die Straße. Er konnte seinen Fall gerade noch durch einen Ausfallschritt verhindern. Hastig sah er sich um und sah rechts von ihm gerade noch, wie Ari um eine Ecke bog. Er sprintete los, immer noch die Waffe in der rechten Hand haltend. Die plötzlichen Schreie, das Splittern von Glas und das hasserfüllte Knurren hinter ihm verrieten ihm, dass der Wolf - völlig ohne Rücksicht darauf, dass man ihn mitten am Tag mehr als deutlich sehen konnte - offensichtlich die Verfolgung aufgenommen hatte. Darren widerstand der Versuchung, sich umzudrehen. Das hätte ihn nicht nur wertvolle Zeit gekostet, sondern ihn auch nur unnötig aus dem Tritt gebracht. Er hetzte hinter Air her, hoffend, dass er schneller sein würde, als das Höllengeschöpf hinter ihm.

Er bog um die gleiche Ecke wie Ari und Dara vor ihm. Und stand plötzlich in einer Sackgasse! Nicht einmal das Sonnenlicht traute sich in diese Gasse, als spürte es, dass dieser Ort dunkel und gefährlich war. Links und rechts an den Wänden der Häuser standen Container neben Container voll mit Müll. Aber auch auf dem Boden lag überall Abfall und Dinge, die - so wie sie aussahen und rochen - sicherlich nicht erst seit gestern hier lagen.

Darren bremste abrupt ab, schlitterte noch ein paar Zentimeter über den glitschigen Boden und blieb dann stehen. Ungläubig sah er sich um, indem er sich einmal um die eigene Achse drehte. Wie war das möglich? Hatte er sich in der Gasse geirrt? Aber er hatte Ari doch ganz deutlich hier hereinlaufen sehen! Da war er sich hundertprozentig sicher! Darren lief langsam los, immer schneller werdend. Nach nicht einmal dreißig Schritten erreichte er das Ende der Gasse. Ein Zaun aus etwa drei Meter hohem Maschendraht, der an einer äußerst stabilen Rahmenkonstruktion befestigt war, besiegelte sein Schicksal. Sackgasse!

Drei Meter waren selbst für einen durchtrainierten Mann wie Darren nicht so einfach zu schaffen. Wut und Frustration brachen aus ihm heraus, als er mit der Faust und dem linken Bein auf den Zaun einhämmerte. Der Zaun begann, zu klirren. Es klang fast wie ein spöttisches Lachen. Darren drehte sich um und lehnte sich schwer atmend gegen den Zaun. Und dann sah er ihn! Der Wolf!

Er hatte den Anfang der Gasse erreicht. Das Tier hatte sich wieder auf seine zwei Hinterbeine erhoben. Langsam, als hätte er nicht den geringsten Grund zur Eile, kam er auf Darren zu. Irgendwo in der Ferne heulte eine Polizeisirene und Darren hoffte, dass der Einsatz ihm galt. Und das sie rechtzeitig hier sein würden. Er brachte wieder seine Waffe in Anschlag und spreizte leicht die Beine, um festen Stand zu haben. Der Wolf lachte. Ein Laut, der wie das Meckern einer Ziege klang, nur ungleich drohender und auf eine unheimliche Weise fast menschlich. Die Klauenhände des Wolfes schlossen und öffneten sich unablässig. Speichel rann aus seiner stumpfen Schnauze und tropfte zäh zu Boden. Darren ließ die Waffe nicht einen Millimeter sinken. Er nahm sich vor, sein Leben so teuer wie möglich zu verkaufen.

"Nimm die Waffe runter, Darren. Es ist vorbei."

Es dauerte ein paar Sekunden bis Darren begriff, das der Wolf diese Worte gesprochen hatte. Darrens Herz hämmerte mittlerweile fast schmerzhaft in seiner Brust und zum ersten Mal in seinem Leben spürte er, was Angst wirklich war. In seinem Kopf war ein beständiges auf- und abschwellendes Summen. Er konnte sein Blut durch die Adern rauschen hören! Darren packte die Waffe fester. Der Wolf war mittlerweile bis auf fünf Meter an ihn herangetreten und blieb nun stehen. Er knurrte und seine Augen schienen vor Mordlust aufzuglühen.

"Mach es dir nicht so schwer. Es wird nicht lange dauern. Aber das es nicht wehtun wird, kann ich dir nicht versprechen." Der Wolf fletschte die Zähne, was vermutlich ein Grinsen darstellen sollte.

"Versuch's doch, du elender Straßenköter!" Darren atmete tief ein und im gleichen Moment, in dem er abdrückte, stieß sich der Wolf ab und sprang auf ihn zu. Er prallte mit voller Wucht gegen Darren. Er hatte keine Ahnung, wo er den Wolf getroffen hatte. Aber das er ihn getroffen hatte, da war er sich sicher. Schließlich war das sein Beruf und außerdem bewies ihm das das schmerzerfüllte Heulen der Bestie.

Was den Wolf allerdings nicht im geringsten daran hinderte, seine Fänge tief in Darrens rechte Schulter zu graben. Darren schrie auf und schlug mit der Faust der linken Hand auf den mächtigen Schädel des Wolfes ein. Die einzige Reaktion bestand aus einer Welle grässlichen Schmerzes, die durch seine Hand pflügte und sich bis hinauf zu seiner Schulter fortsetzte. Die Waffe entglitt seiner kraftlosen rechten Hand und polterte zu Boden. Der Wolf hatte sich in seiner Schulter festgebissen und hatte offensichtlich auch nicht vor, diesen Zustand in nächster Zeit zu ändern. Der Schmerz wurde unerträglich und Darren wurde fast schwarz vor Augen.

Dann sah er den Schatten über sich. Etwa drei Meter über ihren Köpfen - auf der Plattform einer Feuerleiter - stand eine hoch aufgerichtete Gestalt. Sie ließ sich in diesem Moment völlig lautlos und mit einer sonderbar eleganten Bewegung fallen, als ob sie nicht im Geringsten befürchten musste, in den Tod zu springen. Der Schatten prallte auf den Wolf und riss seinen Schädel mit solcher Gewalt zurück, das Darren mitgerissen wurde. Als er auf dem Boden aufschlug, war er fast besinnungslos vor Schmerz und Angst.

Der Wolf hatte mittlerweile von ihm abgelassen und Darren war sich nicht sicher, ob das, was er sah die Wirklichkeit darstellte, oder eine Vision, die ihm seine überreizten Nerven vorgaukelten. Er wälzte sich schwerfällig herum, kroch rückwärts vor den beiden Schatten davon, bis er gegen den Maschendrahtzaun stieß. Das Bild, welches sich ihm bot, war so bizarr, dass Darren fast aufgelacht hätte. Die Bestie drehte sich um die eigene Achse und versuchte verzweifelt, die Gestalt auf ihrem Rücken abzuschütteln. Die hatte sich jedoch so geschickt platziert, das er sie mit seinen Krallen nicht erreichen konnte.

Eine zweite Gestalt sprang von oben auf den Boden herab. Sie ging dabei in die Hocke, federte den Sprung elegant ab und auch ihre Landung war völlig lautlos. Wie in Zeitlupe erhob sie sich und Darren hatte für einen kurzen Moment den flüchtigen Eindruck eines langen, blonden, geflochtenen Pferdeschwanzes. Die Gestalt drehte ihm den Rücken zu, sodass er ihr Gesicht nicht erkennen konnte. Aber er war sich sicher, sie zu kennen! Er konnte ihr nur beim besten Willen keinen Namen zuordnen.

Die Gestalt griff sofort in den ungleichen Kampf ein. Der Wolf wehrte sich verzweifelt. Sein Knurren klang jetzt aber eindeutig schmerzerfüllt. Das spärliche Tageslicht brach sich auf kaltem Stahl, der Wolf jaulte gequält auf und stolperte einige Schritte zurück. Die eine Gestalt stieß abermals mit dem Messer zu, während die andere den Schädel des Wolfes von hinten packte und mit einem kräftigen Ruck verdrehte. Ein trockenes Knacken erscholl. Dann erschlaffte der Körper des Wolfes und die Gestalt ließ ihn los.

Der Wolf schlug unsanft und mit einem seltsam dumpfen Geräusch auf dem Boden auf. Die beiden Gestalten drehten sich zu Darren herum. Die Eine ließ das Messer fallen und stürmte auf ihn zu. Sie ließ sich neben Darren auf die Knie fallen.

"Darren! Sieh mich an!"

Darren hob mühsam den Kopf. Das Gesicht der Gestalt vor ihm verschwamm vor seinen Augen und er schloss sie mit einem schmerzerfüllten Stöhnen. Aber die Gestalt gab so schnell nicht auf. Sie packte ihn an den Schultern und der elende Schmerz, der durch seine rechte Schulter pflügte, holte ihn wieder in die Realität zurück. Zurück aus einem Reich, welches Ruhe und Frieden – und vor allem keinen Schmerz – versprach. Er schrie auf und versuchte, nach der Gestalt zu schlagen. Er war wütend über die grobe Behandlung und funkelte das Gesicht vor sich feindselig an. Jetzt konnte er das Gesicht deutlich erkennen und er konnte ihm auch einen Namen geben.

"Dara", flüsterte er.

Neben ihm fiel eine weitere Gestalt auf die Knie und er musste sich nicht zu ihr umdrehen, um zu sehen, dass es Ari war.

"Kannst du aufstehen? Wir müssen hier weg!"

"Klar", log Darren und versuchte zu nicken. Selbst diese kleine Bewegung ließ eine neuerliche Welle Schmerz durch seinen Körper jagen. Die beiden Frauen zogen ihn auf die Füße, was zwar im Grunde nett gemeint, aber äußerst schmerzhaft war. Darren sog scharf die Luft ein und lehnte sich schwer atmend gegen den Zaun. Er sah in zwei äußerst besorgte Gesichter.

"Wie seid ihr da rauf gekommen?", fragte er ungläubig. Er erinnerte sich immerhin noch daran, dass die beiden aus einer Höhe von drei Metern auf den Wolf heruntergesprungen waren.

"Na, gesprungen, mein Hübscher." Ari grinste ihn an. Aber selbst dieses Grinsen konnte ihre Sorge nicht ganz verbergen.

Darren grinste zurück.

"Na klar", lallte er. Seine Zunge gehorchte ihm plötzlich nicht mehr. Und als auch der Rest seiner Muskeln beschloss jetzt eine Pause einzulegen, verdrehte er die Augen und sackte zusammen.

Stimmen. Das war das Erste, was Darren bewusst wahrnahm. Wie durch Watte drangen sie an seine Ohren. Und obwohl die Stimmen in einer ihm geläufigen Sprache miteinander stritten, konnte er doch ihren Worten keinen Sinn abgewinnen. Er versuchte, die Augen zu öffnen. Und wider Erwarten gelang es ihm sogar schon beim ersten Versuch. Das Zweite, was er spürte, waren Schmerzen. Seine rechte Schulter brannte wie Feuer. Aber längst nicht so schlimm, wie er vermutet hätte. Was ihn gleich zu der Frage brachte: Wie lange hatte er hier eigentlich gelegen?

Darren wandte den Kopf und warf einen Blick auf die verletzte Schulter. Jemand hatte ihm einen provisorischen aber dennoch festen Verband angelegt, der verdächtig nach einem T-Shirt aussah. Der weiße Stoff war zu einem guten Drittel bereits wieder rot eingefärbt. Er versuchte, die Schulter zu bewegen. Nicht einmal eine Sekunde später bereute er diesen Entschluss und sog scharf die Luft ein. Als säße ein glühender Dolch in der Wunde, der jetzt auch noch genüsslich herumgedreht wurde, schoss ein scharfer Schmerz durch den gesamten Arm. Umständlich versuchte Darren, in eine bequemere Stellung zu rutschen. Er nahm seine Umgebung ein wenig genauer in Augenschein. Nicht weit von ihm entfernt standen die beiden Frauen. Dara stand mit dem Rücken zu ihm und Ari war zu beschäftigt damit, wild gestikulierend auf Dara einzureden, als das sie bemerkt hätte, dass er mittlerweile wach war. Darren wandte den Kopf nach oben. Er saß immer noch an den Drahtzaun gelehnt, und als er den Blick wieder senkte, konnte er nicht weit von den beiden Frauen entfernt einen riesigen Schatten mit zottigem Fell auf dem Boden erkennen. Und jetzt endlich konnte er auch die Worte verstehen, die sich die beiden Streithähne um die Ohren feuerten.

"... ist doch gar nicht wahr! Du bist nicht die Einzige, die etwas verliert, Ari!", hörte er Dara gerade giften und sie gab Ari einen derben Stoß gegen die Schulter. Ari taumelte einen Schritt zurück, zeigte ansonsten aber keinerlei Reaktion.

"Ladies", murmelte Darren mit schwerer Zunge, "Könntet ihr für einen Augenblick mal aufhören, euch gegenseitig die Haare auszureißen?"

Dara fuhr zu ihm herum und lächelte. Mit ein paar Schritten war sie bei ihm und ging vor ihm in die Hocke. Auch Ari näherte sich, allerdings mit vor der Brust verschränkten Armen und einem trotzigen Funkeln in den Augen.

"Wie fühlst du dich?", fragte Dara und berührte ihn sanft an der Schulter.

"Könnte Bäume ausreißen. Allerdings müsste ich dafür auf die rechte Hand verzichten."

Dara lächelte flüchtig und berührte ihn mit einer sanften Geste an der Schläfe.

Darren sah an ihr vorbei und nickte zu dem großen Schatten auf dem Fußboden hin. "Was ist mit dem da?"

Ari drehte sich wie in Zeitlupe zu dem Wolf um. Dann sah sie mit einem Grinsen wieder in Darrens Richtung.

"Keine Sorge. Der wird sicher noch eine Stunde brauchen, bis der wieder zu sich kommt."

"Zu sich kommt? Ich dachte, er wäre tot." Seine Stimme war kaum mehr als ein heiseres Krächzen.

Ari seufzte schwer und ging ebenfalls vor Darren in die Hocke. "Ach, Darren. Du wirst auch noch begreifen, dass es in unserer Welt mehr Daseinszustände gibt, als du kennst: tot, nicht ganz so tot, ein bisschen tot ... "

"Es ist gut, Ari, danke!" Dara schloss genervt die Augen.

Ari funkelte sie feindselig an. Dann erhob sie sich mit einem Ruck und drehte sich zu dem Anfang der Gasse um. "Wie du meinst. Aber wir sollten uns wirklich beeilen. Ich bin mir nicht sicher, wie lange Lillith brauchen wird. Außerdem hat sicher ein gesetzestreuer Bürger seine Pflicht getan und die Cops gerufen. Die werden nicht lange brauchen."

Dara öffnete die Augen und sah Darren besorgt an.

"Kannst du aufstehen?"

Darren antwortete nicht, sondern stemmte sich - ihre hilfreich ausgestreckte Hand ignorierend - in die Höhe. Als er sich erhoben hatte, musste er sich allerdings gegen den Zaun lehnen, um den Schwindel und die Übelkeit zu bekämpfen, die von seinem Körper Besitz ergriffen hatten.

Ari sah ihm amüsiert dabei zu, sagte aber nichts dazu. Als Dara halbwegs sicher war, dass er aus eigener Kraft stehen konnte, wandte sie sich zu Ari um und fragte: "Wo ist das Portal?"

Dann riss sie in einer abwehrenden Haltung eine Hand hoch und kam Ari zuvor: "Und jetzt komm mir nicht mit den Regeln, Ari! Deine Liste der missachteten Regeln ist wesentlich länger als meine, glaub mir!"

Aris Augen verengten sich. Nach einer Sekunde eisigen Schweigens sagte sie: "Hier! Oder glaubst du, ich bin so blöd und laufe freiwillig in eine Sackgasse, wenn Faturek hinter mir her ist?"

Dara warf einen vielsagenden Blick in Darrens Augen und was er in ihren Augen las, konnte er mit Worten nicht mehr beschreiben. Er spürte ihr Entsetzen, ihre Trauer.

Ari seufzte übertrieben. „Jetzt gebt euch schon einen Abschiedskuss. Für lange Abschiedsszenen haben wir leider keine Zeit."

Abschied? Was redete sie da? Er für seinen Teil würde wenigstens nirgendwo hingehen. Nicht ohne Dara. Aber ein Blick in Daras Augen sagte ihm, dass er diese Entscheidung sowieso nicht zu treffen hatte. Sie stand wie versteinert vor ihm und ihre Augen füllten sich mit Tränen. Dann hob sie eine Hand und strich ihm sanft über die Wange.

"Es tut mir leid", flüsterte sie. "Ich wünschte, wir hätten mehr Zeit."

Darren setzte zu einer Frage an, aber sie legte ihm einen Zeigefinger auf die Lippen und schüttelte den Kopf.

Ari trat mit einem theatralischen Seufzen neben die beiden und hob die rechte Hand. Zwischen ihren Fingern erschien ein blauer Schimmer. Nicht besonders hell, aber durch das hier herrschende Zwielicht deutlich sichtbar. Sie sagte ein einziges Wort in einer Sprache, die Darren weder verstehen konnte, noch irgendwo in seinem Leben schon einmal gehört hatte. Und die Wirklichkeit um ihre Hand herum verbrannte! Anders konnte Darren es nicht ausdrücken.

Es sah aus, als ob jemand auf der Rückseite eines alten Pergamentes eine Fackel anlegte. Das seltsame Feuer, welches nicht wirklich ein Feuer war, fraß sich durch die Wirklichkeit. Die Dunkelheit, die dahinter zum Vorschein kam, war mehr als nur die bloße Abwesenheit von Licht. Es bewegten sich Schatten darin, denen Darren lieber nicht begegnen wollte.

Er trat mit einem unterdrückten Keuchen einen Schritt von Ari weg und starrte das Brandloch in der Wirklichkeit mit aufgerissenen Augen an. Es hatte sich mittlerweile auf einen Durchmesser von gut zwei Metern ausgedehnt. Für eine Sekunde maß Ari ihr Werk mit einem kritischen Blick. Dann nickte sie zufrieden und drehte sich zu Darren und Dara um. Die Schatten hinter ihr schienen ihm auffordernd zuzuwinken.

"Was läuft hier, Dara?", fragte er.

Der Ausdruck in Daras Augen verriet, wie sehr sie litt. Der Schmerz, den er darin las, konnte er fast körperlich spüren.

"Geh mit ihr, Darren", sagte sie. "Bei Ari bist du in guten Händen."

"Warum kommst du nicht mit?", fragte Darren und machte einen Schritt auf Dara zu.

Sie ergriff seine Hände. "Dort, wo du hingehst, kann ich nicht leben. Nicht mehr."

"Was soll das denn wieder heißen?" Darren drehte sich mit einem Hilfe suchenden Blick zu Ari um.

Sie starrte ihn nur wortlos an.

"Sie brauchen dich, Darren." Dara zog ihn sanft zu sich heran und küsste ihn lange und leidenschaftlich.

Darren ließ es geschehen, obwohl dieser Kuss ihn mehr schmerzte, als jedes Abschiedswort es gekonnt hätte. Als sich ihre Lippen voneinander lösten, weinte Dara.

"Ich werde nie wieder jemanden so lieben, wie dich", flüsterte sie.

"Soll das heißen, wir sehen uns nie wieder?" In Darrens Stimme lag Verzweiflung und ein Erschrecken, für das es keine Worte geben konnte.

"Doch!", antwortete Dara hastig. "Wir werden uns wiedersehen. Ich verspreche es. Aber jetzt musst du gehen. Ihr habt nicht mehr viel Zeit."

Sie gab ihm einen Stoß vor die Brust, der ihn zurücktaumeln ließ, zwei, drei Schritte. Seine Schulter protestierte energisch. Aber diesen Schmerz nahm er nicht mehr wahr. Körperlicher Schmerz war nichts, im Gegensatz zu dem, was er jetzt durchmachte. Immer noch starrte er Dara fassungslos an.

Ari ergriff ihn am Arm, zog ihn unsanft mit sich.

"Komm schon, Retter der Welt", sagte sie und dann traten sie durch das Portal. Das letzte, was Darren sah, war Daras tränenüberströmtes Gesicht. Sie hatte versprochen, dass sie sich wiedersehen würden, aber die Tränen, die über ihre Wangen liefen, straften ihre Worte Lügen.

Es war ganz anders, als er gedacht hatte. Dabei wusste er selbst am allerwenigsten, was er eigentlich erwartet hatte. Es gab keinen unendlichen Sturz durch Raum und Zeit; keine Kälte; keine ständig wechselnden Farben und Formen wie in einem riesigen Spiegelkabinett. Sie machten einen Schritt und traten auf der anderen Seite in eine völlig andere Welt. Darren erstarrte und Ari ließ ihn endlich los.

"Willkommen in Anderwelt!", verkündete sie. Und dieser Name hatte wirklich seine Berechtigung. Das, was Darren sah, war so fremd und gleichzeitig so vertraut, dass er im ersten Moment gar nicht genau wusste, was eigentlich geschehen war. Sie standen auf einem Boden aus schwarzem Kies, auf dessen Oberfläche es nass glitzerte. Die Kiesfläche erstreckte sich in alle Richtungen so weit er sehen konnte. Dichte Nebelschwaden fielen scheinbar vom Himmel und krochen auf sie zu, wie formlose Tiere auf Beutejagd.

Als der Nebel Darren berührte, lief ihm ein eiskalter Schauer über den Rücken. Der Nebel war nicht nur feucht, wie er erwartet hatte. Sondern er war auch so kalt, dass es auf der Haut wehtat. Fast wie die Berührung einer kalten Leichenhand. Unwillkürlich griff er nach dem Holster. Es war nicht mehr da! Dara musste es ihm abgenommen haben, als sie ihm den Verband angelegt hatte. Darren erinnerte sich dunkel, dass ihm die Waffe entglitten war, als der Wolf ihn angefallen hatte.

"Die wird dir hier sowieso nichts nützen", hörte er Aris Stimme. Offenbar hatte sie seine Bewegung bemerkt.

Darren wandte den Kopf in ihre Richtung. Ari stand genau neben ihm, doch er konnte sie kaum noch erkennen. Das Portal hinter ihnen schloss sich, als der Nebel fast wie durch die Bewegung einer sanften Hand darüber strich. Ari hob die Hand, flüsterte etwas, was Darren nicht verstand und der Nebel begann, sich zurückzuziehen. Langsam, fast widerwillig. Als der Nebel sich ganz verzogen hatte, gab er den Blick auf einen Wald frei, der bizarrer nicht hätte sein können. Abgesehen von der Tatsache, dass Darren sicher war, ihn bei seiner Ankunft noch nicht gesehen zu haben, fiel ihm eine Besonderheit sofort auf: Es gab in diesem Wald keine Farben. Die Bäume hatten keine Blätter. Ihre Stämme waren ausnahmslos schwarz. Ein paar von ihnen ragten fast hundert Meter in den Himmel, während andere kleiner waren als ein Mensch. Der Boden war bedeckt mit dem Nebel, der vor ihnen zurückgewichen war und Darren mochte sich nicht einmal vorstellen, welche Kreaturen er womöglich vor ihren Blicken verbarg. Darren drehte sich einmal um die eigene Achse und stellt ohne großes Erstaunen fest, dass der Wald sie gänzlich umschlossen hatte.

"Ich hatte mir eure Welt ein wenig anders vorgestellt", flüsterte er.

Ari lachte. "Wie denn? Mit grünen Wiesen, Schmetterlingen und ewigem Sonnenschein? Blumenwiesen und lachenden Engeln, die auf ihren Wolken sitzen und den ganzen Tag Harfe spielen?"

Sie lachte wieder. Diesmal klang es nicht nur abfällig, sondern auch ein bisschen traurig. "Glaub mir, mein Hübscher. Dazu haben wir keine Zeit. Lucifer und seine Meute in Schach zu halten ist ein Fulltime-Job."

Sie klopfte ihm auf die Schulter. Darren versuchte, ihr auszuweichen und ging ein wenig in die Knie. Aber er schaffte es nicht ganz. Er sog scharf die Luft ein und Ari runzelte die Stirn.

"Zieh dich aus", verlangte sie.

"Was?" Darren wich entsetzt einen Schritt vor ihr zurück. Jetzt war wohl kaum der richtige Zeitpunkt für so was!

"Du sollst dich ausziehen. Ich will mir das ansehen."

Mit einem letzten, zweifelnden Blick schälte Darren sich aus seinem T-Shirt. Ari machte keinerlei Anstalten, ihm zu helfen, sondern verschränkte mit einem amüsierten Lächeln die Hände vor der Brust. Eine Minute und etliche Messerstiche durch seine Schulter später hielt Darren das T-Shirt in den Händen. Ari betrachtete seinen nackten Oberkörper mit einem eindeutig zweideutigen Grinsen und sagte mit einem Seufzen: "Ich kann Dara verstehen. Sie hat eben eine Schwäche für echte Männer."

Darren machte ein Gesicht, als hätte er Zahnschmerzen. "Halt die Klappe, Ari! Mir wird kalt, also sieh dir die Schulter an."

Ari kam näher und begann, den improvisierten Verband, der sich bei näherem Hinsehen wirklich als Daras T-Shirt entpuppte, abzubinden. Seltsamerweise tat es nicht einmal besonders weh. Mit einiger Überwindung warf Darren einen Blick auf die Wunde und zog überrascht die Augenbrauen hoch. Die Wunde hatte aufgehört zu bluten! Nach dem gewaltigen Gebiss, welches der Wolf in die Schulter gegraben hatte, war es ein reines Wunder, das er überhaupt noch eine Schulter besaß!

"Sieht doch schon ganz gut aus", verkündete Ari.

Sie drückte prüfend - und wie Darren vermutete, völlig grundlos - auf der Schulter herum. Es schmerzte, aber es war auszuhalten. Dann trat sie einen Schritt zurück.

"Warte hier. Ich bin gleich wieder da."

Ohne eine Antwort abzuwarten, verschwand sie in dem seltsamen Wald hinter ihnen. Darren blieb allein. Er sah sich nervös nach allen Seiten um. Er begann zu frösteln und versuchte, sich sein T-Shirt wenigstens über die Schultern zu legen. Mit nur einer benutzbaren Schulter war das allerdings ein sinnloses Unterfangen, wie er feststellen musste. Und so gab er seine Bemühungen auf. Ein Ast knackte. Darren zuckte zusammen und sein Blick fixierte den Nebel vor ihm.

Eine Gestalt trat vor ihm aus dem Wald heraus. Darren stockte der Atem und sein Herz machte einen schmerzhaften Sprung. Er starrte die Gestalt fassungslos an.

"Dara! Aber was … Du hast doch gesagt … "

Dara trat lächelnd einen Schritt auf ihn zu. "Komm zu mir, Darren."

Es war Dara, es war ihre Stimme, es waren ihre katzenhaften, grazilen Bewegungen, die er so an ihr liebte. Und doch warnte ihn eine innere Stimme, ihrer Aufforderung zu folgen. Darren trat einen Schritt auf sie zu und in dem Moment rauschte ein Pfeil so dicht an ihm vorbei, dass er den Windzug spüren konnte. Mit einem hässlichen Geräusch bohrte er sich in Daras Bauch. Dara schrie auf und im gleichen Moment brüllte Darren ihren Namen. Er stolperte einen Schritt nach vorn, um sie aufzufangen. Und in diesem Moment zerfaserten ihre Konturen zu etwas, das sich jedem Versuch einer Beschreibung entzog. Ihre menschlichen Umrisse fielen auseinander und darunter kam ein Wesen zum Vorschein, dass Darren mit einem entsetzten Keuchen zurückstolpern ließ. Er stolperte über seine eigenen Füße und stürzte.

Das Wesen erhob sich mit einem grässlichen Kreischen in die Luft, kaum mehr als ein unförmiger, sich immer wieder neu formender schwarzer Schatten. Einen kurzen Moment verharrte es in der Luft, dann stieß es fast senkrecht in den Himmel und war verschwunden. Ari stürmte an Darren vorbei, legte einen weiteren Pfeil an und zielte auf den Schatten am Himmel. Doch er war bereits zu weit weg. Ari nahm den Pfeil, den sie bereits aufgelegt hatte, wieder herunter, verstaute ihn mit einer blitzschnellen Bewegung wieder im Köcher und ließ den Bogen sinken.

"Was zum Teufel war das?" Darren starrte Ari aus großen Augen an.

"Ein Formwandler", erklärte Ari. Für sie schien das Thema damit erledigt, denn sie machte keine Anstalten, ihm irgendeine weitere Erklärung zu liefern.

"Was ist ein Formwandler?"

"Das ist ein bisschen kompliziert, mein Hübscher. Aber im Wesentlichen nimmt er deine geheimsten Gedanken und Ängste auf und lässt dich sehen, was du sehen willst."

Sie drehte sich zu ihm herum und grinste ihn an. "Der kann sich sogar in ein Gänseblümchen verwandeln, wenn er will."

Darren reagierte überhaupt nicht auf diesen lahmen Scherz, sondern starrte den Bogen in ihren Händen an. Ari bemerkte seinen skeptischen Blick.

"Verabschiede dich von der romantischen Vorstellung von Pfeil und Bogen in den Händen eines Engels, Darren."

Darren schüttelte verwirrt den Kopf.

"Aber was ist mit Amor?", fragte er ganz automatisch.

Die Frage kam ihm selbst total albern vor, aber sie war ihm einfach so rausgerutscht.

Ari lachte abfällig. "Amor, sicher. Sein Name ist eigentlich Amoragon. Und in unserer Welt hat er den gleichen Job, wie du, Darren."

Sie grinste noch breiter. "Mann, der schießt einer Elfe auf zweihundert Metern die Augen aus."

In ihrer Stimme klang Stolz und Bewunderung.

"Ein Scharfschütze? Machst du Witze?"

"Ja, genau. Aber da Pfeil und Bogen in den Händen eines so friedvollen (sie betonte dieses Wort auf eine ganz eigene und unangenehme Weise) Wesens wie einem Engel genauso wenig zueinanderpassen wie Menschen und Frieden habt ihr euch - erfinderisch, wie ihr seid - dazu entschlossen, aus Amoragon Amor zu machen und aus seinen Pfeilen des Todes die Pfeile der Liebe!"

Darren sah sie betroffen an und schluckte hart.

"Meine Welt war eigentlich ganz in Ordnung, bevor ich hier herkam", sagte er mit monotoner Stimme.

Ari legte ihm freundschaftlich eine Hand auf die Schulter.

"Was regst du dich auf? Du hast doch in deiner Welt als Scharfschütze jeden Tag mit den bösen Jungs zu tun."

"Ja! Nur sind da selten Vampire, Werwölfe, Formwandler und andere unmenschliche Geschöpfe dabei."

Ari grinste. "Dafür habt ihr Anwälte und Politiker!"

Für einen Moment starrte Darren sie fassungslos an. Dann mussten beide lachen.

"Eins zu null für dich, Ari!"

Er deutete auf den Bogen in ihren Händen. "Du bist aber auch nicht schlecht."

Ari verbeugte sich spöttisch. "Danke, Großer. Ich arbeite daran."

"Warum hast du das Ding vorhin nicht dabei gehabt? Hätte uns eine Menge Ärger erspart."

Ari seufzte. "Ja, sicher! Aber leider ist es uns nicht erlaubt, Waffen mit in eure Welt zu bringen. Davon habt ihr selbst genug."

Sie zog ein Bündel von etwas Unförmigem und übel Riechendem aus der Hosentasche. Dann trat sie näher an Darren heran, hängte sich in einer geschickten Bewegung den Bogen um und ergriff ihn an der Schulter. Darren wollte instinktiv einen Schritt zurückweichen. Aber Ari hielt ihn fest.

"Halt still! Das wird dir helfen, die Wunde zu heilen. Du bist nämlich noch jung, weißt du? Aber das wirst du auch noch lernen." Sie sah ihn um Verzeihung bittend an und drückte das übel riechende Bündel auf die Wunde.

Darren wollte auf diese seltsame Bemerkung hin eine Frage stellen. Aber der grässliche Schmerz, der sich leider nicht nur auf die Schulter beschränkte, sondern durch seinen gesamten Oberkörper pflügte, ließ ihn schlagartig alles andere vergessen. Für einen Moment blieb ihm schier die Luft weg und er versuchte abermals, zurückzuweichen. Aber Aris gnadenloser Griff ließ ihn nicht los.

"Gleich vorbei", versprach sie.

In ihrer Stimme lag nicht der geringste Spott. Nicht einmal ein amüsiertes Funkeln zeigte sich in ihren Augen. Wahrscheinlich hatte sie mit diesem Zeug auch schon hinlängliche Erfahrungen gemacht. Gerade als der Schmerz so unerträglich wurde, dass Darren die Augen schließen und ein schmerzvolles Stöhnen unterdrücken musste, war es vorbei. Von einer Sekunde auf die andere fühlte er nichts mehr. Nicht einmal mehr den Arm, der jetzt schlaff und nutzlos herunterhing.

"So! Das wär's erstmal." Ari ergriff das T-Shirt, das er immer noch in der Hand gehalten hatte, und half ihm, es wieder anzuziehen.

"Du hättest mich ruhig vorwarnen können", maulte Darren und rieb sich mit einem trotzigen Gesichtsausdruck die Schulter. Das Gefühl kehrte bereits wieder in den Arm zurück und arbeitete sich mit einem unangenehmen Kribbeln von den Fingerspitzen langsam seinen Arm hinauf.

"Hätte ich. Aber was hätte das gebracht?"

Sie lächelte ihn übertrieben fröhlich an. "Und jetzt komm. Wir haben noch einen weiten Weg vor uns."

Sie setzten sich in Bewegung. Ari ging scheinbar zielsicher durch den Wald, wohingegen Darren bereits nach wenigen Metern die Orientierung verlor. Dieser Wald war wirklich seltsam. Die Bäume hatten auch im tieferen Wald nicht ein Blatt an den Ästen. Wie knochige Leichenfinger ragten die Äste kahl und glatt in den Himmel. Der Nebel bedeckte im gesamten Wald gut dreißig Zentimeter den Boden und es war unheimlich still. Es schien hier überhaupt keine Tiere zu geben. Wenigstens nicht im klassischen Sinne. Welche Tiere es hier geben mochte, darüber wollte Darren lieber gar nicht erst nachdenken. Um sich abzulenken, fragte er: "Woher kennt ihr euch eigentlich, du und Dara?"

Ari warf ihm einen kurzen, nicht zu deutenden Blick zu. Sie zögerte. Und Darren hatte das unbestimmte Gefühl, dass sie sich jetzt genau überlegen musste, was sie ihm sagen wollte. Doch dann antwortete sie: "Sie hilft mir ab und zu bei meinen Aufträgen."

"In unserer Welt, nehme ich an?" Darrens Ton war lauernd aber Ari ging gar nicht erst darauf ein.

"Wo sonst?", fragte sie scheinheilig.

"Was hat Dara damit gemeint, sie könne hier nicht mehr leben?"

"Hat sie das gesagt?" Ari versuchte, Zeit zu gewinnen.

Darren blieb abrupt stehen und hielt Ari grob am Arm zurück. "Ja, das hat sie. Stell dich nicht dumm, Ari."

Ari zuckte mit den Schultern, wobei sie sich mit einer geschickten Bewegung aus seiner Umklammerung löste.

"Keine Ahnung. Vielleicht war ihre Seele schon einmal hier."

"Wie bitte?"

Ari rollte mit den Augen und Darren merkte ihr sehr wohl an, dass sie eigentlich nicht auf diese Frage antworten wollte. Aber ihr war klar, dass Darren nicht locker lassen würde.

"Ist dir an diesem Wald nichts aufgefallen?"

Darren überlegte kurz.

"Du meinst, außer das er düster, kahl und nebelig ist und sich ständig zu verändern scheint?" Erst jetzt, als er es aussprach, fiel es ihm wirklich auf. Dieser Wald schien sich wirklich von einer Minute auf die andere auf gespenstische Weise zu verändern. Ein Weg, der vor einer Sekunde noch da war, war in der Nächsten verschwunden. Bäume wechselten ihre Plätze und seltsame Schatten narrten seine Sinne.

"Es ist dir also doch aufgefallen, sehr schön." Ari lächelte stolz.

"Allerdings. Aber was hat das zu bedeuten?"

"Ein guter Schutz gegen ungebetenen Besuch, weißt du?"

Darren zog die Augenbrauen zusammen. "Ungebetener Besuch? Was soll das heißen?"

"Sagt dir das Stichwort 'Nahtoderfahrung' etwas?" Ari stemmte die Hände in die Hüften, als wäre sie tatsächlich entsetzt über so große Bildungslücken.

Darren nickte zaghaft. "Willst du mir etwa erzählen, das hier ist das Jenseits?"

"Nein! Ist es nicht. Aber manchmal verirrt sich eine Seele hier her."

"Bis sie in unsere Welt zurückgeholt wird", vermutete Darren.

Aber Ari schüttelte den Kopf. "Nicht geholt. Sie wird zurückgeschickt."

"Von wem?"

"Vom Seelenwächter. Ehrlich, Mann. Weißt du denn gar nichts?" Ari runzelte verärgert die Stirn.

"Also ist das hier doch das Jenseits!"

"Nein. Das Jenseits ist Lucifers Gebiet. Hinter dem Übergang: der schwarzen Brücke. Das hier ist sozusagen das Vorzimmer."

"Und der Seelenwächter ...", begann Darren.

Aber Ari ließ ihn nicht ausreden. "... ist die Vorzimmerdame. Ganz genau."

Und mit diesen Worten nickte sie an Darren vorbei. Nach einem letzten, zweifelnden Blick drehte Darren sich um - und prallte mit einem entsetzten Schrei zurück. Hinter ihm stand ein alter Mann. Sein Alter war unmöglich zu schätzen. Aber wenn Darren die vielen, tiefen Falten berücksichtigte, die sich in sein Gesicht gegraben hatten, musste er einige Hundert Jahre alt sein. Vielleicht sogar Tausend. Er trug einen langen Mantel mit einer riesigen Kapuze, die er tief genug ins Gesicht gezogen hatte, dass man zwar die vielen Falten, nicht aber wirklich sein Gesicht erkennen konnte. Trotzdem konnte Darren sehen, dass er lächelte.

Der Alte war etwa einen Kopf größer als Darren und das, was er in der rechten Hand hielt und neben sich auf dem Boden abgestützt hatte, überragte ihn noch um eine gute Kopfeslänge. Das spärliche Licht in diesem seltsamen Wald brach sich auf der scharfen, gebogenen Klinge der Sense. Darren stolperte einen weiteren Schritt zurück.

"Der Tod", flüsterte er mit heiserer Stimme. Darren konnte fühlen, wie sich sein Herz wie von einer eisernen Hand umschlossen zusammenzog. Das Atmen fiel ihm plötzlich schwer und sein Herz hämmerte, als wolle es aus seiner Brust springen. Aber so sehr er auch in sich hineinhorchte. Er konnte an diesem Alten - dem Tod höchstpersönlich! - nichts Böses finden.

Es klang verrückt. Aber es war so. Er hatte sich den Tod immer durch und durch böse und hinterhältig vorgestellt. Hier, in einer Welt, die Darren so fremd war, war der Tod nichts weiter als ein alter Mann mit einer Sense.

"Hallo, Rabisu", Ari hob grüßend die Hand.

Der Tod nickte kurz, dann bohrte sich der Blick seiner kleinen, milchigen Augen in Darrens Blick. Hunderte winzige Eisspinnen krochen plötzlich seinen Rücken empor. Er trat unwillkürlich einen Schritt zurück. Er spürte, wie eine fremde Kraft nach seiner Seele griff. Aber dieser Griff hatte nichts Bedrohliches. Es war mehr wie ein taxierender Blick, nur nicht wirklich sichtbar geschweige denn greifbar.

"Wie ich sehe, hast du einen Neuen mitgebracht, Ari."

Die Stimme des Seelenwächters klang seltsam jung. Vielleicht war er es auch.

"Ja, hab ich."

"Du bist der Tod", stellte Darren, noch immer im Flüsterton, fest.

Der Alte lachte leise und meckernd. "Ja, so nennt man mich manchmal."

Er streckte die Hand nach Darren aus. Und Darren stolperte mit einem entsetzten Keuchen einen weiteren Schritt zurück. Die Hand, die nach ihm griff, verwandelte sich in eine knöcherne Leichenhand! Darren hob den Blick und auch das Gesicht Rabisus hatte sich in einen kahlen Totenschädel mit einem kalten Grinsen verwandelt.

"Meine Aufgabe ist, dafür zu sorgen, dass sich hier nur aufhält, was auch hier hergehört. Manchmal muss ich eine verirrte Seele wieder wegschicken, manchmal muss ich in eurer Welt ein wenig nachhelfen. Nicht jeder begegnet gern dem Tod, weißt du, Darren?"

Rabisu verwandelte sich wieder in seine ursprüngliche Gestalt. Doch jetzt gelang es Darren nicht mehr so gut, in ihm nur einen alten Mann mit Sense zu sehen. Es war, als würde der Totenschädel immer noch unter seinem Gesicht durchschimmern. Darren riss die Augen auf.

"Du kennst mich?"

"Ich kenne alle! Sonst wäre die Sortierung ja auch ziemlich mühsam, findest du nicht?" Wieder lachte er leise.

"Sag mal, Rabisu. Ist hier vielleicht irgendwer vorbeigekommen?" Ari zwinkerte ihm verschwörerisch zu.

"Du weißt, dass der Seelenwächter immer neutral bleibt. Du kennst die Regeln, Ari," antwortete er mit gespielter Strenge in der Stimme. Dann sah er sich verstohlen um, trat an Darren vorbei - er trat nicht wirklich an ihm vorbei, es war eher eine Art körperloses Gleiten - und flüsterte Ari verschwörerisch zu: "Schwarze Schönheit und zotteliger Flohpelz?"

Ari nickte eifrig.

Rabisu sah sich abermals um und schüttelte dann den Kopf. "Aber ich kann mir auch nicht vorstellen, dass sie diesen Weg genommen haben."

"Danke, Rabisu. Man sieht sich."

Mit diesen Worten packte sie Darren an der linken Schulter und zerrte ihn mit sich. Darren starrte den Seelenwächter an, während er rückwärts hinter Ari herstolperte und Rabisu ließ es sich nicht nehmen, zum Abschied freundlich zu winken.

Darren und Ari setzten ihren Weg fort. Sie ahnten nicht, dass sie bereits beobachtet wurden. Belauert von zwei aufmerksamen, wachen Augen, denen nicht die kleinste Bewegung entging. Ungefähr zehn Meter über ihnen hockte auf einem oberschenkeldicken Ast ein Mann. Er war lediglich mit einer schwarzen Hose und schwarzen Stiefeln bekleidet und hockte so sicher auf diesem Ast, als wäre er damit verwachsen. Er hatte den Kopf leicht schräg gelegt, als würde er lauschen. Ein unterdrücktes Krächzen, welches entfernt an den Ruf eines Raben erinnerte, drang aus seiner Kehle. Wie aus dem Nichts war der Mann plötzlich umgeben von schwarzem Nebel, der ihn in sekundenschnelle fast ganz einhüllte.

In dem Nebel schienen sich Dinge zu bewegen. Ein ständiges Wabern und Fließen. Kaum zu sehen, aber doch vorhanden. Die Formen flossen wieder auseinander, bildeten sich neu. Nur um gleich wieder ihre Form in noch bizarrere Gebilde zu verändern. Der Mann krächzte wieder und begann, sich in etwas zu verwandeln, was auf fürchterliche Weise an einen absurd großen Raben erinnerte. Das schwarze Gefieder hatte eine so intensive Farbe, dass es fast bläulich schimmerte. Die Nase war zu einem gefährlichen, kräftigen Schnabel geworden. Die Augen waren jetzt nur noch gelbe, bösartig glühende Knöpfe in einem schwarzen, kahlen Schädel. Der Rabe breitete die Flügel aus und schüttelte sich. Das Gefieder raschelte. Noch einmal legte er den Kopf auf die Seite, um zu lauschen. Dann stieß er sich mit einem neuerlichen Krächzen von dem Ast ab und schraubte sich völlig lautlos durch die kahlen Äste in die Höhe. Während seines Aufstiegs schrumpfte er auf die Größe eines normalen Raben zusammen, krächzte abermals und war mit ein paar kräftigen Flügelschlägen verschwunden.

Der Rabe hockte bewegungslos auf dem Boden. Die Flügel ausgebreitet und den Kopf gesenkt. In dem Raum herrschte absolute Stille, wenn man von dem Knistern des Kaminfeuers absah. Die Flammen zeichneten seltsame, orange-rote Muster auf das Gefieder des Raben und gaukelten Bewegung vor, wo keine war. Vor dem Kamin stand ein riesiger, lederner Sessel mit hoher Rückenlehne. Auch auf seiner Oberfläche führten die Flammen einen wilden Tanz auf.

Das alte Leder knarrte, als sich die Gestalt darin mitsamt dem

Sessel zu dem Raben umwandte. "Was hast du zu berichten, Malphas?" Die Stimme des Mannes klang kraftvoll und gleichzeitig auf seltsame Weise sanft. Malphas sah zu seinem Herren auf. Der Mann war selbst sitzend groß. Zu seiner vollen Größe aufgerichtet musste er an die zwei Meter messen. Seine Muskelberge zeichneten sich selbst unter dem relativ weit geschnittenen Hemd deutlich ab. Sie waren so gewaltig, dass sie bei jedem anderen unförmig gewirkt hätten. Bei ihm jedoch unterstrichen sie eher noch seine Ausstrahlung von absoluter Macht, Bosheit und Stärke. Eine seltsam boshafte Aura, die nicht so recht zu seinem Gesicht passen wollte, umgab ihn. Wie der Atem von etwas Uraltem und Tödlichem, das man besser nicht zu seinem Feind hatte. Das Gesicht des Mannes war kantig und wirkte ein wenig zu jung für die Ausstrahlung, die ihm stets vorauseilte, wie ein Windhauch. Die dunklen Augen waren wachsam und hart.

Malphas krächzte wieder und verwandelte sich in einen Menschen. Noch immer erhob er sich nicht, bevor sein Herr es ihm gestatten würde. Es gab Regeln, an die man sich besser hielt, wollte man am Leben bleiben. Er verbeugte sich und sagte: "Er ist im Wald, Herr! Ich habe ihn gesehen."

"Das habe ich mir schon fast gedacht. War Ari bei ihm?"

Der Mann nickte, ohne ihn anzusehen.

Wieder knarrte das Leder des Sessels, als Lucifer sich erhob und zu dem Kaminfeuer hinüber ging. "Wo ist Lillith?"

Malphas setzte zu einer Antwort an, als in diesem Moment die Tür hinter ihm aufging. Lillith trat ohne angeklopft zu haben ein, rauschte an Malphas vorbei ohne ihn eines Blickes zu würdigen und blieb kurz hinter Lucifer stehen. Lucifer drehte sich zu ihr herum und lächelte. Lillith küsste ihn.

"Ich bin zurück, Herr", flüsterte sie.

"Das sehe ich."

Er sah an Lillith vorbei und gab dem Rabenmann einen Wink. "Du kannst jetzt gehen, Malphas."

Malphas sprang förmlich in die Höhe und eilte aus dem Saal. Als sich die Tür geschlossen hatte, ging Lucifer zu einem kleinen Tisch in der Ecke des Raumes hinüber. Er nahm einen Krug mit Wein und füllte zwei Kelche damit. Einen davon reichte er Lillith, die ihm bereits gefolgt war. Er nahm einen großen Schluck von dem schweren Wein, während Lillith lediglich daran nippte. Als Lucifer den Kelch absetzte, veränderte sich der Ausdruck in seinen Augen. Sein Blick wurde noch härter und er fixierte Lillith.

"Was ist schief gegangen?", fragte er mit einer Kälte in der Stimme, die im krassen Gegensatz zu seinem Lächeln stand und Lillith vorsichtig werden ließ.

Um Zeit zu gewinnen, stellte sie den Kelch auf dem Tisch ab und wandte sich wieder zu Lucifer um. "Sie hatten Hilfe."

"Hilfe? Von wem?"

"Dara."

Lucifer lachte. Abfällig und verletzend. "Das ist dein Problem? Dara ist nur ein Mensch!"

Lillith trat nervös von einem Fuß auf den anderen. Ihr war äußerst unwohl in ihrer Haut. Sie wusste, dass Lucifer solche Fehler nicht tolerierte. Sie schwieg.

"Du hast Glück, das wir miteinander schlafen, Liebes. Sonst würde ich dich jetzt persönlich einen Kopf kürzer machen." In seiner Stimme klang nicht der mindeste Spott und Lillith wusste, dass diese Äußerung ernst gemeint war. Sie senkte demütig den Kopf. Lucifer seufzte.

"Den Ring hast du vermutlich auch nicht, oder?"

Lillith schwieg.

"Was ist mit Darren?"

"Dara hat ganze Arbeit geleistet, Lucifer. Ari aufzuhalten und den Ring zurückzubringen wird nicht mehr reichen. Wir müssen ihn töten. Und zwar, bevor Aliana ihre Macht an ihn übergibt."

Lucifers Gesicht verfinsterte sich. Auch er setzte jetzt seinen Kelch auf dem Tisch ab, wandte sich wieder zu Lillith um und küsste sie.

"Also gut", sagte er, als sich ihre Lippen wieder voneinander lösten. "Ich gebe dir heute Nacht noch eine Chance, mich für diese Pleite zu entschädigen."

Ari riss Darren so warnungslos von den Füßen, dass er nicht die geringste Chance hatte, seinen Sturz irgendwie abzufangen. Er schlug schwer auf dem Boden auf.

"Hey! Spinnst du? Was...?" Ari hatte sich auf ihn geworfen. Sie legte ihm ihre Hand über den Mund und hob den Zeigefinger der anderen Hand an die Lippen. In ihre Augen trat ein Ausdruck, der Darren warnte. Er erstarrte und runzelte fragend die Stirn. Ari schüttelte leicht den Kopf und sah sich suchend um. Hatte sie etwas gehört? Darren war zwar nichts Ungewöhnliches aufgefallen. Aber das war natürlich kein Maßstab. Schließlich lebte Ari hier und wer wusste schon so genau, wie scharf ihr Gehör war. Ari löste langsam ihre Hand von seinem Mund und erhob sich unendlich vorsichtig, um nicht ein verräterisches Geräusch zu verursachen. Dann drehte sie sich langsam um sich selbst. Auch Darren erhob sich, nicht annährend so lautlos wie Ari. Sie gab ihm mit einer Handbewegung zu verstehen, sich nicht zu bewegen. In einer fließenden Bewegung nahm sie den Bogen von der Schulter, griff nach hinten und legte dann einen Pfeil auf. Darren konnte sich ihr Verhalten nicht erklären. Noch immer hörte er absolut nichts. Er wollte gerade eine spitze Bemerkung bezüglich ihrer übertriebenen Vorsicht machen, als irgendwo hinter ihnen ein Ast knackte. Darren fuhr gleichzeitig mit Ari herum. Wieder einmal begriff er zu spät, dass der Griff zum Holster, den er ja nicht mehr besaß, umsonst war. Ari brachte den Bogen in Anschlag und wartete. Das Knacken wiederholte sich, näher diesmal. Darren machte einen Schritt zurück und stellte sich neben Ari. Es knackte abermals und das, was dann vor ihnen aus dem Wald brach, ließ ihm das Blut in den Adern stocken. Ein riesiger, schwarzer Schatten brach rücksichtslos durch die Bäume und knickte die kleineren Exemplare um wie Streichhölzer. Der Schatten hatte gute Manneshöhe und wirkte genauso breit wie hoch. Der Nebel verdeckte das Geschöpf zu einem Gutteil. Aber ein Blick in Aris Gesicht verriet Darren den Ernst ihrer Lage. Ari war blass geworden. Langsam, wie in Zeitlupe, nahm sie den Bogen herunter.

"Was tust du da?", fragte Darren, so leise er konnte. Der schwarze Schatten blieb stehen. Ari legte ihren Zeigefinger auf die Lippen und warf ihm einen flehenden Blick zu. Das Geschöpf aus dem Wald setzte sich wieder in Bewegung - genau auf sie zu! Und als es aus dem Schatten der Bäume heraustrat und sich der Nebel ein wenig lichtete, konnte Darren es genauer erkennen. Er wünschte sich allerdings im gleichen Moment, der Nebel würde zurückkehren und ihm diesen Anblick ersparen. Vor ihnen - nicht einmal ganz zehn Meter entfernt - hockte etwas, das entfernt an einen absurd großen Skarabäus erinnerte. Der Chitinpanzer dieses Albtraumwesens war tiefschwarz und glänzte feucht. Und jetzt verstand Darren auch, warum Ari keine Anstalten machte, den Bogen zu spannen. Es hätte keinen Sinn gehabt. Der Panzer machte selbst auf diese Entfernung und bei diesen Lichtverhältnissen durchaus den Eindruck, als könne ihm kein Pfeil - nicht einmal eine Kugel - ernsthaften Schaden zufügen. Der kleine Kopf zwischen den vorderen Beinpaaren pendelte leicht hin und her und die Fühler zitterten nervös. Kalte Facettenaugen starrten in ihre Richtung und Darren war sich fast sicher, dass dieses Ding sie längst gesehen hatte.

"Was ist das?" Seine Stimme zitterte mindestens genauso stark, wie der Rest seines Körpers. Er musste die Hände zu Fäusten ballen, um das Zittern zu verbergen.

"Pscht! Nicht bewegen. Die sehen nicht besonders gut."

Das Aber hören können sie um so besser, verkniff Ari sich. Darren hatte es trotzdem irgendwie gehört. Oder vielleicht auch nur gespürt. Eine halbe Ewigkeit passierte nichts. Doch dann setzte dieser Skarabäus sich langsam und zögerlich in Bewegung. Mit jedem Schritt seiner sechs Beine verringerte sich die Distanz zwischen ihnen im gleichen Maße, in dem Darrens Angst sich vergrößerte. Er vertraute Ari, natürlich! Aber dieses Monster bot einen so schrecklichen Anblick, dass er seine Nervosität kaum noch beherrschen konnte. Noch einmal blieb das Biest stehen und die Fühler tasteten in ihre Richtung. Die Beißzangen, die sich unter dem Kopf befanden, öffneten und schlossen sich nervös. Geifer tropfte von den Zangen, und als er den Boden berührte, konnte Darren ein leises Zischen hören. Vom Boden aus kräuselten sich winzige Rauchschwaden, als der ätzende Speichel des schattenhaften Albtraums den Boden berührte. Der Käfer hatte Witterung aufgenommen. Noch einmal machte er einen zögerlichen Schritt vorwärts. Die Fühler tasteten nur zehn Zentimeter vor Ari und Darren durch die Luft. Darren schloss die Augen und hielt den Atem an. Er konnte nur hoffen, dass dieses Ding nicht noch einen Schritt nach vorn machte und seine Fühler dann doch noch ihr Ziel fanden. Das Monster gab eine Folge von seltsam metallisch klingenden Klicklauten von sich. Darren öffnete - zögernd und langsam, als hoffte er, dieses Ding wäre verschwunden, wenn er die Augen aufmachte - seine Augen. Natürlich tat ihm dieses Ding nicht den Gefallen, zu verschwinden. Darren spürte, dass die Angst ihn zu übermannen drohte. Er war wirklich kein Feigling, aber die Käfer in seiner Welt waren um einiges kleiner und stellten für einen Menschen keine ernsthafte Bedrohung dar. Bei diesem Exemplar waren die Karten ein wenig anders verteilt. Die Zeit schien still zu stehen und Darren fragte sich, woher Ari ihre vermeintliche Ruhe nahm. Hinter dem skurrilen Käferwesen raschelte es und das Ding fuhr mit einer solchen Schnelligkeit herum, dass Darren es um ein Haar nicht geschafft hätte, den pendelnden Fühlern auszuweichen. Ari ging es genauso. Blitzschnell gingen die beiden in die Hocke und erstarrten wieder. Der Käfer war offensichtlich unschlüssig, was er tun sollte. Noch einmal pendelte sein Kopf zurück zu Darren und Ari. Dann wieder in die andere Richtung. Das Rascheln wiederholte sich und ein Mann trat aus dem Wald heraus. Genau an der Stelle, an der zuvor der Käfer aufgetaucht war. Der Skarabäus stieß einen schrillen Pfiff aus, der mit einem Fauchen des Mannes beantwortet wurde. Er entblößte dabei eine Reihe beeindruckender Fangzähne. Unter der Haut des nackten Oberkörpers spannten sich gewaltige Muskeln und Darren konnte erst jetzt erkennen, dass die Hände in geschwungene Krallen ausliefen. Der Mann fauchte nochmals und seine Haut färbte sich in dunkles Lila. Ohne zu zögern, ging der Käfer zum Angriff über. Seine sechs Beine bewegten sich in so schneller Folge, dass das Auge kaum folgen konnte. Dann prallte er gegen den Mann und riss ihn zu Boden. Der Mann zog die Beine an den Körper, um die Beißzangen auf Abstand zu halten, und trat dem Käferwesen mit voller Wucht gegen seine Beißwerkzeuge. Ari sprang auf. Darren jedoch war von dem Gesehenen so schockiert, dass er zu keiner Bewegung fähig war. Ari riss ihn unsanft in die Höhe und hetzte mit ihm in die andere Richtung davon.

Hinter ihnen wurden Kampfgeräusche laut. Fauchen, schrille Pfiffe, schmerzerfüllte Laute. Geräusche, die nicht für menschliche

Ohren bestimmt waren. Hinter einem riesigen umgestürzten Baum sprang Ari in Deckung.

"Pscht!", herrschte sie Darren an.

"Warum laufen wir nicht weiter?"

"Das ist ein Laufpanzer. Die haben ihren Namen nicht umsonst. Glaub mir, der ist schneller als wir! Und jetzt sei ruhig!"

Darren gehorchte und kauerte sich neben Ari auf den Boden. Hinter ihnen erklang ein schmerzerfülltes Kreischen. Die dann folgende Stille überschnitt sich mit dem hässlichen Geräusch von brechenden Knochen und zerfetzendem Fleisch. Etwas brach hinter ihnen durch den Wald und Darren konnte regelrecht spüren, wie etwas in ihre Richtung flog. Dieses Etwas flog über ihre Köpfe hinweg und prallte genau vor seinen Füßen auf den Boden. Darren konnte im letzten Moment ein entsetztes Keuchen unterdrücken. Der Kopf des Mannes kreiselte ein paar Mal um sich selbst, wurde dann immer langsamer und blieb schließlich so liegen, dass Darren ihm genau in die gelben, erloschenen Augen starren konnte. Doch so schrecklich dieser Anblick auch war, er konnte seinen Blick nicht abwenden. Der Kopf war mit chirurgischer Präzision abgetrennt worden.

Selbst Ari neben ihm stockte der Atem. Sie warf ihm einen entsetzten Blick zu und hob wieder den Zeigefinger an die Lippen. Aus der Richtung des Käfers drangen ekelhafte Fressgeräusche zu ihnen herüber. Darrens Fantasie quälte ihn mit den dazu passenden Bildern. Bilder, die er vermutlich bis ans Ende seiner Tage nicht mehr vergessen würde. Er schloss die Augen und presste die Lider so fest zusammen, bis er begann, Sterne zu sehen. Er ballte die Hände zu Fäusten und seine Fingernägel schnitten tief in seine Haut. Der Schmerz löste den Bann und die grässlichen Bilder verschwanden.

Wieder hatte Darren das Gefühl, eine Ewigkeit neben Ari gesessen und auf das Ende dieses Albtraums gewartet zu haben. Irgendwann verstummten die Geräusche und Darren machte Anstalten, aufzustehen. Mit einer raschen Geste hielt Ari ihn zurück und schüttelte den Kopf. Sie wartete noch etliche Minuten ab. Dann erhob sie sich langsam und spähte vorsichtig über den Rand ihrer Deckung. Neben ihr bewegte sich Darren.

Und?", fragte er mit immer noch mühevoll unterdrückter Angst in der Stimme.

"Der ist weg. Ist anscheinend satt geworden."

Ari ließ sich mit einem Seufzen zurücksinken und schloss für einen Moment die Augen. Ihr Gesicht war immer noch blass, und als sie die Augen wieder öffnete, konnte Darren einen Ausdruck darin sehen, der ihm verriet, wie knapp sie dem Tod entkommen waren. Mit einem angewiderten Gesichtsausdruck gab Ari dem Kopf zu ihren Füßen einen Tritt, der diesen weit genug von ihnen weg schleuderte, damit sie diesen Anblick nicht mehr ertragen mussten.

"Was war das?", fragte Darren und starrte dem Kopf hinterher.

"Das war ein Seelenjäger. Ich habe dir doch vorhin von den verirrten Seelen erzählt."

Sie sah Darren an. Darren starrte noch immer in die Richtung, in die Ari den Kopf getreten hatte. Sie berührte ihn sanft am Unterarm und er zuckte zusammen wie unter einem Schlag.

"Was?"

"Die verirrten Seelen, weißt du noch?"

Darren nickte. Nur widerwillig löste sich sein Blick und er musste sich regelrecht zwingen, Ari anzusehen.

Sie fuhr fort: "Er fängt sie ein und bringt sie zu Rabisu."

"Du hast wirklich ein seltsames zuhause."

Ari grinste flüchtig. "Das Gleiche könnte ich von deiner Welt sagen, Darren."

Er sah sie verständnislos an. Doch dann konnte er ein Grinsen nicht unterdrücken. Auch wenn es ihm in einer solchen Situation völlig unpassend schien. Aber es war unendlich befreiend. Ari erhob sich vorsichtig und sah sich noch einmal suchend um.

"Wir müssen weiter. Es ist nicht mehr weit."

Auch Darren erhob sich. Ari kletterte über den Baumstamm hinweg und ging den Weg zurück, den sie geflohen waren. Darren folgte ihr, allerdings nur widerwillig. Nichts zeugte mehr von dem Kampf, der hier stattgefunden hatte, als sie die Stelle erreichten, an der der Seelenjäger auf den Käfer getroffen war. Nur die riesige Blutlache, die seltsamerweise nicht von dem allgegenwärtigen Nebel verhüllt wurde, war noch ein stummer Zeuge dessen, was hier passiert war.

Ari hob ihren Pfeil auf, den sie vorhin bei ihrer Flucht einfach hatte fallen lassen, steckte ihn wieder in den Köcher und gab Darren ein Zeichen, ihr zu folgen. Auch wenn Ari sich ihrer Sache sicher zu sein schien, griff sie etwas schneller aus. Darren musste sich beeilen, um zu ihr aufzuschließen. Als er sie eingeholt hatte, fragte er: "Wo bringst du mich hin?"

Ohne ihn anzusehen, antwortete sie: "In die Spiegelburg. Aliana wartet dort auf dich."

"Wer ist diese Aliana?"

"Sie ist die aktuelle Wächterin des Lichts. Deine Vorgängerin, sozusagen. Sie wird dir alles Weitere erklären. Das steht mir nicht zu."

"Warum ich?", fragte Darren.

Ari zuckte mit den Schultern. "Das kann ich dir nicht sagen, mein Hübscher. Ich arbeite nur hier."

Sie wandte ihm jetzt doch ihren Kopf zu und lächelte ihn freundlich an.

"Ich kann mir vorstellen, wie du dich jetzt fühlst", behauptete sie.

"Ach, ja?" Darrens Blick verdüsterte sich. Die Feindseligkeit in seiner Stimme konnte er sich selbst nicht erklären. Ohne Aris Hilfe hätte er in diesem seltsamen Wald vermutlich keine zehn Minuten überlebt. Er war sich darüber im Klaren, dass sein Zorn die Falsche traf. Dennoch hatte er das Gefühl, seine Wut irgendwie entladen zu müssen.

Ari seufzte. "Nein! Vielleicht hast du recht. Ich wollte nur freundlich sein."

"Tut mir leid, Ari. Ich brauche vermutlich noch eine Weile, um das alles zu verdauen. Eure Welt ist so ... " Er brach mit einem Kopfschütteln ab.

Ari antwortete nicht. Sie sah ihn mit einem Ausdruck in den Augen an, der fast an Mitleid grenzte.

"Mein Leben war eigentlich ganz in Ordnung, bevor du gekommen bist, Ari. Viele Menschen bei uns auf der Erde glauben an Engel, weißt du. Aber ich kann mir nicht vorstellen, dass sie das hier meinen."

Er machte eine ausholende Geste mit der rechten Hand. Ari verstand, was Darren sagen wollte. Diese Welt musste auf ihn so feindselig und fremd, so schrecklich und brutal wirken, wie die Seine auf

Ari. Und vielleicht waren ihre beiden Welten auch gar nicht so verschieden.

Darren atmete erleichtert auf, als sie aus dem Wald heraustraten. Endlich hatten sie es geschafft und diesen Furcht einflößenden, unwirklichen und bedrohlichen Wald verlassen. Vor ihnen breitete sich eine Nebelwand aus, die alles, was sich dahinter vermutlich verbarg, verschluckte. Darren war sich nach dem, was sie im Wald erlebt hatten, nicht so ganz sicher, ob er darüber froh sein sollte oder nicht. Auf jeden Fall aber war er froh, Ari bei sich zu haben. Ari blieb stehen, stemmte die Hände in die Hüften und atmete ebenfalls erleichtert auf.

Sie setzte ein strahlendes Lächeln auf und sagte: "Trautes Heim, Glück allein!"

"Was?" Darren runzelte fragend die Stirn und wandte zögernd den Kopf in ihre Richtung.

Sie wandte ebenfalls den Kopf. Sie lächelte immer noch, hob einen Arm und machte eine kompliziert aussehende Bewegung zur Nebelwand hin. Augenblicklich begann sich die Nebelwand zu teilen. Aber der Nebel verschwand nicht einfach. Er sprang regelrecht auseinander. Als würde er von einer lautlosen Explosion auseinandergerissen. Das, was dahinter zum Vorschein kam, ließ Darren überrascht keuchen.

Das Tal, das hinter dem Nebel auf sie gewartet hatte, war riesig. Die Sonne des Tages bestrahlte saftige Wiesen, Hügel und klare Bergseen, die teilweise in Wasserfällen von den gewaltigen Bergen im Hintergrund ins Tal stürzten. Darren konnte bereits die wohltuende Wärme der Sonne spüren. Ihre Strahlen brachen sich in den Fensterscheiben einer gewaltigen Burg, vor dessen Burggraben sie unmittelbar standen. Dieses friedliche Tal stand so sehr im Gegensatz zu dem, was Darren bisher von dieser Welt gesehen hatte, dass er sich unwillkürlich noch einmal herumdrehte.

Nein. Er hatte sich den finsteren Wald mit all seinen Schrecken nicht nur eingebildet. Der kalte Nebel, der sich jetzt hinter ihnen wieder zu einer undurchdringlichen Mauer aus Schatten und Feuchtigkeit zusammenzog, ließ ihn schaudern. Schnell wandte er sich wieder zu dem wesentlich angenehmeren Anblick des Tales um und brachte ein ehrfürchtiges: "Wow!" heraus.

Ari grinste und klopfte ihm auf die Schulter. "Ja, das kannst du laut sagen. Licht und Schatten liegen hier in Anderwelt ganz besonders dicht beieinander, Darren."

Für ein paar kostbare Augenblicke der Ruhe sagte keiner von ihnen ein Wort. Es war ein fast magischer Moment, doch Darren konnte nicht einmal wirklich beschreiben, was er jetzt fühlte. Es war eine seltsame Art von Verbundenheit mit diesem Ort. Ein Gefühl des Friedens. Als hätte er schon immer gewusst, dass er eines Tages hier herkommen würde. Er war zu Hause!

Der Gedanke verwirrte ihn. Zuhause. Er kannte diese Welt nicht, und wenn es nach ihm ginge, wollte er eigentlich auch gar nicht hier sein. Und dennoch ergriff eine Macht von ihm Besitz, die er nicht mit Worten beschreiben konnte. Der Anblick des Tales und der Burg lösten ein Gefühl von Geborgenheit in ihm aus, dem er sich nicht verschließen konnte und mit jeder Sekunde, die er hier stand, auch nicht wollte.

Ein Geräusch riss ihn aus seinen Gedanken. Es klang fast, wie das Rascheln von Gefieder. Unwillkürlich hob Darren den Blick und suchte den Himmel über sich ab. Sein Blick fiel auf eine Gestalt hoch oben auf einem der Wehrgänge der Burg. Sie stand hoch aufgerichtet da und starrte zu ihnen herunter. Darren konnte sein Gesicht nicht erkennen. Aber er spürte, dass die Gestalt lächelte.

Mit dem gleichen Geräusch wie gerade eben entfaltete die Gestalt ein paar gewaltiger, weißer Flügel und stieß sich lautlos ab. Sie sprang über den Rand der Wehrmauer und ließ sich mit weit ausgebreiteten Flügeln in die Tiefe fallen. Erst im buchstäblich letzten Moment fing sich die Gestalt ab und landete, ebenfalls völlig lautlos, sicher auf den Füßen. Dann setzte er sich fast gemächlich über die Holzbrücke in ihre Richtung in Bewegung. Und jetzt konnte Darren auch Einzelheiten ausmachen.

Die Gestalt trug weiße Lederhosen und ein weißes Hemd mit einer roten Schärpe. Ein ebenfalls weißer Lederharnisch diente als Brustpanzer und die - natürlich auch weißen - Stiefel reichten bis über die Knie. Schräg hinter dem Kopf der Gestalt ragte ein Schwertknauf auf, der allein schon so massiv und gewaltig war, dass Darren sich gut vorstellen konnte, wie das dazugehörige Schwert aussehen mochte. Nach der Hälfte des Weges breitete die Gestalt abermals die Flügel aus und war mit nur einem gewaltigen Satz über die Brücke bei ihnen!

Darren prallte einen Schritt zurück und Ari lachte: "Da hast du deinen Engel."

Der Mann - oder Engel, je nachdem, was man eher bereit war zu glauben - erwiderte ihr Lachen. Er schloss Ari in die Arme und wirbelte sie herum, wie ein Spielzeug. Dann setzte er sie wieder ab und sie küssten sich. Darren sah fast verlegen überall hin, nur nicht zu ihnen.

"Darren. Das ist Amoragon", stellte Ari den Engel vor.

Darren riss erstaunt die Augen auf und konnte gerade noch den Impuls unterdrücken, einen ehrfürchtigen Schritt zurückzutreten. Amoragon trat einen Schritt auf ihn zu und gab ihm die Hand. Zögernd griff Darren danach. Eine wahre Woge von Kraft, Stärke und unendlicher Güte griff nach ihm, als sich ihre Hände berührten. Darren hätte vermutlich erschrocken wieder losgelassen, doch Amoragon hatte einen festen Griff.

"Freut mich, Darren. Wir haben schon auf dich gewartet." Endlich ließ er Darrens Hand los, und als dieses Gefühl der unendlichen Güte sich wieder zurückzog, hatte Darren plötzlich Mühe, kein enttäuschtes Gesicht zu machen.

Er lächelte unsicher. "Vielen Dank, Amoragon. Freut mich, dass sich alle um mich reißen."

Amoragon wandte sich an Ari. "Ich habe dich vermisst."

Sanft strich er ihr über die Wange und lächelte sie an.

Ari machte ein missmutiges Gesicht. "Da bist du sicher der Einzige."

Für einen Moment sah Amoragon sie fast traurig an. Dann lächelte er wieder und wandte sich Darren zu. "Komm. Ich werde dich zu Aliana bringen."

Er drehte sich herum und ging voraus. Darren setzte sich langsam in Bewegung und Ari folgte ihm.

"Ist das dein ... " Er suchte vergeblich nach dem passenden Wort.

"... Freund?", half ihm Ari aus und lachte. "Kann man so sagen. Weißt du, Darren. Er ist der Einzige, der wirklich noch zu mir steht."

Darren sah sie verwirrt an. "Wie meinst du das?"

"Weißt du noch, was Dara über mich gesagt hat?"
Darren zog fragend die Augenbrauen hoch.
"Die Geliebte des Teufels und so weiter?"
Darren nickte. "Ja! Ich erinnere mich."
"Das war nicht übertrieben. Ich war wirklich Lucifers Geliebte." Sie seufzte. "Aber das ist schon eine Weile her."
"Was ist passiert?"
"Der Weiße Rat wollte mich eigentlich fast einstimmig in die Verbannung schicken."
"Der Weiße Rat?" Darren sah sie fragend an.
"Die Wächterin des Lichts und ihre zwei Berater bilden den weißen Rat. Sie entscheiden über die Geschicke dieser Welt."
Ein fast wehmütiger Ausdruck trat in ihre Augen. Darren spürte, dass ihr dieses Thema unangenehm war. Sie schien hier wirklich keinen einfachen Stand zu haben. Ari hob in einer beiläufigen Geste die Schultern und fuhr fort: "Wie auch immer. Die Wächterin des Lichts hat mir noch eine Chance gegeben. Ihre beiden Berater waren natürlich alles andere als einverstanden, kannst du dir ja denken. Seitdem ist es für mich hier nicht mehr so wie früher. Amoragon ist der Einzige, der mich immer noch liebt, weißt du? Das hat er immer getan. Und ich vermute, das wird auch noch eine ganze Weile so bleiben."
Sie hatten die Brücke überquert und traten gerade gemeinsam durch das Tor. Und Darren fühlte sich unwillkürlich ins Mittelalter zurückversetzt. Der Burghof, den sie betraten, steckte so voller Klischees, dass er im ersten Moment Mühe hatte, nicht laut aufzulachen. Von der groben Kopfsteinpflasterung auf dem Boden, über die alten Fenster und den aus groben Steinen erbauten Gebäuden, die gemeinsam die Wehrmauer dieser Burg bildeten, bis hin zu den natürlich bewachten und mit Bogenschützen gespickten Wehrgängen hoch über ihren Köpfen stimmte das Bild bis ins Detail mit einem mittelalterlichen Szenario überein. Langsam begann Darren sich wirklich zu fragen, ob er nur träumte, oder ob die detaillierten Beschreibungen in den Büchern und Filmen aus seiner Welt wohl einen ganz bestimmten Grund hatten.
Es waren nicht besonders viele Bewohner im Burghof unterwegs. Aber die wenigen, die anwesend waren, sahen ihnen mit ehrfürchti-

gem Blick und teilweise sogar gesenkten Häuptern entgegen. Die sie umgebenden Bewohner passten so genau ins Bild, dass Darren erst jetzt erkannte, dass es sich nicht bei allen um Menschen handelte. Es gab Wesen wie Amoragon - mit Rüstung und gewaltigen, weißen Flügeln. Es gab Menschen wie ihn und Ari, aber auch Wesen, die er noch nie in seinem Leben gesehen hatte. Seltsame Mischungen zwischen Mensch und Tier. Aber Darren fehlte noch der Mut für eine eingehendere Untersuchung. Er war noch nicht in der Verfassung, sich diese Wesen genauer anzusehen.

Amoragon drehte sich zu Darren und Ari um. "Komm! Aliana erwartet dich bereits, Darren."

Darren wechselte einen Blick mit Ari. Ari lächelte ihm zu und nickte. "Geh schon. Ich bleibe lieber hier. Wir sehen uns später."

Zögernd setzte Darren sich in Bewegung. Als er Amoragon erreicht hatte, drehte er sich noch einmal zu Ari herum. Sie lächelte immer noch und wedelte ungeduldig mit der Hand. Darren war nicht wohl bei dem Gedanken, ohne Ari auch nur einen Schritt in dieser fremden und für ihn unwirklichen Welt zu tun. Aber Amoragon ließ ihm keine Wahl. Lächelnd legte er ihm einen Arm um die Schulter und zog ihn mit sich. Sie betraten die Burg durch einen gewaltigen Turm, der sich hoch über die Wehrmauer erhob.

Zu Darrens Erstaunen trafen sie in seinem Inneren allerdings nicht auf eine Wendeltreppe, die in die Höhe führte, sondern sie traten in einen riesigen Saal, dessen Wände übersät waren mit Spiegeln. Die Spiegel ließen diesen Raum noch größer wirken, als er in Wirklichkeit war. In einigen brach sich sogar das Sonnenlicht. Der Raum war so groß, dass Darren nicht einmal bis an das Ende des Flures blicken konnte. An den Wänden mussten mehrere Tausend Spiegel hängen! Verwirrt hielt er im Schritt inne und sah sich um. Amoragon merkte erst nach ein paar Schritten, dass Darren ihm nicht mehr folgte, und drehte sich zu ihm herum.

"Komm schon. Die beißen nicht."

Darren blinzelte ihn verwirrt an und erkannte erst jetzt, was Amoragon gemeint hatte. Nicht etwa die Spiegel - wie Darren angenommen hatte - sondern die zwei Wesen, die unweit des Eingangs fast unsichtbar zwischen zwei Spiegeln links und rechts an den Wänden standen. Sie trugen ebenfalls eine Rüstung, allerdings war diese aus schwarzem Leder gearbeitet. Sie waren gut zwei Meter groß, wurden jedoch noch von den gewaltigen Hellebarden überragt, die sie in den Händen hielten. Ihre Gesichter hatten sanfte Züge, waren zugleich aber auch von einer Härte, die nicht zu ihnen passen wollte. Und schon gar nicht passten sie zu den gewaltigen Muskelbergen, die sich deutlich unter dem schwarzen Leder abzeichneten. Die schwarzen Flügel hatten sie neben dem Körper zusammengefaltet. Ihre Augen fixierten Darren. Wach und mit durchdringendem Blick, aber dennoch gutmütig. Die beiden Wachen neigten zur Begrüßung die Häupter, obwohl Darren sich keinesfalls sicher war, ob diese Geste wirklich als Begrüßung gedacht war oder vielleicht doch eher eine Erlaubnis darstellte, näher zu treten.

Amoragon lachte, ging zu Darren zurück, stellte sich hinter ihm auf und schob ihn kurzerhand vor sich her. Einer der seltsamen Wächterengel grinste und entblößte damit eine Reihe spitzer, kleiner, tückisch funkelnder Zähne. Amoragon ging jetzt wieder neben Darren her. Er beobachtete ihn mit einem spöttischen Lächeln aus den Augenwinkeln. Darren ging an der scheinbar endlosen Reihe der Spiegel vorbei und fragte: "Wer braucht so viele Spiegel?"

Amoragon lachte leise, bevor er antwortete: "Das ist die Halle der Seelen, Darren. Wenn du so willst, dein zukünftiger Arbeitsplatz."

Darren warf Amoragon einen fragenden Blick zu und runzelte die Stirn.

"Jeder dieser Spiegel zeigt uns deine Welt. Oder zumindest einen Teil davon." Amoragon seufzte. "Manchmal ist es sicher nicht leicht, hier den Überblick zu behalten."

"Den Überblick worüber?"

"Wir beobachten euch, Darren. Und manchmal kommen wir leider nicht drum herum, euch ein wenig unter die Arme zu greifen."

Er spreizte die Flügel ein wenig. Das Gefieder raschelte leise. Darren warf einen Blick auf die Flügel, als sähe er sie zum ersten Mal. Und irgendwie stimmte das ja auch, zumindest sah er sie das erste Mal bei einem Menschen. Amoragon bemerkte Darrens Blick und wandte ihm mit einem Grinsen den Kopf zu.

"Frag schon", forderte er Darren auf.

"Was soll ich dich fragen?"

"Ob ich wirklich ein Engel bin."

"Bist du einer?", fragte Darren. Obwohl er die Antwort bereits kannte und ihn nach allem, was er seitdem er hier war mit Ari erlebt hatte, nichts mehr wunderte, überraschte ihn die Antwort.

"Das sind wir alle hier."

Darren blieb unwillkürlich stehen. "Wie meinst du das?"

"Wie ich es gesagt habe. Wir alle hier sind Engel. Na, ja. Mal von den Nicht-Engeln hier abgesehen." Er lachte.

Darren sah ihn ernst an. "Ist Ari auch ... "

"... ein Engel? Na klar." Amoragon lächelte versonnen. "Auch wenn sie manchmal ein kleiner Teufel sein kann."

"Aber sie hat keine ... Flügel, wie du."

"Das hast du gut bemerkt, Darren." Amoragon lächelte spöttisch. "Die wären auch in eurer Welt ein wenig hinderlich, oder?"

Darrens Gesichtsausdruck verriet deutlich seine Verwirrung.

Amoragon seufzte, setzte sich wieder in Bewegung und ergriff Darren am Arm, damit er ihm folgte. "Nicht alle von uns brauchen diese Dinger, Darren. Es kommt darauf an, welche Aufgaben sie zu erfüllen haben."

Er konnte an Darrens Gesicht erkennen, dass dieser immer noch nicht verstand. Amoragon versuchte es noch einmal. "Ich bin ein Krieger. Da sind Flügel manchmal ganz hilfreich. Auch die Schutzengel sind darauf angewiesen."

Er grinste. "Manchmal seid ihr wirklich fast schneller, als euer Schutzengel fliegen kann."

Sein Grinsen erlosch, als er in Darrens Gesicht blickte. "Ist vielleicht alles ein bisschen viel auf einmal, hm?"

Darrens immer noch verwirrter Blick glitt an Amoragon vorbei in einen der Spiegel. Und erst jetzt fiel Darren auf, was damit nicht stimmte. Er sah kein Spiegelbild! Mit einem schnellen Schritt war er an Amoragon vorbei. Dann schritt er langsam auf einen Spiegel zu. Er hatte sich nicht getäuscht. Kein Spiegelbild! Darren streckte die Hand aus, um die Spiegelfläche zu berühren. Wie aus dem Nichts war plötzlich Amoragon neben ihm. Seine Hand schnellte vor und packte Darrens Handgelenk, nur Millimeter, bevor er den Spiegel berühren konnte. Darren blickte zuerst auf Amoragons Hand, dann wanderte sein Blick den Arm des Engels empor, bis zu seinem Gesicht. Dort bohrte sich sein Blick in den Amoragons. Amoragon machte keine Anstalten, Darren los zu lassen. Stattdessen sagte er mit ernstem Gesicht: "Das solltest du lieber lassen, wenn dir eure Welt lieb ist."

Er zögerte noch eine Sekunde, dann ließ er Darrens Handgelenk los. Und er lächelte wieder. "Komm mit. Aliana wird dir schon mal einen Großteil erklären."

Lucifer schwang die Beine aus dem Bett, stützte die Ellenbogen auf die Knie und verbarg das Gesicht in den Händen. Lillith hinter ihm regte sich, setzte sich auf und strich ihm sanft über die Schultern. Ohne diese zärtliche Berührung zu erwidern, stand Lucifer auf. Er ging zu dem großen Sessel hinüber, in dem er für gewöhnlich saß, griff nach seinen Kleidungsstücken und begann, sich anzuziehen. Lillith sah ihm enttäuscht dabei zu. Sie hatte gehofft, dass sie noch ein wenig bleiben könnte. Auch sie schwang jetzt die Beine aus dem Bett und griff ebenfalls nach ihrer Kleidung, die neben dem Bett lag. Doch sie zögerte noch, sich anzuziehen.

"Du wirst dir ein paar schwarze Reiter mitnehmen." Lucifer drehte sich zu ihr herum. "Ich will Darren!"

Für einen Moment sah Lillith ihn fast verwirrt an. Dann begann sie, sich anzuziehen und fragte: "Ich soll ihn hier herbringen? Wozu?"

Lucifer starrte sie an und sein Blick machte ihr klar, dass sie auf dem besten Wege war, den Bogen zu überspannen. Niemand stellte seine Entscheidungen infrage! Aber zu ihrer Überraschung fuhr er sie nicht wütend an, sondern kam langsam auf sie zu, schloss sie in die Arme und küsste sie. Dann schob er sie eine Armeslänge von sich weg und lächelte: "Wir teilen das Bett miteinander, Lillith. Aber meine Entscheidungen treffe ich noch immer selbst."

Lillith nickte. "Tut mir leid, Lucifer. Ich wollte deine Entscheidung nicht infrage stellen. Ich frage mich nur, warum wir ihn nicht gleich töten sollen."

"Ich brauche ihn, um meine Armee anzuführen."

Lillith trat einen Schritt zurück. Zorn blitzte in ihren Augen auf. Darren sollte seine Armee anführen?

"Aber … Aber ich dachte, diese Aufgabe würde mir zustehen."

"Ich habe es mir anders überlegt."

Lillith wechselte ihre Strategie. "Ich glaube nicht, dass er sie freiwillig führen wird."

"Das muss er auch gar nicht. Zumindest nicht gleich."

Lillith riss die Augen auf. "Du willst ihn verwandeln?"

"Geh jetzt!" Für einen Moment funkelte sie ihn böse an. Er hatte sie hintergangen. Es war ihre Aufgabe, die Armee zu führen. Diese Position stand ihr zu. Sie zögerte gerade so lange, bis Lucifer die

Augen verengte und leise knurrte.

"Ja, Herr!" Lillith neigte unterwürfig den Kopf. "Woher sollen wir wissen, wo und wann wir ihn uns schnappen können."

Lucifer lächelte.

"Ich werde es euch sagen."

Die festlich gedeckte Tafel war Darren irgendwie unangenehm. Warum, konnte er selbst nicht sagen. Ihm war der Wirbel, den man um ihn machte, einfach unangenehm. Und es gab der ganzen Sache ein Gewicht, das ihr nicht zustand. Er war keineswegs freiwillig hier. Und dann wollte er auch nicht gefeiert werden, wie ein Nationalheld. Darren spürte erst beim Anblick der Speisen, dass er entsetzlichen Hunger hatte. Die letzten Stunden - oder waren es vielleicht Tage gewesen? Er hatte völlig das Zeitgefühl verloren - hatten ihn viel Kraft gekostet. Der große Saal, den er neben Amoragon betreten hatte, erinnerte ihn an eine alte Kirche. Der Saal war bestimmt an die zweihundert Quadratmeter groß. Die Fenster waren kunstvoll verziert und mannshoch. An den Wänden hingen Bilder von Engeln und anderen Wesen, die Darren nicht eindeutig zuordnen konnte. In der Mitte des Raumes befand sich die festliche Tafel.

Es war ein großer Tisch, an dem aber lediglich vier Stühle angestellt waren. Drei davon waren besetzt. Amoragon blieb zehn Meter vor dem Tisch stehen, sank auf ein Knie herab und senkte den Kopf. Darren tat es ihm gleich, ohne auch nur die geringste Ahnung zu haben, warum er das tat. Die Gestalt, die auf einem der aufgestellten Stühle saß, lächelte und machte eine Handbewegung in seine und Amoragons Richtung.

"Erhebt euch. Das ist nicht nötig."

Amoragon zögerte und Darren begriff, dass er sich nicht erheben würde, solange Darren es nicht tat. Darren kam mit einer kraftvollen Bewegung wieder hoch und im gleichen Moment erhob sich auch Amoragon.

"Wächterin des Lichts", begann er, "Ihr wolltet ihn gleich nach seiner Ankunft sehen."

Sie lächelte. Die Frau hatte die blonden Haare zu einem wahren Turm von Frisur auf ihrem Kopf drapiert. Ihre Augen strahlten wie die Sonne und ihr Alter war unmöglich zu schätzen. Wie schon bei Amoragon spürte Darren bei ihr ebenfalls eine unendliche Güte und Freundlichkeit. Die beiden Männer neben ihr lächelten ebenfalls. Aber ihr Lächeln war um einige Grade kühler, als das Alianas. Sie trugen die gleiche Rüstung wie Amoragon. Während die Frau in ihrer Mitte ein kunstvoll verziertes weißes und an den Rändern in Gold gefasstes Gewand trug. Die langen weiten Ärmel verdeckten ihre Hände fast völlig, und als sie sich von ihrem Platz erhob, rutschte das vorher auf ihren Knien zusammengeraffte Gewand mit einem schweren Geräusch zu Boden und bedeckte auch ihre Füße vollständig. Sie war wunderschön. Ein seltsamer Glanz schien die gesamte Gestalt zu umgeben. Wie ein goldener Schimmer, der ihr verschwommene Konturen verlieh und sie fast unwirklich erscheinen ließ. Aliana machte eine einladende Geste in Darrens Richtung. "Setz dich, Darren." Mit einem freundlichen Lächeln ergänzte sie: "Danke Amoragon. Du kannst gehen." Amoragon neigte noch einmal den Kopf. Dann drehte er sich auf dem Absatz um und verließ den Saal. Seine Schritte hallten in dem Raum durch die ansonsten herrschende Stille. Als die schwere Tür ins Schloss fiel, fühlte sich Darren unendlich allein und verlassen. Es war seltsam. Aber in Aris und Amoragons Nähe hatte er sich sicher gefühlt. Und das war ja auch kein Wunder. Waren die beiden doch die einzigen Wesen hier, die ihm bis jetzt nicht schaden wollten.

Auch wenn er hier nicht das Gefühl hatte, in Gefahr zu sein, setzte er sich nur zögernd in Bewegung und ließ sich schließlich auf dem einzigen Stuhl nieder, der vor der reich gedeckten Tafel stand. Aliana setzte sich wieder und faltete ihre Hände, um ihr Kinn darauf zu stützen. Der Mann rechts neben Aliana funkelte Darren feindselig an.

"Wie wäre es mit ein bisschen Respekt, gegenüber der Wächterin?", tadelte er.

Darren hatte keine Ahnung, was er falsch gemacht hatte. Vermutlich hätte er warten sollen, bis sie sich gesetzt hatte.

"Lass gut sein, Luca. Der Kleine ist neu hier." Aliana lachte.

Luca verzog verärgert das Gesicht, schwieg aber.

"Greif zu, Darren. Du musst schrecklich hungrig sein."

Das war Darren in der Tat. Sein Magen begann wie aufs Stichwort laut zu knurren und er senkte mit einem verlegenen Lächeln den Kopf.

Aliana grinste. Sie machte es ihm ein wenig einfacher und griff als Erste zu. Sie brach ein Stück von dem Brot ab und kaute lustlos daran herum. Darren musste sich beherrschen, um nicht zu schlingen. Er hatte schon lange nichts mehr zu sich genommen. Und die

Speisen schmeckten wirklich köstlich. Aliana sah ihm lächelnd beim Essen zu, während der Mann rechts neben ihr ihn die ganz Zeit abfällig musterte. Als Darren satt war, reichte Aliana ihm einen Becher mit Wein, nahm ihren eigenen Becher auf und hob ihn. Der Mann links neben ihr tat es ihr gleich, nur der Kerl rechts - Darrens heimlicher Bewunderer - zögerte gerade lange genug, um nicht unhöflich zu wirken.

"Ich heiße dich in Anderwelt willkommen, Darren." Sie tranken einen Schluck Wein und auch Darren nippte vorsichtig an dem Becher, den ihm Aliana gereicht hatte. Der Wein schmeckte süß und war so stark, dass ihm selbst von diesem kleinen Schluck schon ein wenig schwindelig wurde. Aber vielleicht lag das auch an seiner allgemeinen Schwäche von den Anstrengungen der letzten Zeit. Er setzte den Becher wieder ab und sah die Drei nacheinander an.

"Ich muss gestehen, ich bin schwer verwirrt", gestand Darren und lächelte.

Aliana erwiderte das Lächeln. "Das kann ich mir vorstellen. Du hast sicher eine Menge Fragen."

"Ja, zum Beispiel, wie ich Euch nennen soll."

"Herrin, natürlich!", fuhr der Rechte dazwischen.

Aliana verzog das Gesicht. "Du musst Luca entschuldigen, Darren. Für ihn ist es unverständlich, dass ich dich als meinen Nachfolger ausgewählt habe."

"Womit wir gleich beim nächsten Thema wären", sagte Darren. "Was tue ich hier?"

"Nun, zu deiner ersten Frage: Nenn mich Aliana. Und zu deiner zweiten Frage: Du wirst der nächste Wächter des Lichts."

"Aha", machte Darren, nahm seinen Becher zur Hand und nahm einen kräftigen Schluck. Sofort wurde ihm schwindelig und er schüttelte leicht den Kopf. Er nahm sich vor, vorsichtiger zu sein.

"Du musst wissen, dass wir einen neuen Wächter brauchen." Es war das erste Mal, dass sich der Mann links neben Aliana ins Gespräch einklinkte. Seine Stimme klang sanft und gutmütig, nicht schneidend wie die von Luca. Die grauen Haare hatte er zu einem Pferdeschwanz zusammengebunden und die Art, wie er in dem hohen Lehnstuhl saß, verriet einen erfahrenen Krieger. Auch sein Alter war unmöglich zu schätzen.

"Aber ihr habt doch einen. Wozu braucht ihr dann mich?"

"Was Mugon sagen will, ist, dass meine Zeit bald gekommen ist. Ich kann dieses Land nicht ewig regieren."

Darren schüttelte den Kopf. "Warum ich?"

"Du hast ein reines Herz. Und die Zeit ist reif für einen Krieger."

"Ich verstehe nicht ... "

Aliana lächelte. "Dieses Land wird nun schon so lange von mir regiert. Es ist manchmal nicht leicht, eure Welt vor den Mächten des Bösen zu beschützen. Ich habe versucht, mit Vernunft und Geduld die Dinge zu regeln."

"Und?", fragte Darren, hob den Becher an den Mund, überlegte es sich aber im letzten Moment doch anders und setzte ihn wieder auf dem schweren Holztisch ab.

"Ich fürchte, das war der falsche Weg."

"Der falsche Weg?"

Luca räusperte sich. Darren zögerte mit seiner Aufmerksamkeit gerade so lange, dass es wirklich unhöflich wurde. Dann wandte er den Blick zu Luca.

"Was Aliana sagen will, ist, dass es nicht reicht, nett und freundlich mit diesem Pack zu reden!" Er spie das Wort 'Pack' förmlich aus. Dass er damit offensichtlich die Menschen meinte, quittierte Darren mit einem ärgerlichen Stirnrunzeln. Luca schien nicht gerade ein Menschenfreund zu sein. Dann wanderte sein Blick weiter zu Aliana und von ihr zu Mugon. In seinem Kopf jagten sich die wildesten Gedanken im Kreis. War das wirklich die Realität? Erlebte er diesen Albtraum wirklich? Darren schloss für einen kurzen Moment die Augen.

"O.K.“, seufzte er. „Kann mich mal einer kneifen? Ich träume sicher, oder?"

Die Drei blieben ernst und starrten ihn verwirrt an. Darren schluckte hart.

"Das ist nicht euer Ernst", hoffte er.

Mugon seufzte. "Aliana ist eine wirklich gute Herrscherin." Er warf ihr einen um Verzeihung bittenden Blick zu. "Aber manchmal braucht es einen Krieger."

"Ihr wollt, dass ich euch helfe, das Böse zu vernichten?" Darren stellte diese Frage in einem so sachlichen Ton, dass er selbst überrascht war. Begann er etwa schon zu glauben, was er da hörte?

"Nein, Darren. So einfach ist das nicht. Das Böse hat seinen Platz, genau wie das Gute. Aber ..." Sie zögerte. "Aber das reicht nicht. Licht und Schatten, Ebbe und Flut. Wenn das Rad des Schicksals ins Stocken gerät, verwischen die Grenzen. Findet der Zirkel der Umdrehung ein Ende, bricht eine neue Zeit an."

Darren sah sie verwirrt an.

"Lucifer kann nicht vernichtet werden. Wir würden die Ordnung der Dinge verändern und das würde ganz Anderwelt und somit auch euch in Gefahr bringen."

"Die Spiegel in der Halle", vermutete Darren.

Aliana nickte. "Sie dürfen niemals zerbrechen, Darren. Lucifer darf nicht über Anderwelt herrschen."

"Und Lucifer ist ..." Er ließ den Satz unvollendet, weil er sich einfach weigerte, die logische Konsequenz daraus zu akzeptieren.

"Der Teufel, wenn du so willst, ja", vollendete Mugon für ihn den Satz.

Etwas in Darren zerbrach. Das konnte unmöglich wahr sein! Sicher würde er gleich aufwachen, sich mit Dara über diesen verrückten Traum amüsieren und ihn dann vergessen! Aber hatte er das nicht schon öfter gedacht in den letzten Stunden? Darren brachte kein Wort heraus. Eine eiserne Faust schloss sich um seinen Magen und drückte erbarmungslos zu. Er konnte fühlen, wie die Kälte von innen heraus von ihm Besitz ergriff.

"Das Leben ist für euch Menschen in den letzten Jahrhunderten schwieriger geworden. Lucifers Macht nimmt immer mehr zu. Wir brauchen ihn, so wie er uns braucht. Aber wenn er es schafft, den Ring der Gezeiten an die Stelle der Flamme des ewigen Lichts zu setzen, ist nicht nur Anderwelt in Gefahr. Die Menschen sind nicht von Natur aus böse. Aber Lucifers Einfluss auf euch ist stark geworden in den letzten Jahrhunderten."

Der Ring! Darren hatte ihn schon fast vergessen. Er starrte Aliana mit aufgerissenen Augen an. Aber eine innere Stimme riet ihm, nicht zu erwähnen, dass Ari dieses Ding noch immer bei sich hatte. Er schloss den Mund und setzte neu an.

"Und ihr denkt, dass ich das besser hinkriege, als du?"

"Wir brauchen einen Krieger, dem das Überleben der Menschen am Herzen liegt."

Aliana nickte. "Alle hundert Jahre entbrennt der Kampf um den Turm der Erkenntnis. Dem Sieger dieser Schlacht gehören die nächsten hundert Jahre Herrschaft. Lucifer darf diese Schlacht nicht gewinnen, Darren."

Darren sparte es sich sie zu fragen, was der Turm der Erkenntnis war. Das hätte ihn zweifellos zur nächsten Frage gebracht, auf die er eine noch verwirrendere Antwort erhalten hätte. Dieses Spielchen hätten sie vermutlich noch Stunden fortsetzen können. Also schwieg er und gab sich die größte Mühe, durch Aliana hindurch zu starren.

"Ich weiß, dass das jetzt alles ein bisschen viel für dich ist, Darren."

Sie stand auf und Luca und Mugon sprangen förmlich im gleichen Augenblick von ihren Stühlen. Darren machte keine Anstalten, sich zu erheben, was ihm einen tadelnden Blick Mugons und einen vernichtenden Blick Lucas einbrachte. Mit einem Seufzen erhob auch Darren sich endlich von seinem Platz.

"Ich brauche Zeit, Aliana."

Sie nickte mit einem verzeihenden Lächeln. "Ruh dich aus. Ari wird dir die Burg zeigen und dann wird Amoragon mit deiner Ausbildung beginnen."

"Ausbildung? Was soll das heißen?" Aliana streckte ihre flache Hand aus, als wolle sie sich an einer unsichtbaren Mauer abstützen. Wie von Geisterhand schwangen die schweren Türen des Eingangsportals wieder auf und Amoragon trat ein. Er blieb dieses Mal allerdings direkt an der Tür stehen. Aliana lächelte. "Später, Darren. Ruh dich aus."

Aris Zimmertür stand einen kleinen Spalt offen. Darren hob die Hand, um zu klopfen. Dabei fiel sein Blick durch den Türspalt und er konnte Ari sehen. Sie stand am Fenster und war damit beschäftigt, ihr Haar zu kämmen. Sie trug Hose und Stiefel aber keine Oberbekleidung und sie hatte ihm den Rücken zugewandt. Der Anblick ließ Darren entsetzt zusammenfahren. Ihr ganzer Rücken war über und über mit Narben bedeckt, wie sie nur durch brutale Peitschenhiebe entstehen konnten. Manche von ihnen waren nur noch dünne, weiße Striche. Aber der Großteil der Narben war aufgeworfen und schlecht verheilt - was entweder ein Zeichen dafür war, wie schwer die Verletzungen gewesen waren, oder dass sich anschließend niemand um sie gekümmert hatte. Eine Woge eiskalter Wut stieg in Darren hoch und er begann zu begreifen, dass diese Welt nicht annährend so friedlich war, wie sich die Menschen diesen Ort immer vorstellten. Hier gab es Regeln, deren Überschreitung ziemlich schmerzhaft und manchmal vielleicht sogar tödlich sein konnte. Er vergaß seine gute Erziehung, stieß die Tür ganz auf und trat ein.

Ari fuhr mit einem zornigen Funkeln in den Augen zu ihm herum und hob die Hände um ihn zurechtzuweisen. Als sie den entsetzten Ausdruck in seinen Augen sah, ließ sie die Hände wieder sinken, gab sich aber nicht die geringste Mühe, ihre Blöße zu bedecken.

Doch das interessierte Darren jetzt weniger. "Was haben die getan?", flüsterte er.

Eine Sekunde sah Ari ihn unschlüssig an. Dann griff sie nach ihrem Hemd auf der Fensterbank und streifte es in einer fließenden Bewegung über. Sie ordnete ihr Haar und brachte irgendwie das Kunststück fertig, dabei mit den Schultern zu zucken.

"Betrachte das gewissermaßen als Anzahlung auf die Schuld, die ich zu begleichen habe."

Darren schwieg und Ari wechselte abrupt das Thema. "Was tust du hier?", fragte sie beiläufig.

"Amoragon hat mich geschickt. Er bittet dich, mir alles zu zeigen."

"Na, dann komm, mein Hübscher", sagte sie aufgesetzt fröhlich, warf die Haarbürste achtlos zur Seite und ging mit einem Augenzwinkern an ihm vorbei zur Tür.

Die Burg war zwar erstaunlich groß, aber viel gab es nach Darrens Meinung trotzdem nicht zu sehen. Ari führte ihn zuerst in die Küche. Hier herrschte reges Treiben. Überall dampfte es aus Töpfen und Pfannen; Menschen - oder Engel - huschten geschäftig hin und her und nahmen kaum Notiz von ihnen. Manche nickten ihnen freundlich zu. Einige lächelten sogar flüchtig. Aber diese Normalität, dieses kleine Stückchen heile Welt, gab Darren das Gefühl, hier irgendwie zu Hause zu sein. Es war seltsam aber er konnte sich nicht dagegen wehren, diese Welt - so fremd und eigenartig sie ihm auch vorkam - mit jeder Stunde mehr als sein zu Hause zu betrachten.

Von der Küche aus ging es in einen Teil der Burg, der Darren schon mehr interessierte. Die Waffenkammer. Sie war mindestens dreimal so groß wie die Küche, und wenn man bedachte, dass es sich bei den Bewohnern dieser Burg ausschließlich um Engel handelte, schien ihm die Größe und die Bestückung der Waffenkammer irgendwie übertrieben. An den Wänden hingen buchstäblich Hunderte gewaltiger Schwerter. Jedes Einzelne von ihnen vermutlich so schwer, dass Darren Schwierigkeiten gehabt hätte, es länger zu halten, geschweige denn, damit zu kämpfen. Eine entsprechende Anzahl nicht weniger imposanter Schilde gab es hier ebenfalls. An einer anderen Wand hingen mächtige Bögen, wenn auch nicht ganz so viele, wie Schwerter. Auch eine nicht unerhebliche Anzahl von Hellebarden und kleinerer Bögen war darunter. Darren war sprachlos.

Ari grinste, legte ihm die Hand unter das Kinn und klappte seinen Unterkiefer wieder hoch. "Das wird später mal dein Arbeitsgebiet", verkündete sie stolz.

Darren blinzelte sie verständnislos an. "Was? Die Waffenkammer?"

"Aliana hat dir doch erklärt, dass wir einen Krieger brauchen, oder nicht?"

Darren nickte. "Sicher. Aber ich bin keiner!"

Ari stemmte die Hände in die Hüften, musterte ihn von oben bis unten und sagte dann: "Das kommt schon noch. Amoragon wird dein Training übernehmen." Sie grinste. "Herzliches Beileid übrigens. Der Kerl ist ein Schleifer."

Darren machte ein Gesicht, als hätte er in eine Zitrone gebissen. "Vielen Dank auch! Wer sagt euch eigentlich, dass ich das will?"

"Das spielt keine Rolle. Das Schicksal hat entschieden." Ari glaubte tatsächlich, was sie da sagte. Zumindest ließ der Ton in ihrer Stimme keinen anderen Schluss zu.

"Komm mir jetzt nicht mit der Schicksalsnummer, Ari. Dazu habe ich wirklich keinen Nerv. Ihr könnt nicht einfach über uns Menschen bestimmen, wie es euch gefällt."

"Wäre dir lieber, Lucifer würde das tun?"
"Nein!", erwiderte er fast entsetzt.
Ari zog erstaunt die Augenbrauen hoch.
Darren seufzte. "Natürlich nicht. Aber …" Er winkte ab. "Ach, ich weiß auch nicht. Lass mir noch ein bisschen Zeit. Ich muss mich erst an den Gedanken gewöhnen, dass wir nichts weiter als euer Spielzeug sind."
Ari schüttelte den Kopf. "Du verstehst es wirklich nicht, oder?"
"Dann erkläre es mir", verlangte er und verschränkte trotzig die Hände vor der Brust. Einen Moment sah Ari ihn unschlüssig an. Er spürte, dass sie nicht darüber reden wollte oder durfte. Aber nach ein paar Augenblicken gab sie sich sichtlich einen Ruck. "Darren, es ist nicht so einfach, wie du es gern hättest. Seit Anbeginn der Zeit tobt dieser ewige Kampf zwischen Gut und Böse. Auch in eurer Welt ist es nicht anders. Aber was wir auch tun. Gut und Böse gehören nun einmal zusammen. Es gibt kein Licht ohne Schatten. So ist das eben."
Darren antwortete nicht. Er sah sie nur an.
Ari seufzte. "Wir tun was wir können, um das Gleichgewicht zu halten. Aber manchmal muss man eben zu härteren Waffen greifen."
"Ihr wollt also doch, dass ich Lucifer vernichte", schloss Darren.
Ari schüttelte den Kopf. "Du darfst und kannst ihn nicht vernichten, Darren. Vertrau mir. Du wirst verstehen, wenn deine Zeit gekommen ist."
Für eine Weile sah er sie durchdringend an. Und ein paar Augenblicke hielt sie seinem Blick auch stand. Doch dann senkte sie den Blick und trat kaum merklich von einem Fuß auf den anderen. Darren ließ sie noch eine Weile zappeln, bis er schließlich tief einatmete und sagte: "Also gut. Ich glaube, für heute habe ich genug gesehen."
Ari schüttelte den Kopf, ergriff seine Hand und zog ihn hinter sich her. "Die Sonne geht gleich unter. Das ist ein Schauspiel, welches du dir auf keinen Fall entgehen lassen darfst."

Der Sonnenuntergang war wirklich ein Schauspiel, das seinesgleichen suchte. Eine wahre Explosion von Farben. Rot, gelb, orange und alle möglichen Schattierungen dazwischen. Der Himmel schien in Flammen zu stehen. Wie ein gleißender gelber Feuerball stand die Sonne am Himmel und mit jedem Bisschen, das sie sich dem Horizont näherte, wurde das Farbenspektakel am Himmel eindrucksvoller. Von ihrem Platz auf der Wehrmauer aus hatten sie einen fantastischen Blick. Einer der Wachgänger schritt an ihnen vorüber und nickte ihnen grüßend zu. Er war schon fast an ihnen vorüber, da erstarrte er plötzlich, fuhr herum und sank in der gleichen Bewegung auf ein Knie herab. Er senkte demütig den Kopf und murmelte: "Verzeiht, Herr! Ich habe euch nicht gleich erkannt."

Darren sah sich hilflos um. Die Situation war ihm regelrecht peinlich und Aris breites Grinsen machte es nicht wirklich besser. Er warf ihr einen Hilfe suchenden Blick zu. Sie zuckte nur mit den Schultern und grinste noch breiter.

"Steh auf", verlangte er von dem Wachgänger.

Der Engel sprang regelrecht in die Höhe. "Verzeiht!", murmelte er noch einmal.

„Ist schon gut." Wieder warf er Ari einen Hilfe suchenden Blick zu. Sie nickte ihm aufmunternd und noch breiter grinsend zu. "Du kannst gehen", sagte Darren wieder an den Wachgänger gewandt. Noch einmal neigte der Engel den Kopf, dann fuhr er herum und floh regelrecht über den Wehrgang. Darren sah ihm kopfschüttelnd nach und Ari lachte leise.

"Daran wirst du dich gewöhnen müssen." Sie drehte sich mit einem Seufzen herum und betrachtete den wundervollen Sonnenuntergang.

Mit einem Kopfschütteln sah Darren dem Wachgänger noch einmal nach. Dann drehte auch er sich zu Ari herum. Der Sonnenuntergang war wirklich wunderschön. Eine der wenigen Sachen, die hier genauso zu sein schienen wie in seiner Welt.

"Was bin ich, Ari?", fragte er.

Sie wandte mit einem eindeutig zweideutigen Lächeln den Kopf, musterte ihn von oben bis unten und sagte dann: "Ein Mann. Und was für einer!"

"Ari, bitte bleib einmal ernst!" Seine Stimme klang genervt. "Bin ich ein Mensch oder ein … Engel?" Er war selbst erstaunt, wie schwer ihm dieses Wort über die Lippen kam.

Ari schwieg einen Moment zu lange, um zu verbergen, dass sie über dieses Thema nicht sprechen wollte. Doch sie antwortete trotzdem, was nichts daran änderte, dass er aus der Antwort nicht im geringsten schlau wurde. "Engel werden von Engeln gemacht, Darren."

"Und was heißt das jetzt für mich?"

"Das wirst du schon noch rausfinden. Es steht mir nicht zu, dir so viel zu erzählen. Genaugenommen darf ich dir gar nichts sagen."

"Schon klar", murmelte er enttäuscht. Eine Weile schwiegen sie. Darren hob die Hand und tastete gedankenverloren über die rechte Schulter. Die Wunde war nahezu verheilt. Wenigstens machte die Schulter keine Probleme mehr.

"Ich weiß auch nicht, Ari. Es ist alles für mich so neu und so ... fremd", begann Darren.

"Du musst Geduld mit dir haben, Darren. Du bist noch jung."

Er sah sie zweifelnd an. "Ich bin fast vierzig."

"In unserer Welt, meinte ich."

"Womit wir beim nächsten Thema wären", seufzte Darren. "Eure Welt. Was ist Anderwelt? Wie hast du das mit dem Portal angestellt?"

Ari drehte sich herum und lehnte sich mit einer lässigen Bewegung gegen die Wehrmauer. "Es ist kompliziert, mein Hübscher."

"Ich hab nichts weiter vor in den nächsten paar Jahren." Darren grinste.

Ari sah ihn einen Moment unschlüssig an. Ihr war klar, dass Darren nicht aufgeben würde, bis er eine Antwort erhalten hatte. Sie atmete tief ein und sagte: "Lass es mich mal so formulieren: Es gibt mehr als eine Wirklichkeit. Wir zeigen euch Menschen immer nur so viel, wie ihr verkraften könnt. Manche sind da ganz hart im Nehmen. Aber die meisten sind schon mit ihrer eigenen Wirklichkeit hoffnungslos überfordert."

Darren starrte weiter auf den Sonnenuntergang. Dann wandte er ganz langsam den Kopf und fragte: "Stirbt ein Engel nie?"

"Oh, doch. Wir sterben. Aber anders als bei euch, steht unsere Lebensspanne von Anfang an fest."

"Und was passiert, wenn ein Engel stirbt?"

Ari setzte sich mit elegantem Schwung auf die Wehrmauer. Für einen schrecklichen Moment hatte Darren das Gefühl, sie würde nach hinten kippen. Dann schwang sie die Beine über die Mauer, sodass ihre Füße zwanzig Meter über dem Abgrund baumelten.

"Unsere Seele sucht sich ihren Platz im Universum."

Darren sah sie nur an. Sie wandte den Kopf und grinste. "Klingt blöde, was?"

Darren nickte langsam. "Vor ein paar Tagen hätte ich mit 'JA' antworten müssen."

"Und jetzt?" Ari legte den Kopf ein wenig schief.

Darren hob die Schultern. "Ich glaube, ich werde noch eine ganze Weile brauchen, um das alles zu begreifen."

Ari schwieg dazu. Sie konnte sich vorstellen, wie Darren sich jetzt fühlte. Herausgerissen aus einer Wirklichkeit, die für ihn eigentlich ganz in Ordnung gewesen war. Hineingeschleudert in eine Welt, die so im Gegensatz zu seiner stand, dass sie sich wunderte, dass er nicht den Verstand verlor.

Ohne den Blick von dem Sonnenuntergang zu wenden sagte Darren plötzlich: "Ich vermisse sie."

"Eure Welt oder Dara?", fragte Ari. Darren schwieg dazu und Air beantwortete mit einem Nicken ihre eigene Frage: "Ja, sie ist wirklich eine bemerkenswerte Frau."

Trotzdem Darren nicht gerade den Eindruck gehabt hatte, das die Beiden beste Freundinnen waren, klang in Aris Stimme echte Bewunderung. Immer noch hatte er den Blick nicht von dem Sonnenuntergang gelöst, als er fragte: "Ich vermute du darfst mir auch darüber keine Auskunft geben."

Ari starrte ebenfalls nach vorn und sagte: "Nö!"

"Vermutlich auch eins von den Dingen, die ich noch selbst herausfinden werde?"

Ein knappes: "Jipphh!" war die Antwort.

Darren nickte. "Habe ich mir gedacht."

Ari schwang die Beine zurück über die Wehrmauer und so knapp über Darrens Kopf, das er erschrocken den Kopf einzog. "Na, komm, mein Hübscher", sagte sie und klopfte ihm auf die Schulter, "ich zeige dir jetzt dein Zimmer."

Sie betraten das Zimmer durch eine schwere Eichentür, die vermutlich selbst dem Ansturm von zehn wilden Stieren standgehalten hätte. Das einzige Fenster – gleich gegenüber der Tür - war weit geöffnet und ließ die Kälte der hereinbrechenden Nacht hinein. Das Zimmer war nicht einmal besonders groß. Aber trotzdem fühlte Darren sich sofort wohl darin. Er hatte nach nur ein paar Sekunden bereits das Gefühl, hier schon ewig gewohnt zu haben. Jedes noch so kleine Detail dieses Zimmers schien ihm vertraut. Auf eine Art und Weise, die er selbst nicht beschreiben und noch viel weniger erklären konnte. Darren ging zum Fenster hinüber. Von hier aus konnte er nicht nur die gesamte Burganlage übersehen, sondern auch noch in das Tal hinter der Burg blicken. Und für einen Moment fühlte er sich in eine andere Zeit versetzt. Das, was er da erblickte, schien so sehr in einen Märchenfilm zu passen, dass er im ersten Moment Mühe hatte, zu begreifen, dass das kein Traum war.

Ari trat neben ihn ans Fenster. "Wunderschön, nicht wahr?"

Ja, das war es wirklich. Hinter der Burg erstreckte sich ein Tal mit unendlich weiten, grünen Wiesen. Eingerahmt von Wäldern und Felsen lag dieses Tal friedlich da. Man konnte sich nur schwer vorstellen, dass er und Ari vor wenigen Stunden noch in dieser Welt um ihr Leben gekämpft hatten. Es gab in der Ferne sogar einen Wasserfall. In dem immer schneller verblassenden Licht des Tages mehr zu erahnen als wirklich zu sehen. Das rote Feuer, welches immer noch vom Himmel fiel, tauchte das Tal in rote Schatten, die langsam immer dunkler wurden. Ohne den Blick abzuwenden fragte Darren: "Ist es das, was die Menschen nach ihrem Tod erwartet?"

Ari ließ ein paar Sekunden verstreichen, in denen sie so tat, als müsse sie über diese Frage erst einmal nachdenken. Doch dann antwortete sie: "Nein. Was euch erwartet, sieht anders aus."

Sie wandte ihm den Kopf zu und auch Darren sah sie an. Was er in ihren Augen las, jagt ihm einen kalten Schauer über den Rücken. Und er hatte das Gefühl, dass er auf einmal gar nicht mehr so genau wissen wollte, was die Menschen nach dem Tod erwartete.

Ari grinste. "Du stellt verdammt viele Fragen, mein Hübscher." Sie wandte sich um und setzte sich auf einen der schweren Eichenstühle in der Mitte es Raumes. Ari lehnte sich bequem zurück und legte die Füße auf den Tisch. Darren runzelte die Stirn und überlegte einen Augenblick, ob er sie darauf hinweisen sollte, dass sie sich wenigstens die Stiefel ausziehen konnte, wenn sie sich hier schon zu

Hause fühlte. Doch dann grinste auch er, ging ebenfalls zum Tisch hinüber, setzte sich und warf mit einem eleganten Schwung ebenfalls seine Füße auf den Tisch. Er seufzte und schloss für einen Moment die Augen. Und für diesen Moment war er weit weg. Er war wieder in seiner Welt. Einer Welt, die er verstehen und akzeptieren konnte. In einer Welt, in der schwarz noch schwarz und weiß noch weiß war.

"Wie geht es deiner Schulter?", riss Ari ihn aus seinen Gedanken.

Darren bewegte prüfend die Schulter. Es ging besser, als er befürchtet hatte. "Gut, glaube ich."

Ari stand auf und der uralte Stuhl ächzte als wolle er gleich auseinanderfallen. Sie ging um den Tisch herum und trat neben ihn. "Lass mal sehen."

Darren begann gehorsam, die Schulter freizulegen. Was er sah, ließ ihn erstaunt die Augen aufreißen. Die Wunde war praktisch verschwunden! Ari drückte eine Weile prüfend daran herum. Von der schrecklichen Wunde, die ihm Faturek beigebracht hatte, waren lediglich die Abdrücke der Zähne als dünne, weiße Punkte zu sehen.

"Das gibt's doch nicht", flüsterte Darren. "Wie ist das möglich?"

Ari lächelte. "Hier ist eben alles ein wenig anders, Darren. Du hast eine starke Kraft in dir. Das ist gut." Sie nickte eifrig.

Darren blinzelte sie verständnislos an. "Soll das heißen, dass ich das war?"

Ari grinste. Ihre Augen blitzen belustigt auf. "Ich kann so ziemlich alles, Darren. Aber zaubern kann ich leider nicht. Natürlich warst du das."

Sie lachte. "Du wirst deine Kräfte noch einzusetzen lernen. Das wird Amoragon dir schon noch beibringen."

Darren warf einen neuerlichen Blick auf die fast verheilte Schulter. "Und was passiert jetzt?" Er blickte zu Ari auf. "Ich meine: Hat das irgendwelche Nachwirkungen?"

Es dauerte eine Weile, bevor Ari begriff, worauf Darren hinaus wollte. Dann begann sie, schallend zu lachen. Darren runzelte verärgert die Stirn und fragte sich, was an seiner Frage so lustig gewesen war.

"Keine Sorge, mein Hübscher", entgegnete Ari noch immer lachend. "Du wirst dich beim nächsten Vollmond nicht verwandeln, falls es das ist, was du befürchtest."

Darren lächelte verunglückt und begann, sich umständlich wieder anzuziehen.

"Hätte ja sein können." In seiner Stimme klang ein Ton mit, der einem beleidigten Kind gleichkam, welches seine Frage für vollkommen berechtigt gehalten hatte und sich nun - völlig zu unrecht - verspottet sah. Ari legte ihm eine Hand auf die andere Schulter und sah ihn ernst an.

"Ohne deine außergewöhnlichen Kräfte wäre die Sache nicht so glimpflich verlaufen." Der plötzliche Ernst in ihrem Blick ließ Darren für einen Moment innehalten.

"Also hatte ich gar nicht so unrecht?" Im gleichen Moment fragte er sich, ob er auf diese Frage überhaupt eine ehrliche Antwort haben wollte. Zum Glück bekam er die auch nicht. Weder eine ehrliche, noch eine unehrliche.

Ari gab ihm einen flüchtigen Kuss auf die Stirn. "Ich muss jetzt gehen. Du solltest dich noch ein wenig ausruhen. Amoragon ist ein Frühaufsteher. Und er wird dich nicht schonen, das kann ich dir versprechen."

Hätte er gewusst, wie recht Ari behalten sollte, hätte er ihren Rat befolgt und noch ein wenig geschlafen. Er hatte es auch versucht. Aber Darren konnte keine Ruhe finden. Immer wieder war er aufgewacht, weil er schlecht geträumt hatte. Völlig zusammenhangloses Zeug. Er konnte den Bildern - so sehr er sich auch bemühte - einfach keinen Sinn abgewinnen. Er sah Gestalten, die ihm seltsam vertraut vorkamen und doch so fremd waren, wie es nur ging. Und er sah, wie diese Gestalten miteinander kämpften und sich gegenseitig zerfleischten. Immer wieder war er schweißgebadet hochgeschreckt. Schließlich hatte er gegen Morgen dann doch noch ein wenig Schlaf gefunden.

Und auch in diesem Punkt hatte Ari recht gehabt. Amoragon war wirklich ein Frühaufsteher. Er hatte Darren vor Sonnenaufgang geweckt, hatte ihn in die Waffenkammer geschleift und ihn mit Schild und Schwert - beides deutlich zu schwer für diese frühe Morgenstunde - ausgerüstet und war mit ihm dann auf den Trainingsplatz hinter der Burg gegangen.

"Jetzt zieh schon!", verlangte Amoragon ungeduldig. Darren zögerte. Das breite Grinsen auf Amoragons Gesicht warnte ihn. Misstrauisch beobachtete er den Engel. Was hatte er vor? Amoragon legte den Kopf auf die Seite und hob beide Arme in einer fragenden Geste. Darren zog das Schwert langsam und mit einem scharrenden Geräusch aus der Schwertscheide. Amoragon verzog das Gesicht, als bereite es ihm körperliche Schmerzen, eines seiner Schwerter so behandelt zu wissen, sagte aber nichts.

Als Darren das Schwert ganz aus der Scheide gezogen hatte und das Gewicht dieses Dings nicht mehr von der Schwertscheide abgenommen wurde, wurde ihm auch plötzlich klar, warum Amoragon so grinste und es nicht eilig zu haben schien, sein eigenes Schwert zu ziehen. Das enorme Gewicht des Schwertes überraschte Darren vollkommen, sodass er einen Ausfallschritt nach vorn machen musste. Dadurch konnte er aber nicht verhindern, dass das Schwert der auch hier herrschenden Schwerkraft folgte und sich die Spitze mit einem trockenen 'Plopp' in den sandigen Boden vor seinen Füßen bohrte.

"Ups!", kommentierte Amoragon trocken und konnte kaum verhindern, dass sein Grinsen noch breiter wurde. "Ich glaube, das zweite Schwert schenken wir uns fürs Erste, oder?"

Darren funkelte ihn feindselig an. Dann packte er das Schwert fester und hob es bis auf Hüfthöhe an. Diesmal war er besser auf das Gewicht vorbereitet. Trotzdem bereitete es ihm noch Mühe, das Schwert mit einer Hand zu halten.

Amoragon schnaubte amüsiert und zog so blitzschnell sein Schwert, dass Darren die Bewegung überhaupt nicht sah. Von einer Sekunde auf die andere hielt Amoragon ebenfalls ein Schwert in der Hand und das mit einer geradezu unverschämten Leichtigkeit.

"Also, von mir aus kann's losgehen."

Er machte eine auffordernde Geste an Darren und dieser holte noch einmal tief Luft. Er hob das Schwert noch ein Stückchen höher und versuchte, einen Schlag gegen Amoragons Schulter zu führen. Natürlich blieb es bei dem jämmerlichen Versuch. Amoragon steppte lässig einen Schritt zur Seite und machte sich nicht einmal die Mühe, sein Schwert zu heben. Darren wurde vom Gewicht der Waffe an Amoragon vorbeigerissen und musste abermals einen Ausfallschritt machen, um nicht in den Staub zu stürzen. Mehr wütend auf sich selbst als auf seinen Lehrmeister fuhr er herum und knurrte verärgert. Amoragon begann, ihn zu umkreisen und Darren vollzog die Bewegung getreulich nach. Die Bewegung kam so schnell, dass Darren nicht den Hauch einer Chance hatte. Noch bevor er das schwere Schwert hochreißen konnte, wurde ihm klar, dass es zu spät war. Amoragon ließ seine Klinge auf ihn niedersausen, drehte sie aber im allerletzten Moment herum, sodass Darren lediglich von der breiten Seite der Klinge getroffen wurde. Darren spürte, wie die Klinge seinen Wangenknochen traf und ein scharfer Schmerz durchfuhr ihn. Aber er spürte auch, dass Amoragon mehr als sanft zugeschlagen hatte. Der Schmerz lähmte dennoch seine rechte Gesichtshälfte und Darren freute sich schon jetzt auf die Schwellung, die Schmerzen und das unweigerlich für Belustigung bei Ari sorgende Veilchen, welches er spätestens morgen früh zur Schau tragen würde. Er schüttelte den Kopf und blinzelte ein paar Mal. Plötzlich hatte er Mühe auf seinen Beinen zu stehen. Amoragon verzog enttäuscht das Gesicht und trat einen Schritt zurück.

"In der anderen Hand hast du so ein Ding, das nennt sich Schild, Darren. Damit kann man ganz gut verhindern, dass man solche Treffer einsteckt, weißt du?"

Darren sah ihn benommen an. Er hörte Amoragons Worte, konnte ihnen aber im ersten Moment keinen Sinn abgewinnen. Nochmals blinzelte er heftig.

Amoragon seufzte: "Ich sehe schon. Wir haben noch eine Menge Arbeit vor uns."

Nach einem letzten Kopfschütteln hob Darren kampfbereit das Schwert. Auch wenn es ihn enorm viel Kraft kostete. "Ich bin lernfähig."

Amoragon hob ebenfalls sein Schwert und grinste. "Das werden wir ja sehen."

Schnell hatte Darren seine ersten Lektionen gelernt. Vor allem die, dass Ari wieder einmal recht hatte und hier wirklich alles ein wenig anders zu sein schien. Die nächsten Tage verbrachte Darren deutlich mehr Stunden auf dem Rücken liegend im Dreck, als stehend und kämpfend. Die Ausbildung war hart gewesen. Darren war durch seinen Beruf als Scharfschütze durch eine nicht gerade einfache Schule gegangen. Er war also einiges gewohnt. Aber gegen den scheinbar unverwundbaren Engelkrieger hatte er nicht den Hauch einer Chance. Darren hatte schmerzhaft erfahren müssen, dass ein Ass auf dem Schießstand zu sein und die ausgefeiltesten Selbstverteidigungstechniken zu beherrschen etwas völlig anderes war, als mit Schwert und Schild zu kämpfen und zu bestehen. Und dabei hatte Amoragon bis jetzt darauf verzichtet, seine besonderen Fähigkeiten - zum Beispiel innerhalb von einer Sekunde mehrere hundert Meter Distanz überwinden zu können oder scheinbar an zwei Orten gleichzeitig zu sein - einzusetzen.

Jetzt lag Darren, wieder einmal, auf dem Rücken und starrte in den blauen Himmel über sich. Wenigstens hatte er von hier aus einen wirklichen schönen Blick auf die weißen Schäfchenwolken, die an ihm vorüberzogen. Darren schloss die Augen und atmete tief ein.

"Lass gut sein, Kleiner. Schluss für heute", hörte er Amoragons Stimme irgendwo hinter sich. Er hörte, wie Amoragon näher kam.

Darren klopfte mit der flachen Hand mehrmals auf den Boden, um Amoragons Aufmerksamkeit zu erregen. Dann winkte er ihn mit einer schwachen Handbewegung und ohne den Kopf zu heben - dazu war er nämlich nicht mehr in der Lage - zu sich heran. Er konnte Amoragons Kopfschütteln förmlich hören, als dieser lachend sagte: "Du kriegst wohl nie genug, was? Lass gut sein. Du musst mir nichts beweisen."

Ächzend kämpfte sich Darren in die Höhe, hob schwankend Schwert und Schild auf und richtete sich dann ganz auf. Das Training der letzten Tage hatte ihn schwer gezeichnet. Das Veilchen vom ersten Tag war bei Weitem nicht das Einzige geblieben. In seinem Gesicht gab es deutlich mehr blaue als hautfarbene Stellen und es gab nicht einen Knochen in seinem Leib, der ihm nicht auf die eine oder andere Weise wehtat. Dennoch hatte er in den letzten Tagen viel von Amoragon gelernt. Und er fühlte sich durchaus in der Lage, jetzt weiter zu kämpfen. Er nickte Amoragon aufmunternd zu und versuchte, zu lächeln. Äußerst schmerzhaft. Amoragon gewährte ihm die halbe Minute, die Darren brauchte, um halbwegs sicheren Stand zu finden.

Dann schüttelte er nochmals den Kopf. "Darren, wir müssen das nicht tun. Gönn dir eine Pause."

Darren klopfte auffordernd mit dem Schwert gegen sein Schild.

"Gibst du etwa schon auf, Engel?", fragte er herausfordernd.

Die Strapazen des heutigen Tages waren deutlich in seiner Stimme zu hören. Die zurückliegenden sieben Tage hatten sie fast zwölf Stunden täglich trainiert. Und wäre er nicht so gut trainiert gewesen, bevor er hier hergekommen war, hätte er die letzten Tage vermutlich nicht heil überstanden. Dennoch war Amoragon ein guter Lehrer. Er war mit Darrens Fortschritten sehr zufrieden. Und Darren hatte sich mehr als einmal über sich selbst gewundert, nicht nur, was seine Fähigkeiten im Umgang mit Schwert und Schild anging, sondern auch darüber, dass seine Verletzungen - die er immer wieder im Training kassierte - scheinbar schneller heilten, als früher. Auf eine entsprechende Frage hatte Amoragon nur gelacht und ihn darauf hingewiesen, dass er noch jung sei und sicher noch lernen würde, seine neuen Fähigkeiten einzusetzen. Woher er diese Fähigkeiten allerdings hatte, darüber hatte Amoragon sich ausgeschwiegen.

"Aufgeben? Ich? Aber du solltest es dir noch einmal überlegen", schlug Amoragon auf seine Frage hin vor. Er schlenderte fast gemächlich auf Darren zu. Dieser schwieg und Amoragon zuckte nachlässig mit den Achseln. Dann griff er völlig warnungslos an. Doch dieses Mal hatte er Darren offensichtlich unterschätzt. Der Angriff war nur halbherzig geführt.

Darren parierte Amoragons Schlag und ihre Klingen prallten Funken sprühend aufeinander. Er ging ein wenig in die Knie und rammte Amoragon seinen Schild vor die Brust. Der Engel fiel zwar nicht, aber er taumelte drei Schritte zurück und sah ihn verdutzt an. Sofort setzte Darren nach. Wieder stieß er mit dem Schild zu. Diesmal war Amoragon vorbereitet. Er hob seinen eigenen Schild und parierte. Aber damit hatte Darren gerechnet. Blitzschnell ließ er sich in die Hocke sinken, streckte das rechte Bein vor und trat Amoragon die Beine unter dem Leib weg. Darren drehte sich in der Hocke einmal um die eigene Achse und war wieder aufgesprungen, noch bevor Amoragon mit einem überraschten Keuchen hart auf dem Boden aufkam. Darren sprang über ihn hinweg, wich dem Schwertstreich

Amoragons gekonnt aus und landete genau oberhalb von Amoragons Kopf. Er wirbelte herum, ließ sich abermals in die Hocke sinken und setzte Amoragon sein Schwert an die Kehle. Der Engel erstarrte. Aus dieser Position hatte er keine Chance. Er konnte nicht einmal nach Darren treten, weil dieser nicht den Fehler beging, sich über ihm aufzustellen. Für eine endlose Sekunde starrten sich die beiden fest in die Augen.

Dann grinste Amoragon. "Nicht schlecht für sieben Tage."

Er versuchte aufzustehen, aber Darren tat ihm nicht den Gefallen, das Schwert herunter zu nehmen. Amoragon erstarrte abermals. "Hey, was soll das, Darren? Komm schon, lass mich aufstehen."

Keine Reaktion. Bis auf das Grinsen in Darrens Gesicht, welches sich scheinbar von einem Ohr zum anderen zog.

Amoragon seufzte. "Also gut. Dann eben nicht."

Und mit diesen Worten spreizte er mit einem Ruck die Flügel. Da er auf ihnen lag und sie somit Millimeter über dem staubigen Boden schwebten, wirbelte ein wahrer Orkan aus Staub, winzigen Steinchen und Gras auf. Darren prallte zurück und riss die Schwerthand hoch. Dabei verlor er das Gleichgewicht und stürzte nach hinten. Sofort war Amoragon auf den Beinen, trat ihm das Schwert aus der Hand, packte Darrens Schild und setzte ihm die sensenscharfe Kante des Schildes an die Kehle. Diesmal war es Darren, der erstarrte. Er blinzelte zu Amoragon hoch. Noch immer konnte er den Engel nur verschwommen sehen.

"Das ist unfair!", maulte er. Er blinzelte. Der Staub in seinen Augen brannte fürchterlich.

"Das stimmt. Aber im Krieg und in der Liebe ist bekanntlich alles erlaubt, oder?" Amoragon lachte, warf Darrens Schild von sich und half ihm beim Aufstehen. Darren bückte sich nach seinem Schwert, ließ es mit einer blitzschnellen Bewegung in der Schwertscheide auf seinem Rücken verschwinden und benutzte die freien Hände, um sich den Staub und den Dreck aus den Augen zu reiben. Er blinzelte noch ein paar Mal. Und endlich konnte er Amoragon wieder klar sehen. Und das schadenfrohe Grinsen auf seinem Gesicht. Amoragon legte Darren die Hände auf die Schultern und sah ihn mit einem Stolz in den Augen an, der Darren plötzlich unruhig machte. "Ich bin wirklich stolz auf dich. Aliana hat den Richtigen ausgesucht. Du bist jetzt bereit. Aber du musst sie noch aus deinem Kopf kriegen."

Darren blinzelte verwirrt. "Wen? Aliana? Ich ... "

"Nein. Dara."

Darren fuhr zusammen, als hätte Amoragon ihn geschlagen. Tatsächlich hatte er selbst bei den Strapazen der letzten Tage ständig an sie denken müssen. Seine Augen verengten sich.

"Woher weißt du das?"

Amoragon klopfte ihm freundschaftlich auf die Schultern. "Es gibt nicht viel, was du vor einem Engel verbergen kannst, Darren."

"Erzähl mir nicht, dass ihr meine Gedanken lesen könnt."

Amoragon schüttelte den Kopf. "Das nicht. Aber wir haben äußerst feine Antennen für Empfindungen und Gefühle."

Er nahm die Arme herunter und bückte sich nach den Waffen.

"Ich will sie aber nicht vergessen." Darrens Stimme klang fast trotzig, wie die eines Jungen, der einfach nicht einsehen wollte, das sein Tun nutzlos war.

Amoragon richtete sich wieder auf. Auch er ließ sein Schwert in der Scheide auf dem Rücken verschwinden. Allerdings brauchte er dafür nicht annährend so lange, wie Darren gerade. Dann sah er Darren ernst an. "Du musst sie vergessen!"

"Nein! Wir werden uns wiedersehen. Das hat sie versprochen."

"Ja! Um dir den Abschied zu erleichtern." Amoragon seufzte und hob rasch die Hand, als Darren auffahren wollte. "Darren, bitte! Dein Platz ist hier. Du kannst in ihrer Welt nicht leben und sie nicht hier. Es tut mir leid. Aber du musst dich auf deine Aufgabe hier konzentrieren."

"Ich verstehe. Dann haben die beiden mich also belogen."

"Wärst du mit Ari gegangen, wenn du es gewusst hättest?"

Darren schwieg. Es hatte keinen Sinn, Amoragon etwas vorzumachen. Nein! Natürlich wäre er nicht gegangen. Dieser Krieg war ihm egal. Auch jetzt noch wollte er im Grunde genommen nicht zwischen den Fronten stehen. Auch wenn er wusste, dass er keine andere Wahl hatte. Auch er hatte mit jedem Tag, den er hier verbracht hatte, gespürt, dass hier sein Platz war. In einer Welt, die ihm anfänglich fremd und grausam erschienen war. Mittlerweile musste er sich aber selbst eingestehen, dass er spürte, dass er hier hergehörte. Und er wusste auch, dass er Dara vergessen musste. Aber er wusste genauso gut, dass das nicht möglich war.

Amoragon holte tief Luft. "Lass dir Zeit. Das ist nicht einfach, ich weiß. Aber du wirst es lernen."

Darren sah ihn zweifelnd an. Dass er es lernen würde, bezweifelte er nicht. Die Frage war nur, ob er es lernen wollte.

Das Sonnenlicht durchflutete den Spiegelsaal und brach sich in einigen Spiegeln auf der gegenüberliegenden Seite der Fenster. Seltsamerweise blendete das Licht nicht, sondern verströmte eine Art friedliches, warmes Licht, in dessen Nähe man sich wohlfühlte. Darrens Schritte hallten durch den Saal, und obwohl er sich sicher war, das Aliana ihn einfach hören musste, machte sie keinerlei Anstalten, sich zu ihm herumzudrehen. Die Spiegelwächter warfen ihm einen aufmerksamen Blick zu und nickten grüßend. Darren erwiderte diesen Gruß und lächelte flüchtig. Dann verlangsamte er seine Schritte. Aliana stand mit dem Rücken zu ihm vor einem der Spiegel. Er konnte ihr Spiegelbild erkennen. Zum ersten Mal seit seiner Ankunft sah er Aliana mit offenen Haaren. Sie rahmten ihr Gesicht ein und fielen bis weit unter ihre Hüften über das grüne Gewand, welches sie jetzt trug. Ihre Augen waren geschlossen und sie lächelte.

"Komm näher, Darren", bat sie ihn ohne die Augen zu öffnen.

Darren trat neben Aliana und warf einen Blick in den Spiegel. Anders als beim ersten Mal hatte er jetzt ein Spiegelbild! Er legte den Kopf ein wenig schief und begutachtete seinen Zwilling. Er hatte sich verändert, seitdem er hier war. Daran gab es keinen Zweifel. Obwohl selbst er nicht in der Lage war, diese Veränderung in Worte zu fassen. Vielleicht war es sein Äußeres - er hatte noch ein wenig an Muskelmasse zugelegt, seitdem er mit Amoragon trainiert hatte. Aber das war es nicht allein. Darren spürte die Veränderung, die in seinem Inneren vor sich ging und viel gravierender war als die äußerliche Veränderung, deutlich. Bis jetzt hatte er sich mehr oder weniger erfolgreich darum gedrückt, sie zu akzeptieren. Aber er spürte selbst, dass das wenig Sinn hatte. Er hatte sich verändert! Ob zum Positiven oder zum Negativen - da wollte er sich noch nicht festlegen.

"Gefällt dir, was du siehst?" Aliana öffnete die Augen und sah ihn über das Spiegelbild an.

Darren fuhr zusammen, als hätte sie ihn bei etwas Unanständigem erwischt und lächelte fast verlegen. "Kann ich nicht sagen. Ich fühle mich irgendwie seltsam."

Aliana nickte.

"Du wolltest mich sprechen?", fragte Darren.

"Wir sind stolz auf dich, Darren. Amoragon hat mir von deinen Fortschritten erzählt."

Darren lächelte schmerzlich. "Ja. Er ist wirklich ein guter Lehrer."

Dann sah er Aliana an und etwas in ihren Augen änderte sich. Darren hatte in den letzten sieben Tagen gelernt, auch zwischen den Zeilen zu lesen und fragte: "Gibt es Probleme?"

Aliana schüttelte den Kopf. "Nein. Keine Probleme. Wir sind der Meinung, dass du soweit bist, Darren."

"Aha."

Die Wächterin lächelte milde. "Es ist Zeit für dich, deine Bestimmung zu erfüllen."

Als Darren sie nur weiter verwirrt ansah, fuhr sie fort: "Du wirst der neue Wächter des Lichts werden."

Darren grinste. "Das weiß ich schon. Ich weiß nur nicht genau, was das heißt."

"Morgen Nacht wird Ari uns zum Turm der Erkenntnis bringen. Dort werden wir die Zeremonie durchführen, die dich zum neuen Wächter des Lichts machen wird."

Darren drehte sich ganz zu ihr herum. "Was ist das für eine Zeremonie?"

"Ich werde dich in deine neuen Aufgaben einweihen." Sie deutete auf die Spiegel. "Und du wirst lernen, in ihnen zu lesen."

Darren drehte sich wieder zu dem Spiegel und streckte die Hand aus. Millimeter vor dem Spiegel - wie schon einmal - verharrte seine Hand. Er erinnerte sich an das, was Amoragon zu ihm gesagt hatte.

"Was hat es mit den Spiegeln auf sich?", fragte er ohne den Blick von seiner Hand zu wenden.

Aliana griff nach seiner Hand und drückte sie sanft herunter. "Nur der Wächter des Lichts darf sie berühren. Sie sind das Tor zur Welt der Menschen."

Wie beiläufig berührte sie die Oberfläche des Spiegels mit dem Mittel- und dem Zeigefinger. Kleine Kreise, von ihren Fingern ausgehend, zogen sich über die Oberfläche und wurden immer größer. Als ob sie aus nichts als Wasser bestünde. Die Wellen liefen bis zum Rand des Spiegels und brachen sich in ihm. Die Bewegung der Oberfläche ebbte ab und Darren konnte Menschen sehen. Menschen, die eilig hin und her huschten. Die sich ungeduldig ein Taxi riefen. Manche versuchten, über die total überfüllten Straßen zu kommen. Andere unterhielten sich oder telefonierten mit ihren Handys. Seine Welt! Und in dem Moment, in dem er diesen Gedanken formulierte fiel, ihm auf, was er so lange geleugnet hatte. Es war nicht mehr seine Welt! Er fühlte sich nicht mehr wie ein Mensch, wie einer von ihnen. Er wusste nicht genau, was er jetzt war, aber das er nicht mehr dorthin gehörte, wusste er plötzlich ganz genau. Trotzdem Anderwelt für ihn immer noch so fremd war, spürte er, dass es seine Welt war.

Seine Gedanken standen ihm offensichtlich deutlich auf der Stirn geschrieben, denn Aliana lächelte ihn an und sagte: "Wir beschützen die Menschen, Darren. Durch die Spiegel hat der Wächter jederzeit die Möglichkeit, sie zu beobachten. Diese Spiegel zeigen dir alles, was du sehen willst. Und deshalb ist es so wichtig, dass sie niemals Schaden nehmen."

Darren drehte sich wieder zu ihr herum. "Wenn die Spiegel zerbrechen, zerbricht auch … " Er zögerte, weil er nicht genau wusste, ob er 'ihre' oder 'meine' sagen sollte. "… ihre Welt?"

Aliana nickte. "Lucifer wird diese Spiegel zerstören, sollte er die Schlacht gewinnen. Die Menschen sind dann ein leichtes Opfer für ihn und seine Höllenbrut."

Ihre Stimme hatte sich verändert. Sie war härter geworden. Härter und auch ein wenig bekümmerter.

"Das darf niemals geschehen, verstehst du?", fragte sie flüsternd. Sie sah ihn an und Darren sah etwas in ihrem Blick, das ihn fast erschreckte.

"Deshalb brauchen wir dich, Darren. Wir brauchen einen Krieger diesmal. Jemanden, der in der Lage ist, Lucifer die Stirn zu bieten."

Darren lachte auf. "Ich? Gegen den Teufel persönlich?"

Sein Lachen klang verbittert. "Ich will euch ja nicht die Vorfreude verderben, aber ich glaube nicht, dass das eine gute Idee ist."

Aliana sah ihn betroffen an. Darren seufzte.

"Ich fühle mich geehrt, wirklich. Aber glaubst du allen Ernstes, ich wäre Lucifer gewachsen?"

"Ja, Darren, das tue ich. Mit dem weißen Heer unter deiner Führung haben wir eine wirkliche Chance."

Darren schüttelte den Kopf, sagte aber nichts mehr.

Aliana hob die Hände und nahm sein Gesicht zwischen ihre Hände. In dieser Geste steckte so viel Liebe und Wärme, dass Darren sie verwirrt ansah.

"Es ist deine Bestimmung, Darren. Du bist der Wächter."

Sie lächelte und Darren versuchte, ihr Lächeln zu erwidern. Doch das Einzige, was er zustande brachte, war ein fast gequält wirkender Gesichtsausdruck. Aliana ließ ihn los. "Und jetzt komm. Ari und Amoragon warten sicher schon."

Leise schob er die Tür ins Schloss. Ein leises 'Klack' ertönte, als die Tür ins Schloss fiel und Ari und Amoragon drehten sich zu ihnen herum. Sie standen vor dem Kamin, in dem ein kleines aber doch erstaunlich warmes Feuer brannte. Ein Diener, der gerade die letzten Holzscheite aufgelegt hatte, verbeugte sich tief in Alianas und Darrens Richtung und hastete dann zur Tür. Er öffnete und schloss die Tür ebenso leise wie schnell und war verschwunden. Aliana nickte Ari und Amoragon zu und machte eine auffordernde Geste zu dem Tisch mit den vier Stühlen hin, der neben dem Kamin stand. Wortlos setzten sie sich und Aliana nahm ihnen gegenüber Platz. Sie legte die Hände auf die Tischplatte und sah Darren erwartungsvoll an. Darren lehnte sich in einer lässigen Haltung im Stuhl zurück und grinste.

"Was?", fragte er. "Darf E.T. jetzt etwa nach Hause telefonieren?"

Sie sah ihn verwirrt an und Darren winkte ab. Von Zeit zu Zeit vergaß er noch immer, woher Aliana kam. Niemand sagte ein Wort. Darren sah alle drei nacheinander an, räusperte sich dann unbehaglich und fragte mit belegter Stimme: "Jetzt wird es also ernst, was? Wo ist der Haken?"

"Haken?", Aliana legte den Kopf ein wenig schief.

"Eigentlich hatte ich gedacht, dass das was Positives wäre. Diese Zeremonie meine ich. Aber ihr macht alle ein Gesicht, als ob einer von uns sterben wird."

Die Gesichter der Drei wirkten noch betroffener. Ein ungutes Gefühl, das er mit dieser Vermutung gar nicht so falsch liegen sollte, ergriff von Darren Besitz. Noch bevor dieser Gedanke wirkliche Substanz annehmen konnte und er ihm damit erlaubte, real zu werden, schob Darren ihn mit einer gewaltigen Kraftanstrengung beiseite.

Amoragon ergriff als Erster wieder das Wort. "Wie auch immer. Ich bitte um die Erlaubnis, Ari begleiten zu dürfen, Herrin."

Aliana sah ihn verwirrt an. "Wozu soll das gut sein, Amoragon? Wir brauchen dich hier! Außerdem bist du kein Läufer."

"Ich weiß, aber dieses Mal habe ich einfach ein ungutes Gefühl bei der Sache."

Aliana sah ihn fragend an und Ari antwortete an seiner Stelle: "Herrin! Amoragon und ich haben uns bereits darüber unterhalten. Wir möchten kein Risiko eingehen. Lucifer ist stärker geworden. Und er wird nichts unversucht lassen, uns daran zu hindern, Darren im Turm der Erkenntnis abzuliefern."

"Eure Sorge ist völlig unbegründet. Woher sollte Lucifer wissen, wann wir aufbrechen und welchen Weg wir nehmen?"

Ari senkte den Kopf. "Ich weiß es nicht. Aber wir beide haben kein gutes Gefühl."

Darren hatte sich bis jetzt nicht eingemischt. Er wusste nicht, woher die beiden dieses Gefühl nahmen. Aber er wusste, dass Ari Lucifer besser kannte, als jeder hier im Zimmer. Er sah sie fragend an. Sie sah kurz zu ihm auf und schüttelte leicht den Kopf.

"Es ist nur ein Vorschlag, Herrin. Selbstverständlich entscheidet Ihr", sagte Amoragon in die immer unangenehmer werdende Stille.

Aliana sah ihm fest in die Augen.

"Also gut. Fünf deiner besten Engel und du selbst werden uns begleiten. Auch wenn ich diese Vorsichtsmaßnahme immer noch für übertrieben halte."

Sie stand auf und Ari und Amoragon sprangen regelrecht in die Höhe. Sie verneigten sich gleichzeitig, und nachdem Amoragon Darren noch einen beschwörenden Blick zugeworfen hatte, tat Darren es ihnen gleich.

"Ihr könnt jetzt gehen." Ohne ein weiteres Wort wandte Aliana sich um, ging zu dem Kamin, drehte ihnen den Rücken zu und die Drei verließen schweigend das Zimmer.

Kaum hatte Ari die Tür geschlossen, riss Darren sie fast grob zu sich herum. Er sah aus den Augenwinkeln, wie sich Amoragon spannte und Ari gab dem Engel mit einem leichten Kopfschütteln zu verstehen, dass alles in Ordnung war. Darren ignorierte seinen bohrenden Blick und herrschte Ari an: "Wo ist das Ding?"

"Lass los. Du tust mir weh!"

Sie versuchte, sich loszumachen. Aber Darren hielt sie noch immer fest. Jetzt trat Amoragon einen Schritt auf ihn zu und legte ihm in einer wenig freundschaftlichen Geste die Hand auf die Schulter. Darren zögerte noch einen Augenblick. Dann ließ er sie widerwillig los und trat einen Schritt zurück.

"Du musst dieses Ding los werden, Ari."

Amoragon wandte sich an Ari. "Was meint er? Welches Ding?"

Ari schwieg. Ihr Blick irrte unstet zwischen den beiden hin und her.

"Willst du es ihm sagen oder soll ich?", fragte Darren.

Ari atmete tief ein, sah sich noch einmal nach allen Seiten um und griff dann in ihre Hosentasche. Als ihre Hand wieder zum Vorschein kam und Amoragon erkannte, was sie aus der Tasche geholt hatte, trat er mit einem entsetzten Keuchen einen Schritt zurück.

"Bist du verrückt? Du bringst den Ring hier her?"

"Was sollte ich denn sonst tun?"

Aris Stimme klang verzweifelt. "Ich kann ihn nicht wieder zurückbringen. Lucifer hat seine Armeen bereits versammelt."

Amoragon schluckte hart und trat einen Schritt auf Ari zu. "Was hat er vor?"

"Wenn Alianas Flamme erlischt und sie keinen Nachfolger hat, wird er den Ring an die Stelle der Flamme setzen. Ich werde ihm dieses Ding bestimmt nicht wieder geben."

"Das kann er nicht!", behauptete Amoragon. Seine Stimme zitterte, was so gar nicht zu einem Engel von seiner Statur passen wollte. "Er muss sich an Regeln halten!"

Ari schnaubte verächtlich. "Ich fürchte, das interessiert ihn nicht besonders."

Ari ergriff Amoragon an den Schultern. "Du darfst niemandem davon erzählen, dass ich dieses Ding immer noch habe. Und du musst gut auf Darren aufpassen. Er ist in großer Gefahr."

Amoragon schüttelte den Kopf. "Ari, was hast du jetzt wieder angestellt?"

Er seufzte. "Also gut. Ich werde dir helfen. Auch, wenn ich damit gegen so ziemlich alle Regeln verstoße, die ich eigentlich befolgen sollte."

"Das wird nicht einfach werden."

Amoragon zuckte mit den Schultern. "Wir müssen nur dafür sorgen, dass Darren die Flamme entzündet. Dann haben wir einen neuen Wächter und Lucifer kann uns mit seinem Ring den Buckel runterrutschen. Wenn du willst, stecke ich ihm dieses Ding dann höchstpersönlich in den ... "

Ari riss die Hände hoch und schloss die Augen. "Ist gut, Amoragon. Ich kann mir denken, was du sagen wolltest."

Sie lächelte ihn an. "Es tut mir leid, was ich getan habe. Und ich bringe das wieder in Ordnung, versprochen."

Amoragon nahm sie in die Arme und küsste sie. Dann hielt er ihr Gesicht in den Händen und flüsterte: "Lass uns über etwas Angenehmeres sprechen. Zum Beispiel über die Tatsache, dass ich dich schon viel zu lange vermisst habe."

Sie lächelte ihn an. Die beiden schienen Darren vollkommen vergessen zu haben. Er räusperte sich unbehaglich aber von den beiden war keine Reaktion zu erwarten. "Ich werde mich dann auf mein Zimmer zurückziehen."

Niemand reagierte. Darren grinste, zuckte mit den Schultern und lief den Gang hinunter in die Richtung, in der sein Zimmer lag. Er passierte ein geöffnetes Fenster. Auf dem Fensterbrett saß ein Rabe. Er sah Darren mit schräg gehaltenem Kopf an und hatte den Schnabel ein wenig geöffnet, ohne jedoch einen Laut von sich zu geben. Es schien fast, als würde er lächeln. Darren runzelte die Stirn. Irgendetwas an dem Bild störte ihn. Auch wenn er nicht sagen konnte, was. Der schwarze Rabe auf dem Fensterbrett krächzte. Darren blieb einen Moment stehen und überlegte kurz, ob er dieses blöde Vieh einfach verscheuchen sollte. Die schwarzen Knopfaugen des Raben verfolgten jede seiner Bewegungen. Die Augen besaßen eine Intelligenz, die einem Tier nicht zustand. Nach einem letzten skeptischen Blick setzte Darren zögerlich seinen Weg fort. Der Rabe sah ihm mit schräg gehaltenem Kopf nach. Dann wandte er den schwarzen Schädel und beobachtete Ari und Amoragon, wie sie in die entgegengesetzte Richtung davon gingen. Er krächzte wieder, und wenn man die Tatsache außer Acht ließ, dass es unmöglich war, hätte man ein diabolisches Grinsen auf dem Gesicht des Raben sehen können. Dann spreizte er die Flügel und flog durch das offene Fenster in die Nacht.

Ari schloss leise die Tür und lehnte sich dann von außen mit geschlossenen Augen und einem zufriedenen Grinsen dagegen. Amoragon war eingeschlafen. Sie aber hatte kein Auge zu bekommen. Nachdem sie sich mindestens eine Stunde herumgewälzt hatte, war sie schließlich zu dem Schluss gekommen, dass es keinen Sinn machte, auch noch ihn wach zu machen. Also hatte sie sich angezogen, um noch einmal frische Luft zu schnappen. Ari stieß sich von der Tür ab und machte sich auf den Weg. An der nächsten Ecke fuhr sie erschrocken zusammen, als eine Gestalt ihr den Weg vertrat.

"Luca!", entfuhr es ihr erschrocken.

Sie bemerkte ihren Fehler und senkte demütig das Haupt, bevor sie leise sagte: "Herr. Entschuldigt. Ich wollte nicht … "

Luca riss eine Hand hoch. "Das ist man von dir ja mittlerweile gewohnt, Ari, dass du die Regeln in dieser Burg missachtest, nicht wahr?"

Sie sah ihn betroffen an, schwieg aber. Luca sah sich verschwörerisch nach allen Seiten um, als fühle er sich beobachtet.

"Wo willst du hin?", fragte er in herrischem Ton.

"An die frische Luft, Herr. Ich konnte nicht schlafen."

Luca lächelte, warf einen zweideutigen Blick auf die Zimmertür, durch die sie gerade spaziert war, und sah sie dann wieder an. "Das wundert mich."

Als er keine Antwort bekam, fuhr er fort: "Aber ich kann mir den Grund dafür lebhaft vorstellen. Dich plagt anscheinend doch das schlechte Gewissen, oder?"

Ari sah ihn verwirrt an. "Herr?"

Luca schnaubte verächtlich und sein Blick wurde hart.

"Gib mir den Ring, Ari!", forderte Luca und streckte die Hand aus.

Ari sah zuerst seine Hand und dann ihn verwirrt an. "Ich weiß nicht, wovon Ihr sprecht, Herr."

Lucas Augen verengten sich. Sein Blick bohrte sich in den ihren. Dann lächelte er. Ein eiskaltes, unfreundliches Lächeln. "Ari, stell dich nicht dumm. Ich weiß, dass du das Ding hast. Was glaubst du was passiert, wenn jemand es erfährt."

Ari schwieg.

"Du hast nicht den besten Ruf, weißt du? Du musst zugeben, es sieht ein wenig seltsam aus, wenn du Darren zum Turm des ewigen Lichts bringst mit dem Ring der Gezeiten in der Hosentasche, findest du nicht? Wo doch jeder hier weiß, dass du mit Lucifer das Bett teilst."

Ari wollte auffahren, überlegte es sich aber im letzten Moment anders. Das sie schon eine ganze Weile nicht mehr das Bett mit Lucifer teilte änderte nichts an der Tatsache, dass die meisten hier davon ausgingen, sie täte es immer noch. Aris Gedanken rasten. Woher konnte Luca von dem Ring wissen?

"Woher wisst Ihr davon, Herr?", fragte Ari.

Luca trat einen Schritt auf sie zu. "Sei vernünftig, Ari. Sie werden dich nicht noch einmal so gnadenvoll behandeln, wenn sie den Ring bei dir finden. Oder glaubst du, dass dir noch irgendjemand Vertrauen entgegenbringt, nach allem, was du getan hast?"

Ari funkelte ihn böse an. Sie traute ihm nicht, was allerdings nichts an der Tatsache änderte, das Luca leider recht hatte. Sie hatte hier nicht viele Freunde. Genau genommen nur Amoragon, Aliana und natürlich Darren. Wenn herauskam, dass Ari - die ehemalige Geliebte des Teufels - im Turm des ewigen Lichts mit dem Ring der Gezeiten aufkreuzte, würde selbst Aliana das nicht mehr rechtfertigen können.

Sie kannte Lucifers Pläne. Wenn Alianas Macht und somit auch die ewige Flamme erlosch, würde er den Ring der Gezeiten an ihre Stelle setzen und somit die Macht in Anderwelt an sich reißen. Niemand würde ihr glauben, dass sie genau das zu verhindern versuchte, indem sie den Ring ständig bei sich trug.

Luca lächelte noch immer. Und es war sogar noch eine Spur kälter geworden. "Du hast keine andere Wahl, Ari. Gib mir den Ring!"

"Was habt Ihr damit vor, Herr?"

Lucas Lächeln erlosch. "Das geht dich nichts an. Er ist bei mir in guten Händen. Du willst doch sicher nicht, dass irgendjemand von deinem kleinen Geheimnis erfährt, oder? Und stell dir vor, wie Amoragon dann da stehen würde."

Aris funkelte ihn feindselig an. Diese verdammte Schlange hatte sie offensichtlich belauscht. Ihr Gefühl schrie ihr zu, ihm nicht zu trauen. Aber welche Wahl hatte sie? Luca würde nicht zögern, ihr Geheimnis zu verraten. Und dann hätte Aliana keine Wahl mehr. Dieses Mal würden sie sie mit Sicherheit in die Verbannung schicken. Sie würde zu einer Gejagten. Von beiden Seiten. Und es gäbe keinen Ort mehr in ganz Anderwelt, an dem sie sicher wäre. Und was dann mit Amoragon geschehen würde, daran wollte sie lieber gar nicht erst denken.

Zögernd - und ständig begleitet von dem Schreien ihrer inneren Stimme - griff sie in die Hosentasche und zog den Ring hervor. In Lucas Augen blitzte es gierig auf. Er hätte nicht gedacht, dass Ari wirklich so dumm war. Aber Malphas hatte recht gehabt. Luca griff nach dem Ring. Im letzten Moment zog Ari die Hand zurück. Sie starrte Luca an.

"Was soll das, Ari? Du hast keine Wahl."

Zögernd, als wolle eine unsichtbare Hand verhindern, dass sie Luca den Ring gab, öffnete Ari die Hand und hielt ihm den Ring hin. Luca griff ein zweites Mal nach dem Ring. Blitzschnell griff er zu und schloss wie zum Schutz seine Faust. Dann machte er eine befehlende Geste. "Geh!" Ari verbeugte sich, trat an ihm vorbei und eilte mit schnellen Schritten den Gang hinunter. Luca lächelte. Er öffnete vorsichtig die Hand und starrte auf den Ring in seiner Handfläche. Ein dumpfes Pulsieren durchdrang seine Hand. Ein Gefühl von Macht und Stärke überkam ihn, wie er sie noch nie gefühlt hatte. Und er wusste, dass sein Herr zufrieden sein würde mit ihm!

Der Rabe landete auf der Fensterbank und suchte wild mit den Flügeln schlagend nach Halt. Das Fenster wurde geöffnet und der Rabe hüpfte krächzend und mit einem zornigen Funkeln in den Augen durch das Fenster auf den Fußboden. Dann ertönte abermals ein Krächzen und der Rabe verwandelte sich in einen Menschen. Hoch aufgerichtet stand er da und streckte wortlos die Hand aus. Sein Gegenüber zögerte noch. Der Rabenmann verengte die Augen.

Seine Stimme war unterlegt mit einem heiseren Krächzen, als er sagte: "Spiel nicht mit mir."

Sein Gegenüber trat einen vorsichtigen Schritt zurück und wich seinem Blick nicht einen Moment aus.

"Ich habe den Teil meiner Vereinbarung eingehalten. Wie sieht es mit Lucifers Teil aus?"

Der Rabenmann lächelte. Unehrlich, gekünstelt und eine Spur zu kalt, um freundlichen zu wirken.

"Er wird seinen Teil der Abmachung selbstverständlich auch einhalten. Einen Platz an seiner Seite, wie besprochen. Und jetzt gib mir den Ring!"

Er krächzte und trat einen Schritt auf Luca zu. Der Rabenmann überragte Luca um mindestens eine Kopfeslänge. Luca konnte die Aura des Bösen spüren, die den Mann umgab. So böse und gefährlich, dass er hart schlucken musste. Der Rabe krächzte wieder auffordernd und Luca reichte ihm den Ring der Gezeiten.

Ein gieriges Funkeln zeigte sich in den Augen des Mannes. Er drehte den Ring zwischen den Fingern und flüsterte: "Endlich. Lucifer wird zufrieden sein."

Dann sah er Luca aus kleinen, tückischen Augen an.

"Und jetzt, Bruder, sag mir: Wann bringt Ari den Wächter des Lichts zum Turm und auf welchem Weg?"

Lucifer blickte auf den Raben herab, der zu seinen Füßen saß. Der Rabe krächzte und verwandelte sich in einen Menschen. Er zog den Ring aus der Hosentasche und reichte ihn seinem Herren. Lucifer griff mit einer fast ehrfürchtigen Bewegung danach. Dann erhellte ein diabolisches Grinsen sein Gesicht. Der Ring war wieder sein! Ari hatte verloren!

Er streifte sich den Ring über und fragte an den Rabenmann gewandt: "Du weißt, was jetzt zu tun ist?"

Der Rabenmann neigte sein Haupt und sagte: "Ja, Herr! Ich vermute, Ihr habt nicht vor, Euren Teil der Vereinbarung wirklich einzuhalten, oder?"

Lucifer lachte schallend. Es klang dunkel und drohend, wie das Donnergrollen eines fernen Gewitters.

"Glaubst du wirklich, ich hole mir einen von diesen … Engeln auf meine Burg?"

Wieder lachte er. Dann machte er eine fahrige Handbewegung. Der Mann wurde wieder zu einem Raben, erhob sich krächzend in die Luft und flog dann durch die offen stehende Tür hinaus.

Lillith wandte sich an Lucifer. Ihre Augen blitzten gierig auf, als sie einen Blick auf den Ring warf.

"Jetzt ist die Macht wieder bei dir, Lucifer."

Er sah Lillith an. Durchdringend und scheinbar bis an den Grund ihrer Seele.

"Bring mir Darren. Und damit du es nicht wieder vermasselst, sollten wir dir ein wenig Hilfe besorgen."

Mit diesen Worten drehte er sich herum und ging zu einem großen Spiegel am anderen Ende des Zimmers. Der Spiegel war mindestens zwei Meter hoch und doppelt so breit. Er hatte einen schwarzen Rahmen, der verziert war mit unzähligen Abbildungen der scheußlichsten Kreaturen, die unter seinem Befehl standen. Die Oberfläche des Spiegels war von so tiefem schwarz, dass sie fast lebendig wirkte.

Lucifer baute sich vor dem Spiegel auf und schloss die Augen. Endlich war es soweit! Endlich konnte er wieder über die Armee gebieten, die ihm so viele Male schon so nützlich gewesen war. Er hatte den Ring der Gezeiten wieder. Lucifer atmete tief ein. Dann murmelte er Worte in einer Sprache, die so alt war, wie er selbst. Die Oberfläche des Spiegels schien sich zu bewegen. Zunächst ganz sanft, kaum merklich. Aber dann wurden die Bewegungen immer stärker. Unter der Oberfläche, die nun tatsächlich lebendig wurde, bewegte sich etwas. Etwas großes, Böses und Hässliches. Umrisse von Körpern und Köpfen wölbten die Spiegeloberfläche, nur zurückgehalten von der teerartigen Oberfläche, in die sich der Spiegel jetzt verwandelt hatte. Lucifer hob beide Hände und berührte damit die Spiegeloberfläche. Ein leises Knirschen und Knacken war zu hören, wie Glas, das langsam aber sicher unter einer enormen Belastung nachgab. Dann trat Lucifer ein paar Schritte zurück und die Spiegeloberfläche zerbarst in einem Regen aus tiefschwarzen Splittern, die zu Boden fielen und sich dort sofort verflüssigten.

Aus dem Spiegel traten vier Gestalten. Jede von ihnen war so groß und breitschultrig wie Lucifer selbst. Sie waren ganz in Schwarz gekleidet und die schwarzen Mäntel mit den Kapuzen gaben ihrer Gestalt noch zusätzlich etwas Bedrohliches. Ihre Gesichter verbargen sich in den Schatten der hochgeschlagenen Kapuzen. Lediglich zwei rot glühende Punkte anstelle der Augen stachen aus den schwarzen Schatten hervor.

Die vier schwarzen Reiter sanken vor Lucifer auf ein Knie herab, senkten die kapuzengeschützten Häupter und warteten. Lillith trat neben Lucifer und sah mit einem diabolischen Lächeln auf sie herab. Lucifer lächelte ebenfalls zufrieden.

"Jetzt wo ich den Ring habe, brauche ich nur noch Darren. Aber ich will ihn lebend."

Lillith runzelte die Stirn. "Ich halte es für besser, wenn wir ihn gleich töten, Lucifer."

In Lucifers Augen blitzte es feindselig auf. Doch Lillith hielt seinem bohrenden Blick stand.

"Du hast den Ring. Warum ein Risiko eingehen?"

"Ich sagte dir bereits, dass er meine Armee führen wird."

"Ja, das hast du. Aber wozu soll das gut sein. Wenn Aliana keinen Nachfolger hat, wird ihre Macht vergehen. Und dann kannst du den Ring an die Stelle der Fackel setzen."

"Das reicht mir nicht!"

Er warf einen Blick auf den Ring an seiner Hand und drehte ihn am Finger hin und her.

"Ich werde ihre verdammte Burg angreifen und in Schutt und Asche legen." Lillith trat einen Schritt zurück. Ihre Augen weiteten sich. Das konnte er nicht tun! Nicht, dass sie Mitleid mit den Bewohnern der Burg gehabt hätte. Aber auch er musste sich an Regeln halten. Lucifer bemerkte ihr entsetztes Gesicht und lachte wieder.

"Keine Sorge. Wenn es keine Wächter des Lichts mehr gibt, wird das keine Schlacht, sondern ein Spaziergang."

"Aber ohne den Wächter des Lichts gibt es ..."

Lucifer unterbrach sie mit einer herrischen Geste.

"Schluss jetzt, Lillith. Ich kann Aliana nicht töten. Das ist richtig. Genauso wenig, wie sie mich. Aber das tue ich ja schließlich auch nicht. Ihre Macht wird verblassen, und wenn es keinen Nachfolger gibt, werden wir leichtes Spiel haben mit diesen Engeln."

Er betonte das letzte Wort, als würde es ihm körperliche Schmerzen bereiten, es auszusprechen.

"Aber was ist mit der Prophezeiung. Ohne Licht kein Schatten, Lucifer. Du bringst uns alle in Gefahr."

"Wir müssen ja nicht alle töten. Vielleicht lassen wir ein paar", er wedelte abfällig mit einer Hand, "von diesen Engeln am Leben, um für uns zu arbeiten. Nur, um das Gleichgewicht von Gut und Böse aufrecht zu erhalten. Und dann, Lillith, gehören die Menschen uns."

Lillith lächelte und entblößte dabei ihre Fangzähne.

Ari holte ihn irgendwann bei Dunkelheit ab. Sie wartete ungeduldig, bis er sich angezogen hatte – wobei sie keine Notwendigkeit sah, den Raum zu verlassen oder sich wenigstens umzudrehen – und begleitete ihn dann in die Waffenkammer. Dort trafen sie sich mit Amoragon, um sich für ihre Reise auszurüsten.

Amoragon trug wie üblich die weiße Lederrüstung und ein Schwert, welches in einer weißen Schwertscheide auf dem Rücken untergebracht war. Daneben befand sich der Köcher mit den Pfeilen und den mächtigen Bogen hatte er kurzerhand in einer speziellen Halterung ebenfalls auf dem Rücken untergebracht. Mit dieser gewaltigen Konstruktion auf dem Rücken sah er eher aus, wie ein futuristischer Krieger aus den weiten des Weltalls. Aber so gewaltig die Konstruktion auch war. Sie war doch äußerst praktisch. Ließ sie doch einen schnellen Zugriff auf beide Waffen zu und störte auf dem Rücken am wenigsten die Beweglichkeit.

Mit Amoragon hatten sich noch fünf seiner Krieger eingefunden. Sie waren ebenfalls mit Schwert und Bogen ausgerüstet. Nur ihre Uniformen unterschieden sich von der Amoragons. Die Uniformen der Krieger waren nicht durchgängig weiß. Sie trugen einen roten Lederharnisch. Ari trug die gleiche Uniform wie die Krieger, hatte sich aber nur mit ihrem Bogen bewaffnet. Und Amoragon hatte Darren gleich zwei gewaltige Schwerter zugedacht, die Darren ebenfalls in einer Rückenhalterung unterbringen konnte. Die Schwerter hatten eine leicht gebogene, beidseitig geschliffene Klinge und wirkten eher wie der große Bruder eines Samureischwertes.

Nachdem sie sich ausgestattet hatten, als würden sie allein in den Krieg gegen die Heerscharen des Bösen ziehen wollen, hatten sie sich in der Spiegelhalle mit Aliana getroffen. Sie trug jetzt wieder ihre Haare zu einem Zopf gebunden. Ihr weißes Kleid wurde bedeckt von dem gleichen Mantel, wie ihn Darren trug. Nur hatte ihr Mantel noch zusätzlich eine Kapuze. Schweigend hatten sie sich auf den Weg gemacht und Darren hatte bisher nicht einmal die Frage gestellt, wo dieser Turm der Erkenntnis eigentlich lag.

Die Nacht war kalt. Kälter, als sie um diese Jahreszeit sein sollte. Nach der Hitze, die hier tagsüber herrschte, kam ihm die jetzt herrschende Kälte noch durchdringender vor. Der Mond stand an einem wolkenlosen Himmel. Noch war er nicht voll. Aber es würde höchstens noch einen Tag dauern, schätzte Darren. Die Sterne strahlten wie winzige Löcher, die jemand in ein schwarzes Tuch gestochen hatte. Das bleiche Licht des Mondes fiel auf den Boden und beleuchtete die Umgebung. Aber seltsamerweise schienen die Schatten jenseits des silbernen Lichtes von so durchdringendem Schwarz zu sein, dass sie fast eine feste Substanz bekamen.

Darren zog fröstelnd den Mantel enger um die Schultern. Als Ari ihm geraten hatte, auch den Mantel mitzunehmen, hatte er sie fast ausgelacht. Jetzt war er froh, auf sie gehört zu haben. Die schwarze Hose, die schwarzen bis über die Knie reichenden Stiefel, das weiße Hemd und der weiße Lederharnisch, den er jetzt trug, hätten ihn vermutlich nicht einmal zwanzig Minuten warmgehalten. Ari hatte ihm die Sachen vor ein paar Stunden gebracht und mit einem abschätzenden Lächeln gemeint, sie würden ihm hervorragend stehen. Und das taten sie tatsächlich. Sein muskulöser, durchtrainierter Körper kam in dieser Kleidung tatsächlich gut zur Geltung und das harte Training mit Amoragon hatte auch seine Spuren hinterlassen. Aus Darren war ein stolzer Krieger geworden, der mit jeder seiner Bewegungen Kraft und Stärke ausstrahlte. Niemand sprach ein Wort.

Die Krieger Amoragons hatten sich so verteilt, dass sie jederzeit ihn und Aliana schützend in die Mitte nehmen konnten, wenn es nötig werden sollte. Sie strahlten, genau wie Amoragon selbst, Kraft und Ruhe aus, die Darren in absoluter Sicherheit wog. Aber seinen neu erworbenen Instinkten als Krieger entging keinesfalls, dass sie äußerst wachsam und angespannt waren.

Der Mond spendete genug Licht, um ihre Umgebung gut im Auge behalten zu können. Aber wo das Licht des Mondes nicht hinreichte, versank die Umgebung in absoluter Schwärze. Darren hatte den Eindruck, als bewegte sich in den Schatten etwas. Etwas Lauerndes, Großes, das jedes Mal, wenn er versuchte, ein Wort dafür zu finden, auf seltsame Weise zu verschwinden schien. Er war nervös. Was natürlich auch kein Wunder war. Trotzdem er schon einige Zeit in Anderwelt verbracht hatte, hatte er sich noch immer nicht so richtig eingelebt. Diese Welt war ihm immer noch so fremd und feindselig. Eine Wolke verdunkelte den Mond und schluckte das Licht. Die Schatten krochen ein ganzes Stück näher um sich dann, als die

Wolke weitergezogen war, wieder zurückzuziehen.

Darren konnte Geräusche hören. Geräusche, die er weder zuordnen konnte, noch wollte. Aliana schien seine Nervosität zu spüren. Sie schloss zu ihm auf und ging lächelnd neben ihm her.

"Mach dir keine Sorgen, Darren. Es ist nicht mehr weit", sagte sie mit sanfter Stimme.

Darren wandte den Kopf und sah sie an.

"Wäre es nicht praktischer, diesen Turm bei euch in der Burg aufzustellen? Warum setzt ihr euch solcher Gefahr aus?"

Aliana lachte leise. "Der Turm der Erkenntnis steht seit Anbeginn der Zeit, Darren. Niemand weiß, wer ihn erbaut hat. Er steht auf neutralem Boden. Als Zeichen dafür, dass das Gute und das Böse die gleichen Chancen haben, verstehst du?"

"Ja", sagte Darren, sah sie aber zweifelnd an.

Sie lachte wieder leise. "Gut und Böse gehören zusammen wie Tag und Nacht. Ohne Licht gibt es keinen Schatten. Wir müssen uns die Macht über Anderwelt teilen. Nur so kann die Zeit fortbestehen."

Darren nickte. "Und warum nimmt Lucifer nicht einfach diesen Ring der Gezeiten und setzt ihn an die Stelle deiner Fackel?"

Ari drehte sich zu ihm herum und maß ihn mit einem Blick, der ihm deutlich machte, wie sehr sie an seinem Verstand zu zweifeln begann. Aber Aliana lächelte milde.

"Das geht nicht. Auch für uns gibt es Regeln. Ist der Ring oder die Fackel erst einmal geboren, kann man den Lauf der Zeit nicht mehr aufhalten."

"Hat Lucifer schon einmal die Macht über Anderwelt gehabt?", fragte Darren.

"Natürlich! Nicht immer gewinnt das Gute. Nicht in unserer Welt und nicht in eurer, Darren."

Darren sah sie an und runzelte die Stirn, sagte aber nichts.

Aliana fuhr fort: "Es war ein dunkles Zeitalter für euch Menschen, als Lucifer den Ring der Gezeiten geboren hat. Je nachdem, ob die Fackel brennt oder der Ring an ihrer Stelle steht, fügen sich auch die Geschicke der Menschen."

Darren blieb so abrupt stehen, dass einer von Amoragons Kriegern fast mit ihm zusammengestoßen wäre und Darren konnte den vernichtenden Blick, der ihn im Rücken traf, regelrecht spüren. Er drehte sich kurz zu dem Krieger herum, lächelte entschuldigend und setzte sich dann wieder in Bewegung.

"Du meinst, wenn Lucifer die Macht über Anderwelt hat, ist das auch schlecht für die Menschen?"

Aliana nickte. "So ungefähr, ja. Es hat immer wieder Zeiten gegeben, in denen die Menschen Kriege geführt haben, in denen keiner gewinnen konnte. Viele unschuldige Menschen sind damals verbrannt worden."

Darren nickte düster. "Du sprichst vom Mittelalter, habe ich recht?"

Aliana schwieg.

"Aber auch jetzt führen die Menschen Kriege und bringen sich gegenseitig für einen Dollar um. Trotzdem Lucifer nicht die Macht hat."

Aliana seufzte. "Die Menschen haben schon immer ihre eigenen Entscheidungen getroffen. Aber wenn Lucifer an der Macht ist, ist sein Einfluss des Bösen ungleich stärker."

"Wenn du einen Nachfolger erwählen musst, muss Lucifer das doch auch, oder?"

"Nein", mischte sich Ari jetzt in das Gespräch ein. Sie blieb eine Sekunde stehen, damit die beiden zu ihr aufschließen konnten.

"Das muss er nicht. Niemand weiß, wie alt Lucifer ist. Man sagt, er ist älter als die Zeit. Vielleicht hat er das ganze Spielchen auch erfunden, um nicht vor Langeweile umzukommen, wer weiß das schon?"

"Ari, bitte!" Alianas ungewöhnlich scharfer Ton überraschte Darren. Doch sofort lächelte sie wieder und sagte: "Rede keinen Unsinn."

"Ich verstehe nur nicht, warum du dich einer solchen Gefahr aussetzt, Aliana." Darren schüttelte den Kopf.

"Er kann mich nicht töten, Darren. Ich habe es dir doch schon erklärt. Das Gute kann ohne das Böse nicht sein. Wir würden uns gegenseitig vernichten. Und auch die Welt der Menschen würde zusammenbrechen und vergehen."

Sie wandte langsam den Kopf und sah ihn seltsam an.

"Die große Schlacht um den Turm der Erkenntnis steht kurz bevor. Das weiße Heer braucht deine Hilfe. Deshalb hat Amoragon dich so gut ausgebildet. Wir dürfen diese Schlacht nicht verlieren. Die Folgen für die Welt der Menschen wären furchtbar."

"Die große Schlacht wird also wirklich stattfinden."

"Beim nächsten Vollmond. Alle hundert Jahre müssen wir unsere Macht aufs Neue verteidigen. Nur wird es jedes Mal schwerer, Lucifers Macht die Stirn zu bieten."

Alianas Stimme klang müde und kraftlos. Und sie passte nicht zu der Art, wie sie sich bewegte. Eine stolze Frau, die jedem, der sich in ihrer Nähe aufhielt Mut und Kraft spendete. Aber Darren konnte auch ganz deutlich spüren, dass ihre Aura der Kraft langsam schwächer wurde. Noch immer kam ihm das alles hier unwirklich vor. Vor einiger Zeit noch, als sein Leben noch in geordneten Bahnen verlaufen war, hatte er sich nie ernsthaft mit dem Gedanken auseinandergesetzt, es könnte außerhalb seiner Welt noch eine zweite und vielleicht sogar dritte Wirklichkeit existieren. Und jetzt befand er sich mittendrin in einem Kampf, den er nicht führen wollte. Doch offensichtlich hatte das Schicksal entschieden, dass seine Meinung hier nicht viel Gewicht hatte.

Ein lang gezogenes Heulen riss ihn jäh aus seinen Gedanken. Wie ein Mann blieben die Krieger Amoragons stehen und zogen augenblicklich ihre Schwerter. Sie zogen den Kreis um Darren und Aliana enger. Es lag plötzlich eine Spannung in der Luft, die fast greifbar war. Niemand sprach ein Wort und nach wenigen Augenblicken wiederholte sich das Heulen. Ein seltsames Gefühl kroch Darrens Rücken empor. Wie unzählige winzige Spinnenbeine, die über seinen Rücken huschten, um vor dem Heulen zu fliehen. Und Darren hatte das ungute Gefühl, dass es sich bei dem Tier, welches diesen Laut ausgestoßen hatte, keinesfalls um einen normalen Wolf handeln würde.

Endlose Minuten vergingen, in denen die Krieger aufmerksam die Umgebung absuchten und Darren versuchte, möglichst nicht zu atmen. Mit einer fließenden Bewegung streifte Darren den Mantel ab, zugunsten der besseren Beweglichkeit, und zog aus der gleichen Bewegung heraus lautlos eines seiner Schwerter.

Weit voraus am Horizont blitzte es hell auf. Der Blitz bohrte sich im Zick-Zack durch die Schwärze der Nacht und entlud seine ganze Kraft irgendwo im Boden. Dann hörte man ein fernes Donnergrollen. Aber irgendetwas stimmte mit diesem Laut nicht. Darren warf einen Blick in die Runde. Auch die Krieger und Amoragon hatten es offensichtlich bemerkt, denn sie tauschten verwirrte, teilweise sogar fast ängstliche Blicke.

Aliana stand bewegungslos da und starrte auf den Horizont, der gerade eben noch in hellem Wetterleuchten aufgeflammt war. Ein zweiter Blitz zerriss die Nacht am Himmel und wieder war dieses seltsame Donnergrollen zu hören. Aber diesmal erkannte Darren, was damit nicht stimmte. Es verebbte nicht nach ein paar Sekunden, wie jeder normale Donner es getan hätte. Sondern wurde im Gegenteil beständig lauter!

Und es hatte eine Art Rhythmus. Wie das Schlagen eines großen dunklen Herzens in der gewaltigen Brust des Landes. Ein dritter Blitz zuckte zu Boden und in den zischenden Laut, den der - diesmal wesentlich nähere - Blitz verursachte, mischte sich ein zweiter, seltsamer Laut. Er klang fast, wie das Wiehern eines Pferdes. Und dann kippte die Stimmung. Die Krieger und Amoragon packten ihre Schwerter fester und suchten mit gespreizten Beinen festen Stand. Amoragon gab seinen Männern Zeichen, die nur sie verstanden und Darren konnte in ihren Augen nun eindeutig Angst lesen. Er mochte sich gar nicht erst vorstellen, was es war, was diesen Kriegern Angst einzujagen imstande war.

Aliana war blass geworden. Ihre Lippen bewegten sich, ohne dass ein Wort über die Lippen kam und sie starrte unentwegt in die Richtung, aus der der dumpfe Herzschlag kam. Ari griff hinter sich, zog einen Pfeil aus dem Köcher und legte ihn auf die Sehne ihres Bogens. Ihre Finger zitterten leicht.

Das Donnergrollen war abermals lauter geworden und der Rhythmus wurde härter, bedrohlicher. Er hörte wieder diesen seltsamen Laut und schlagartig begriff Darren, dass er sich geirrt hatte. Das Donnergrollen war nicht das Schlagen eines düsteren Herzens, sondern das Donnern gewaltiger Hufe! Nur Sekunden nach dieser Erkenntnis, begann der Boden unter seinen Füßen zu zittern. Das Zittern wuchs im gleichen Maße, wie das Donnern der Hufe zunahm.

"Die schwarzen Reiter", flüsterte Ari und ihre Stimme brach.

Darren blieb keine Zeit für eine Frage, denn nur Sekunden nach der Erkenntnis, dass die schwarzen Reiter offensichtlich nicht ihre

Eskorte zum Turm waren, brachen sie auch schon aus dem Wald hervor. Darren trat mit einem Schrei einen Schritt zurück und hätte vor Schreck fast sein Schwert fallen lassen. Die Horde Reiter, die mit gewaltigem Tempo auf sie zusprengte, bot einen so schrecklichen Anblick, dass Darren sich wünschte, nur zu träumen. Die Reiter waren ganz in schwarze Mäntel gehüllt. Ihre schweren Kapuzen verbargen die Gesichter, wenn es so etwas bei ihnen überhaupt gab. Darren war sich nicht so sicher. Lediglich die rot glühenden, heimtückischen Augen bildeten einen Kontrast.

Die Reiter saßen auf ebenfalls schwarzen Pferden. Obwohl Darren sich nicht einmal so sicher war, dass es sich wirklich um Pferde im eigentlichen Sinn handelte. Diese Tiere waren gewaltig. Bei einem Stockmaß von gut zwei Metern und den zwei gedrehten Hörnern, die aus ihrer Stirn wuchsen, wirkten sie eher wie Ausgeburten der Hölle, die nur zufällig Ähnlichkeit mit einem Pferd hatten. Sie schnaubten unentwegt und aus ihren Nüstern quoll grauer Dampf. Ihre Hufe hatten die Größe von Darrens Kopf und zermalmten alles unter sich, was sie auf ihrem Weg berührten.

Die Reiter zogen ihre Schwerter. Ihre Klingen bestanden nicht aus Stahl, sondern aus lodernden Flammen, die gierig in ihre Richtung zu lecken schienen. Die Pferde wieherten laut und schrill und dann waren die Reiter heran. Darren wich dem ersten Flammenschwert mehr durch Glück als durch wirkliches Können aus. Zu groß war das Entsetzten, welches seine Muskeln lähmte. Er drehte sich einmal um die eigene Achse und versuchte in einer verzweifelten Bewegung, das Flammenschwert zu treffen.

Der Reiter war jedoch schon vorbei und stürzte sich auf sein nächstes Opfer. Er hörte, wie der Pfeil, den Ari aufgelegt hatte, von der Sehne sirrte. Er konnte auch hören, wie dieser Pfeil ein Ziel traf. Und er konnte sehen, dass es diesem Ziel nicht das geringste ausmachte. Mit einem ärgerlichen Grunzen griff der Reiter nach dem Pfeil, zog ihn mit einem einzigen Ruck aus der Schulter - wobei er freihändig auf dem gewaltigen Pferd saß - und schleuderte ihn in Aris Richtung. Und nun übernahmen Darrens antrainierten Reflexe die Führung. Er sprang vor und blockte den Pfeil mit der Klinge seines Schwertes ab, während er mit der anderen Hand das zweite Schwert zog. Der Pfeil prallte an der Klinge ab und fiel zu Boden.

Und sofort hatte Ari einen zweiten Pfeil aufgelegt.

Dann brach um ihn herum das Chaos aus. Die schwarzen Reiter waren scheinbar überall. Obwohl sie zahlenmäßig nicht einmal überlegen waren. Aber sie verschmolzen so perfekt mit der Umgebung, dass sie allein dadurch natürlich einen Vorteil erspielen konnten. Ihre Reittiere pflügten rücksichtslos durch die Krieger, die sich gekonnt, aber dennoch ohne große Aussicht auf Erfolg, zur Wehr setzten. Die Luft war erfüllt vom Wiehern der Pferde und dem Klirren der Waffen. Trotzdem die Schwerter der schwarzen Reiter nur aus Flammen zu bestehen schienen, verursachten sie das gleiche Geräusch, wie eine herkömmliche Klinge.

Darren setzte sich mit seinen beiden Schwertern tapfer zur Wehr. Dennoch war ihm klar, dass sie es nicht lange schaffen würden. Einer der Reiter sprengte an der Gruppe vorbei und riss sein Pferd herum. Das gehörnte Wesen wendete praktisch auf der Stelle, legte den Kopf tief und stürmte wieder zu ihnen zurück. Einer von Amoragons Kriegern warf sich dem Tier entgegen, denn sein Ziel war klar. Aliana stand noch immer inmitten der Kämpfenden und hatte sich nicht einen Millimeter von der Stelle bewegt. Der Krieger stieß sich mit einem kraftvollen Sprung ab und flog mit einem Kampfschrei auf das furchtbare Reiter-Pferd-Gespann zu. Der Reiter empfing ihn mit seinem Schwert aber der Krieger hatte natürlich damit gerechnet. Er machte im Flug eine halbe Drehung, gelangte so an dem Reiter vorbei in dessen Rücken und stieß sein Schwert bis zum Heft hinein. Es trat auf der anderen Seite wieder aus, was den Reiter aber nicht großartig zu stören schien.

Der Kriegerengel ließ sein Schwert los, um nicht mitgerissen zu werden. Mit zwei kräftigen Flügelschlägen war er wieder an dem Reiter vorbei und flog nun auf Aliana zu. Er packte sie an den Schultern und riss sie mit sich. Der Reiter zerrte am Zügel seines Pferdes und das Tier kam augenblicklich zum Stehen. Er starrte den Engel an, der etwas abseits mit Aliana gelandet war, und knurrte drohend. Noch immer ragte das Schwert aus seiner Brust. Ohne Hast führte er seine Hand hinter den Rücken und zog mit einem Ruck das Schwert heraus. Es gab ein hässliches nasses Geräusch. Mit nun zwei Schwertern bewaffnet gab er seinem Pferd die Sporen und sprengte auf den Engel zu.

Amoragon hatte sich gerade wieder aufgerappelt, nachdem er - von einem der Pferde einfach aus dem Weg gerammt - zu Boden gegangen war. Mit einem Blick erfasste er die Situation und schrie seinem Krieger zu: "Bring sie heim!"

Der Krieger zögerte keine Sekunde, legte seine Flügel um Aliana und war in der Sekunde verschwunden, in der der schwarze Reiter ihn erreichte und mit gleich zwei Schwertern aus zwei verschiedenen Richtungen auf ihn eindringen wollte. Die Schläge gingen ins Leere und der Reiter verlor den Halt, kippte wie in Zeitlupe aus dem Sattel und schlug schwer auf dem Boden auf. Sein Reittier hatte alle Mühe zum Stehen zu kommen. Der Engel hatte direkt vor einer gewaltigen Eiche gestanden. Der Schwung seiner eigenen Bewegung rammte das Tier direkt vor den Baum, wo es mit einem seltsamen Laut in die Knie brach.

Darren packte seine Schwerter fester und war mit zwei, drei gewaltigen Sätzen bei dem gefallenen Reiter. Dieser sprang gerade mit einer blitzschnellen Bewegung wieder auf, die Darren nicht einmal richtig wahrnehmen konnte. Mit einem unwilligen Knurren warf der Schwarze das erbeutete Schwert beiseite und seine roten Augen bohrten sich in Darrens Blick. Darren hatte das Gefühl, das dieser Blick imstande war, ihm seine sämtliche Kraft zu entziehen. Er spürte das abgrundtief Böse und für einen Moment war er völlig bewegungsunfähig.

"Was ist los mit dir, Krieger?", hörte er eine Stimme in seinem Kopf. Es dauerte ein paar Sekunden bis Darren begriff, dass der schwarze Reiter mit ihm sprach, ohne den Mund zu bewegen. Zumindest konnte er unter der dunklen Kapuze keinerlei Bewegung ausmachen. Die Stimme lachte leise: "Hat dich Amoragon nicht gut genug vorbereitet?"

"Doch, das hat er."

Darren versuchte, so viel Kraft und Entschlossenheit in diese Worte zu legen, wie er nur konnte. Aber trotzdem konnte er ein leichtes Zittern nicht unterdrücken. Sein Gegenüber lachte wieder auf diese seltsam lautlose Weise und winkte ihn mit der freien Hand spöttisch zu sich heran. Um Darren herum tobte weiter die Schlacht, aber das bekam er gar nicht richtig mit. Er hörte Kampfgeräusche, sah aus den Augenwinkeln immer wieder schwarze Schatten vorbeihuschen, die wie ein Pferd aussahen und einen Reiter mit Flammenschwert auf dem Rücken trugen, sah weiße Gestalten auffliegen, um so einen Ausgleich zu dem ungerecht verteilten Größenverhältnis der Gegner zu schaffen. Noch einmal winkte ihn der Schwarze heran und diesmal folgte Darren seiner Aufforderung. Er schwang beide Schwerter gleichzeitig und der Reiter hob seine Klinge mit einer lässigen Bewegung, um die Schläge zu parieren. Die Klingen prallten auf das Flammenschwert und er hätte beinahe die Schwerter fallen lassen. Der Aufprall war so gewaltig, dass er einen Schritt zurückgetrieben wurde. Wieder lachte der Schwarze. Darren verengte die Augen, kämpfte die Wut nieder, die in ihm emporzusteigen begann, und änderte seine Taktik. Mit dem einen Schwert führte er einen geraden Stich gegen die Brust des Reiters, was diesen dazu zwang, mit seinem Schwert abzublocken. Diese Chance nutzte Darren und ließ das andere Schwert mit einem kräftigen Hieb auf die Schulter des Schwarzen niedersausen. Das Schwert traf sein Ziel. Ein nasser Laut erklang und Darren spürte für einen kurzen Moment den Widerstand, als die Klinge auf den Knochen des Oberarmes traf. Sie glitt durch ihn hindurch, wie durch Butter. Der abgetrennte Arm des Schwarzen fiel schwer zu Boden und der Schwung der Bewegung, zwang Darren zu einer Drehung einmal um die eigene Achse. Als er die Drehung beendet hatte, trat er hastig einen Schritt zurück.

Der schwarze Reiter starrte auf die Stelle, an der gerade noch sein Arm gewesen war. Dann wanderte sein Blick zu dem am Boden liegenden Arm und er begann schallend zu lachen.

"So leicht mache ich es dir nicht."

Darren fixierte mit ungläubig aufgerissenen Augen die armlose Schulter, aus der jetzt schwarzer Nebel herausquoll. Der Nebel kroch ein Stück weit auf ihn zu, zog sich dann wieder zurück und bildete die Konturen eines Armes. Im gleichen Augenblick verschwand der Arm, der am Boden lag und der Schwarze nutzte Darrens Überraschung, hob sein Schwert und drang augenblicklich auf ihn ein. Darren stolperte einen ungeschickten Schritt zurück, riss beide Schwerter hoch, um den Schlag zu parieren. Der Aufprall war mörderisch und der Schmerz fraß sich durch seine Arme bis in seine Schultern. Er biss die Zähne zusammen und setzte sich verzweifelt gegen die auf ihn niederprasselnden Schläge zur Wehr. Aber Stück für Stück wurde er von dem schwarzen Reiter zurückgedrängt, und während Darren alle Mühe hatte, sich zu wehren, schien sein Gegner sich nicht einmal nennenswert anstrengen zu müssen, ihn vor sich herzutreiben. Er spielte mit seiner Beute. Darrens Kräfte erlahmten schlagartig und ihm wurde klar, dass es vorbei war.

Und wie aufs Stichwort hörte er wieder die Stimme des Reiters hinter seiner Stirn.

"Schluss mit den Spielchen!"

Die Flammenklinge schoss auf ihn zu und traf ihn mit solcher Wucht, dass Darren zu Boden geschleudert wurde. Das Schwert, welches den Schlag pariert hatte, wurde ihm aus der Hand geprellt und er schlug hart auf dem Boden auf. Für einen Moment war er sich sicher, das Bewusstsein zu verlieren. Das wäre sein Ende gewesen. Mit einer gewaltigen Willensanstrengung gelang es ihm, sich gegen die Schwärze der Bewusstlosigkeit zu wehren. Er schmeckte Blut. Der schwarze Reiter kam fast gemächlich näher und stellte sich breitbeinig über ihm auf. Darren atmete schwer und hatte nicht einmal mehr die Kraft, sein Schwert zu heben. Es war vorbei!

Der Schwarze setzte ihm sein Flammenschwert unter das Kinn und Darren versuchte, der Hitze auszuweichen. Auf dem Boden liegend war das jedoch ein ziemlich sinnloses Unterfangen. Der schwarze Reiter lachte abfällig.

"Ich weiß gar nicht, was unser Herr an dir findet. Du musst noch viel lernen, du Grünschnabel. Steh' auf!"

Darren reagierte überhaupt nicht. Er lag einfach nur da und starrte den Reiter über sich an.

"Steh' auf!", grollte dieser noch einmal und in diesem Moment zischte ein Pfeil heran und bohrte sich unter der Kapuze genau zwischen die beiden glühenden Punkte. Der Reiter erstarrte und Darren ergriff seine Chance. Er packte sein verbliebenes Schwert mit beiden Händen und führte einen Schlag, der dem schwarzen Reiter beide Hände abtrennte. Das Flammenschwert flog in hohem Bogen davon und erlosch. Darren hörte ein schmerzerfülltes Brüllen und die Augen seines Gegners schienen noch tiefer zu glühen.

Darren hatte keine Ahnung, warum, aber er wusste plötzlich, dass er diesen Kampf beenden konnte. Ohne zu überlegen trieb er dem Schwarzen sein Schwert in die Brust. Der Koloss erstarrte und blickte hasserfüllt auf ihn herunter. Dann umklammerten seine Hände das Schwert und versuchten, es herauszuziehen. Darren trat ihm die Beine unter dem Leib weg und der Reiter stürzte hilflos nach vorn. Im letzten Moment rollte Darren sich zur Seite und dort, wo er gerade eben noch gelegen hatte, prallte der Reiter mit einem seltsam trockenen dumpfen Laut auf dem Boden auf, trieb sich das Schwert auf diese Weise bis zum Heft in die Brust und blieb regungslos liegen.

Darren hörte das Wiehern eines Pferdes und sein Kopf ruckte herum. Das Pferd des Reiters hatte sich inzwischen wieder aufgerappelt und stand etwas abseits. Es tänzelte unruhig hin und her. Aus seinen Nüstern schlugen jetzt Flammen, und ehe Darren ganz begriffen hatte, was hier vor sich ging, ging das Pferd mit einem schmerzerfüllten Wiehern in Flammen auf und war verschwunden.

Eine Hand riss ihn grob auf die Füße und Darren fuhr herum. Er zog die Faust, die er zum Schlag erhoben hatte, gerade noch rechtzeitig zurück, als er Ari erkannte.

Ari gab dem schwarzen Reiter am Boden einen Tritt, rollte ihn somit auf den Rücken, stellte ein Bein auf die Brust des Schwarzen und zog Darrens Schwert heraus. Sie reichte es ihm und mit einer automatischen Bewegung nahm Darren das Schwert wieder an sich. Ari packte Darren am Arm und schleifte ihn mit sich.

"Cleveres Kerlchen", lobte sie ihn, während sie ihn hinter sich herzog. "Wir müssen weg!"

Darren hörte immer noch um sich herum Kampflärm, Wiehern, Hufgetrappel und von Zeit zu Zeit auch den einen oder anderen Schrei.

"Wo … Wo willst du hin?", fragte er im Laufen.

"Wir müssen uns verstecken. Sie haben es auf dich abgesehen, mein Hübscher."

"Aber Amoragon … "

Darren wandte im Laufen den Kopf und wäre beinahe gestolpert. Ungeduldig riss Ari ihn weiter.

"Der kommt schon klar!", behauptete sie.

Das, was Darren sah, behauptete jedenfalls das Gegenteil. Aber er wusste auch, dass Ari Amoragon niemals feige im Stich lassen würde, wenn sie gewusst hätte, dass er in Schwierigkeiten war. Sie zog ihn weiter.

"Lauft!", hörte er Amoragon brüllen, der sich gerade unter dem Schwertstreich eines der Flammenschwerter hinweg duckte.

Darren drehte sich wieder um und rannte hinter Ari her. Ihm war nicht wohl dabei, Amoragon und seine Krieger hier zurückzulassen. Und als er mit Ari in den Schatten der Nacht verschwand, kam er sich wie ein Verräter vor.

Darren fror erbärmlich. Das herannahende Gewitter hatte den Regen mit sich gerissen und Ari und ihn binnen weniger Minuten völlig durchnässt. Darren hatte inmitten des kalten Regens, der ihm unentwegt ins Gesicht gesprungen war, schnell die Orientierung verloren. Ari jedoch schien genau zu wissen, wohin sie wollte. Nur seine Frage, wo dieses 'Wohin' war, hatte sie bis jetzt erfolgreich und hartnäckig ignoriert.

Die Kampfgeräusche waren schnell hinter ihnen zurückgeblieben und sie hatten sich bis hier her durchgeschlagen. Nun saßen sie in einer kleinen Höhle, die diesen Namen eigentlich gar nicht verdiente. Sie war nicht einmal drei Meter tief und vielleicht knappe zwei Meter hoch. Aber sie bot zumindest Schutz vor dem Regen, der immer noch mit Gewalt vom Himmel stürzte, als wolle er den ganzen Wald davonspülen.

Darren biss die Zähne aufeinander, um zu verhindern, dass sie klapperten. Er bedauerte es nun wirklich, den Mantel ausgezogen zu haben. Das Risiko ein Feuer zu machen, um ihre Kleidung wenigstens halbwegs zu trocknen, konnten sie nicht eingehen, solange sie nicht sicher waren, dass ihnen niemand gefolgt war. Aber an seinem Zittern hätte auch das Feuer nichts geändert, denn er zitterte nicht nur vor Kälte. Die schwarzen Reiter hatten ihn zutiefst erschüttert und sein Inneres in Aufruhr gebracht. Diese Dinger waren nicht einmal besonders schrecklich anzusehen. Aber er hatte gespürt, dass sie das abgrundtief Böse in sich trugen und er war sich sicher, dass diese Geschöpfe aus den tiefsten Tiefen der Hölle stammen mussten.

Ari wandte den Kopf und sah zu ihm hinüber. Sie hatten lange kein Wort gesprochen. Wahrscheinlich hatte sie gespürt, dass Darren das, was er gesehen hatte, noch lange nicht verdaut hatte. Jetzt aber lächelte sie und klopfte ihm auf die Schulter.

"Alle Achtung, Darren. Du hast ihm aber kräftig in den Arsch getreten, was?"

Ihr Lächeln sollte aufmunternd wirken, bewirkte aber nur das Gegenteil. Mühsam wandte er den Kopf und sah sie an. Seine Augen waren matt und leer. Er war blass geworden und sah aus, als hätte er die letzten zwei Jahre keine Nacht mehr durchgeschlafen.

"Was?", fragte er schleppend und sah dabei durch Ari hindurch. Ihr Lächeln erlosch.

"Du hast einen von ihnen getötet. Das hat vor dir noch keiner geschafft."

"Ist das gut oder schlecht?", fragte er lahm.

"Das du ihn getötet hast ist gut. Zumindest für uns", fuhr Ari fort.

"Aber ich fürchte, seine Brüder werden nicht besonders gut auf dich zu sprechen sein."

Sie versuchte zu grinsen. Aber es misslang genauso, wie ihr Lächeln zuvor. Darren hob gleichgültig die Schultern.

"Ist mir doch egal." Dann seufzte er. "Ich glaube, ich werde mich nie an diese Welt gewöhnen."

Ari schwieg. Was hatte er auch erwartet. Trost? Verständnis? Es war nicht so, dass Ari beides nicht für ihn aufbringen wollte oder konnte. Im Gegenteil. Aber es half ihm rein gar nichts. Er hatte keine andere Wahl, als sich in sein Schicksal zu fügen. Das hatte er spätestens durch diesen Zwischenfall begriffen. Genauso wie die Tatsache, dass er seine Welt niemals wiedersehen würde.

Wieder seufzte er schwer und fragte dann ohne Ari anzusehen: "Und was machen wir jetzt?"

Ari sah einen Augenblick mit zusammengekniffenen Augen in den Regen hinaus, als könne sie die Antwort auf seine Frage hinter dem dichten Schleier aus Wasser sehen. Dann zuckte sie mit den Schultern.

"Amoragon wird nach uns suchen, wenn er mit den Reitern fertig ist."

"Lag die Betonung jetzt auf 'wenn' oder auf 'fertig ist'?"

Darren war eigentlich nicht zum Scherzen zumute und er hatte diese Frage auch todernst gemeint. Ari entgegnete vorsichtshalber nichts. Aber ihr Schweigen war Antwort genug. Offensichtlich wusste sie es selbst nicht. Der Regen ließ langsam nach und man konnte hinter den dichten Schleiern bereits wieder etwas von der Landschaft erkennen. Nicht dass es besonders viel zu sehen gegeben hätte. Außer schwarzen Bäumen und noch schwärzeren Schatten. Aber mit dem Regen schien auch die Kälte ein wenig zu verschwinden.

"Wir werden unseren Weg fortsetzen. Amoragon wird uns finden."

"Du willst zum Turm der Erkenntnis? Ganz allein?" Darrens Stimme klang nicht nur ungläubig, sie hatte auch einen Unterton von Panik darin.

"Was willst du denn machen? Hier sitzen und warten, bis die Reiter uns finden?"

Ari funkelte ihn an und Darren schwieg dazu. Ari hatte recht. Solange diese Kreaturen abgelenkt waren, konnten sie sie schließlich nicht verfolgen. Sonst hätte sie es vermutlich gar nicht bis hierher geschafft. Er nickte.

"Dann sollten wir keine Zeit verlieren, oder?", fragte er und stand auf.

Seine Gelenke schmerzten und er streckte sich ächzend, um die verspannte Muskulatur zu lockern. Ari kam nicht weniger umständlich auf die Füße und Darren beschlich das ungute Gefühl, dass sie beide es vielleicht nicht schaffen würden.

"Was ist mit Aliana?"

"Sie wird da sein, verlass dich drauf. Schließlich brauchen wir einen starken Krieger, wenn in zwei Tagen die große Schlacht losbricht, oder?"

Ari grinste und Darrens ungutes Gefühl verstärkte sich.

Der Regen hatte tatsächlich ganz aufgehört und einen völlig aufgeweichten Boden hinterlassen, in dem ihre Schritte saugende Geräusche verursachten und der das Gehen an sich unendlich mühsam machte. Darren konnte aus den Augenwinkeln erkennen, dass auch Ari zu zittern begonnen hatte. Auch sie war völlig durchnässt, genau wie er. Sie gab sich allerdings die größte Mühe, ihr Zittern vor ihm zu verbergen. Mit dem Regen hatte auch das Donnergrollen und das Wetterleuchten aufgehört und nun war es fast schon unheimlich still hier. Allein die Geräusche ihrer Schritte waren zu hören. Aber Darren war schon zufrieden, wenn er nicht wieder das Trampeln von gewaltigen Hufen hören musste.

Er war sich nämlich ganz und gar nicht sicher, dass es ihm noch einmal gelingen würde, einen von diesen Reitern zu töten. Darren fühlte sich müde und ausgelaugt wie lange schon nicht mehr. Mühsam schleppte er sich neben Ari her. Mehr als einmal kam er ins Stolpern und konnte sich gerade noch im letzten Moment fangen, bevor Ari in Versuchung kam, ihm zu helfen. Auch Ari waren die Strapazen der letzten Stunden deutlich anzusehen und auf ihrem Gesicht lag nicht nur die körperliche Erschöpfung. Sie machte sich Sorgen. Das konnte Darren deutlich sehen. Sie verschwieg ihm etwas. Auch das konnte er deutlich sehen. Die Reiter hatten sie mehr beunruhigt, als sie jemals zugeben würde. Und Darren versuchte erst gar nicht, sie darauf anzusprechen. Es hätte vermutlich sowieso keinen Zweck gehabt.

Ein lang gezogenes Heulen zerriss die Stille und Ari und Darren fuhren gleichzeitig zusammen. Mit einer fließenden Bewegung nahm Ari den Bogen von der Schulter und im gleichen Moment zog Darren sein Schwert. Ohne das es eines weiteren Wortes bedurft hätte, stellten sie sich Rücken an Rücken und drehten sich langsam im Kreis. Das Heulen wiederholte sich. Lauter diesmal und näher. Beunruhigend viel näher. Darren hielt den Atem an. Sekunden passierte nichts. Dann wiederholte sich das Heulen abermals, begleitet von dem Knurren aus nicht nur einer Kehle.

"Sie haben uns gefunden", flüsterte Ari, griff nach hinten in den Köcher und legte lautlos einen Pfeil auf. Wieder erklang ein Heulen und diesmal wurde es aus gleich mehreren Kehlen beantwortet. Und dann ging alles viel zu schnell, als das einer von ihnen hätte reagieren können. Aus mehreren Richtungen gleichzeitig flogen schwarze, gewaltige Schatten auf sie zu. Etwas Großes traf Darren mit der Wucht eines Hammerschlages, riss ihn zu Boden und prellte ihm fast das Schwert aus der Hand. Er schlug hart auf dem Boden auf und plötzlich war rings um ihn herum die Hölle los.

Er hörte Aris wütenden Schrei und registrierte aus den Augenwinkeln, dass auch sie zu Boden geworfen wurde. Mit einem einzigen Satz war er wieder auf den Füßen, gerade noch rechtzeitig, um den zuschnappenden Kiefern eines gewaltigen Wolfes zu entgehen. Der Wolf knurrte enttäuscht und versuchte, mit seiner Pranke nach ihm zu schlagen. Mit einem verzweifelten Sprung nach hinten wich Darren ihm aus, prallte dabei aber gegen den nächsten Wolf, der hinter ihm geduldig auf sein Opfer gewartet hatte. Darren drehte sich herum und noch aus dieser Bewegung heraus hieb er mit dem Schwert zu. Die Klinge glitt durch Fleisch und Knochen und ein entsetzlich schmerzerfülltes Heulen, gefolgt von einem dumpfen Aufprall, zerriss fast seine Trommelfelle.

Mit schmerzerfülltem Gesicht packte er das Schwert mit beiden Händen und trieb es dem Wolf bis zum Heft in den Brustkorb. Der Wolf winselte unter Schmerzen und verstummte so augenblicklich, dass Darren verwirrt auf ihn herab sah. Ein scharfer Schmerz grub sich in seinen Rücken. Er schrie auf, wirbelte herum und wäre fast über den am Boden liegenden Wolf gestolpert. Warmes Blut lief seinen Rücken herunter und der brennende Schmerz trieb ihm die Tränen in die Augen. Ohne zu überlegen stach er zu, verfehlte den Wolf aber, der ihm in den Rücken gefallen war. Die messerscharfen Krallen der Pranke verfehlten seinen Arm nur um Millimeter. Der Wolf setzte zum Sprung an und Darren duckte sich. Das gewaltige Tier flog über ihn hinweg, kam auf der anderen Seite mit einem seltsam dumpfen Laut auf dem Boden auf und knurrte verärgert. Durch den Schwung seines Sprunges rutschte er über den aufgeweichten Boden ein Stück weit von Darren weg. Aber, noch bevor Darren seine Chance begriff, hatte der Wolf sich herumgedreht und sprang erneut. Doch Darrens überhasteter Versuch auszuweichen misslang. Er rutschte auf dem glitschigen Boden aus, ruderte einen Moment wild mit den Armen.

Der Wolf prallte gegen ihn und die beiden rollten einige Meter weit über den Boden. Darren tat das einzig richtige. Er ließ sein Schwert los, bevor er sich noch selbst verletzte. Sie prallten mit voller Wucht gegen eine mächtige Eiche und Darren schrie vor Schmerz auf. Für einen Moment wurde ihm schwarz vor Augen und er bekam keine Luft mehr. Von einer Sekunde auf die andere verschwand der Druck auf seinen Brustkorb und er wurde grob auf die Füße gerissen.

Blut und Schlamm liefen ihm in die Augen und Darren konnte rein gar nichts mehr sehen. Dafür um so genauer fühlen. Eine gewaltige Pranke schloss sich um seine Kehle und drückte erbarmungslos zu. Sein Kopf knallte gegen die Eiche und er keuchte vor Schmerz und Entsetzen. Mit beiden Händen versuchte er, den Griff der Pranke zu sprengen, die ihr Möglichstes tat, um ihm den Kehlkopf zu zerquetschen. Er wurde mit einem bellenden Knurren belohnt und eine zweite Pranke schlug seine Hände ohne jede Mühe beiseite. Durch den Schleier von Blut und Schlamm sah Darren ein kurzes Aufblitzen. Dann bohrten sich die Krallen der zweiten Pranke des Wolfes nur Millimeter neben seinem Gesicht in den Baum und zwar mühelos wie durch Butter. Die Warnung war klar und Darren erstarrte. Er blinzelte ein paar Mal und nun konnte er auch endlich wieder halbwegs klar sehen. Direkt vor seinem Gesicht befand sich eine hässliche Wolfsfratze mit gebleckten, messerscharfen Zähnen und rot glühenden Augen etwas weiter oben. Für einen kurzen Moment überlegte Darren ernsthaft, einfach das Knie zu heben und es dem Wolf in den Bauch zu rammen, entschied sich dann aber angesichts der gewaltigen Krallen, die immer noch Millimeter neben seinem Gesicht im Baum steckten, dagegen. Trotzdem er sich nicht zur Wehr setzte, lockerte sich der erbarmungslose Griff um seinen Hals nicht einen Millimeter.

"Faturek! Wir brauchen ihn lebend!"

Darren kannte diese Stimme, aber der gewaltige Wolfsschädel füllte sein Gesichtsfeld völlig aus, sodass er sich nicht überzeugen konnte, ob er recht hatte oder nicht. Immer noch knurrte der Wolf drohend, aber zumindest ließ der Druck seiner Pranke ein wenig nach.

"Faturek!"

Die Stimme klang jetzt herrisch. Noch einen Moment zögerte der gewaltige Wolf. Dann löste sich langsam und widerwillig die Pranke und Darren konnte wieder atmen. Faturek zog die krallenbewehrte Pranke aus der Eiche, streifte dabei wie durch Zufall Darrens Wange und hinterließ auf ihr einen tiefen, heftig brennenden Kratzer. Darren sog scharf die Luft ein und der Wolf trat mit einem zufriedenen Grinsen einen Schritt zur Seite und gab so den Blick auf die körperlose Stimme frei.

Vor Darren stand Lillith, wie er erwartet hatte. Sie hatte den Kopf ein wenig schief gelegt und musterte ihn neugierig. Sie grinste und entblößte dabei ihre beiden spitzen Fangzähne. Darren wischte sich mit dem Handrücken das Blut von der Wange und sah sich unauffällig nach Ari um. Anscheinend nicht unauffällig genug.

"Ari geht es gut. Noch", beantwortete Lillith seine unausgesprochene Frage.

Darren funkelte sie feindselig an. "Lass sie gehen. Sie hat damit nichts zu tun."

Lillith lachte, laut und abfällig. "Du bist ja ein richtiger Held, was?"

Sie kam einen Schritt näher. "Das ist wirklich süß von dir. Aber das hier ist kein Spiel, weißt du?"

Ihr Lächeln erlosch. Der Boden unter ihren Füßen begann zu zittern und gleich darauf vernahmen sie wieder dieses Donnergrollen, welches keines war. Allein bei dem Gedanken an die schwarzen Reiter wurde Darren übel.

Lillith sah sich kurz um, und als sie sich wieder zu ihm umwandte, lächelte sie wieder.

"Da kommt unsere Eskorte."

Darren sparte sich eine Antwort. Was hätte er auch sagen sollen? Es war vorbei! Sie hatten alles auf eine Karte gesetzt und verloren. Was gab es da noch zu sagen? Wütend ballte Darren die Fäuste. Wütend über sich, über Ari, über Lillith. Und wütend darüber, dass es niemanden gab, den er mit seiner Wut treffen konnte.

Das Donnergrollen wurde lauter und nur Sekunden später, brachen die drei schwarzen Pferde zwischen den Bäumen hervor. Ihre Reiter rissen die Zügel herum und die Pferde bäumten sich auf. Die Pferde tänzelten nervös und einer der schwarzen Reiter schwang sich mit einer eleganten Bewegung aus dem Sattel und kam auf Darren zu. Langsam und ohne jede Hast und gerade das verlieh seinen Bewegungen etwas Bedrohliches. Angst kroch Darrens Rücken empor. Wie eine Schlange, die sich jetzt langsam um seinen Hals zu wickeln schien und ihm die Luft abschnürte.

Selbst Lillith trat einen Schritt vor dem schwarzen Riesen zurück, als dieser wie beiläufig die Hand hob und ihr ein Zeichen dazu gab. Faturek legte die Ohren an und trat mit gesenktem Haupt gleich mehrere Schritte zurück. Der schwarze Reiter stand nun vor Darren und sah auf ihn herunter. Eine Ewigkeit, wie es Darren schien, stand er so da und starrte ihn nur an. Selbst auf diese geringe Distanz konnte Darren unter der schwarzen Kapuze nicht einmal ansatzweise so etwas wie ein Gesicht ausmachen. Er bemühte sich, ruhig und gefasst zu wirken. Aber er spürte selbst, dass ihm das nicht besonders gut gelang. Und er spürte auch, wie sehr der Reiter das genoss. Er weidete sich an Darrens Angst. Sie schien für ihn wie ein Lebenselixier zu sein. Vielleicht das Einzige, was diese Höllenkreaturen überhaupt jemals zu sich nahmen. Die Angst ihrer Opfer!

Darren musste den Kopf in den Nacken legen, um dem Reiter ins Gesicht - oder zumindest dahin, wo er ein Gesicht vermutete - blicken zu können. Er schluckte hart und hatte keine Chance, dem Schlag auszuweichen. Ohne, dass er die Bewegung auch nur gesehen hatte, traf ihn ein harter Schlag ins Gesicht. Sein Kopf wurde herumgerissen und knallte mit solcher Wucht gegen den Baum, dass er augenblicklich das Bewusstsein verlor.

Darren konnte nicht lange bewusstlos gewesen sein, denn als er wieder zu sich kam, lehnte er immer noch an der Eiche - wenn auch ein gutes Stück tiefer auf dem Boden sitzend. Vor seinen Augen tanzten weiße Schleier und gaben den Gestalten in seiner Nähe seltsam unwirkliche Formen. Darren blinzelte ein paar Mal. Er schmeckte Blut und konnte fühlen, dass seine Unterlippe aufgeplatzt war. Noch bevor sich sein Blick vollkommen geklärt hatte, wurde er grob in die Höhe gerissen. Der schwarze Reiter schleifte ihn hinter sich her zu den zwei noch verbliebenen Reitern. Dann riss er ihn scheinbar ohne jede Anstrengung in die Höhe und gab ihm einen derben Stoß in den Rücken. Darren stolperte haltlos nach vorn und stürzte hart auf die Knie.

Seine Augen sprühten vor Hass, als er den Blick hob und den schwarzen Reiter anstarrte. Wie ein gewaltiger, bedrohlicher Berg ragte die Gestalt vor ihm auf. Darren wischte sich mit dem Handrücken das Blut vom Kinn und spukte in den Schlamm. Er hätte schwören können, in diesem Moment in dem undurchdringlichen Schwarz unter der Kapuze ein hämisches Grinsen gesehen zu haben. Der Schwarze drehte sich mit einem Ruck herum und schwang sich in einer blitzschnellen und eleganten Bewegung auf sein Pferd. Die beiden anderen Reiter positionierten sich so, dass sie Darren genau in die Mitte nehmen konnten. Lillith trat auf Darren zu und sah mit einem triumphierenden Lächeln auf ihn herunter.

"Steh auf!"

Darren zögerte. Lilliths Lächeln wurde mitleidig.

"Es ist vorbei, du Held. Mach es dir nicht unnötig schwer."

Sein Trotz verbot es ihm, sich sofort zu erheben. Was natürlich nichts an der Tatsache änderte, dass Lillith recht hatte. Er hatte nicht die geringste Chance. Den beiden Reitern zu seiner Rechten und seiner Linken konnte er zu Fuß nicht entkommen. Und die einzigen Lücken, durch die er hätte fliehen können - vorn und hinten - wurden von jeweils drei Wölfen bewacht. Trotzdem überriss er in sekundenschnelle seine Chancen. Das Ergebnis war niederschmetternd.

Mit einem letzten hasserfüllten Blick in die Runde und auf Lillith im Besonderen stemmte er sich umständlich in die Höhe. Aus den Augenwinkeln sah er Faturek, der sich der Gruppe Wölfe in seinem Rücken anschloss und eine leblose Gestalt über den Schultern trug. Ari! Darren konnte nicht erkennen, ob sie noch am Leben war. Und er erhielt auch keine Gelegenheit, sich davon zu überzeugen. Einer der Wölfe trat ihm in den Weg und stieß ihm seine krallenbewehrten Hände vor die Brust. Darren stolperte einen Schritt zurück und riss abwehrend die Hände hoch. Der Wolf knurrte drohend und zog die Lefzen hoch. Der Anblick des gewaltigen Gebisses erstickte jeden Gedanken an Widerstand in Darren. Zögernd und den Wolf dabei einen finsteren Blick zuwerfend, drehte er sich wieder um. Lillith drehte sich zu dem schwarzen Reiter herum, der ihn niedergeschlagen hatte und rief: "Also los. Unser Herr wartet nicht gern!"

Der Reiter streckte ihr ohne Aufforderung seine Hand entgegen und zog sie auf sein gewaltiges Schlachtross. Dann setzten sie sich in Bewegung und Darren hatte das quälende ungute Gefühl, seine letzte Chance vertan zu haben.

Aliana ging unruhig vor Amoragon - der immer noch mit gesenktem Haupt vor ihr auf dem Boden kniete - hin und her. Das hätte nicht passieren dürfen. Lucifer wurde langsam aber sicher zu einer ernsten Gefahr für Anderwelt und letztendlich auch für die Menschen. Aliana blieb abrupt stehen und flüsterte: "Dann hat er den Ring der Gezeiten bereits. Sonst hätte er die schwarzen Reiter nicht wecken können. Wie ist das möglich?"

Sie bekam keine Antwort. Auch Amoragon hatte dafür keine Erklärung. Für einen Moment war es so still, dass man lediglich das leise Knistern der Flammen im Kamin hören konnte. Dann durchbrach Alianas schweres Seufzen die Stille.

"Du weißt, was das heißt, Amoragon?"

Amoragon antwortete, ohne den Kopf zu heben: "Ja, Herrin! Wir brauchen einen neuen Nachfolger."

Aliana drehte sich zu ihm herum und machte eine Geste mit der rechten Hand. "Steh bitte auf."

Mit einer mühsamen Bewegung erhob sich Amoragon. Seine Bewegungen hatten an Kraft und Eleganz verloren. Er war schwer verletzt worden und Amoragon war sich durchaus darüber im Klaren, dass er nur überlebt hatte, um Aliana die Ausweglosigkeit ihrer Situation vor Augen zu führen. Er war als Einziger mit dem Leben davon gekommen. Seine Verletzungen würden heilen, nicht aber die seelischen Verletzungen, die er erlitten hatte. Lucifer hatte gewonnen! Das war unausweichlich. Dass er Darren nicht hatte töten lassen, machte Amoragon mehr als unruhig.

Aliana begann wieder, im Zimmer auf und ab zu gehen. Sie war außerordentlich nervös. Noch nie war die Situation so brenzlich gewesen.

"Wir haben keine Zeit mehr, einen neuen Nachfolger zu suchen. Meine Macht wird morgen Nacht versiegen. Du musst Darren zurückholen, Amoragon!"

"Ihr Vorsprung ist zu groß. Wir werden sie nicht rechtzeitig einholen, Herrin!"

Aliana antwortete nicht, sondern warf ihm nur einen sonderbaren Blick zu. Amoragon bewegte sich unruhig und verzog dabei schmerzverzerrt das Gesicht. Seine rechte Schulter tat höllisch weh, wahrscheinlich war sie gebrochen. Die zahlreichen Schnittverletzungen, die ihm die Flammenschwerter der schwarzen Reiter zugefügt hatten, waren bereits größtenteils abgeheilt. Dennoch bot er einen eher jämmerlichen Anblick. Seine rechte Gesichtshälfte war geschwollen und begann sich bereits blau zu färben. Seine Flügel sahen aus, als hätte er mit einer absurd großen Katze gekämpft und diesen Kampf haushoch verloren. Einer der Flügel hing schlaff herunter. Auch dieser Bruch würde heilen. Aber Amoragon war sich bewusst, dass sie schnell handeln mussten. Er räusperte sich unbehaglich.

"Herrin! Euch ist klar, dass er Darren verwandeln wird?"

Eigentlich war es keine Frage und er bekam auch nicht sofort eine Antwort von Aliana. Sie hielt wieder im Schritt inne und drehte sich mit einem Ruck zu ihm um. Ihr Gesicht war blass und man sah ihr die Sorge überdeutlich an. Ja! Das war ihr durchaus bewusst. Aber jetzt, wo Amoragon die Worte einmal ausgesprochen hatte, bekamen sie eine Endgültigkeit, die sie ihnen nicht zugestehen wollte. Die Folgen für Anderwelt wären zu schrecklich gewesen. Wenn der zukünftige Wächter des Lichts in den Diensten des Leibhaftigen stand, war es um Anderwelt geschehen. Nichts und niemand würde Lucifer dann noch aufhalten können.

Aliana seufzte schwer.

"Also gut. Dann müssen wir ihn erwarten. Läute die Glocken und erwecke das weiße Heer. Wir werden Lucifer und seine Armee am Turm der Erkenntnis erwarten."

Amoragon nickte. "Ja, Herrin! Aber auch wenn wir diesen Kampf gewinnen sollten. Wir brauchen einen neuen Wächter."

"Ich weiß, mein Freund. Aber es gibt noch eine Möglichkeit Darren zu retten."

Sie sah ihn traurig an.

"Du weißt, was das bedeutet?"

Amoragon nickte abermals und schluckte hart. Betreten senkte er den Kopf und sah auf seine Stiefel, damit Aliana nicht sah, wie sich seine Augen mit Tränen füllten.

Luca öffnete das Fenster, an dem der Rabe mit seinem starken Schnabel ungeduldig geklopft hatte. Er trat einen Schritt zurück und das schwarze Tier flatterte ins Zimmer. Luca beugte sich ein wenig aus dem Fenster, um sicher zu stellen, dass niemand den Raben bemerkt hatte, und schloss dann das Fenster wieder. Als er sich umwandte, stand vor ihm bereits die menschliche Gestalt Malphas'.

Er sah Luca aus seinen tückischen Augen an und hatte den Kopf ein wenig schief gelegt als warte er auf eine ganz bestimmte Reaktion von Luca.

"Was willst du hier, Rabe! Habe ich dir nicht gesagt, du sollst dich hier nicht blicken lassen? Wenn dich jemand hier sieht, bin ich am Ende."

Die Augen seines Gegenüber blitzten kurz amüsiert auf und für einen schrecklichen Moment standen in ihnen die Worte 'Das bist du sowieso!' geschrieben.

Luca trat einen halben Schritt zurück und ein eisiges Frösteln lief seinen Rücken hinab. Der Rabenmann lächelte. Kalt und gefühllos.

"Nur leider bist du nicht in der Position, mir Befehle zu erteilen, Luca."

Er machte einen Schritt auf Luca zu und dieser konnte gerade noch den Impuls unterdrücken, noch weiter vor ihm zurückzuweichen.

"Was willst du?", fragte Luca mühsam beherrscht. Seine Stimme klang nicht halb so fest, wie er geplant hatte und im Stillen verfluchte er sich selbst dafür.

Das Lächeln des Rabenmannes wurde noch eine Spur kühler.

"Ich soll dir Grüße von Lucifer ausrichten. Er ist mit deiner Arbeit sehr zufrieden. Und ich bringe dir deine Belohnung, mein Freund."

Die letzten beiden Worte betonte er auf eine sonderbare Weise, die Luca eigentlich eine Warnung hätte sein müssen. Aber die Aussicht auf diese Belohnung, das Einhalten eines Versprechens - den Platz an Lucifers Seite - ließ ihn alle Vorsicht vergessen. Zu lange hatte er auf diesen Augenblick gewartet, darauf hin gearbeitet. All die Jahre im Dienste des Guten ertragen, um jetzt endlich den Lohn zu erhalten, der ihm zustand.

Malphas trat an ihm vorbei und öffnete das Fenster wieder. Er sog tief die kalte, klare Luft der Nacht ein. Der Mond stand am

Himmel und warf sein fahles Licht auf die Burg und den Innenhof. Malphas lächelte. Morgen Nacht war es soweit. Die Schlacht konnte beginnen. Und diesmal würden sie gewinnen! Er drehte sich zu Luca um und sein Lächeln erlosch übergangslos.

"Ich fühle mich geehrt. Aber sag deinem Herren, dass ich jetzt noch nicht mit dir kommen kann."

Luca trat einen Schritt vor Malphas zurück und versuchte, zu lächeln. Es misslang.

Der Rabenmann legte den Kopf schief und sagte: "Genaugenommen, Luca, wirst du gar nicht mit mir kommen, weißt du?"

Und dann ging alles viel zu schnell, als das Luca irgendwie hätte reagieren können. Der Rabenmann warf sich mit einem Krächzen auf ihn und riss ihn zu Boden. Luca riss die Hände hoch und versuchte, sich zu wehren. Aber Malphas war einfach zu stark. Starke Hände packten Lucas Kehle und drückten erbarmungslos zu. Der Schmerz trieb ihm die Tränen in die Augen und Luca versuchte zu schreien. Aber die Hände drückten ihm Millimeter für Millimeter weiter die Kehle zu. Verzweifelt rang er nach Luft und versuchte, nach Malphas zu treten. Aber vergeblich.

Mit einem diabolischen Grinsen fragte Malphas: "Glaubst du wirklich, Lucifer braucht einen Schwächling wie dich an seiner Seite?"

Er lachte. Und dieses Lachen war der schrecklichste Ton, den Luca jemals gehört hatte. Eine Mischung aus einem menschlichen Lachen und einem heiseren Krächzen, welches jetzt nur noch wie durch Watte an sein Bewusstsein drang. Rote Schleier tanzten vor seinen Augen und das Gesicht des Rabenmannes verschwamm zu unscharfen Konturen. Veränderte sich unentwegt. Dann spürte er, wie Malphas noch fester zupackte. Ein trockenes Knacken. Sein Kehlkopf brach. Luca versuchte, in Panik um sich zu treten oder zu schlagen. Aber ihm fehlte bereits die Kraft dazu. Das schreckliche Geräusch der brechenden Knochen wurde von einem Krächzen abgelöst und das Letzte, was Luca sah, war ein mannsgroßer Rabe, der auf seiner Brust hockte und seinen Schnabel zu einem hässlichen Lachen öffnete.

Die Tür flog auf und knallte mit einem dumpfen Laut gegen die Wand, schwang ein wenig zurück und wurde von einer kräftigen

Hand aufgehalten. Mugon stand in der Tür. Atemlos und mit einem Entsetzen in den Augen, welches in Aliana alle Alarmglocken zum Klingen brachte. Auch Amoragon war herumgefahren und blickte Mugon besorgt an.

"Luca! Er ist tot!"

Das waren die einzigen Worte, die Mugon hervorbrachte. Seine Stimme zitterte leicht, was gar nicht zu seiner ansonsten imposanten Erscheinung zu passen schien. Amoragon sog scharf die Luft ein und Aliana eilte auf Mugon zu.

"Was? Wo ist er?"

Ohne eine Antwort abzuwarten, stürmte sie an Mugon vorbei auf den Flur, gefolgt von Amoragon. Mugon ging voraus und gemeinsam eilten sie in Lucas Zimmer, welches sich gegenüber von Alianas Gemächern befand. Die Tür zu Lucas Zimmer stand halb offen, sodass man vom Flur aus seine Füße erkennen konnte. Aliana betrat als Erste das Zimmer und prallte mit einem entsetzten Keuchen zurück. Hinter ihr trat Amoragon durch die Tür und verzog bei dem Anblick, der sich ihnen bot, angewidert das Gesicht. Luca lag auf dem Rücken inmitten seines Zimmers in einer gewaltigen Lache aus Blut. Sein Gesicht war vollkommen zerstört und seine Augenhöhlen waren leer. Die Kehle bot einen grässlichen Anblick. Sie war nicht einfach herausgerissen, sondern sah aus, als hätte ein Vogel genüsslich daran herumgepickt. Aliana wandte sich ab und trat wieder auf den Flur hinaus, während Amoragon und Mugon sich vorsichtig dem Leichnam näherten.

"Wer hat ihn gefunden?", fragte Amoragon, ohne den Blick von dem schrecklich zugerichteten Luca zu wenden.

"Ich. Wir hatten noch einiges zu besprechen wegen der Zeremonie."

Amoragon sah sich im Zimmer um. "Ist Euch sonst noch etwas aufgefallen, Herr? Irgendwas?"

Mugon schüttelte den Kopf und sah sich flüchtig zu Aliana um, die immer noch auf dem Flur stand und gegen den Würgereiz ankämpfte. Amoragon stieg über Luca hinweg und drehte sich einmal im Kreis. Flüchtig fiel sein Blick auf den Fußboden direkt neben der Leiche. Amoragon runzelte die Stirn und ging in die Hocke. Seine Flügel raschelten und er verzog schmerzverzerrt das Gesicht. Seine

Finger glitten über den Fußboden und fegten auf diese Weise ein paar Holzspäne zur Seite.

Mugon beugte sich über Lucas Leiche. Er wagte es nicht, ebenfalls darüber hinweg zu steigen.

"Was hast du da?", fragte er mit belegter Stimme.

Amoragon holte tief Luft und pustete die restlichen Späne einfach weg. Darunter kamen Worte zum Vorschein. Mit scharfer Klinge - oder Schnabel - in den hölzernen Fußboden geritzt. Amoragon runzelte die Stirn. Im nächsten Augenblick weiteten sich seine Augen und er warf Mugon einen entsetzten Blick zu. Mugon wurde blass.

"Was steht dort, Amoragon?"

Seine Stimme war zu einem Flüstern herabgesunken. Aliana näherte sich und blieb neben Mugon stehen. Sie warf Amoragon einen Blick zu, der ihm gar nicht gefiel.

Er holte tief Luft und las: "Darren ist mein!"

Aliana fuhr zusammen, als hätte man sie geschlagen.

"Lucifer! Wie ist er hier rein gekommen?"

Mugon wollte etwas erwidern, aber Amoragon kam ihm zuvor.

"Das musste er gar nicht", sagte er. Seine rechte Hand hob etwas auf, was neben Lucas Leichnam auf dem Boden lag. Er sah Aliana fest in die Augen und öffnete die Hand. Auf seiner Handfläche lag eine schwarze Feder.

"Malphas", flüsterte Aliana. Auch aus ihrem Gesicht war jegliche Farbe gewichen.

Mugon runzelte verärgert die Stirn. "Luca hat uns verraten. Er wollte mit Lucifer gemeinsame Sache machen."

Amoragon schnaubte verächtlich und warf die Feder über die Schulter. Sie segelte lautlos zu Boden, und als sie den Boden berührte, konnte man durch das immer noch geöffnete Fenster ein raues, triumphierendes Krächzen hören.

Der Himmel im Osten glühte in tiefem Rot und Orange als stünde er in Flammen. Das unheimliche Glühen tauchte die Silhouette der gewaltigen Burg in noch tieferes Schwarz. Groß und bedrohlich ragte sie vor ihnen auf, wie eine Gestalt gewordene Drohung an jeden, der im Begriff war, sich diesem Bollwerk zu nähern. Darren konnte spüren, welch gewaltige Aura diese Burg umgab. Die

Anwesenheit des absolut Bösen war selbst auf größere Distanz so deutlich zu spüren, dass es Darren fast körperliche Schmerzen bereitete. Er musste den Kopf in den Nacken legen, um die Spitze des höchsten Turmes zu erfassen. Die Burg wirkte nicht wie eine bloße Aneinanderreihung von Stein und Lehm, sondern eher wie etwas Lebendiges. Etwas durch und durch Böses. Angst kroch Darrens Rücken empor, arbeitete sich unaufhaltsam nach oben und schnürte ihm fast die Kehle zu. Er hatte plötzlich Schwierigkeiten zu atmen und für einen Moment hatte er das Gefühl, dass der Geist des Bösen, der diese Burg beseelte, durch ihn hindurchfuhr und einen dunklen Fleck auf seiner Seele hinterließ. Er konnte sich gerade noch beherrschen, nicht einen entsetzten Schritt zurückzutreten.

Ihre Eskorte hatte angehalten. Vor einer Brücke, die sich in leichtem Bogen über eine Schlucht bis hin zum Tor der Burg spannte. Die Pfeiler der Brücke wurden von zwei gewaltigen, schwarzen Skeletten gebildet. Sie streckten ihre knöchernen Leichenhände in den Himmel, als wollten sie nach dem Feuer greifen, welches sich am östlichen Horizont in immer prächtigeren Farben präsentierte. Ihre Schädel waren unproportioniert groß im Vergleich zum Körper und sie hatten eine seltsame Form. Links und rechts wuchsen zwei Hörner aus den unförmigen Schädeln und ihre Münder waren weit aufgerissen. Spitze Fangzähne und eine ganze Reihe nadelspitzer Zähne waren wohl jedem ungebetenen Besucher Beweis genug, dass er hier am falschen Ort war. Die Skelette hatten riesige, schwarze Flügel, die sich in großem Bogen über die Brücke spannten wie ein Spalier.

Die Schlucht, die von dieser Brücke überspannt wurde, war gut und gerne zwanzig Meter tief und mindestens doppelt so breit. Die schroffen, scharfkantigen Felsen ließen jeden Gedanken an Flucht aus dieser Burg gar nicht erst aufkommen. Darren ließ seinen Blick unauffällig über die Felsen gleiten. Nein! Auf diesem Wege würde er hier nicht wieder herauskommen. Es gab nur zwei Möglichkeiten: Erst gar nicht reinzugehen kam in Anbetracht der tödlichen Eskorte, von der er bewacht wurde, leider nicht in die engere Wahl. Also musste sein Fluchtweg ihn über die Brücke führen.

Wie aufs Stichwort wurde er auch schon weiter gestoßen und die verbliebenen schwarzen Reiter schoben sich unauffällig hinter ihn.

Faturek und seine Männer betraten als Erste die Brücke. Und plötzlich bewegten sich die beiden knöchernen Wächter rechts und links der Brücke! Sie ließen ihre Hände sinken und drehten ihre gehörnten Schädel in Richtung der Besucher. Die Bewegung wurde von einem Geräusch begleitet, welches irgendwo zwischen einem Knirschen und dem Brechen von Knochen angesiedelt war. Darren blieb erschrocken stehen, wurde aber sofort von einem der Reiter weitergedrängt. Die Hörnerschädel der Brückenwächter verfolgten jede seiner Bewegungen aufmerksam und ihr lippenloses Lächeln verlieh ihren blanken Schädeln einen eher bedrohlichen Ausdruck. Soviel zum Thema Fluchtweg über die Brücke! Als auch der letzte Reiter die Brücke betreten hatte, drehten sich die unheimlichen Wächter wieder in ihre Ausgangsposition und erstarrten. Darren warf noch einen Blick über die Schulter aber die drei schwarzen Reiter machten es unmöglich, etwas zu erkennen. Die Hufe der Pferde dröhnten auf dem Holz der Planken und die ganze Konstruktion ächzte und begann zu zittern. Aber die Möglichkeit, dass die Brücke einstürzen und ihn so in die Freiheit - oder zumindest in den Fluss darunter - entlassen könnte schien Darren gerade recht. Zumindest, bis er einen Blick über das Geländer der Brücke warf, welches ausschließlich aus ebenfalls schwarzen aber eindeutig menschlichen Knochen bestand.

Bei dem Anblick des Flusses in der Tiefe der Schlucht verwarf Darren augenblicklich jeglichen Gedanken an Flucht. Er blieb mit einem entsetzten Keuchen stehen. Lillith schwang sich von dem Pferd und nahm neben ihm Aufstellung. Ihr Grinsen wurde begleitet von einem Laut, der wie das leise Zischeln einer Schlange klang. Sie gab den schwarzen Reitern ein Zeichen, zu warten und sagte zu Darren: "Sieh dir den Fluss der Verlorenen ruhig genauer an."

Sie bugsierte ihn an das Geländer und blickte mit einem fast ehrfürchtigen Gesichtsausdruck in die Tiefe.

"Aus diesem Fluss gibt es kein Entkommen."

Darren stockte der Atem. Nicht einmal die Farbe des Flusses war das Schlimmste. Natürlich war er - wie alles andere hier - ebenfalls schwarz. Aber sein Inhalt entsetzte ihn zutiefst. Das Wasser war zähflüssig und floss träge dahin. Es war kein Fließen im eigentlichen Sinne, sondern eher wie das Kriechen von Lava. Aber das

Schrecklichste waren die Gesichter auf der Oberfläche. Gesichter von Menschen die - bevor er sie richtig erkennen konnte - wieder verschwunden waren. Es schien, als versuchten die Besitzer dieser Gesichter von innen die Wasseroberfläche zu durchstoßen, um aus einem Gefängnis zu entfliehen, welches keine Mauern, keine Gitter hatte, seine Insassen aber dennoch niemals freigeben würde. Von Zeit zu Zeit konnte Darren auch Hände erkennen, die in purer Verzweiflung versuchten, irgendeinen Halt zu finden, um sich aus der Qual zu befreien. Das gequälte Stöhnen und Wimmern der Toten lag in der Luft und Darren wünschte sich, die Ohren vor diesem grässlichen Laut, der ihr unendliches Leid widerspiegelte, verschließen zu können.

"Was ist das?" Seine Stimme klang rau und selbst für seine Ohren fremd. So schrecklich der Anblick auch war, Darren konnte den Blick nicht abwenden.

"Der Fluss der Verlorenen. Seelen, die nicht einmal Lucifer haben wollte. Dazu verdammt, auf ewig in diesem Fluss zu ertrinken."

Lillith wandte den Kopf und sah ihn an.

"Hast du etwa gedacht, du könntest dich bei der nächsten Gelegenheit einfach davonschleichen?"

Sie lachte leise. Dann wurde sie übergangslos ernst und gab Darren einen groben Stoß. "Weiter! Lucifer wartet nicht gern."

Noch bevor Darren reagieren konnte, setzten sich die Reiter wieder in Bewegung und trieben ihn vor sich her über die schwarze Brücke.

Darren hatte sich getäuscht. Er hatte ganz selbstverständlich angenommen, dass die Geschöpfe der Nacht auch hauptsächlich nachts umherstreiften. Aber das genaue Gegenteil war der Fall. Als sie das Burgtor - welches übrigens keinerlei Bewachung hatte - was, zumindest nach Darrens Meinung, ein sicheres Zeichen war, dass niemand so verrückt war, und hier freiwillig herkam - passiert hatten, bot sich ihm ein völlig unerwartetes Bild. Die ersten Sonnenstrahlen krochen bereits über die hohen Burgmauern und den Wehrgang rings um die Burg. Auf schwer zu beschreibende Weise wurde das Sonnenlicht von dem undurchdringlichen Schwarz der Mauern verschluckt, so als traute sich die Sonne nicht in diesen Teil der Welt.

Die Wehrgänge waren keineswegs unbesetzt. Darren hob den Kopf in den Nacken und sah sich unauffällig um. Auf den Wehrgängen standen Gestalten, die er noch nicht einmal in seinen schlimmsten Albträumen erwartet hätte. Kreaturen, halb Mensch halb Tier. Manche von ihnen waren mit Hellebarden oder gewaltigen Breitschwertern bewaffnet. Andere sahen so aus, als hätten sie keine Waffen nötig. Es waren auch ein paar Wesen darunter, deren Konturen flirrten und flimmerten wie eine Fata Morgana und die mehr Schatten zu sein schienen als fester Körper. Einer von ihnen löste sich in diesem Moment buchstäblich in Luft auf, um im gleichen Moment zwanzig Meter weiter auf der Wehrmauer wieder zu erscheinen. Seine rot glühenden Augen fixierten Darren und ein drohendes Knurren war zu hören. Darren war sich aus irgendeinem Grund hundertprozentig sicher, dass es sich bei dem Formwandler um den gleichen handelte, den er bereits bei seiner Ankunft gesehen hatte. Wieder nahm der Formwandler die Gestalt von Dara an. Nur für eine Sekunde. Aber diese Sekunde reichte, um Darrens Herz einen erschrockenen Sprung machen zu lassen. Dann löste sich der Schatten vollends auf und war verschwunden.

Die Gestalten rings um sie herum auf der Wehrmauer hatten sich allesamt dem Innenhof zugewandt und beobachteten jeden Schritt, den die kleine Gruppe tat. Ansonsten war der Innenhof leer. Und es war unheimlich still. Nur das Dröhnen der gewaltigen Hufe der schwarzen Pferde durchbrach die Stille. Lillith führte Darren quer über den Innenhof auf ein riesiges Tor zu. Die schwarzen Reiter saßen von ihren Pferden ab und sofort waren ein paar winzige Gestalten da, die Darren gerade bis zur Hüfte reichten. Sie hatten einen Buckel und liefen so weit nach vorn gebeugt, dass ihre abnorm langen Arme auf dem Boden schleiften. Sie bewegten sich seltsam abgehakt und hatten die Köpfe unterwürfig gesenkt. Ihre Gesichter konnte Darren nur teilweise sehen. Aber das bisschen reichte schon, um ihn froh sein zu lassen, nicht auch noch den Rest mit ansehen zu müssen. Die Buckeligen ergriffen wortlos die Pferde und führten sie in einen Stall.

Die Reiter folgten Darren und Lillith und auch Faturek - der immer noch Ari auf den Schultern trug - nahm neben ihnen Aufstellung. Der Rest seines Rudels huschte in verschiedene Richtungen davon. Darren und Lillith waren vor dem großen Tor stehen geblieben. Er begutachtete das äußerst massiv aussehende Tor, als ihm ein blank genagter Knochen vor die Füße fiel. An ihm klebte noch das Blut des armen Tieres, zu dem er einmal gehört hatte. Der Knochen prallte mit einem sonderbar trockenen Laut auf dem Kopfsteinpflaster auf und zerbrach splitternd. Sekunden starrte Darren den Knochen aus großen Augen an. Plötzlich war er sich gar nicht mehr so sicher, dass dieser Knochen wirklich von einem Tier und nicht vielleicht von einem Menschen stammte. Wie in Zeitlupe hob er den Kopf und starrte direkt in zwei gelbe Augen, die ihn boshaft und heimtückisch anfunkelten. Sie waren der Mittelpunkt eines Gesichts, das diesen Ausdruck eigentlich gar nicht verdiente. Der Schädel des Wesens war massig und breit. Die breite Nase und das darunter liegende Maul erinnerten entfernt an ein Schwein. Die Haut des Wesens war dunkelgrün und schuppig und über den Augen zogen sich wulstige Augenbrauen bis hin zum Hinterkopf. Das Wesen gab einen Laut von sich, der wohl ein Lachen sein sollte. Speichel tropfte aus seinem Maul und vermischte sich mit dem Blut, welches seine Mahlzeit auf seinen Lippen hinterlassen hatte.

Darren verzog angewidert das Gesicht und schob die Knochenreste mit dem rechten Fuß - unendlich vorsichtig, als fürchte er sie könnten ihn beißen - aus dem Weg. Lillith hob die rechte Hand und berührte damit eine Stelle an der Tür, die wie die Klaue eines Tieres aussah. Sie legte ihre Handfläche hinein und augenblicklich sprang das Tor auf und schwang langsam und mit einem erbärmlichen Quietschen auf. Ohne auf Darren zu achten, ging sie durch das Tor. Der Reiter hinter ihm gab Darren einen derben Stoß in den Rücken und grunzte unwillig. Darren stolperte einen Schritt vor und sah sich mit einem feindseligen Funkeln in den Augen nach dem Reiter um. Dieser ließ es sich natürlich nicht nehmen, ihm noch einen Stoß zu versetzen und seine andere Hand wie zufällig auf den Knauf seines Schwertes zu legen.

Darren gab das alberne und zudem völlig ungleiche Kräftemessen auf und sah sich erstaunt um. Der Saal, den sie betreten hatten, war riesig groß. Die Wände waren an die zehn Meter hoch. Die Decke war gewölbt, wie in einer Kathedrale und kunstvoll verziert. Verziert mit den albtraumhaftesten Gestalten, die Darren jemals gesehen hatte. An den Wänden waren Kampfszenen dargestellt. Kampfszenen zwischen den Kreaturen der Finsternis und den Engeln des Lichts. Die Bilder erinnerten an die Malereien in den ägyptischen Gräbern der Pharaonen, nur ungleich düsterer. Es gab keinerlei Fenster und die Fackeln rechts und links des zwanzig Meter breiten Saales schafften es kaum, die Schatten zu vertreiben, die zwischen den Lichtinseln unentwegt hin und her zu huschen schienen.

Die Tür schloss sich mit einem Gänsehaut erzeugenden Quietschen und einem dumpfen Knall, der etwas schrecklich Endgültiges hatte. Darren fuhr unwillkürlich herum und prallte mit dem Reiter zusammen, der so dicht hinter ihn getreten war, dass Darren ihn einfach anrempeln musste. Der schwarze Reiter nahm die willkommene Provokation gern auf, krallte seine klauenbewehrte Hand in Darrens Haar und riss seinen Kopf in den Nacken.

„Willst du spielen, du Wurm?“, hörte er wieder diese Stimme in seinem Kopf.

Darren konnte kaum atmen und versuchte, sich dem brutalen Griff zu entwinden. Der Reiter packte nur noch fester zu.

„Vielleicht ist es langsam an der Zeit, dir Benehmen beizubringen“, sagte der schwarze Reiter.

Lillith war stehen geblieben und drehte sich in diesem Moment zu ihnen herum. Das Mitleid auf ihrem Gesicht hielt sich jedoch in Grenzen.

"Wir haben keine Zeit für solche Spielchen. Aber ich werde bei Lucifer ein gutes Wort für dich einlegen, versprochen."

Sie zwinkerte dem Schwarzen verschwörerisch zu und dieser ließ Darren - nicht ohne den Griff noch ein letztes Mal zu verstärken - endlich los und stieß ihn in der gleichen Bewegung wieder vor sich her. Langsam aber sicher hatte Darren das Gefühl, dass es keine gute Idee gewesen war, einen der schwarzen Reiter zu töten. Diese Kreaturen schienen ziemlich nachtragend zu sein.

Ihre Schritte hallten in dem Saal auf unheimliche Weise wider. Wie Echos, die zeitversetzt kamen und auf schwer zu beschreibende Weise verzerrt widerhallten. Aus den Augenwinkeln nahm Darren Bewegungen wahr. Aber wenn er sich ganz umwandte, erstarrten die Bilder an den Wänden wieder zu dem, was sie vermutlich die ganze Zeit schon gewesen waren: leblose Abbildungen und tiefenlose Bildnisse. Er musste wirklich vorsichtig sein und durfte seiner Fantasie nicht allzu viel Spielraum lassen. Darren schloss für einen kurzen Moment die Augen und atmete tief ein. Das leise, meckernde Lachen des schwarzen Reiters hinter ihm drang in seine Gedanken.

„Du bist schon tot, Darren!"

Darren widerstand der Versuchung, sich abermals umzudrehen. Stattdessen ballte er die Hände zu Fäusten. Es dauerte nicht lange, bis sie den Saal ganz durchschritten hatten und an einer weiteren Tür ankamen. Sie war doppelt so hoch wie die Eingangstür, durch die sie den Saal betreten hatten, und schien aus noch schwererem Holz gearbeitet zu sein. Auf der Tür war eine Gestalt abgebildet, die auf einem riesigen Thron saß. Flammen umspielten diese Gestalt und zwei gewaltige Hörner wuchsen ihr aus dem breiten Schädel. Diesmal schwang die Tür von ganz allein auf, ohne das Lillith Hand anlegen musste.

Kühle Luft schlug ihnen entgegen und erst jetzt bemerkte Darren, wie warm und stickig es im Saal gewesen war, obwohl die Sonne gerade erst im Begriff war, aufzugehen. Lillith trat als Erste durch die Tür. Darren folgte ihr, nachdem ihm der Reiter abermals beherzt weiterhalf. Das Schlusslicht bildeten Faturek und die zwei letzten Reiter. Etwa zehn Meter vor ihnen erhob sich ein gewaltiger Thron auf einer mit sieben Stufen versehenen Empore. Die Gestalt, die auf dem Thron saß, hatte nicht die geringste Ähnlichkeit mit der auf der Tür. Dennoch spürte Darren, dass es sich irgendwie um die gleiche Kreatur handeln musste. Auch, wenn der Mann auf dem Thron viel zu gut aussah und mit seinem Lächeln einen fast sympathischen Eindruck machte.

An der untersten Stufe blieb die kleine Gruppe stehen und die gewaltige Tür schloss sich fast lautlos wieder. Die schwarzen Reiter sanken auf ein Knie herab. Lillith stieg die sieben Stufen empor zum Thron und Faturek lud seine Last vor der untersten Stufe ab, indem er Ari einfach von den Schultern rutschen ließ. Der Aufprall war sonderbar dumpf und ein gequältes Stöhnen kam über ihre Lippen.

Zumindest lebte Ari noch! Darren wollte einen Schritt auf sie zu machen. Doch wieder einmal war der Reiter schneller. Er gab Darren einen brutalen Stoß in die Kniekehlen, sodass er mitten im

Schritt mit einem überraschten Keuchen auf die Knie fiel. Er sog scharf die Luft ein. Der Schmerz trieb ihm fast die Tränen in die Augen. Dennoch wagte er es nicht, aufzustehen und noch einmal zu versuchen, Ari zu erreichen. Neben ihm sank jetzt auch Faturek auf ein Knie herab. Lillith stellte sich neben dem Thron auf, beugte sich zu dem Mann herunter und gab ihm einen Kuss. Als sich ihre Lippen voneinander lösten, wurde sein vormals freundliches Lächeln zu einer diabolischen Fratze.

"Du hast Besuch mitgebracht, Lillith?", fragte Lucifer.

Ari bewegte sich schwerfällig, rollte sich auf den Rücken und sah zu Lucifer hoch.

"Ich bin wieder da, mein Süßer", sagte sie mit einem sonnigen Lächeln.

Darren stockte der Atem. Aris Worte machten die dunkle Vorahnung, die Darren beim Anblick dieses Mannes gehabt hatte, zur Gewissheit. Eine eiskalte Hand krallte sich um sein Herz und drückte erbarmungslos zu. Es fiel ihm schwer, den Mann vor sich mit einem Wesen wie dem Teufel höchstselbst in Verbindung zu bringen. Aber es gab keinen Zweifel. Er konnte das abgrundtief Böse spüren. Auch wenn das nicht zu dem passte, was er sah.

Angst kroch seinen Rücken empor. Er konnte regelrecht hören, wie das Adrenalin seine Arbeit aufnahm und sein Blut durch die Adern rauschte, wie ein wilder Fluss. Er war zu keiner Bewegung fähig. Die Angst lähmte seine Muskeln im gleichen Maße wie seine Gedanken, die zäh und klebrig wie Kaugummi ziellos durch seinen Schädel trieben.

Ari rappelte sich auf und Lucifer machte eine Bewegung, die auch den Rest der Gruppe dazu veranlasste, sich ebenfalls zu erheben. Natürlich war der Reiter abermals so freundlich, Darren dabei ein wenig zu helfen. Lucifers bohrender Blick konzentrierte sich auf Darren. Mit einem blitzschnellen, abschätzenden Blick ordnete er die Stärke seines Gegenübers ein.

Dann grinste er und sagte: "Ja, das sehe ich, Ari. Nett, dass du mir den Wächter gleich mitgebracht hast."

Aris Lächeln erlosch. Und als sie antwortete, klang ihre Stimme drohend.

"Du kriegst ihn nicht, Lucifer! Und wenn ich sterben muss!"

Lucifers Lachen dröhnte durch den Thronsaal aber es brach auch den Bann, der auf Darren gelegen hatte. Die Angst fiel von einer Sekunde auf die andere von ihm ab und stattdessen machten sich Wut und Trotz in ihm breit. Darren ballte die Fäuste und starrte Lucifer trotzig an.

"Keine Sorge, Ari. Das kriegen wir sicher geregelt, oder Lillith?", fragte Lucifer, ohne Lillith dabei jedoch anzusehen.

Stattdessen legte er den Kopf ein wenig schief und sah Darren durchdringend an. Lucifers Augen glühten für einen winzigen Moment gelb auf. Gerade lange genug, das Darren sich fragte, ob das auch nur wieder ein Produkt seiner überreizten Fantasie war. Lillith sprang mit einem Satz die sieben Stufen hinunter und landete direkt vor Ari. Ari wich erschrocken einen Schritt zurück. Faturek packte sie am Arm und Lillith gab ihr einen derben Stoß in Richtung Tür. Ari wehrte sich nicht, als sie weggeführt wurde aber der Blick, den sie mit Darren tauschte, brach ihm fast das Herz. Noch nie hatte er solche Mutlosigkeit in den Augen eines Lebewesens erblickt. Sie hatte versagt. Es war alles aus.

Natürlich versuchte Darren abermals, Ari zu erreichen. Und genauso natürlich wurde er mit einer wenig freundschaftlichen Geste des schwarzen Reiters daran gehindert. Darren wurde unsanft herumgerissen und funkelte Lucifer feindselig an. Lucifer erhob sich von seinem Thron und kam gemächlich die Stufen herunter. Er strahlte die Ruhe eines Mannes aus, der vor nichts Angst zu haben brauchte. Dicht vor Darren blieb er stehen und dieser musste den Kopf ein wenig heben, um Lucifer ins Gesicht blicken zu können. Nicht eine Sekunde wich er Lucifers Blick aus. Der Teufel lächelte flüchtig und sah dann an Darren vorbei.

"Ihr ward zu viert! Was ist passiert?", fragte er mit herrischem Ton.

Zwei der schwarzen Reiter traten einen Schritt zurück und senkten ergeben das Haupt.

„Er hat einen von uns getötet, Herr!"

Wieder war keine Stimme zu hören, als der Reiter antwortete. Aber das, was sich stattdessen in Darrens Gedanken brannte, war schlimmer und unauslöschlicher als jedes Wort. Lucifer starrte den Reiter für einen Moment durchdringend an. Wieder glühten seine

Augen gelb auf. Und diesmal erloschen sie erst wieder, als er sich wieder Darren zuwandte.

"Du bist stärker als ich dachte."

"Anfängerglück", konterte Darren lahm. Seine Stimme klang rau, als hätte er sie seit Jahrzehnten nicht benutzt.

"Mag sein. Aber trotzdem ist es noch keinem vor dir gelungen."

Lucifer löste sich von seinem Platz und ging langsam um Darren herum. Darren konnte die Blicke Lucifers spüren. Es war ein unangenehmes, brennendes Gefühl. Doch er wagte es nicht, Lucifer mit seinen Blicken zu folgen.

"Auch wenn es mir persönlich gefällt. Ich fürchte, bei den schwarzen Reitern bist du jetzt unten durch, mein Freund."

Lucifer hatte seine Runde beendet und stand nun wieder vor Darren.

"Du weißt, warum du hier bist?"

Darren zuckte mit den Schultern. "Ich vermute, du wirst es mir gleich anvertrauen, oder?"

Lucifers Augen verengten sich und Darren konnte spüren, dass er jetzt eine Grenze erreicht hatte, die er besser nicht überschritt.

"Du wirst meine Armee anführen."

Darren lachte überrascht auf. "Das glaubst du nicht im Ernst, oder? Glaubst du wirklich, ich werde mich dir und diesen ... Missgeburten freiwillig anschließen?"

"Nun, dass vielleicht nicht ganz. Aber auch das stellt kein großes Problem da. Ich verliere niemals."

"Wenn mich nicht alles täuscht, hast du das bereits, oder?", fragte Darren mit einem Grinsen.

Der Schlag kam so schnell, dass er nicht den Hauch einer Chance hatte, auszuweichen. Lucifers Handrücken traf ihn wie eine Dampframme. Darren drehte sich halb im Kreis und wurde von den Füßen geschleudert. Er rutschte ein kleines Stück über den Boden, bevor er unsanft von dem Stiefel eines Reiters gestoppt wurde. Seine Unterlippe war aufgeplatzt und er schmeckte Blut. Erst jetzt fiel ihm auf, dass seine vorherige Verletzung sonderbarerweise bereits verheilt zu sein schien. Darren wischte sich mit dem Handrücken das Blut von den Lippen und rappelte sich wieder auf.

Lucifer kam auf ihn zu. Der Ausdruck in seinen Augen zeigte Darren, dass er den Bogen eindeutig überspannt hatte. Wenn er hier lebend rauskommen wollte, musste er offensichtlich ein bisschen vorsichtiger sein. Lucifer atmete tief ein.

"Große Worte für jemanden, den ich mit dem rechten Stiefel zertreten könnte."

Darren schluckte hart und wischte sich abermals das Blut von den Lippen. Lucifer gab ein tiefes Seufzen von sich und drehte sich um, um zu seinem Thron zurückzukehren.

"Weißt du, Darren", sagte er im Laufen, "ich habe das Gefühl, Aliana hat dir nicht alles erzählt, oder?"

"Ich weiß genug über dich."

Lucifer lachte leise, ohne sich die Mühe zu machen, sich zu ihm umzudrehen.

"Ja, das kann ich mir vorstellen."

Er hatte seinen Thron erreicht und ließ sich mit einer eleganten Bewegung darauf nieder.

"Hat sie dir auch erzählt, dass ich einmal einer von ihnen war?"

Darren schwieg. Nein, das hatte sie nicht. Und eigentlich war das auch gar nicht nötig. Jedes Kind wusste, wer Lucifer war. Und wie er zu dem geworden war, was er heute war. Lucifer starrte Darren durchdringend an.

"Du täuscht dich. Und du tust mir Unrecht."

Darren fragte sich für einen Moment, ob Lucifer in der Lage war, in seinen Gedanken zu lesen wie in einem offenen Buch.

"Es ist nicht so einfach, wie es euch beigebracht wird, Darren."

"Klär' mich auf, Lucifer."

Lucifer lächelte flüchtig.

"Ich war einmal einer von ihnen, weißt du? Wir haben einmal für die gleiche Sache gekämpft."

"Ja, ich erinnere mich. Bis du zu eitel und hochmütig geworden bist, habe ich recht?"

Lucifers Augen glühten wieder in diesem unheimlichen Gelb und diesmal erloschen sie nicht, als er weitersprach.

"Das ist das, was sie euch erzählen. Aber glaub mir, es ist nicht immer so einfach, wie es vielleicht aussieht. Ich kann die Menschen wirklich gut leiden."

Darren lachte abfällig, was ihm von einem der Reiter einen derben Stoß in den Rücken einbrachte. Er ignorierte den Schwarzen und starrte weiter Lucifer an.

"Ich wollte euch helfen. Aber Kritik am System war offensichtlich nicht gefragt."

"Das glaubst du wirklich, oder?", fragte Darren. In seiner Stimme lag Ungläubigkeit. Lucifer konnte nicht im Ernst meinen, was er da sagte.

"Wer sagt euch eigentlich, dass die Engel immer die Guten sein müssen? Genau über diese Engstirnigkeit habe ich mich damals erhoben, Darren. Ich wollte euch die Erkenntnis bringen, die ihr verdient hattet. Und dafür musste ich meinen Platz verlassen."

Darren gefror das Blut in den Adern, als er die Konsequenzen dieser Worte begriff.

"Du warst ein Wächter des Lichts?"

Es war im Grunde keine Frage, weil er die Antwort schon wusste, bevor er überhaupt die Frage gestellt hatte.

"Ist schon ein bisschen her."

Offensichtlich hatte Aliana wirklich ein paar wesentliche Details verschwiegen.

"Und jetzt bist du der Fürst der Finsternis."

Wieder lachte Lucifer.

"Du meine Güte, das klingt echt theatralisch, nicht wahr? Sie haben mir keine andere Wahl gelassen. Ich konnte nicht mehr zurück. Also musste ich mir einen neuen Weg suchen."

Darren setzte ein Gesicht auf, als wolle er Mitleid heucheln.

"Du armer Kerl. Mir kommen gleich die Tränen."

Die Bewegung konnte er spüren, noch bevor der Schwertknauf sich zwischen seine Schulterblätter bohrte. Dann spürte er die kalten Flammen des Schwertes an seiner Kehle. Lucifer sprang von seinem Thron auf.

"Schluss jetzt! Lass ihn los!"

Trotzdem seine Stimme keinen Widerspruch zuließ, dauerte es für Darrens Geschmack ein wenig zu lange, bis sich der Druck der Klinge von seiner Kehle verabschiedete. Lucifer kam wieder die Stufen hinunter.

"Das Gute ist nicht immer gut. Und das Böse nicht immer böse, Darren."

"Du bist im Unrecht, Lucifer."

"Das glaube ich nicht. Es wird Zeit, den Menschen die Erkenntnis zu bringen, die ich ihnen schon vor so vielen Jahren bringen wollte. Und mit dir kann mich nichts mehr aufhalten."

"Tja, ich enttäusche dich ja nur ungern. Aber du wirst dir ein anderes Zugpferd suchen müssen."

Darrens Stimme sprühte vor Trotz und er wich Lucifers Blick nicht für eine Sekunde aus.

"Du klingst, als hättest du eine Wahl." Lucifers Stimme klang lauernd, aber auch ein wenig amüsiert.

Darren ließ sich nicht beeindrucken, zuckte mit den Schultern und antwortete mit einem Grinsen: "Die hat man immer, Lucifer."

Es war totenstill geworden im Thronsaal. Darren konnte Lucifers Wut spüren, wie eine gewaltige Faust, die sich langsam und unaufhaltsam auf ihn herabsenkte, um ihn zu zerquetschen. Und plötzlich war die Angst wieder da. Aber diesmal lähmte sie weder seine Muskeln noch seinen Verstand. Diesmal gab sie ihm seltsamerweise Kraft. Lucifers Augen glühten abermals gelb auf und seine Stimme klang seltsam verzerrt und wie ein Knurren, das eher zu dem Wesen auf dem Türblatt gepasst hätte, als er antwortete: "Ganz wie du willst, Darren!"

Die Sonne stand bereits über den Zinnen der gewaltigen Burg, als sie auf den Burghof hinaustraten. Ari schattete mit der rechten Hand die Augen ab. Für einen Moment war das Licht so hell, dass es in den Augen schmerzte. Sie warf einen unauffälligen Seitenblick auf Lillith, die ebenfalls die Augen zusammenkniff und eine Hand vor die Augen hob. Und für einen Moment wünschte sich Ari nichts sehnlicher, als dass die Legenden der Menschen Wirklichkeit waren und Lillith mit einem markerschütternden Schrei zu Staub zerfallen würde.

Natürlich geschah das nicht. Wie so vieles, was die Menschen nicht verstanden und vor dem sie Angst hatten, gehörte auch dieser Mythos ins Reich der Legenden. Vampire vertrugen das Sonnenlicht genauso gut oder schlecht wie jedes andere Lebewesen. Wenn diese einfältigen Menschen wüssten, dass sie auch am Tage keineswegs vor Vampiren sicher waren, würde sich wahrscheinlich niemand mehr auf die Straßen wagen.

Lillith gab ihr einen Stoß gegen die Schulter und riss Ari damit aus ihren Gedanken. Ari funkelte sie feindselig an, setzte sich dann aber doch in die angegebene Richtung in Bewegung. Lillith bugsierte sie auf ein kleines Tor auf der gegenüberliegenden Seite des Burgtores zu. Im Laufen drehte sie sich zu Faturek herum.

"Bring sie in den Turm. Ich werde mich später mit ihr beschäftigen."

Dann wandte sie sich an Ari. "Du hast es versaut, Süße. Schade auch. Aber wenn das alles hier vorbei ist, hat Lucifer vielleicht noch eine sinnvolle Verwendung für dich."

"Du kannst mich nicht töten, schon vergessen?"

Ari reckte kampflustig das Kinn vor. Ihre Stimme klang so trotzig, wie es in ihren Augen aufblitzte.

"Oh, es gibt da schon Möglichkeiten, Kleines. Das Blut einer Geliebten Lucifers ist durchaus in der Lage, dich zu töten. Aber keine Sorge. Du wirst noch lange leben. Und wer weiß. Vielleicht lässt dich Lucifer in seinen Diensten und du kannst seine neue Herrschaft begleiten."

"Dazu wird es nicht kommen. Darren wird sich euch niemals anschließen."

Lillith fauchte und entblößte dabei ihre spitzen Fangzähne. "Bist du dir da so sicher, Schätzchen?"

"Was habt ihr mit mir vor?"

Lillith grinste.

"Das entscheidet Lucifer, wenn wir diese Schlacht gewonnen haben. Ihr habt lange genug über die Menschen geherrscht."

"Genau das ist der Punkt, Lillith. Wir haben sie nicht beherrscht. Wir haben sie geführt. Das ist ein Unterschied."

Lillith winkte ab.

"Ein Unterschied, den diese Einfaltspinsel gar nicht bemerken werden. Eure Zeit ist um, Engel. Jetzt sind wir dran!"

Sie machte eine herrische Geste und erklärte dieses Thema damit für beendet. Ari wollte antworten, aber Faturek packte sie wieder am Arm und schleifte sie hinter sich her zur Tür. Er trat sie auf und stieß Ari die Stufen hinauf, die vor ihnen so weit hinaufführten, dass ihr Ende in absoluter Dunkelheit versank.

Mit jeder Stufe, die Ari die Wendeltreppe hinaufging, sank ihr Mut mehr. Sie hatte versagt. Sie hatte alles falsch gemacht, was sie hätte falsch machen können. Angefangen mit dem Verhältnis mit Lucifer. Sie hätte sich niemals auf dieses gefährliche Spiel einlassen dürfen. Das wusste sie jetzt. Aber damals war sie nicht sie selbst gewesen. Nicht der Hunger nach Macht hatte sie in sein Bett getrieben, sondern der Hunger nach Lucifer selbst. Und das war wahrscheinlich das Unverzeihlichste.

Sie konnten für die - wie es Ari schien - unendlich vielen Stufen nicht lange gebraucht haben, denn als sie auf den von der Sonne hell erleuchteten Wehrgang hinaustraten, stand Lillith immer noch im Burghof und sah zu ihnen hoch. Ari war klar, wenn sie hier jemals rauskommen wollte, dann musste sie schnell handeln. Sie wollte Darren nicht im Stich lassen aber genau aus diesem Grunde musste sie fliehen. Nur mit dem weißen Heer hatten sie eine Chance, ihm zu helfen.

Faturek stieß sie weiter und sie passierten einen der Wächter, der eine riesige Hellebarde in den Händen trug. Ari war Kämpferin genug, um mit einem Blick zu erfassen, dass der Wächter sie offensichtlich nicht als Gefahr einstufte, denn er hielt seine Waffe nur nachlässig in der Hand. Als sie ihn gerade passiert hatten, ergriff Ari ihre Chance. Sie fuhr herum, packte die Hellebarde, drehte sich mit dem Rücken zu dem Wächter und rammte ihm den Ellenbogen ins Gesicht. Der Wächter grunzte schmerzerfüllt, und noch bevor er die Chance bekam, zu reagieren, hatte Ari ihm bereits die Hellebarde entrungen.

Von dem enormen Gewicht der Waffe überrascht, ließ sie sie fast sofort wieder fallen. Die Klinge bohrte sich Funken sprühend in den Boden. Der Wächter, der leider nicht mehr rechtzeitig seine Füße in Sicherheit bringen konnte, brüllte vor Schmerz auf, taumelte zurück und fiel mit einem nun nicht mehr schmerzlichen, sondern ängstlichen Schrei über die Brüstung. Ari hörte, ein schmatzendes Geräusch, als sein Körper in den zähen Fluten versank, aus denen der Fluss der Verlorenen bestand.

Faturek stürzte sich mit einem wütenden Brüllen auf sie. Mit einer gewaltigen Kraftanstrengung riss Ari die Hellebarde hoch. Gerade noch rechtzeitig, dass sich ihr dornenförmiges Ende bei dieser Bewegung in Fatureks Brust bohrte. Der Werwolf jaulte wie ein getretener Hund und taumelte zurück. Der lange Stil der Hellebarde schnellte hoch und Ari sprang einen Schritt zurück, um nicht von ihm getroffen zu werden.

Sie prallte gegen die Wehrmauer und verlor das Gleichgewicht. Für einen kurzen Moment ruderte sie - verzweifelt um ihr Gleichgewicht kämpfend - mit den Armen. Wie in Zeitlupe sah sie Faturek, der sich mittlerweile die Hellebarde aus der Brust gerissen hatte und nach ihr zu greifen versuchte. Sie hörte das schrille Kreischen der Vampirin, die von ihrer Position im Burghof alles mit angesehen hatte.

Ari fiel nach hinten. Faturek griff nur Millimeter vorbei und sie stürzte hilflos in die Tiefe. Die Zeit schien still zu stehen. Und der Sturz war unendlich. Ari hatte jedes Zeitgefühl verloren, als sie auf der Oberfläche des Flusses aufkam und augenblicklich von den zähen Fluten verschlungen wurde. Tausende von Händen griffen nach ihr und zogen sie augenblicklich unter die Oberfläche.

Selbst hier konnte sie das Wehklagen der armen Seelen hören. Es war ein ohrenbetäubender Lärm. Mit verzweifelten Ruderbewegungen versuchte Ari, an die Oberfläche zu kommen. Aber die Hände zerrten an ihren Kleidern und Armen und Beinen und zogen sie ohne Gnade immer tiefer und tiefer in ihr dunkles Reich.

Lucifer fuhr zu Faturek herum. Seine Augen sprühten vor Zorn und seine Stimme klang verzerrt und mit einem Knurren und Fauchen unterlegt, welches seine Wut widerspiegelte, als er brüllte:

"Was? Ari ist entkommen?"

Faturek zog den Kopf zwischen die Schultern und wurde ein ganzes Stück kleiner. Selbst Lillith zuckte zusammen, obwohl sie wusste, dass sie für diesen Fehler nicht würde bezahlen müssen. Trotzdem bewegte sie sich vorsichtshalber von Faturek weg und nahm neben Lucifer Aufstellung. Lucifer ballte die Fäuste und trat knurrend hinter Faturek. Faturek wagte es nicht, seiner Bewegung zu folgen. Obwohl ihm nicht wohl war in seiner Haut. Er begann, hektisch zu hecheln. Lucifer blieb hinter ihm stehen.

"Wie konnte das passieren, Faturek?"

Seine Stimme klang jetzt wieder wie die eines Menschen, nicht mehr wie die eines wütenden Höllenfürsten.

"Sie hat mich überrascht, Herr!"

Ein schwacher Versuch, sein erbärmliches Leben noch zu retten, das wusste Faturek. Aber was hätte er sonst sagen sollen? Unwillkürlich griff eine seiner Klauen an die Wunde, die ihm Ari zugefügt hatte und die hier – in seiner Welt – durchaus ernst zu nehmen war. Lucifer atmete tief ein.

"Ich dulde keine Fehler. Sie hätte dir nicht entwischen dürfen."

Noch bevor Faturek dazu kam darauf zu antworten, ergriff Lucifer ihn am Kopf. Das kurze Winseln, das sich mit dem Geräusch brechender Knochen mischte, verstummte und Faturek fiel mit seltsam verdrehtem Kopf schwer zu Boden. Und in dieser Welt würde diese Verletzung nicht einfach heilen.

Lucifer sah mit einem angewiderten Gesichtsausdruck auf Faturek herunter. Dann gab er einem der an der Tür stehenden Wächter einen Wink. Der Wächter löste sich von seinem Platz, packte Faturek am rechten Fuß und schleifte ihn aus dem Zimmer. Noch immer starrte Lucifer auf die Stelle, an der Faturek gerade gelegen hatte. Lillith sah ihn an und wartete darauf, dass er das Schweigen brach.

Lucifer war ihr Geliebter, sicherlich. Aber das für sich genommen hieß schon einmal gar nichts. Lucifer war der Fürst der Finsternis. Er allein entschied über Leben und Tod. Und im Moment vermochte Lillith nicht einmal ansatzweise zu sagen, in welche Richtung er bei ihr tendierte. Sie hielt den Atem an, als er den Kopf hob und sie anstarrte.

"Wir müssen sie finden, Lillith! Sie ist zu einer ernsthaften Gefahr für uns geworden."

"Herr, sie kann dem Fluss der Verlorenen nicht entkommen."

Lucifer machte eine herrische Geste und Lillith senkte betroffen den Blick. Vermutlich war es besser, ihn in einer solchen Stimmung nicht zu sehr zu reizen. Lucifer seufzte schwer.

"Die Verlorenen und ich sind nicht gerade die besten Freunde, wenn du verstehst, was ich meine. Du und Darren werdet die Armee zum Turm der Erkenntnis führen. Ich kümmere mich um die Spiegelburg. Vermutlich werden sie das gesamte weiße Heer am

Turm zusammenziehen, sodass die Burg nicht gut bewacht sein wird."

Lillith sah wieder zu ihm auf.

"Ja, Herr. Dieses Mal wird es keine Fehler mehr geben."

Lucifer schnaubte verächtlich. "Mit Sicherheit nicht, Lillith. Du hast ja Darren dabei. Dein Bonus an ungesühnten Fehlern ist aufgebraucht. Ari kann uns immer noch gefährlich werden. Solltest du noch einmal versagen, werde ich mich wohl oder übel von dir trennen müssen."

Er trat auf sie zu, nahm ihr Gesicht in beide Hände und küsste sie. Dann sah er sie an und lächelte.

„Auch, wenn du mir ein wenig fehlen würdest."

Darren war allein. Nachdem ihn sein spezieller schwarzer Reiter-Freund hier hergebracht hatte, war niemand mehr bei ihm gewesen. Dabei wusste er nicht einmal so genau, wo 'hierher' eigentlich war. Den Weg hatte er nämlich buchstäblich verschlafen. Der schwarze Reiter hatte offensichtlich beschlossen, sich Darrens Versuchen zu fliehen nicht mehr länger auszusetzen und ihm nach dem zweiten Handgemenge den Knauf seines Flammenschwertes gegen den Hinterkopf gerammt. Darren hatte daher jegliches Zeitgefühl verloren. Er konnte nur vermuten, dass er noch nicht lange hier war. Schließlich war es für Lucifer von äußerster Wichtigkeit, seine Armee bis morgen Nacht bei Vollmond in den Kampf zu schicken. Darren dachte noch einmal über Lucifers Worte nach. Niemals würde er Lucifers Armee anführen. Was immer der Teufel jetzt auch mit ihm vorhatte - und Darrens Fantasie scheute sich nicht, ihm die schrecklichsten Dinge vorzugaukeln - würde nichts an seinem Entschluss ändern. Jedenfalls hoffte er das.

Darren hob den Kopf und sah sich in dem Verlies um, in das der Reiter ihn verfrachtet hatte. Er stemmte sich auf die Ellenbogen und rieb sich mit schmerzverzerrtem Gesicht den Hinterkopf. Darren spürte eine stattliche Beule unter seinen Fingern. Ächzend stemmte er sich ganz in die Höhe. Das Verlies war bei genauerem Hinsehen kein Verlies im eigentlichen Sinne. Es war mehr eine Felsenhöhle, an deren unregelmäßig geformten Wänden etliche Fackeln kümmerlich vor sich hinloderten, sodass sie gerade genug Licht spendeten, um ihm die Ausweglosigkeit seiner Situation klar zu machen.

Es gab weder einen Ein- noch einen Ausgang. Zumindest keinen, der für seine Augen sichtbar gewesen wäre. Aber das musste ja nicht unbedingt bedeuten, dass es wirklich keinen gab. Darren drehte sich langsam im Kreis. Die Wände der Höhle waren uneben und mit zahlreichen Vorsprüngen und Kanten versehen, sodass ein Klettern keine großen Schwierigkeiten darstellen sollte. Und wenn Darren gewusst hätte, wohin er verdammt noch mal klettern sollte, hätte er es mit Sicherheit gewagt. Aber was für die Wände galt, das galt leider auch für die Decke: keine sichtbaren Ein- und Ausgänge.

Darren schloss die Augen und fluchte leise in seiner Muttersprache. Sollte es wirklich so zu Ende gehen? Der ganze Aufwand, die vielen Strapazen und dann ein solches Ende? Darren wurde bei dem

Gedanken fast wütend. Als er hier hergekommen war, nach Anderwelt, wollte er nichts lieber, als wieder in seine kleine überschaubare Welt flüchten. Mittlerweile war diese Welt für ihn so was wie sein zweites zu Hause geworden. Seltsam, aber irgendwie wurde ihm das erst jetzt klar, wo er in diesem Rattenloch festsaß. Erst jetzt spürte er eine Verbundenheit mit Anderwelt, die er mit Sicherheit schon länger gefühlt, sich aber nie eingestanden hatte. Anderwelt durfte nicht untergehen. Nicht nur, weil das auch das Ende der Menschheit bedeuten würde. Anderwelt hatte es einfach verdient ein Ort zu bleiben, in dem es Engel gab, die auf die Menschen aufpassten und nicht den Leibhaftigen, der nichts Besseres zu tun hatte, als die Menschen mit seinem Gift zu verderben.

Trotzig und diesmal mit einem lauten Fluch in seiner Muttersprache trat Darren einen Stein quer durch die Höhle. Eine winzige Staubwolke stob vom Boden empor. Der Stein prallte gegen die gegenüberliegende Felswand, sprang ein kleines Stück zurück und kreiselte dann auf der Stelle. Das Kreiseln wurde von einem Geräusch begleitet, welches Darren erst nach einer ganzen Weile als ein verhöhnendes Lachen interpretierte. Irritiert sah er sich um. Er war immer noch allein. Die Wand, vor der der Stein mittlerweile zum Stehen gekommen war, begann zu flimmern wie unter enormer Hitze.

Plötzlich schien es, als würde die Felsoberfläche sich bewegen. Ein haarfeiner, heller Streifen erschien im oberen Teil des Felsens, setzte sich weiter fort, bis er die Umrisse einer Tür angenommen hatte. Der Felsen innerhalb dieser Umrisse verschwand und ein schwarzer Schatten füllte die Öffnung aus. Der Schatten trat in die Felsenhöhle und im gleichen Moment flammten die Fackeln an den Wänden auf. Schlagartig wurde es heiß. Lucifer trat auf Darren zu und hinter ihm schlüpfte ein weiterer Schatten durch die Tür, bevor sich die Umrisse wieder veränderten und sie zu dem wurde, was sie die ganze Zeit schon gewesen war: eine massige Wand aus Fels.

Als der Schatten, der als Letzter die Tür passiert hatte, in das flackernde Licht der Fackeln trat, trat Darren keuchend einen Schritt zurück. Es war das Wesen, welches ihm am Tor den Knochen vor die Füße geworfen hatte. Mit einem bedrohlichen Knurren stellte es sich neben Lucifer auf und bleckte die Zähne. Lucifer kam noch einen Schritt näher. Darren sah mit einer Mischung aus Trotz und Wut zu ihm auf. Lucifer lächelte kalt.

"Hast du dir mein Angebot noch einmal überlegt?", fragte er.

Darren verengte die Augen. "Und wenn nicht?"

Lucifers Lächeln erlosch. "Das wäre sehr schade, weißt du?"

Darren machte mit dem Kopf eine Bewegung an Lucifer vorbei auf das Monster, welches jetzt schräg hinter Lucifer stand.

"Hast du dir Verstärkung mitgebracht, um mich doch noch zu überreden? Oder sehen so bei euch die Folterknechte aus?"

In Darrens Stimme lag mehr Stärke, als er in Wirklichkeit empfand. Wieder kroch diese Angst in ihm hoch. Er mochte sich gar nicht erst vorstellen, zu was für Grausamkeiten dieses Monster fähig wäre, aber das war seiner Fantasie egal. Bereitwillig bediente sie ihn mit Bildern, die er mit einer bewussten Kraftanstrengung beiseiteschieben musste, um nicht am ganzen Körper zu zittern.

Lucifer drehte sich halb zu dem abscheulichen Wesen herum. Dann wandte er sich wieder mit einem gleichgültigen Schulterzucken an Darren.

"Das kommt ganz auf dich an, mein Freund."

Darren schnaubte verächtlich. "Du machst mir keine Angst."

Diese Behauptung war eine glatte Lüge. Aber glücklicherweise hatte er seine Stimme meisterhaft unter Kontrolle.

"Du würdest dich wundern, wie viel Fantasie ein Wesen wie Arut entwickelt. Anders als ich hat er nämlich kein Gewissen. Ihm macht es sogar Spaß."

"Und dir nicht? Das kann ich mir nicht vorstellen."

"Lassen wir die Spielchen, Darren", sagte Lucifer mit einem tiefen Seufzen. "Du weißt genau so gut wie ich, dass ich dich zwingen kann, mir zu gehorchen. Freier Wille kann unter Umständen eine ziemliche Belastung sein. Du solltest dich nicht weiter damit rumschlagen, wenn du mich fragst."

Er zuckte nachlässig mit den Schultern. "Es ist deine Entscheidung, ob es für dich angenehm wird, oder nicht."

"Was geschieht mit Ari?"

Der plötzliche Themenwechsel schien Lucifer ein wenig zu irritieren, denn er zog nachdenklich die Augenbrauen zusammen.

"Was soll mit ihr sein?"

"Lass sie gehen", verlangte Darren.

Lucifer lachte. "Und dann?"

"Dann werde ich tun, was du verlangst", behauptete Darren und sah Lucifer fest in die Augen.

Für einen Moment sah Lucifer ihn durchdringend an. Doch dann grinste er.

"Nein, Darren. Wirst du nicht. Du würdest niemals dein Volk verraten, habe ich recht?"

Darren schwieg. Was hätte er auch sagen sollen. Natürlich würde er Lucifer niemals freiwillig folgen. Aber er hatte gehofft, einen Handel mit ihm eingehen zu können und sich später um seine Flucht kümmern. Aber einen Pakt mit dem Teufel einzugehen war offensichtlich nicht so einfach, wie es in den etlichen Filmen und Büchern immer dargestellt wurde. Lucifer machte eine wage Geste in Richtung Aruts. Die Bewegung kam viel zu schnell, als das Darren auch nur den Hauch einer Chance hatte, sie abzublocken. Mit einer Geschwindigkeit, die er diesem massigen Wesen niemals zugetraut hätte, sprang Arut vor, packte Darren mit beiden Klauen an den Schultern und rammte ihn gegen die Felswand. Darren schrie vor Schmerz auf. Alle Luft wurde mit voller Wucht aus seinen Lungen getrieben. Für einen kurzen Moment wurde ihm schwarz vor Augen. Dann holte er mit einem keuchenden Atemzug Luft. Sein Rücken schien zu explodieren und der Schmerz trieb ihm die Tränen in die Augen. Arut blockierte mit seinen Beinen Darrens Beine, damit er nicht nach ihm treten konnte. Eine Klaue nagelte seine Schulter an den Felsen, die andere griff unter sein Kinn und bog ihm brutal den Kopf in den Nacken. Darren versuchte instinktiv sich zu wehren, aber der Druck von Aruts Klaue machte ihm klar, dass er dieses Kräftemessen nur verlieren konnte. Darren erstarrte und blickte schwer atmend an Arut vorbei zu Lucifer. Lucifer schlenderte fast gemächlich an Arut vorbei und nahm neben Darren Aufstellung. Arut hatte Darren den Kopf so weit in den Nacken gebogen, dass es diesem fast unmöglich war, Lucifer anzusehen.

"Ich habe leider keine Zeit zu warten, bis zu vernünftig wirst, mein Freund."

Bei diesen Worten glühten seine Augen gelb auf. Und mit einem Mal hielt Lucifer einen Dolch in der Hand, auf dessen gewundener Klinge sich die Flammen der Wandfackeln brachen, sodass die Klinge fast lebendig wirkte. Wie eine Schlange, die es nicht erwarten konnte, sich auf ihr Opfer zu stürzen. Darren hielt den Atem an. Doch der erwartete Schmerz kam nicht. Stattdessen hob Lucifer den anderen Arm und ließ die Klinge über seinen eigenen Arm gleiten. Ohne den geringsten Druck glitt sie tief durch das Fleisch. Augenblicklich tropfte Blut zu Boden und schlagartig begriff Darren, was Lucifer vorhatte. Darren versuchte noch einmal, sich aus Aruts Griff zu befreien. Aber es war sinnlos. Mit einem wütenden Knurren hob Arut das Knie und rammte es ihm in den Bauch. Darren sackte mit einem Schmerzenslaut so weit nach vorn, wie Arut es ihm erlaubte. Ihm wurde augenblicklich übel. Ein durchdringender Schmerz explodierte in seinen Eingeweiden. Dann wurde sein Kopf wieder gegen die Felsen geschmettert und Arut zwang ihm mit nur einer Klaue den Mund auf. Lucifer trat ganz an ihn heran und hob den Arm, in den er sich gerade selbst geschnitten hatte.

Darren mobilisierte noch einmal seine gesamten Kraftreserven und es gelang ihm tatsächlich noch einmal, den Kopf herumzureißen. Lucifers Blut tropfte auf Darrens Wange. Es brannte wie Feuer und Darren hatte das Gefühl, das sich eine Narbe auf seine Wange brannte, dort, wo das Blut hinunterlief. Er konnte sogar ein leises Zischen hören und es roch nach verbranntem Fleisch. Jetzt griff auch Lucifer zu. Er ließ den Dolch kurzerhand fallen und krallte die Hand in Darrens Haar. Darren versuchte verzweifelt, um sich zu treten und wehrte sich nach Leibeskräften. Aber gegen die beiden hatte er nicht die geringste Chance. Schließlich gelang es Lucifer, den Arm so über Darrens Gesicht zu platzieren, das ein einzelner Blutstropfen auf seine Zunge rann. Darren stieß einen unterdrückten Schrei aus. Nicht allein deshalb, weil auch dieser Tropfen brannte wie Feuer, sondern als Ausdruck seiner Wut, Verzweiflung und Angst. Es war zu spät! Er hatte versagt und Anderwelt und die Welt der Menschen waren dem Untergang geweiht! Das waren die ersten Gedanken, die ihm durch den Kopf schossen und dann kam die Angst. Die Angst vor dem, was ihn nun erwarten würde.

Lucifer trat einen Schritt zurück und Arut ließ Darren zögerlich los. Dann ging Arut rückwärts zum Ausgang. Lucifer machte eine Handbewegung und die Umrisse der Tür erschienen wieder. Darren lehnte schwer atmend an dem Felsen. Unfähig, sich zu bewegen. Er hätte sich auf Lucifer stürzen sollen. Aber sein Körper gehorchte ihm bereits nicht mehr. Schwer atmend sah er Lucifer an. Lucifer wandte sich um und ging auf die Tür zu, durch die Arut bereits verschwunden war. Dann drehte er sich noch einmal um.

"Es wird erträglicher, wenn du dich nicht wehrst."

Dann verschwamm seine Gestalt. Die Tür wich wieder undurchdringlichem Fels. Darren war allein. Plötzlich fiel die Lähmung, die ihn gerade noch befallen hatte, mit einem Schlag von ihm ab und er stürzte mit einem wütenden Schrei zu der Stelle, an der Lucifer vor wenigen Sekunden verschwunden war. Seine Hände glitten hektisch über scharfkantigen Fels. Darren saß fest in einem Gefängnis aus schroffen Felsen - an denen er sich auf der Suche nach der Tür bereits die Hände aufgerissen hatte - flackerndem Zwielicht und bedrohlichen Schatten. Er drehte sich langsam einmal im Kreis und prompt wurde ihm schwindelig. Darren stolperte einen Schritt vorwärts. Das Licht der Fackel, so dunkel es auch war, blendete seine Augen. Mit einem gequälten Stöhnen schloss er die Augen aber das Licht schien sich selbst durch seine geschlossenen Lider zu fressen. Vorsichtig blinzelnd öffnete er die Augen. Er musste hier raus! Und plötzlich hatte er das Gefühl, dass sich die Wände ganz langsam auf ihn zubewegten, gemeinsam mit den bedrohlichen Schatten, die in ihnen hausten. Jedes Mal, wenn er versuchte, diese Schatten mit Blicken festzuhalten, zogen sie sich wieder zurück. Wie ein Rudel Wölfe, welches seine Beute geduldig belauerte, um sich im richtigen Moment auf sein Opfer zu stürzen. Ihm wurde wieder schwindelig und ein stechender Schmerz schoss durch seinen Schädel. Ein dumpfer, auf- und abschwellender Ton kreiste durch seinen Kopf und wurde langsam zu etwas Anderem. Der dumpfe Ton veränderte sich und machte jetzt menschlichen Stimmen Platz. Stimmen, die er kannte, aber nicht eindeutig zuordnen konnte, weil sie alle gleichzeitig auf ihn einstürzten. Das Stimmengewirr wurde lauter. Darren drehte sich erneut im Kreis. Ihm wurde wieder schwindelig und er taumelte wie ein Betrunkener gegen den Fels. Ein scharfer Schmerz schoss durch seinen Rücken, als er den Felsen berührte. Benommen machte er einen Schritt vorwärts, dann noch einen, bis er sich wieder in der Mitte des Raumes befand. Das Stimmengewirr steigerte sich zu einem wahren Orkan. Darren riss die Hände an den Kopf und fiel auf die Knie. Er hörte einen Schrei. Unendlich qualvoll und schmerzerfüllt und so verzerrt, dass er kaum noch Ähnlichkeit mit einem menschlichen Schrei hatte.

Es dauerte eine Weile, bis Darren begriff, dass er es war, der diesen Schrei ausgestoßen hatte. Darren hatte das Gefühl, dass die Wände sich noch weiter auf ihn zubewegt hatten und die Schatten, die vorher seinen Blicken ausgewichen waren, nahmen jetzt Formen an. Groß, bedrohlich und schwärzer als die tiefste Nacht. Sie glitten langsam auf ihn zu und Darren hatte das Gefühl, dass er nicht mehr atmen konnte. Eine brutale, dunkle Faust umklammerte sein Herz und drückte erbarmungslos zu. Er kippte langsam nach vorn, fing seinen Sturz mit den Händen ab. Der Staub auf dem Boden brannte in den aufgeschundenen Händen. Darren hörte seinen Atem. Flach und stoßweise und sein Herz hämmerte, als wolle es seinen Brustkorb sprengen. Die Schatten drangen weiter auf ihn ein. Darren war völlig kraftlos. Er schaffte es nicht einmal mehr, sich in eine sitzende Position zu arbeiten. Unaufhaltsam glitten die schwarzen Geister auf ihn zu. Sie nahmen unentwegt unterschiedliche Formen an, aber niemals konnte er ihre wirkliche Form erkennen. Er versuchte zu schreien, sich zu wehren oder wenigstens aufzustehen. Nichts von alle dem gelang ihm. Und in dem Moment, in dem sich die Schatten mit ihm vereinten, kamen die Schmerzen. Ein stechender, grausamer, bohrender Schmerz, der seinen Körper überall gleichzeitig in Flammen zu setzen schien. Wieder hörte er diesen unmenschlichen Schrei. Er fühlte, wie seine Hände unter ihm nachgaben und er schwer auf den Boden stürzte. Darren krümmte sich vor Schmerzen und wünschte sich den Tod. Der grausame Schmerz schien ihn auseinanderreißen zu wollen und gleichzeitig konnte Darren fühlen, wie sich etwas in ihm veränderte.

Eigentlich war es unmöglich aber er konnte fühlen, wie der Tropfen von Lucifers Blut sich durch seinen Körper fraß und jede Zelle, die er auf seinem Weg berührte, in Brand setzte. Er fühlte das abgrundtief Böse. Wie es sich langsam in ihm auszubreiten begann, wie ein Gift, gegen das es kein Gegenmittel gab. Das letzte bisschen seines Verstandes versuchte sich verzweifelt dagegen zu wehren. Aber er wusste, dass er bereits jetzt verloren hatte. Die Schmerzen katapultierten ihn an den Rand der Bewusstlosigkeit, ließen ihn über den Abgrund sehen und er wünschte sich zu dem Frieden versprechenden Platz am Grunde eines in den Tiefen des Abgrundes verborgenen Sees, den er niemals erreichen durfte. Aber diese Gnade würde Lucifer ihm nicht gewähren. Er gewährte ihm nicht einmal eine gnädige Ohnmacht. Jede Zelle seines Körpers stand mittlerweile in Flammen, und sein Blut schien zu kochen. Darren schleppte sich auf dem Bauch liegend zum Felsen, an deren Stelle er immer noch die Tür vermutete. In einer letzten Kraftanstrengung zog er sich an den schroffen Felsen hoch in eine sitzende Position. Er schloss die Augen und lehnte den Kopf gegen den Felsen. Er spürte, wie er den Kampf verlor. Darren wusste, dass es nicht sein durfte. Er durfte nicht nachgeben. Doch diese Entscheidung lag längst nicht mehr bei ihm. Im gleichen Maß, wie sein Widerstand brach, ebbten auch die Schmerzen ab. Alles, was er bisher gewusst hatte, war verschwunden. Durch seine Adern floss pures Gift. Lucifers Gift, welches nicht nur seinen Körper, sondern vielmehr seinen Geist vergiftet hatte. Langsam öffnete Darren die Augen. Rotes Fackellicht empfing ihn und die Schatten, die jetzt wieder um ihn herum waren, kamen ihm plötzlich nicht mehr so bedrohlich vor. Die Schatten waren seine Freunde. Seine Verbündeten. Er legte den Kopf auf die Seite und lächelte. Kalt und lieblos. Das flackernde Licht brach sich in seinen Augen, die plötzlich einen harten, bösen Glanz hatten. In einer kraftvollen Bewegung erhob sich Darren und trat ein paar Schritte von der Felswand zurück. Wieder zeigten sich die Umrisse einer Tür. Darren trat noch einen weiteren Schritt zurück. Der Fels verschwand und gab den Blick auf eine riesenhafte, breitschultrige Gestalt frei. Lucifer trat ins glühende Licht der Fackeln.

Darren sank auf ein Knie herab, senkte den Kopf und sagte: "Ich bin bereit, Herr!"

Als Ari die Augen öffnete, fiel ihr als Erstes das Gezwitscher der Vögel auf. Dann, dass die Sonne ihr ins Gesicht schien und schließlich, dass sie auf dem Rücken am Ufer eines Sees lag, dessen Wasser mit einem leisen Plätschern an ihr vorbei floss. Ari stemmte sich mühevoll auf die Ellenbogen und sah sich um. Das Wasser des Sees war klar, nicht schwarz und voller toter Seelen! Auch wenn sie nicht wusste, wo sie hier war, war sie doch sicher, sich immer noch in Anderwelt zu befinden.

Ari schüttelte den Kopf, zog die Knie an und verbarg mit einem Seufzen das Gesicht in den Händen.

"Langsam, Engelchen."

Ari fuhr zusammen und drehte sich halb herum. Rabisu saß neben ihr am Ufer des Flusses und stocherte lustlos mit einem Stock im Wasser herum. Sie hatte ihn nicht einmal bemerkt. Manchmal vergaß sie einfach, dass er sich lautlos wie ein Schatten bewegen konnte.

"Rabisu, verdammt. Schleich dich nicht so an."

Er lachte leise und ohne sie anzusehen, sagte er: "Das muss ich. Die meisten Menschen würden sicher die Straßenseite wechseln, wenn ich mich vorher ankündigen würde, denkst du nicht?"

"Wo sind wir hier?", fragte Ari und stemmte sich ganz in die Höhe.

Sie musste einen Ausfallschritt machen, um nicht gleich wieder zu stürzen. Sie schüttelte benommen den Kopf und sah sich um. Rabisu stand ebenfalls auf und warf den Stock achtlos ins Wasser.

"Na, in Anderwelt. Du meine Güte. Die müssen dir aber ganz schön auf den Kopf geschlagen haben."

Ari warf ihm einen schrägen Blick zu. "Sehr witzig, Knochenmann."

Rabisu überging die Spitze. "Woran kannst du dich noch erinnern?"

Seine Stimme klang ernst und Ari hörte auch eine Spur Sorge heraus. Sie überlegte angestrengt.

"Ich bin über die Wehrmauer gefallen. In den Fluss der Verlorenen. Dann wurde es dunkel und jetzt stehe ich hier."

Sie sah ihn mit einem entschuldigenden Schulterzucken an. "Die Kurzversion."

Rabisu seufzte. "Du hast noch einmal Glück gehabt, Kleines. Mit den Verlorenen ist normalerweise nicht zu spaßen."

"Meinst du, sie haben mir geholfen?" Ari riss ungläubig die Augen auf.

"Keiner entkommt den Verlorenen, Ari. Heute ist wirklich dein Glückstag!"

Ari lief ein kalter Schauer über den Rücken. Die Verlorenen hatten sie und ließen sie dann wieder laufen? Das war absurd! Ihr Hass auf alles, was lebte, machte normalerweise keine Unterschiede zwischen Freund und Feind. Aber wie sonst konnte sie hier stehen und sich mit Rabisu unterhalten? Vielleicht war sie auch schon tot oder träumte nur. Keiner entkam den Verlorenen.

"Das ist unmöglich", flüsterte sie mehr zu sich selbst.

Rabisu kam auf sie zu. "Du musst wissen, dass die Verlorenen nicht besonders gut auf Lucifer zu sprechen sind. Warum, kannst du dir ja denken. Sie bewegen sich in einer Welt zwischen Zeit und Raum. Dazu verdammt, niemals Frieden zu finden. Und das nur, weil Lucifer sie nicht aufnehmen wollte im Jenseits."

Ari sah ihn verwirrt an. Sie schwieg.

Rabisu fuhr mit einem Seufzen fort: "Irgendwie scheinen sie der Meinung zu sein, dass du noch eine zweite Chance verdient hast, Kleines."

"Eine zweite Chance?"

Ari verstand nicht. Rabisu lächelte, kam noch einen Schritt auf sie zu und klopfte ihr freundschaftlich auf die Schulter.

"Offensichtlich suchen sie jemanden, der Lucifer an ihrer Stelle kräftig in den Hintern tritt, Engelchen."

"Aber wie kann ich das, Rabisu? Ich habe nicht die Macht dazu. Er hat Darren, und wie ich Lucifer kenne, wird er ihn verwandeln. Es ist alles aus."

Sie senkte mit einem traurigen Seufzen den Kopf.

"Ich habe alles falsch gemacht, was man nur verbocken kann."

Dann hob sie den Kopf und sah Rabisu wieder an. Aber ihr Blick war leer und schien durch ihn hindurchzugehen.

"Ich kann genauso gut auch gleich hier bleiben und mir selbst leidtun. In die Spiegelburg kann ich wenigstens nicht mehr zurück."

Rabisu atmete tief ein, bevor er antwortete: "Du bist dem Fluss der Verlorenen entkommen. Dafür ertrinkst du jetzt in Selbstmitleid. Eine echte Verbesserung." Er schnaubte ungeduldig.

"Ari, du kannst Darren helfen! Du weißt wie."

Ari nickte langsam. "Ja, Rabisu. Und ich habe Angst davor."

Rabisu lächelte milde und legte ihr eine Hand auf die Schulter.

"Das kann ich verstehen, Ari. Aber das ist die einzige Möglichkeit, noch alles in Ordnung zu bringen. Amoragon ruft das weiße Heer zusammen. An deiner Stelle würde ich mich beeilen. Er wird nicht lange auf dich warten."

Ari drehte sich langsam einmal im Kreis. "Ich weiß ja nicht mal genau, wo ich bin."

Rabisu seufzte schwer.

"Also gut", sagte er und sah sich verschwörerisch um. "Aber ich habe dir nicht geholfen, wenn dich jemand fragen sollte."

Mit diesen Worten schwang er die Sense in seiner rechten Hand. Ari trat erschrocken einen Schritt zurück. Sie hörte das Sirren der Klinge, und noch bevor sie wirklich verstanden hatte, was vor sich ging, packte Rabisu sie am Arm und zog sie mit sich durch den Riss in der Wirklichkeit, den die Sense geschlagen hatte.

Hundert Engel in weißer Lederrüstung standen geduldig und in geordneter Formation auf dem großen Platz im Burghof. Die letzten Strahlen der untergehenden Sonne krochen über die Burgzinnen und verliehen den Gestalten lange, schwarze Schatten. Am Himmel zogen dunkle Wolken auf und von Ferne war ein Donnergrollen zu hören, das wie das tiefe Knurren eines wütenden Wolfes klang.

Das Licht der Sonne schien von einem Moment zum anderen blasser zu werden. Amoragon warf einen Blick in den Himmel. Die Wandlung war vollbracht. Das wusste er mit unerschütterlicher Sicherheit. Die Schatten Lucifers begannen bereits, sich über das Land auszubreiten und selbst die Sonne Anderwelts schien vor ihnen fliehen zu wollen. Darren war nicht mehr länger einer von ihnen, sondern diente jetzt dem Bösen. Amoragon schloss die Augen. Wütend ballte er die Hände zu Fäusten. So weit hätte es niemals kommen dürfen. Darren war ihre letzte Hoffnung gewesen. Sie konnten jetzt nichts weiter tun, als Schadensbegrenzung zu betreiben. Das weiße Heer würde diese Schlacht gewinnen. Sie mussten diese Schlacht gewinnen.

Dann konnte er nur noch hoffen, dass Ari das Richtige tat - falls sie noch lebte. Dieser Gedanke löste in ihm eine Trauer aus, die er sich nicht gestatten wollte zu empfinden. Aber er war gegen dieses Gefühl machtlos. Er liebte Ari. Der Fehler, den sie vor langer Zeit begangen hatte, hatte ihre Liebe immer überschattet. Und dieser Fehler würde ihrer Liebe letztendlich den Todesstoß versetzen. Er hatte es immer geahnt. Aber bis jetzt hatte er sich immer erfolgreich gegen die unvermeidbaren Konsequenzen verschlossen.

Das Dröhnen des näher kommenden Unwetters riss ihn aus seinen düsteren Gedanken und erinnerte ihn daran, dass sie eine Schlacht zu gewinnen hatten. Mit einem letzten Seufzen straffte er die Schultern.

"Engel des Lichts!", rief er mit fester Stimme. "Der Tag ist nah. Die Schlacht um die Herrschaft in Anderwelt steht bevor. Wir werden das ewige Licht verteidigen und am Ende dieser Nacht wird Anderwelt immer noch in unseren Händen sein. Hebt eure Waffen und lasst uns Anderwelt befreien!"

Hundert Engel hoben gleichzeitig ihre Waffen und stießen den gleichen Kampfschrei aus. Es war ein ergreifender Augenblick. Amoragon spürte die Entschlossenheit der Kriegerengel fast körperlich. Jeder Einzelne von ihnen würde ihm furchtlos in den Kampf folgen, dessen war er sich sicher. Aber tief in seinem Inneren brodelte ein Konflikt. Amoragon wusste, worauf es ankam. Diese Schlacht war anders als die unzähligen, die er zuvor bestritten hatte. Es ging nicht nur darum, die Fackel des ewigen Lichts zu entflammen. Es musste ihnen zu dem auch noch gelingen, Darren zu befreien. Und seine Befreiung würde ein großes Opfer fordern.

Auch Amoragon hob seine Waffe und stimmte in das Kampfgebrüll ein. Die hundert Stimmen seiner Kriegerengel übertönten ihn um ein Vielfaches, sodass niemand die mühsam unterdrückten Tränen wahrnehmen konnte, die seine Stimme zittern ließen.

Der Saal, in den Lucifer ihn geführt hatte, war riesig. Er bot gut und gerne Platz für mehrere Hundertschaften. Der Saal lag unter der Burg und der Zugang war nicht bewacht, was Darren zu der Annahme veranlasste, dass niemand außer Lucifer und jetzt selbstverständlich ihm, von diesem Saal wusste.

Die Fackeln an den Wänden, die auch hier automatisch bei Lucifers Eintreten aufgeflammt waren, tauchten den Saal in ein seltsames Licht. Das Schwarz der Wände schien ihr Licht auf seltsame Weise nicht zu schlucken, sondern eher noch zu verstärken. Die tanzenden Flammen an den Wänden hauchten ihnen Leben ein. Leben, das es nicht geben konnte. Nicht geben durfte. Und doch schienen die Wände zu atmen, zu leben. Unter den schwarzen Felsen bewegte sich etwas, was nur darauf wartete, freigelassen zu werden. Am Ende des riesigen Saales befand sich ein etwas vorgelagerter Felsen. Bei genauerem Hinsehen konnte man sehen, dass er in Gold eingefasst war. Auf seiner Vorderseite waren seltsame Ornamente zu sehen. Goldene Verzierungen teilten den Felsen in zwei gleiche Hälften. Und die seltsamen Gestalten auf beiden Hälften des Tores schienen sich unablässig zu bewegen, ohne wirklich Substanz zu haben.

"Das Tor zur Unterwelt. Deine Armee wartet auf dich, Darren."

Lucifers Stimme hatte ein seltsames Echo in diesem Saal. Es wurde tausendfach gebrochen zu ihnen zurückgeworfen und klang seltsam verzerrt. Darren antwortete nicht. Er sah seinen Herren nicht einmal an. Er starrte nur auf das Tor. Das Tor zur Unterwelt. Die Quelle seiner Macht. Endlich bekam er das, was ihm zustand. Lange hatte Darren auf diesen Augenblick gewartet, auch wenn eine immer leiser werdende Stimme in ihm versuchte, ihn auf den Fehler in diesen Gedanken aufmerksam zu machen.

Lucifer hob beide Arme und die Fackeln an den Wänden flammten noch einmal auf. Das Rot ihrer Flammen brach sich auf dem goldenen Rand des Tores und tauchte das Gold in blutiges Rot. Lucifer schloss die Augen. Seine Lippen formten Worte. Lautlose Worte, die dennoch gehört werden konnten. Darren starrte wie gebannt auf das Tor. Endlich war es soweit. Das Tor schob sich mit einem scharrenden Geräusch ein wenig von der Felswand weg. Dann sprangen seine gewaltigen Torflügel auseinander.

Und hinter diesem Tor lauerte keine schwarze Unendlichkeit, sondern rotes Lodern. Wie ein gewaltiges Höllenfeuer. Darren hörte Geräusche, die entfernt an den Schrei von Raben erinnerten. Ein diabolisches Grinsen spaltete sein Gesicht und die tanzenden Flammen an den Wänden ließen es zu einer Fratze werden. Lucifer neben ihm ließ die Hände sinken und öffnete die Augen.

"Kommt zu mir in mein dunkles Reich!", rief er mit kraftvoller Stimme.

Sekunden passierte nichts. Doch dann begannen die Flammen hinter dem Tor stärker zu lodern und das Kreischen der Raben wurde lauter. Aus den Tiefen der Hölle flogen Kreaturen heran, die mit ihren schwarzen Leibern das rote Lodern des Höllenfeuers für einen Moment auslöschten. Hunderte dieser schwarzen Kreaturen flogen aus dem Tor heraus. Erst jetzt konnte Darren erkennen, dass es sich nicht um Raben, sondern um Fledermäuse handelte. Wild flatterten sie umher, aber dennoch waren ihre Bewegungen keineswegs ziellos. Sie formierten sich wie auf ein geheimes Kommando hin. Immer mehrere dieser absurd großen Tiere formierten sich zu einem schwarzen Schatten. Die Tiere verschmolzen miteinander immer noch laut schreiend und wurden zu schwarzen Umrissen. Fast menschlichen Körpern gleich. Diese Körper reihten sich einer nach dem anderen in einer - wie es schien seit Jahrtausenden festgelegten Formation - auf und abermals veränderte sich ihre Gestalt. Darren konnte vampirähnliche Wesen erkennen. Mit mächtigen Flügeln und im Licht der Fackeln blitzenden Reißzähnen. Andere glichen eher Wölfen mit struppigem Fell und absurd langen Schnauzen, von denen Geifer tropfte, der mit einem Zischen Löcher in den Boden ätzte.

Aber auch andere Gestalten waren darunter. Gestalten, die weder Tier noch Mensch zu sein schienen. Mit unförmigen Körpern. Manche von ihnen trugen Kutten mit großen Kapuzen, unter denen bleiche Knochen hervorblitzten. Manche Gestalten waren nackt und ihre weiße Haut schimmerte fast durchsichtig. Andere waren so schwarz, dass sie sich kaum vom Hintergrund abhoben. Sie bewegten sich mit schlangengleichen Bewegungen und ihre Zungen zischelten unruhig.

Darrens Grinsen wurde zu einem durchaus zufriedenen Lächeln, als er seinen Blick über die Reihen der gut und gerne hundert Albtraumgestalten schweifen ließ. Nie hatte er etwas Schöneres gesehen!

"Deine Armee, Darren. Sie warten auf deine Befehle."

Lucifer wandte den Kopf und lächelte ebenfalls zufrieden. Darren sah ihn an. Dann deutete er eine Verbeugung an und sagte: "Ja, Herr!"

Die dunkle Armee war erwacht. Und nichts und niemand konnte sie jetzt noch aufhalten.

"Und denk dran, Engelchen! Ich war niemals hier, hörst du?"

Rabisu zwinkerte ihr verschwörerisch zu und grinste. "Das wird mich vermutlich meinen Job kosten", seufzte er übertrieben.

Ari grinste breit. "Rabisu! Keine Sorge, du wirst schon nicht arbeitslos werden."

Dann wurde sie ernst und sah ihm fest in die Augen.

"Danke, Rabisu. Ich weiß, welches Risiko du eingegangen bist."

Rabisus Grinsen verschwand und machte einer bleichen Knochenfratze Platz. Die leeren Augenhöhlen musterten Ari, und wenn es nicht vollkommen unmöglich gewesen wäre, hätte sie schwören können, dass sich hinter diesem schwarzen Nichts ein Lächeln verbarg.

"Der Tod ist immer gern zu Diensten."

Rabisu deutete eine Verbeugung an. Dann schwang er mit einer lässigen Bewegung abermals seine Sense und war in der Welt hinter der Wirklichkeit verschwunden, noch bevor Ari etwas erwidern konnte. Sie lächelte und drehte sich um. Rabisu hatte sie genau vor der Spiegelburg abgesetzt aber so hinter ein paar Bäumen versteckt, dass niemand sie hatte sehen können.

Es fiel ihr seltsam schwer, den ersten Schritt zu machen. Ari war sich bewusst, wie wichtig ihre Rückkehr war. Und dennoch lag eine Schwere auf diesem Moment, die sie zu erdrücken drohte. Sie war heimgekehrt. Und doch wusste sie, dass sie hier nicht bleiben konnte. Mit einem Mal kam ihr die Spiegelburg nicht mehr annähernd so hell und freundlich vor, wie zuvor und Ari begann sich zu fragen, ob sie die richtige Entscheidung getroffen hatte.

Aber dieser Weg war ohnehin eine Einbahnstraße. Sie war schon zu weit gekommen, um jetzt noch umzudrehen. Ari hatte keine Wahl. Sie holte tief Luft und machte sich seufzend auf den Weg über die Brücke.

Der Wächter auf dem Wehrgang erkannte sie in dem Moment, in dem sie die Brücke betrat. Er winkte aufgeregt mit beiden Armen und als Ari seinen Gruß müde erwiderte drehte er sich herum und rief etwas, das sie auf die Entfernung nicht verstehen konnte in den Burghof hinunter. Ari hatte die Brücke gerade zur Hälfte überquert, da wurde das Tor geöffnet und Amoragon überwand mit einem gewaltigen Sprung und unter zu Hilfenahme seiner Flügel die Distanz zwischen ihnen.

Lachend schloss er sie in die Arme. Dann küsste er sie. Amoragon drückte sie noch ein wenig fester und wirbelte sie lachend herum.

"Ari! Ich hatte solche Angst um dich!"

Er setzte Ari wieder ab und sie trat einen Schritt zurück. Ihr Lächeln war traurig und auch Amoragon wurde augenblicklich ernst. Beide wussten nicht, was sie noch sagen sollten. Endlich hatten sie sich wieder. Sie waren krank vor Sorge umeinander gewesen und nun war alles wieder gut. Trotzdem herrschte bedrückendes Schweigen. Bedeutete ihr Wiedersehen doch nichts anderes, als das ihre Wege sich bald wieder trennen würden.

Amoragon räusperte sich unbehaglich.

"Komm! Wir haben nicht viel Zeit. Das weiße Heer steht bereit."

Ohne eine Antwort abzuwarten, ergriff er sie bei der Hand und zerrte sie hinter sich her. Wortlos ging Ari neben ihm her. Sie passierten das Tor, und obwohl sie den Anblick des weißen Heeres kannte, verschlug es ihr im ersten Moment den Atem. Der Anblick der schwer bewaffneten Engel erfüllte sie mit Stolz. Sie war stolz, ein Teil dieser Gemeinschaft zu sein. Auch wenn die meisten hier das nach ihrem Verhältnis mit Lucifer sicherlich etwas anders sahen. Aber da war auch ein Gefühl der Unruhe, das sie sich nur zu gut erklären konnte. Und der Grund für diese Unruhe ließ eine tiefe Trauer in ihr aufsteigen. Sie warf einen Seitenblick auf Amoragon und entdeckte das gleiche Gefühl auch auf seinen Gesichtszügen. Diese Welt war so hart und ungerecht! Langsam wurde es für Ari Zeit, ihre Schuld zu begleichen.

"Komm, Ari. Aliana wird sich freuen, dich so munter zu sehen."

Die Wahl seiner Worte sollten sie trösten und ablenken von ihren Gedanken. Aber der Klang seiner Stimme machte dieses Vorhaben wieder zunichte. Auch Amoragon wusste, dass die Zeit gekommen war. Sie durchquerten die Spiegelhalle und Amoragon schritt schneller aus. Es dauerte nicht lange und sie hatten Alianas Zimmer fast erreicht. Ari hielt inne und zwang Amoragon so, ebenfalls stehen zu bleiben, weil er sie immer noch an der Hand hielt. Amoragon sah sich unwillig zu ihr um. "Was ist?"

Ari sah ihn an und ihre Augen füllten sich mit Tränen.

"Es tut mir so leid, Amoragon. Ich war ein Dummkopf. Ich hätte mich nie auf ihn einlassen dürfen."

"Hast du aber!", knurrte er fast beleidigt. "Ist jetzt auch nicht mehr zu ändern."

Er versuchte, sie weiter zu ziehen. Ari konnte sich seine plötzliche Feindseligkeit nicht erklären. Vermutlich war das seine Art, mit dem Schmerz, der ihn innerlich auffraß, umzugehen. Sie versuchte, ihn abermals zum stehen bleiben zu bewegen. Aber er zerrte nur unwillig an ihrer Hand.

"Was soll das? Warum hast du es so eilig?"

Endlich bekam sie ihre Hand los. Ihr Handgelenk schmerzte, so fest hatte Amoragon sie gehalten. Sie rieb sich das Handgelenk und funkelte ihn an.

"Wir haben hier echt Probleme, Ari. Lucifer hat leider noch ein paar Trümpfe auf der Hand."

"Beruhige dich, Amoragon", sagte Ari. "Solange er den Ring nicht hat ..."

"Und da haben wir schon das nächste Problem", fuhr er ihr ins Wort.

Ari prallte entsetzt einen Schritt vor ihm zurück und Amoragon senkte betroffen die Stimme.

"Den hat er bereits."

"Aber wie ... Ich verstehe nicht."

Dann sah sie Amoragon an. Ihre Augen sprühten vor Hass. "Luca! Diese alte Schlange! Wo ist er? Der kann was erleben!"

Amoragon packte Ari am Arm.

"Das hat er bereits. Seinen eigenen Tod nämlich. Und dann hat Malphas den Ring mitgenommen."

Aris Augen füllten sich mit Tränen. Tränen der Wut und Enttäuschung über sich selbst. Sie riss sich von Amoragon los und drehte sich um.

"Ich habe alles falsch gemacht."

Amoragon trat einen Schritt auf sie zu und hob einen Arm, als wolle er ihr tröstend die Hand auf die Schulter legen. Doch dann überlegte er es sich anders und ließ den Arm wieder sinken.

"Ari, du ..."

Er brach ab. Im Grunde wusste er nicht einmal, was er sagen sollte. Aber was er mit Sicherheit wusste, war, dass Ari eigentlich recht hatte. Das Ganze war ihre Schuld! Unangenehmes Schweigen breitete sich zwischen ihnen aus. Ein Schweigen von der Art, das klar machte, dass es nichts mehr zu sagen gab. Nach einer halben Ewigkeit räusperte sich Amoragon und brach das Schweigen.

"Du musst mit mir zum Turm kommen, Ari."

Zuerst schien es, als würde Ari gar nicht reagieren. Doch dann schüttelte sie den Kopf.

"Nein, ich werde hier bleiben."

Plötzlich packte Amoragon kalte Wut. Er ergriff Ari an den Schultern und riss sie unsanft zu sich herum.

"Was soll das?", rief er und begann sie zu schütteln. "Musst du hier unbedingt den Helden spielen? Die Schlacht ist zu wichtig, als das ..."

"Ich weiß, wie wichtig die Schlacht ist." Aris Stimme war kalt und schneidend wie Glas.

"Lucifer wird nicht am Turm sein. Er hat Darren bereits verwandelt. Du hast es auch gespürt."

Amoragon öffnete den Mund um etwas zu sagen, doch Ari kam ihm zuvor.

"Darren und Lillith werden die Armee gegen euch führen. Aber Lucifer wird hier herkommen."

Amoragon riss erstaunt die Augen auf.

"In die Spiegelburg? Was ... Was soll er hier?"

"Er ist gar nicht darauf angewiesen, die Schlacht zu gewinnen. Es ist bereits vorbei. Aliana hat keinen Nachfolger. Und wenn er auch noch die Spiegel zerstört und an ihre Stelle die schwarzen Spiegel der Reiter setzt ..."

Sie ließ den Satz mit Absicht unvollendet. Amoragon schnappte sichtlich nach Luft.

"Ari. Das ist Blödsinn!", sagte er. "Noch nie zuvor hat er versucht, die Spielgelburg direkt anzugreifen."

"Noch nie zuvor sind wir ihm so gefährlich geworden", gab Ari zu bedenken.

Amoragon starrte sie an und Ari rollte mit den Augen.

"Verstehst du denn immer noch nicht? Ich hätte nicht aus seiner Festung fliehen dürfen. Ich hätte nicht einmal am Leben bleiben dürfen. Er weiß, wie gefährlich ich ihm werden kann. Lucifer wird sich nicht darauf verlassen, dass die Schlacht gewonnen wird. Die Schlacht ist nur ein Ablenkungsmanöver."

"Aber woher willst du das wissen?"

Amoragons Stimme hatte einen seltsamen Klang. Wie die eines Mannes, der verzweifelt darauf wartete, dass sie zugab, sich doch getäuscht zu haben.

"Ich habe es von Lucifer selbst."

Amoragon schnaubte verächtlich.

Ari packte ihn an den Schultern. "Als wir noch das Bett ... "

Sie brach ab, als er sie entrüstet anstarrte, holte tief Luft und begann erneut.

"Als wir uns noch ein wenig besser verstanden haben, hat er es mir erzählt. Ich hätte an Lilliths Stelle sein sollen. Glaub mir. Er wird diesen Fehler wieder gut machen."

Ari nahm Amoragons Gesicht in beide Hände und küsste ihn. Lange und zärtlich. Dann sah sie ihn traurig an und sagte: "Und ich auch."

Lillith stand zwischen Darren und Lucifer auf der Brüstung und sah in den gewaltigen Burghof hinunter, in dem es vor albtraumhaften Gestalten nur so wimmelte. Die Armee des Teufels war erwacht. Aber es war nicht sie gewesen, auf deren Befehl hin sie zu grausigem Leben erwacht waren. Lucifer hatte ihr Darren vorgezogen. Lillith war schon lange über das Stadium der Wut hinaus. Sie liebte Lucifer und war ganz selbstverständlich davon ausgegangen, dass er sie auch liebte. Vermutlich tat er das sogar. Aber das hatte ihn offensichtlich nicht gehindert, seine Macht an jemand anderen weiterzugeben. Wie auch immer. Sie war die Geliebte des Teufels und sie würde diese Armee anführen. Sie musste sich nur noch Darren vom Hals schaffen. Das allerdings gestaltete sich ein wenig schwieriger, als sie geplant hatte. Aber darüber würde sie sich später noch Gedanken machen können. Jetzt musste sie erst einmal dafür sorgen, dass Lucifer sie wenigstens mitreiten ließ.

"Darren wird jemanden brauchen, der sich hier auskennt", gab sie zu bedenken, ohne den Blick von der Armee im Innenhof zu wenden.

Sie spürte, wie Lucifer den Kopf wandte und sie mit misstrauisch zusammengekniffenen Augen ansah.

"Und dieser Jemand willst sicherlich du sein, habe ich recht?"

Lillith ließ ein paar Sekunden verstreichen, bevor sie den Kopf umwandte und Lucifer anlächelte. "Das wäre doch gar keine so schlechte Idee, oder?"

Lucifer lächelte an ihr vorbei und sagte an Darren gewandt: "Du kannst sie haben, wenn du willst."

Noch bevor Lillith empört etwas erwidern konnte, hörte sie Darrens abfälliges Lachen.

"Du kannst sie behalten, Lucifer. Sie ist schwach."

Lucifer lachte ebenfalls, riss Lillith mit einem Ruck zu sich heran und küsste sie. Lillith versuchte, sich loszureißen. Aber nur für einen kurzen Moment. Sie war seiner Macht hoffnungslos unterlegen und Lucifer zeigte ihr gern auf diese Art und Weise, dass er mit ihr spielen konnte, wie die Katze mit einer Maus. Ihre Lippen lösten sich wieder voneinander und sie hatte bereits vergessen, worüber sie sich gerade noch hatte aufregen wollen.

"Du hast jemand anderen im Sinn, Darren?", fragte Lucifer.

Darren nickte. "Ich werde sie in unsere Welt holen, wenn wir siegreich waren."

Sein Lächeln war eiskalt.

"Wenn wir siegen, kannst du haben, wen du willst, Darren! Aber zuvor müssen wir die Flamme des ewigen Lichts vernichten. Du und Lillith seid mir dafür verantwortlich."

Lillith sah ihn an. "Was hast du vor?"

"Keine Sorge. Ich werde euch auf andere Weise unterstützen. Und jetzt wird es Zeit."

Das letzte Licht des Tages verblasste und ließ die Nacht ein, die die Temperaturen schlagartig um mehrere Grad absinken ließ. Ein machtvolles Grollen lag in der Luft und es roch nach Regen. Die dunklen Wolken am Himmel gaben den Vollmond frei und flohen über den schwarzen Himmel vor dem Gewitter.

Darren schwang sich ohne Mühe über die Brüstung und sprang in den Burghof. Sein schwarzer Mantel, den er über der schwarzen Lederhose und dem weißen Hemd trug, bauschte sich auf wie ein paar lederner Flügel und verursachte auch ein ähnliches Geräusch, als er in die Tiefe segelte, wie eine übergroße Fledermaus. Absolut lautlos kam er auf dem Kopfsteinpflaster auf, ging in die Hocke und verharrte einen Augenblick in dieser Position. Dann stand er mit einer kraftvollen Bewegung auf und stieß einen schrillen Pfiff aus. Einer der hässlichen Gnome, die er bereits bei seiner Ankunft gesehen hatte, brachte ihm einen schwarzen Rappen, der in Größe und Kraft denen der schwarzen Reiter in nichts nachstand. Mit einer eleganten Bewegung schwang er sich in den Sattel noch bevor Lillith neben ihm angekommen war.

Sie hatte allerdings die weniger dramatische Art gewählt und war die Treppe hinunter gelaufen. Auch sie schwang sich in den Sattel eines schwarzen Rappen, den ein anderer, aber nicht unbedingt hübscherer, Gnom ihr gebracht hatte.

Die Tiere scharrten unruhig mit den Hufen. Darren sah noch einmal zu Lucifer hinauf. Im Licht des Mondes war das Gesicht des Höllenfürsten fast bleich und für einen Moment schien es, als würde seine wirkliche Gestalt unter der menschlichen Fassade hervorschimmern. Eine Wolke verdunkelte den Mond und löschte die Vision aus.

Darren riss am Zügel seines Pferdes und der Rappe bäumte sich wiehernd und mit den gewaltigen Vorderhufen ausschlagend auf. Darren stieß einen markerschütternden Kampfschrei aus, gab dem Tier die Fersen und sprengte auf das Burgtor zu. Der Kampfschrei seiner Armee hallte wie der Schrei eines einzigen Tieres durch die schwarze Nacht und der Boden erzitterte unter Hunderten teilweise tonnenschweren Füßen, Klauen und Hufen, als sie sich in Bewegung setzten, um ihrem Herren zu folgen.

Darren galoppierte über die schwarze Brücke und Lillith setzte ihm nach. Die Hufe ihrer Pferde donnerten über die Holzplanken und ließen sie erbeben und ächzen. Sie hatten das Ende der Brücke erreicht und die beiden schwarzen Skelette rechts und links hoben johlend und kreischend ihre schwarzen Knochenhände in den Himmel. Blitze zuckten auf die Erde nieder und spalteten das schwarze Leichentuch, in das sich der Himmel verwandelt hatte. Der gewaltige Donner folgte gleich darauf und dann setzte der Regen ein.

Im fahlen Licht des Mondes wirkten die Kriegerengel des weißen Heeres noch strahlender und mächtiger. Alle hundert Krieger saßen auf weißen Pferden. In einer Formation, die an Präzision ein kleines Wunder darstellte, warteten sie auf ihren Anführer. Amoragon und Aliana lächelten Ari an. Ari erwiderte das Lächeln gequält. Sie war sich so sicher gewesen, dass das der richtige Weg sein würde. Aber jetzt, wo es endlich soweit war, hatte sie Angst. Entsetzliche Angst sogar. Angst davor ihre Schuld zu begleichen, obwohl sie wusste, dass es keinen anderen Ausweg gab. Angst vor dem Tod und vor dem, was danach kam. Das Universum verschwendete nichts, das wusste Ari. Aber es war auch gnadenlos und kannte keine Kompromisse.

"Bist du sicher, dass du das wirklich tun willst, Ari?", fragte Aliana und legte ihr eine Hand auf die Schulter.

Die Berührung tat so unendlich gut, dass Ari für einen Moment die Augen schloss und sich all ihre Probleme in Luft aufzulösen schienen. Leider hielt diese Illusion nur so lange, bis sie die Augen wieder aufschlug. Sie schüttelte den Kopf.

"Nein, bin ich nicht! Aber es bleibt mir sicherlich nichts anderes übrig, oder?"

Ari erwartete nicht wirklich eine Antwort auf diese Frage und wenn wäre es sicher eine Antwort gewesen, die sie vorgezogen hätte, lieber nicht zu hören. Aliana nahm die Hand herunter.

An Amoragon gewandt sagte sie: "Es wird Zeit."

Amoragon nickte, ohne Ari aus den Augen zu lassen. Aliana wandte sich um und schwang sich in den Sattel ihres Pferdes. Dann dirigierte sie das Tier herum und ritt auf das weiße Heer zu. Aris Augen füllten sich mit Tränen und Amoragon nahm ihr Gesicht in beide Hände.

"Hör auf zu weinen, Ari. Was sollen denn meine Krieger denken, wenn ich hier auch noch anfange zu heulen?"

Seine Stimme hatte sarkastisch klingen sollen, aber sie zitterte. Auch seine Augen füllten sich mit Tränen, und als sie sich küssten, vereinten sich ihre Tränen an den Wangen zu einem See aus Schmerz und Trauer.

Amoragon wischte ihr die Tränen von der Wange und flüsterte: "Ich liebe dich, Ari. Das habe ich immer getan und das werde ich immer tun. Egal, was geschieht."

Ari straffte sich und wischte ihrerseits Amoragon die Tränen von der Wange. Allerdings mit dem Ärmel ihres Hemdes. Auch sie trug die Uniform eines Kriegerengels. Und sie wusste, welche Ehre Aliana ihr damit zugestanden hatte. Sie war immer noch eine von ihnen. Und würde es immer bleiben.

"Du musst jetzt gehen", flüsterte sie.

Das letzte Wort ging fast in einem Schluchzen unter. Trotzdem dauerte es noch eine halbe Ewigkeit, bis Amoragon nickte. Er konnte die Zeit nicht aufhalten. Was vorgesehen war, würde geschehen. Aber er hatte gehofft, ein wenig Zeit heraushandeln zu können. Und dennoch war die Trennung unvermeidlich. Ohne ein weiteres Wort drehte er sich um, nahm Anlauf und sprang von hinten auf sein Pferd auf. Seine schlagenden Flügel wirbelten den losen Sand auf und so konnte Ari sich wenigstens einreden, dass es an dem Sand lag, dass sich in ihren Augen wieder Tränen sammelten.

Amoragon gab seinem Pferd die Fersen und ritt Aliana hinterher. Ohne sich noch ein letztes Mal umzudrehen, setzte er sich an die Spitze des weißen Heeres und führte seine Krieger in den Kampf. Sich noch einmal nach Ari umzudrehen hätte ihn alle Kraft gekostet und vermutlich wäre er dann nicht mehr in der Lage gewesen, sie zu verlassen.

Darren hatte das Tempo ein wenig reduziert, da der Großteil seiner Armee den Weg zu Fuß zu bewältigen hatte. Trotzdem es jetzt nicht mehr regnete, hatte sein Mantel nicht viel geholfen. Seine dunklen Haare klebten an seinem Kopf, genau wie das Hemd. Die Lederhose war so nass und steif, dass es ihn nicht gewundert hätte, wäre sie bei der kleinsten Bewegung einfach zerrissen. Lillith ritt neben ihm her und beobachtete ihn aus den Augenwinkeln. Das war Darren keinesfalls entgangen. Er war sich der Tatsache bewusst, dass er auf einer tickenden Zeitbombe saß. Lillith wäre diejenige gewesen, die das Privileg gehabt hätte, die Armee gegen die Engel zu führen. Und jetzt saß er hier und hatte die Befehlsgewalt. Dass das Lillith nicht gefiel, konnte er sich gut vorstellen. Darren grinste.

"Hast du was zu sagen?", fragte er, ohne ihr den Kopf zuzuwenden.

Lillith reagierte ganz gelassen. Sie zuckte nicht einmal zusammen, wie jemand, den man bei einer Sache ertappt hatte, die ihm äußerst unangenehm war. Ihr eiskaltes Lächeln entblößte ihre Fangzähne. "Du bist Lucifers neues Lieblingskind, was?" Sie beobachtete ihn aufmerksam.

Darren zuckte mit den Schultern. "Schon möglich. Und?"

Lillith drehte sich im Sattel herum und warf einen Blick auf die hinter ihnen hertrottende Armee. So weit sie bei dieser Dunkelheit sehen konnte - und das war ziemlich weit, denn die Augen eines Vampirs sahen anders - erstreckte sich eine Masse aus sich bewegenden Leibern, sich windenden Körpern und mit den Flügeln schlagenden Kreaturen.

Dicht hinter ihnen ritten die schwarzen Reiter. Lillith musste grinsen, als sie sich vorzustellen versuchte, was die Reiter wohl empfanden. Immerhin war derjenige, der einen der Ihren getötet hatte, jetzt ihr Anführer. Sie war sich ziemlich sicher, dass Lucifer sich mit seiner Entscheidung keine Freunde gemacht hatte. Aber genauso sicher war sie auch, dass das Lucifer ziemlich egal war. Er hatte ein Ziel und war auf dem besten Wege, dieses Ziel zu erreichen.

Lillith wandte sich wieder an Darren. "Ich kann mir vorstellen, dass nicht alle hier mit Lucifers Entscheidung glücklich sind."

Sie bemühte sich um einen unbeteiligten Tonfall. Aber Darren entging trotzdem nicht die leise Drohung, die dahinter steckte. Er wandte ihr in Zeitlupe den Kopf zu und funkelte sie an. Seine Augen verfärbten sich für einen Moment rot. "Du sprichst nicht zufällig von dir, oder?"

"Nicht nur, Darren. Ich will ganz ehrlich sein. Ich sollte an deiner Stelle hier reiten und die schwarzen Reiter sehen das sicherlich genauso."

Darren lächelte. "Tut mir leid. Anordnung vom Chef persönlich."

Lillith versuchte es anders. "Hättest du nicht auch Lust dazu?"

Darren legte den Kopf ein wenig schief und sah sie misstrauisch an. "Was meinst du?"

Lillith drehte sich noch einmal flüchtig im Sattel um, bevor sie weitersprach.

"Das alles hier könnte uns gehören. Schon mal drüber nachgedacht?"

Darren lachte auf. "Das Spiel kannst du nur verlieren, Lillith!"

"Ich meine es vollkommen ernst, Darren. Überleg doch mal. Sollen wir ewig die kleinen Handlanger spielen, während Lucifer uns herumkommandiert, wie es ihm passt?"

Darren grinste anzüglich. "Ich hatte eigentlich den Eindruck, dass du darauf stehst, wenn er dir sagt, wo es langgeht."

Lillith holte tief Luft. Ihre Augen verfärbten sich schwarz und sie fauchte Darren feindselig an. Darren lachte.

"Nichts für ungut, Lillith. Aber das wird nicht funktionieren."

"Warum nicht? Sieh dich um. Sie gehören uns! Lucifer ist nicht hier."

Darren hielt sein Pferd so abrupt an, dass Lillith ein paar Schritte vorausritt und ihr Pferd wieder zurückzwingen musste, um Darren ansehen zu können. Seine Augen wechselten wieder zu Rot.

"Du machst schon wieder einen Denkfehler, Lillith. Sie gehören nicht uns, sondern mir. Das ist ein kleiner Unterschied."

"Ich biete mich dir an, Darren. Wir vereinen uns und können so seine Macht schwächen."

"Wenn du scharf auf mich bist, warum sagst du das dann nicht einfach?"

Darren lachte.

"Netter Versuch, Schätzchen. Aber das wird nicht funktionieren."

Lillith sah ihn ernst an.
"Denk drüber nach."
Dann gab sie ihrem Pferd die Fersen und galoppierte voraus.

Ari war allein. Sie saß auf der Fensterbank in ihrem Zimmer und sah aus dem Fenster. Den Mond, dessen bleiches Licht sich auf dem See in der Ferne brach, konnte sie von ihrer Position aus nicht sehen. Aber sie wusste, dass die Zeit nah war. Sie konnte die Anspannung geradezu fühlen, die sich von einem Tag auf den anderen über Anderwelt gelegt hatte.

Der Regen hatte mittlerweile aufgehört aber es war empfindlich kalt geblieben. Und der Himmel trug immer noch schwarze Wolken. Hier und da zuckten ein paar Blitze in der Ferne und das dumpfe Grollen des Donners entfernte sich allmählich. Ari schloss die Augen und atmete tief ein. Als Amoragon gegangen war, war sie noch lange stehen geblieben und hatte nachgedacht. Worüber konnte sie jetzt beim besten Willen nicht mehr sagen. Sie spürte eine Leere in sich, die ihr Angst machte. Amoragon hatte ihr Wachen da gelassen.

Das weiße Heer wurde in der Schlacht gebraucht. Aber er hatte darauf bestanden, sie hier auf keinen Fall schutzlos zurückzulassen. Ari war alles andere als wohl bei der ganzen Sache. Sie wusste, dass sie sich hier in größter Gefahr befand. Aber sie hatte keine andere Wahl. Zum ersten Mal in den langen Jahren, in denen sie hier bereits lebte, fragte sie sich, was geschehen würde, wenn es einmal keinen Wächter des Lichts geben würde. Nie hatte sie darüber nachgedacht. Nie hatte sie geahnt, dass es einmal so weit kommen würde. Und sie war sich auch keinesfalls sicher, dass Aliana eine Antwort auf ihre Frage gehabt hätte. Einen solchen Fall hatte es - soweit Ari wusste - noch nie gegeben. Der ewige Kampf zwischen Licht und Schatten gehörte so sehr in ihr Weltbild, dass sie sich schon gar keine Gedanken mehr darüber machte. Aber das die Schatten gewinnen sollten - was auch schon das eine oder andere Mal vorgekommen war - und das auch noch ohne wirklich die entscheidende Schlacht führen zu müssen, darüber wollte sie lieber gar nicht erst nachdenken. Ari seufzte schwer. Lucifer durfte die Schlacht nicht gewinnen und sie konnten es nicht. Vermutlich wusste niemand so genau, was dann geschehen würde. Die Menschen ahnten natürlich nichts von ihrem Schicksal. Aber auf jeden Fall war es tausend Mal besser, wenn sie die nächsten hundert Jahre auf sich allein gestellt waren, als sie der Führung Lucifers anzuvertrauen. Und wie es dann weitergehen würde …

Ari wusste es nicht. Sie öffnete die Augen und ein mildes Lächeln huschte über ihr Gesicht. Sie dachte an Darren. Sie wusste, dass sie ihn unwiederbringlich verloren hatten. Auch wenn sie alles in ihrer Macht stehende tun würde, um ihn doch noch zu retten. Sie hatte keine Ahnung, ob ihr Plan funktionieren würde. Aber sie würde es sich nie verzeihen, es nicht wenigstens versucht zu haben.

Mit einem Ruck stand sie auf und ging zum Tisch in der Mitte des Raumes. Sie hatte sich vor gut einer Stunde ein bisschen Brot und ein Stück Braten aus der Küche geholt. Neben dem Teller stand ein Krug mit Wasser. Ari schenkte sich den dazu gehörigen Becher voll und ließ sich schwer auf den Stuhl fallen. Der Braten war mittlerweile kalt geworden, doch das störte sie nicht. Fast automatisch griff sie nach dem Brot und dem Fleisch und nahm einen großen Bissen vom Brot.

Nichts wünschte Ari sich in diesem Moment mehr, als die Zeit zurückdrehen zu können, und alles ungeschehen zu machen. Aber nicht einmal die Engel konnten das Rad der Zeit anhalten. Sie würde sich ihrer Verantwortung und Lucifer stellen müssen. Wenn er überhaupt hier auftauchte, hieß das. Vielleicht täuschte sie sich auch und saß sich hier ganz umsonst die Beine in den Bauch, während sie woanders viel dringender gebraucht wurde. Ari warf mit einem wütenden Schnaufen das Essen auf den Teller und stand mit einer so ruppigen Bewegung auf, dass der Stuhl scharrend über den Boden rutschte und fast umgefallen wäre. Es machte sie einfach wahnsinnig, hier herumzusitzen und zu warten. Sie begann, im Zimmer auf und ab zu gehen. Aber das machte es nicht wirklich besser, und bevor sie noch Gefahr lief, den Fußboden durchzulaufen, machte sie sich auf den Weg nach draußen. Vielleicht konnte sie einem der Wachposten ja ein bisschen auf die Nerven gehen.

Die Luft war so kalt, dass Ari im ersten Moment bedauerte, keinen Mantel mitgenommen zu haben. Ihr Atem kräuselte sich in dünnen Wölkchen vor ihrem Gesicht und es roch nach noch mehr Regen. Sie warf einen Blick in den Himmel. Der Vollmond stand direkt über ihr und schien sie höhnisch anzugrinsen. Ari rückte den Bogen zurecht, den sie sich über die Schulter geworfen hatte. Die Wächter patrouillierten auf den Wehrgängen und die meisten übrigen Bewohner waren Amoragons ausdrücklichem Befehl gefolgt und hatten sich in die Häuser zurückgezogen.

Es war unheimlich still hier draußen. Von Zeit zu Zeit hörte sie den fernen Donner und die Schritte der Wächter. Und plötzlich kam ihr diese Welt so … unwirklich vor. Als wäre sie bereits im Begriff, sich aufzulösen und etwas anderem Platz zu machen. Die Häuser und Türme rings herum kamen ihr plötzlich dunkler und fast bedrohlich vor. Von der positiven Atmosphäre, die diese Burg sonst ausstrahlte, war nicht mehr viel geblieben. Es war, als hätte sich mit dem Regen und der Dunkelheit auch ein schwarzes Tuch über ihr zu Hause gelegt. Ein Tuch, das sich vielleicht nie mehr ganz entfernen lassen würde.

Ari schüttelte entschieden den Kopf und schrieb dieses Gefühl ihren überreizten Nerven zu. Sie weigerte sich darüber nachzudenken, ob sie vielleicht doch recht hatte, denn die Antwort auf diese Frage hätte sie vermutlich den Verstand gekostet. Der Ruf eines Wächters riss sie aus ihren Gedanken. Jemand näherte sich der Spiegelburg. Ari sprintete eine der zahlreichen Treppen hoch, immer zwei Stufen auf einmal nehmend, die auf den Wehrgang führten. Mit zwei großen Sätzen war sie an der Wehrmauer angekommen und blickte in die Richtung, in die der Wächter wies. Ganz fern noch und kaum zu erkennen, konnte sie ein Pferd und einen Reiter ausmachen. Und als das Gespann in gestrecktem Galopp näher kam, erkannte sie ihn.

"Darren! Es ist Darren! Macht das Tor auf!", rief Ari.

Sie wirbelte herum und hetzte über den Wehrgang zur nächsten Treppe, die in die Tiefe führte. Als sie gerade die letzte Stufe erreicht hatte, wurde das Tor geöffnet und Darrens Pferd sprengte hindurch. Auf dem Hof riss er es so hart am Zügel zurück, dass es ängstlich wieherte und scheute. Er zwang das Pferd wieder auf vier Hufe und schwang sich elegant aus dem Sattel.

"Darren!", rief Ari und eilte lachend auf ihn zu.

Darren drehte sich zu ihr herum und humpelte ihr ein paar Schritte entgegen. Ari fiel ihm lachend in die Arme und drückte ihn mit solcher Kraft an sich, dass es ein reines Wunder war, dass ihm nicht mehrere Rippen brachen. Noch immer lachend vor Erleichterung trat sie einen Schritt zurück.

"Du bist verletzt?", fragte sie mit einer Kopfbewegung auf sein

Bein.

Darren schüttelte den Kopf. "Ist nur ein Kratzer."

"Genau wie das da?", fragte Ari und deutete auf die Narbe auf seiner rechten Wange, die Lucifers Blut dort hinterlassen hatte.

Sie blutete mittlerweile nicht mehr, sondern glänzte nur noch in einem hellen Rot.

Darren winkte ab und lächelte. Irgendetwas an seinem Lächeln irritierte Ari, ohne dass sie sagen konnte, was.

"Wie bist du da raus gekommen?"

Täuschte er sich, oder klang in ihrer Stimme Mistrauen?

"Ich hatte Glück", behauptete er. "Aber der Preis war ziemlich hoch." Er deutete auf sein Bein. Ari trat einen Schritt zurück und runzelte vielsagend die Stirn. Darren sah sich im Burghof um. "Wo sind Aliana und Amoragon?"

"Die sind am Turm."

"Und was machst du noch hier?"

"Reine Vorsichtsmaßnahme. Außerdem habe ich gehofft, dass du kommst", behauptete Ari.

Darren lächelte und plötzlich fiel ihr auf, was an seinem Lächeln nicht stimmte. Darrens Lächeln war stets ein ganz Besonderes gewesen. Herzlich, warm und echt. Dieses Lächeln war eine Spur zu kalt. Das silberne Licht des Mondes ließ es noch kälter wirken, als es vielleicht war. Und der flackernde Schein der zahlreichen Feuer, die den Burghof erhellten, zeichneten bedrohliche Muster auf sein Gesicht.

"Was ist mit dem Heer? Hat Amoragon es schon versammelt?"

Ari schnaubte.

"Du stellst vielleicht Fragen, Darren."

Er trat zwei Schritte vor ihr zurück. Irgendetwas stimmte mit seinen Bewegungen nicht. Sie spürte die Blicke der zurückgebliebenen Wächter, die von den Wehrgängen die Szenerie im Burghof beobachteten. Und sie spürte, dass auch sie merkten, dass irgendetwas nicht stimmte. Eine seltsame Stimmung legte sich über die Szenerie und die Nacht schien eine Spur dunkler zu werden.

"Du bist nicht Darren", flüsterte Ari plötzlich.

Darren begann, Beifall zu klatschen.

"Alle Achtung, das hast du aber schnell gemerkt, Ari", spottete er.

Er trat mehrere Schritte zurück und plötzlich hatten seine Bewegungen nichts Menschliches mehr. Sie wirkten eher wie ein Schatten, der sich von einem Ort zum Anderen bewegte. Lautlos. Körperlos. Die schwarzen Wolken, die mit dem Unwetter aufgezogen waren, verdunkelten den Vollmond und in diesem Moment verwandelte sich Darren in einen körperlosen Schatten. Ari taumelte mit einem entsetzten Keuchen einen Schritt zurück. Und dann ging alles sehr schnell. Vom Himmel ließen sich gut drei Dutzend Raben aus den tiefschwarzen Wolken fallen, unter denen sie sich versteckt hatten. Noch einmal mindestens die gleiche Anzahl an Formwandlern, wie der vor Ari, fiel ebenfalls vom nachtschwarzen Himmel. Mit einem markerschütternden Schrei, als wären sie ein einziges, mordlüsternes Wesen stürzten sie sich auf die völlig überraschten Wächter.

Die ersten Wächter wurden von den Raben und den Formwandlern regelrecht in Stücke gerissen, bevor sie überhaupt begriffen, was vor sich ging. Die wenigen Bewohner der Spiegelburg, die sich noch im Burghof befanden, stoben panisch schreiend auseinander und suchten Schutz in den Häusern und Türmen. Einige wenige versuchten, durch das Burgtor zu fliehen. Doch dieser Weg wurde ihnen von den Kreaturen versperrt, die wie ein einziges Lebewesen durch das Tor drängten und sich augenblicklich mit scharfen Krallen, spitzen Reißzähnen und brutaler Gewalt auf die Burgbewohner stürzten.

Ari trat nach dem Schatten vor ihr, obwohl sie wusste, dass sie keinen Körper treffen würde. Der Schatten stob auseinander wie eine Rauchwolke, in die ein kräftiger Wind blies, formierte sich neu und stieß mit einem grässlichen Schrei in den Himmel auf. Blitzschnell hatte Ari den Bogen von den Schultern und den ersten Pfeil aufgelegt. Die Engel um sie herum, die an Waffen ausgebildet waren, taten ihr Bestes um die Burg zu verteidigen. Ari ihrerseits ließ Pfeil um Pfeil von der Sehne schnellen.

Aber die Raben waren einfach zu schnell. Mehrmals wurde sie getroffen, auf die Knie geschleudert, rappelte sich wieder auf, legte den nächsten Pfeil auf. Die Klauen der vorbei rasenden Schatten fügten ihr mehr als eine tiefe Wunde zu. Dennoch hatte Ari Glück. Keine ihrer Verletzungen war so schwer, dass sie daran hätte sterben können.

Dieses Glück war den Wachen und den restlichen Bewohnern der Spiegelburg leider nicht vergönnt. Selbst in den unzähligen Häusern und Türmen hörte man sie in Todesangst schreien. Die Raben und Formwandler brachen rücksichtslos durch die Fensterscheiben, um ihr blutiges Werk zu vollenden. Der Kampf konnte insgesamt nicht viel länger als fünf Minuten gedauert haben, und als er vorbei war, stand Ari allein auf dem Burghof. Der Köcher war leer und den Bogen hielt sie schwer atmend in den Händen. Sie blutete aus mindestens einem Dutzend Wunden, die allesamt höllisch brannten. Aber die Schmerzen spürte sie gar nicht. Der Burghof glich einem Schlachtfeld. Überall lagen zerfetzte, übereinander gestürzte Leiber. Manche Wächter hingen blutüberströmt über den Zinnen, nicht wenige von ihnen so grausam verstümmelt, dass man sie kaum noch als menschliche Wesen identifizieren konnte.

Mit einem verzweifelten Schrei, in dem sich all ihre Wut und ihr Hass Bahn brach, drehte sich Ari um sich selbst. Niemand in der Burg hatte überlebt. Das wusste sie mit unerschütterlicher Sicherheit. Die Formwandler formierten sich neu und postierten sich auf den Wehrgängen, während die Raben unter der Führung von Malphas - der sich jetzt wieder in einen Menschen verwandelte und von dem Wehrgang aus, auf dem er stand, mit einem kalten Lächeln auf Ari hinunterblickte - kurzerhand auf der Burgmauer verteilten. Die restlichen Kreaturen blockierten das Burgtor. Es gab keinen Ausweg. Warum lebte sie noch? War es wirklich pures Glück? Oder war es nur Malphas Grausamkeit. Sie mit ansehen zu lassen, wie fast ihr gesamtes Volk ausgerottet wurde, um sie dann doch noch zu töten?

Ein Geräusch drang an ihre Ohren, welches sie erst nach einer ganzen Weile als das gemächliche Getrappel gewaltiger Hufe identifizierte. Ari fuhr zum Burgtor herum. Die Mauer aus albtraumhaften Schattenwesen teilte sich auf ein stummes Kommando hin und gab das Tor frei. Die dunklen Wolken flohen vor der bleichen Scheibe des Vollmondes, sodass sie jetzt - Zufall oder nicht - genau erkennen konnte, wer durch das Tor kam.

Lucifer war für sich selbst im Sitzen noch ein Riese. Aber auf dem gewaltigen schwarzen Schlachtross, auf dem er jetzt saß, passte er kaum durch das Burgtor. Er musste sich tief über den Hals des Tieres beugen, um sich nicht den Kopf zu stoßen. Gemächlich - als wäre er auf einem Sonntagsausritt - hielt er auf Ari zu und blieb dicht vor ihr stehen. Ari musste den Kopf in den Nacken legen, um zu ihm aufzusehen. Ihre Augen sprühten vor Hass.

"Du!", grollte sie.

"Begrüßt man so seinen ehemaligen Liebhaber?", fragte Lucifer mit gespieltem Vorwurf und einem ebenso gespielten Lächeln.

"Das war vielleicht mein größter Fehler", sagte Ari.

Mit einem verächtlichen Knurren packte sie den Bogen fester. Lucifer stieg mit einer lässigen Bewegung aus dem Sattel. Einige der Raben krächzten und schlugen unruhig mit den Flügeln. Lucifer ging auf Ari zu und blieb dicht vor ihr stehen. Sie wich seinem Blick nicht für einen Moment aus. Sein eiskaltes Lächeln versetzte ihr einen tiefen Stich ins Herz und jagte ihr einen Schauer über den Rücken. Genau dieses Lächeln war ihr damals zum Verhängnis geworden. Jetzt wirkte es nur noch abstoßend auf sie.

"Es ist vorbei, Ari! Wenn du vernünftig bist, werde ich dich am Leben lassen. Wir können sowieso nicht alle von euch umbringen."

Er zuckte mit den Achseln und verzog säuerlich das Gesicht.

"Selbst ich muss mich an Regeln halten, wie du weißt."

In seiner Stimme lag echtes Bedauern über diese - seiner Ansicht nach - völlig überflüssige Regelung.

"Ich würde eher sterben, als mich noch einmal mit dir einzulassen!"

Leider gelang es ihr nicht, ihre Stimme so fest klingen zu lassen, um die Worte zu einer Drohung zu machen. Lucifers Lächeln erlosch.

"Du weißt, dass ich dich vernichten kann."

"Ja, Lucifer, das weiß ich. Aber das würde auch deine Macht schwächen, habe ich recht?"

Lucifer antwortete nicht. Und wozu auch? Ari kannte den Preis, den er würde zahlen müssen. Auch er hatte einen unverzeihlichen Fehler gemacht, als er sich mit ihr eingelassen hatte. Sie sah ihm fest in die Augen.

"Ob wir die Schlacht gewinnen oder nicht. Die Spiegel bekommst du nicht!"

Und mit diesen Worten fuhr sie herum und rannte auf das Tor der Eingangshalle zu. In die Reihen der Raben kam Bewegung. Blitzschnell verwandelte Malphas sich wieder in einen Raben und ein paar seiner Dämonen erhoben sich bereits mit wild schlagenden Flügeln in die Luft.

Lucifer riss in einer befehlenden Geste die Hand hoch und zog mit der anderen sein Schwert.

"Keiner rührt sie an!"

Mit einem fast enttäuscht klingenden Krächzen ließen sich die Raben wieder auf der Mauer nieder. Lucifer sah zu Malphas empor.

"Stellt sicher, dass keiner hier überlebt hat. Dieses einfache Engelspack kann ich nicht gebrauchen."

Dann drehte er sich zu dem Tor um, durch das Ari verschwunden war.

"Ich kümmere mich um Ari."

Die Spiegelhalle lag dunkel und schweigend vor ihm. Durch die Fenster fiel das Licht des Vollmondes, aber seltsamerweise spendete er nicht so viel Licht, wie draußen. Selbst die hier allgegenwärtigen Schatten wichen vor Lucifer zurück, als er die Halle betrat und über einen der toten Wächter hinweg stieg. Suchend sah er sich um. Seine Augen waren nicht wirklich auf Licht angewiesen, um zu sehen, sodass ihn die Dunkelheit hier drinnen nicht störte.

Als er die erste Spielgelreihe erreicht hatte, hielt er an.

"Ari?"

Lucifers Stimme hallte tausendfach als Echo zu ihm zurück. Ansonsten blieb es still.

"Was soll das Spielchen? Du weißt, dass du mich nicht töten kannst. Du würdest das Gleichgewicht zerstören. Das kannst du nicht wirklich wollen, Ari."

Wieder bekam er keine Antwort. Lucifer lauschte noch einen Moment. Dann zuckte er gleichgültig mit den Achseln, trat an den ersten Spiegel heran und hob den Knauf seines Schwertes. Ein Pfeil rauschte so dicht an ihm vorbei, dass er den Luftzug spüren konnte, und bohrte sich in den Holzrahmen des Spiegels, um zitternd darin stecken zu bleiben. Lucifer erstarrte. Dieses kleine freche Ding hatte echt Mut.

"Das würde ich an deiner Stelle lieber lassen", schlug Ari mit fester Stimme vor.

Lucifer drehte sich wie in Zeitlupe um. Ari stand neben einer der mächtigen Säulen, die diesen Saal stützten, und hatte bereits einen neuen Pfeil aufgelegt. Und nicht nur die hatte sie aus der Waffenkammer mitgenommen, in der sie zwischenzeitlich offenbar gewesen war. An ihrer rechten Seite hing ein gewaltiges Schwert mit goldenem Griff.

Lucifer lachte leise. "Was hast du jetzt vor, Schätzchen? Glaubst du, du kannst mich aufhalten?"

"Du bist nur in der Welt der Menschen unverwundbar, vergiss das nicht!"

Lucifer drehte sich ganz zu ihr herum.

"Das Gleiche gilt auch für dich. Selbst wenn ich ein bisschen von meiner Macht einbüße, sollte ich dich erledigen, bin ich immer noch in der Lage, euch Engel zu besiegen."

Ari trat einen Schritt vor.

"Ihr habt euren Wächter verloren. Es ist zu spät!" Lucifer grinste siegessicher und verengte die Augen.

"Das werden wir ja sehen, Lucifer."

Mit einer blitzschnellen Bewegung drehte Lucifer sich zu dem Spiegel herum und zerschlug ihn mit dem Knauf seines Schwertes. Er führte die Drehung zu Ende und riss sein Schwert in die Höhe. Aris Pfeil prallte nutzlos an der Klinge ab und fiel scheppernd zu Boden. Lucifers Lachen mischte sich in das Klirren des zerbrechenden Spiegels und Ari erstarrte. Schwarzer Rauch quoll aus dem leeren Rahmen und sie konnte die Schreie der Menschen hören.

Jeder zerbrechende Spiegel löste eine Katastrophe für die Menschen aus. Überall auf der Welt der Menschen verwüsteten Naturkatastrophen das Land und verbreiteten Angst, Tod und Schrecken. Die Welt der Menschen würde im Chaos versinken, wenn es Lucifer gelang, auch nur die Hälfte der Spiegel zu zerbrechen. Die Spiegel zu schützen war die wichtigste Aufgabe der Engel des Lichts. Wenn sie zerbrachen, war das Lucifers Eintrittskarte in eine neue Ära des Schreckens.

Ari trat entsetzt einen Schritt zurück. Der schwarze Rauch wurde für einen fürchterlichen Moment zu etwas Anderem. Etwas Bedrohlichem und durch und durch Bösem. Ari krümmte sich wie unter Schmerzen und streckte hilflos eine Hand nach dem Spiegel aus. Das Leid der Menschen konnte sie fühlen, als würden ihr selbst Schmerzen und Leid zugefügt. Sie musste etwas tun. Schnell! Der Rauch zog sich zurück und kroch in den Holzrahmen des ehemaligen Spiegels um sich dort einzunisten, wie eine Spinne in einem erbeuteten Netz. Lucifers Lachen verklang und er sah Ari ernst an.

"Hast du es immer noch nicht begriffen, Ari? Ihr könnt mich nicht aufhalten."

Ari ließ den Bogen sinken und legte ihn auf den Boden. Den Köcher ließ sie ebenfalls von den Schultern gleiten. Mit einer fließenden Bewegung zog sie das Schwert.

"Komm schon, Ari. Mit dem Schwert bist du nicht so gut, wie mit dem Bogen, das weißt du."

Lucifer lächelte süffisant und lachte abfällig. Ari packte das Schwert fester.

"Ich kann dich vielleicht nicht töten, aber ich werde diese Spiegel schützen und wenn es das Letzte ist, was ich tue."

Dann warf sie sich mit einem Schrei und mit erhobenem Schwert Lucifer entgegen.

Das Licht des Mondes tauchte den Turm in seltsame Farben. Der Turm hatte eine sonderbare Form. Er erinnerte Darren mehr an einen Obelisken. Trotzdem der Turm offensichtlich keine Fenster besaß, schien er von innen heraus zu strahlen und zu glühen. Der Turm der Erkenntnis lag in einem kleinen Tal, welches ihn von allen Seiten her abschottete. Darren und seine Armee hatten rings um dieses Tal herum Aufstellung genommen. Von dem Tal aus mussten sich ihre Gestalten in dem fahlen Licht des Mondes mehr als deutlich abheben, aber es gab keinen Grund, sich anzuschleichen.

Amoragon und sein weißes Heer wussten, dass die Armee des Teufels hier herkommen würde. Das Versteckspiel hatte ein Ende. Das gesamte Tal erstrahlte in dem hellen weiß der Lederuniformen des weißen Heeres. Darrens Pferd tänzelte nervös hin und her und wieherte dabei leise. Darren drehte sich im Sattel um und warf einen Blick auf seine Armee. Sie alle warteten geduldig auf seine Befehle und er war sich sicher, dass sie diese vorbehaltlos ausführen würden. Lillith eingeschlossen. Wenn sie schon nichts von ihm hielt, so würde sie zumindest Lucifers Entscheidung respektieren. Alles andere wäre glatter Selbstmord gewesen. Natürlich hatte Darren über ihren Vorschlag nachgedacht. Und je näher sie dem Turm gekommen waren, desto deutlicher hatte er die Kraft und die Macht dieses magischen Ortes gespürt. Es war ein durchaus verlockendes Angebot und er hatte im Grunde auch nicht die geringsten Skrupel, dieses Angebot anzunehmen. Er war Lucifer nichts schuldig. Auch wenn dieser das vermutlich ganz anders sah. Aber Darren wusste auch, dass Lucifer ein gefährlicher Feind werden würde. Und wenn man einen Feind nicht besiegen konnte, war es klüger, sich mit ihm zu verbünden. Er hatte zwar im Moment die Befehlsgewalt über diese gewaltige Armee. Aber sie gehörte noch immer Lucifer selbst. Das hatte Lillith offensichtlich schon vergessen. Vielleicht war es ihr auch egal. Aber Darren hatte ganz andere Pläne. Er würde - natürlich - Lucifers Befehl ausführen und den Ring der Gezeiten einsetzen. Aber was sprach denn dagegen sich seiner neu erworbenen Macht zu bedienen und ein paar mächtige Kriegerengel zu verwandeln, um eine bessere Verhandlungsbasis mit Lucifer zu haben, wenn es darum ging, die Machtverhältnisse in Anderwelt neu zu sortieren? Darren lächelte zufrieden.

"Es gibt keinen Eingang?", fragte er an Lillith gewandt, ohne sie jedoch direkt anzusehen.

Lillith streckte den Finger aus und wies auf eine Stelle neben dem Turm. Dort stand ein Gebilde, welches Darren zunächst für eine Tafel gehalten hatte. Durch Lillith einmal darauf aufmerksam geworden sah er, dass es sich um ein Tor handelte. Das Tor war schätzungsweise gerade mannshoch und sehr schmal, sodass nur ein Mann gleichzeitig durch die schmale Öffnung passte. Darren vermutete, dass der schmale Gang, der das Tor unterirdisch mit dem Turm verband, genauso schmal sein würde.

Das Tor machte einen durchaus massiven Eindruck. Der graue Stein war verwittert und man konnte die Ornamente darauf kaum noch erkennen.

"Doch, den gibt es", antwortete Lillith. "Ein unterirdischer Gang. Wirklich clever und gut zu verteidigen."

Darren seufzte. "Aber zunächst müssen wir es bis dahin schaffen, oder?"

Lillith wandte den Kopf und sah ihn an. "Was ist deine Taktik?"

Darren lachte.

"Taktik? Die brauchen wir nicht. Sie wissen, dass wir kommen. Wir werden sie von allen Seiten gleichzeitig angreifen und die Schlacht gewinnen. So einfach ist das!"

Er sah Lillith an und seine Augen färbten sich wieder rot. "Ich habe über dein Angebot nachgedacht."

"Und?"

Darren grinste. "Ich finde, wir wären ein wirklich hübsches Paar. Aber lass uns, bevor wir feiern, zunächst noch die Schlacht gewinnen."

Lillith lächelte zufrieden. "Ja, Herr!"

Darren hob einen Arm in die Höhe und rief ein einzelnes Wort in einer Sprache, die er bis vor ein paar Stunden noch nicht einmal gehört hatte. Der Ring der Gezeiten, den Lucifer ihm überlassen hatte, begann zu glühen. Dann entlud sich ein gewaltiger Blitz aus ihm und sprang förmlich in den schwarzen Himmel über ihnen. Mit der anderen Hand riss Darren sein Schwert aus der Schwertscheide, preschte mit seinem Rappen den Hang hinunter und seine Armee folgte ihm mit ohrenbetäubendem Kampfgebrüll.

Ari prallte so hart auf dem Stein auf, dass ihr für einen Moment schwarz vor Augen wurde. Das Schwert hielt sie immer noch fest umklammert. Ein Lachen, das wie das ferne Grollen des Gewitters klang, drang an ihre Ohren. Ganz weit entfernt, wie durch Watte zwar, aber dennoch nicht weniger verletzend. Ari schüttelte den Kopf und kämpfte sich auf die Ellenbogen hoch. Das neuerliche Scheppern von Glas ließ sie schlagartig ihre Benommenheit vergessen.

Mit einem einzigen Sprung war sie wieder auf den Füßen. Lucifer stand mit dem Rücken zu ihr vor einem Spiegel. Der Rahmen war leer. Ari packte das Schwert fester und griff Lucifer erneut an. Lucifer wirbelte vor dem Spiegel, den er soeben zertrümmert hatte, herum und parierte ihren Schlag mit einer lässigen Bewegung. Die Klingen prallten mit einer solchen Wucht aufeinander, dass Ari Mühe hatte, das Schwert festzuhalten. Ein stechender Schmerz fraß sich durch ihren Unterarm bis hinauf in die Schulter und sie verzog schmerzerfüllt das Gesicht. Sie klammerte sich mit eisernem Willen an das Schwert denn sie wusste, wenn sie es jetzt verlor, war alles vorbei.

Auch dieser Spiegel war unrettbar verloren. Der schwarze Rauch hatte sich auch in seinem Rahmen bereits eingenistet wie eine Pestwolke. Lucifer starrte sie durch die gekreuzten Schwerter hindurch mit durchdringendem Blick an. Für einen kurzen Moment glühten seine Augen auf.

"Lass gut sein, Ari. Es ist vorbei!"

Mit diesen Worten gab er ihr einen Stoß, der Ari ein paar Schritte zurücktaumeln ließ. Schwer atmend vor Anstrengung hob Ari das Schwert bereits wieder an. Aber ihre Bewegungen waren müde und langsam. Lucifer hatte recht. Mit dem Schwert war sie lange nicht so gut, wie mit Pfeil und Bogen. Aber es nutzte ihr überhaupt nichts, wenn Lucifer jeden Pfeil mit dem Schwert meisterhaft parierte und sie auf diese Weise nur erreichen konnte, dass sich ihr Köcher leerte.

"Glaubst du wirklich, dass die Menschen es euch eines Tages danken werden, Ari?"

Lucifer hatte sich in einer eleganten Bewegung ebenfalls ein paar Schritte zurückbegeben und stützte sich jetzt lässig auf sein Schwert. Er schüttelte den Kopf.

"Sie sind Dummköpfe. Sie werden den Unterschied nicht einmal merken."

"Das glaubst auch nur du", presste Ari zwischen zusammengebissenen Zähnen hervor.

Ihr Atem ging schnell und stoßweise und sie war sich durchaus im Klaren darüber, dass Lucifer ihr an Kraft und Stärke haushoch überlegen war. Er spielte nur mit ihr.

Lucifer ging ein paar Schritte rückwärts auf den nächsten Spiegel zu. Ohne Ari aus den Augen zu lassen, zerschlug er auch diesen Spiegel mit dem Knauf seines Schwertes. In das Klirren der Scheibe mischten sich die entsetzten Schreie der Menschen denn auch dieser zerbrochene Spiegel löste irgendwo auf der Erde eine fürchterliche Katastrophe aus. Ari biss wütend die Zähne zusammen.

"Du wirst niemals gewinnen, Lucifer."

Er lachte wieder. Mit einem Spott und einer Abfälligkeit, die Ari fast körperliche Schmerzen bereitete.

"Du kannst mich nicht besiegen. Du bist zu schwach, Ari. Aber du kannst dich mir anschließen."

Anstatt zu antworten, riss Ari mit einem wütenden Schrei das Schwert hoch und warf sich auf Lucifer. Lucifer reagierte blitzschnell, steppte einen Schritt zur Seite, machte eine halbe Drehung und brauchte nur noch in aller Seelenruhe abzuwarten, bis Ari von ihrem eigenen Schwung an ihm vorbeigetragen wurde.

Er rammte ihr den Knauf seines Schwertes zwischen die Schulterblätter. Ari schrie auf, taumelte haltlos nach vorn und prallte ungebremst gegen den Spiegel, den Lucifer gerade zerbrochen hatte. Der Aufprall war nicht nur schmerzhaft, sondern auch beängstigend. Ari riss die Hände hoch, um sich abzustützen. Ihre Hände berührten die schwarze Spiegelfläche und das Schwert entglitt ihren kraftlosen Händen und polterte zu Boden. In dem Moment, indem Aris Hände den Spiegel berührten, durchströmte sie ein Gefühl von Macht und Boshaftigkeit, das sie gequält aufstöhnen ließ.

Der Spiegel war so kalt, dass es sie nicht gewundert hätte, wenn ihre Handflächen daran kleben geblieben wären. Die Kälte sprang sie förmlich an und raste in pulsierenden Wellen durch ihren Körper. Wie die Berührung von etwas Uraltem und Bösem. Für einen Moment hatte sie das schreckliche Verlangen, dieser boshaften Kraft nachzugeben und sich mit ihr zu vereinen. Die Macht in sich aufzusaugen wie ein Schwamm das Wasser, um an Lucifers Seite über Anderwelt zu herrschen.

Mit einer Kraftanstrengung, die ihr fast das Bewusstsein raubte, verschloss Ari ihren Geist. Die dunkle Macht war stark, aber ihr eiserner Wille war stärker. Mit einem erstickten Seufzen fiel Ari haltlos auf die Knie, sank nach vorn und konnte sich gerade noch mit den Händen am Boden abstützen. Lucifer machte ein abfälliges Geräusch und Ari konnte hören, dass er mit gemächlichen Schritten näher kam.

"Ari, sei vernünftig. Ich kann dir alles geben, was du willst."

Seine Schritte verstummten und Ari wandte sich wie in Zeitlupe zu ihm herum. Auf ihrer Stirn stand kalter Schweiß und Lucifers Gestalt zerfloss immer wieder zu einem formlosen Umriss vor ihren Augen. Mit einer Entschlossenheit, die Lucifer anerkennend die Augenbrauen heben ließ, stemmte sie sich wieder auf die Füße. Im ersten Moment schwankte sie und abermals wurde es für einen Sekundenbruchteil dunkel in ihrer Welt. Dann trat sie einen entschlossenen Schritt vor und hob ihr Schwert auf.

"Du brauchst es mir nicht zu geben, Lucifer. Ich werde es mir einfach nehmen!"

Ari sprang vor. Aber offensichtlich hatte Lucifer sie nicht unterschätzt. Er riss seinerseits das Schwert hoch und ließ Ari einfach in die Klinge laufen.

Die kalte, klare Luft war erfüllt von Kampfgeräuschen. Die schrillen Rufe der Kriegerengel mischten sich mit den nichtmenschlichen Schreien der dunklen Kreaturen und vereinten sich zu etwas Neuem. Der Regen hatte den Boden dermaßen aufgeweicht, dass die Kämpfenden teilweise bis über die Knöchel im Matsch versanken. Darren und Lillith hatten sich mittlerweile getrennt, um die Armee von zwei Seiten aus dirigieren zu können.

Das Tal wimmelte von schwarzen und weißen Schatten, die sich gegenseitig mit Schwertern verletzten, mit scharfen Klauen Kehlen zerfetzten oder tiefe Wunden in Leiber rissen. Das kalte Licht des Mondes brach sich auf Schwertklingen, den Schneiden gewaltiger Hellebarden und auf der einen oder anderen messerscharfen Klaue. So manche der ehemals weißen Lederrüstungen hatte schon etliche rote Flecken und die Verluste waren auf beiden Seiten verheerend.

Das Universum hatte schon eine seltsame Art von Humor: Um den Frieden auf der Erde zu sichern, musste eine Schlacht geführt werden, mit deren Blut sich die Menschen ihre Freiheit teuer erkauften.

Darren wirbelte herum und ließ sein Schwert niedersausen. Der Kriegerengel, der über ihn hinwegflog, trudelte haltlos - und jetzt mit nur noch einem Flügel - über das Schlachtfeld, bevor er in eine Gruppe kämpfender Engel und Werwölfe krachte.

Darren entledigte sich des nächsten Gegners, indem er ihn kurzerhand enthauptete. Er war schon zu Beginn der Schlacht vom Pferd gesprungen, um beweglicher zu sein. Eine erhöhte Kampfposition hatte durchaus Vorteile. Aber ohne ein behäbiges Pferd unter dem Hintern fühlte er sich wesentlich wohler in seiner Haut. Überhaupt war er hier in seinem Element. Darren stach, hakte und trat sich seinen Weg frei. Er erschlug Gegner um Gegner und mit jedem Gegner, den er erledigte, wuchs eine Befriedigung in ihm heran, die dem alten Darren sicherlich Angst gemacht hätte. Der neue Darren aber labte sich am Leid seiner Opfer. Die Schreie der sterbenden Engel waren das schönste Geräusch, das er sich vorstellen konnte.

Seine Kaltblütigkeit war sein Verbündeter. Sie würden diese Schlacht gewinnen und dann würde er mit Lucifer und Lillith über dieses Land herrschen und diese verdammten Engel würden bekommen, was sie verdient hatten. Genau wie die Menschen. Eine leise

Stimme versuchte, über den Kampflärm zu ihm durchzudringen. Die Menschen. Du selbst warst einmal einer von ihnen. Da hatte die nervtötende Stimme in seinem Inneren sogar gar nicht mal so unrecht. Aber jetzt war er es nicht mehr. Und die Verwandlung durch Lucifer war das Beste, was ihm hätte passieren können.

Das flatternde Geräusch großer Flügel riss ihn aus seinen Gedanken. Geistesgegenwärtig duckte sich Darren unter dem Engel hindurch. Dieser schoss über ihn hinweg, machte kehrt und landete ein paar Meter von ihm entfernt. Darren erkannte ihn. Neben dem Training mit Amoragon hatte er von diesem jungen Engel den einen oder anderen Tipp bekommen, der sehr nützlich gewesen war, um das Training mit Amoragon halbwegs unbeschadet zu überstehen. Jetzt standen sie sich gegenüber und Darren lächelte kalt. Der Engel trat in aller Seelenruhe ein paar Schritte auf ihn zu, als wandle er durch einen Park anstatt über ein Schlachtfeld.

"Darren, was ist mit dir geschehen? Warum tust du das?"

Seltsam. Darren konnte sich nicht einmal mehr an den Namen des Engels erinnern. Wie diese verblassten auch alle anderen Erinnerungen an sein früheres Leben allmählich. Für eine Sekunde wollte sich die innere Stimme wieder melden, aber Darren verbot ihr energisch das Wort und knurrte den Engel an. Sein Blick bohrte sich in die sanften Augen seines Gegenübers.

"Das muss so nicht enden. Ich bringe dich zu Amoragon und Aliana. Du kannst uns noch retten. Ich habe dir vertraut!"

Der Engel lächelte.

"Das war dann wohl ein Fehler, wie es aussieht."

Darren überwandt mit einem einzigen Satz die Distanz zwischen sich und dem Engel, packte den völlig fassungslosen Engel mit einer Hand an der Schulter und rammte ihm mit der anderen das Schwert in die Brust. Ein hässlicher Laut erklang und die Klinge trat rot gefärbt auf der anderen Seite wieder aus. Das Lächeln des Engels erlosch und in seinen Augen stand Ungläubigkeit und Entsetzen geschrieben. Er klammerte sich an Darren, während er langsam in die Knie brach.

Darren trat dem sterbenden Engel vor die Brust und zog mit einer fließenden Bewegung das Schwert heraus.

"Du bist einfach zu vertrauensselig, mein Freund", sagte er mit einem kalten Lächeln.

Der Engel kippte langsam nach hinten, und als er auf dem Boden aufschlug, versank sein Kopf halb im Matsch. Darren schnaubte verächtlich und drehte sich mit einem Ruck herum.

Die Schlacht war das reinste Chaos. Von Zeit zu Zeit zuckten Blitze über den nachtschwarzen Himmel. Manche von ihnen schlugen in die Bäume und Büsche rings herum ein und das Feuer, welches sie auslösten, beleuchtete die Szenerie mit gespenstisch tanzenden roten Schatten, die die Bewegungen der Kämpfenden seltsam abgehakt wirken ließen. Darren drehte sich einmal im Kreis und nahm aus den Augenwinkeln das Aufblitzen der Flammenschwerter wahr, die die schwarzen Reiter führten. Sie waren die Einzigen, die noch zu Pferde waren. Auch Lillith war mittlerweile abgesessen. Darren konnte sie nicht weit vom Tor entfernt erkennen. Sie erschlug gerade zwei Engel.

Darren spürte einen stechenden Schmerz in der Schulter und fuhr mit einem Schmerzensschrei herum. Er entging nur um haaresbreite dem zweiten Hieb der scharfen Klinge eines Engels, riss sein eigenes Schwert hoch und parierte den Schlag so gut er konnte. Sein Fuß fand auf dem glatten Untergrund jedoch nicht genug Halt für eine ordentliche Gegenwehr. Darren rutschte weg und schlug der Länge nach hin. Der Engel stand nun über ihm, das Schwert zum Schlag erhoben. Darren riss sein Schwert zwischen sich und den Engel und in diesem Moment segelte ein schwarzer Schatten heran. Der Schatten stürzte sich mit einem markerschütternden Schrei auf den Engel, riss ihn zu Boden und grub seine scharfen Zähne in dessen Kehle.

Der Engel begann, um sich zu schlagen, und versuchte, zu schreien. Aber sein Schrei erstickte und wurde zu einem gurgelnden Laut. Der Schatten hockte auf der Brust des Engels und dessen Beine zuckten, als hätte er einen Anfall. Dann, nach einem letzten Aufbäumen, lag der Engel still und der Schatten erhob sich in einer eleganten Bewegung und drehte sich zu Darren herum.

Das Gesicht des Vampirs war völlig mit Blut besudelt. Er fuhr sich mit der Zunge über die blutigen Lippen und ein diabolisches Lächeln spaltete sein fahles Gesicht. Dann verbeugte er sich vor seinem Herren, stieß sich mit einem Schrei ab und wurde nur Augenblicke später vom schwarzen Himmel verschluckt.

Darren warf einen Blick auf den toten Engel. Er bot einen schrecklichen Anblick. Die Kehle war nicht nur durchgebissen. Sie war völlig zerfetzt. Er lag in seltsam verkrümmter Haltung da und plötzlich durchfuhr Darren eine Erinnerung, die er so lange Zeit erfolgreich verdrängt hatte. Das Gesicht des toten Engels veränderte sich und wurde zu dem Matts.

Darren prallte mit einem Keuchen zurück und blinzelte. Als er die Augen wieder aufschlug, lag vor ihm nichts weiter als dieser tote Engel mit dem starren Blick. Darren konnte regelrecht spüren, wie das Böse in ihm wieder die Oberhand gewann und die Erinnerung an seinen besten Freund mehr und mehr zurückdrängte. Diese Erinnerung gehörte zu einem früheren Leben. Einem langweiligen, von Alltagstrott bestimmten Leben, das er plötzlich nicht einmal mehr besonders vermisste. Matt war nur ein Mensch gewesen, seiner Freundschaft nicht würdig. Mit einem unwilligen Knurren fuhr Darren herum und erschlug den erstbesten Engel, der ihm zu nahe kam.

Langsam kamen die Geräusche wieder. Noch immer hatte Ari die Augen geschlossen. Das Klirren von Glas drang an ihre Ohren. Aber der Laut klang seltsam fremd. Und im ersten Moment fiel es ihr sogar schwer, ihn einzuordnen. Langsam öffnete sie die Augen. Grelles Licht ließ sie die Augen sofort wieder mit einem gequälten Stöhnen schließen. Ari konnte sich nicht einmal mehr erinnern, was passiert war. Ein zweites Mal - und vorsichtiger diesmal - öffnete sie die Augen und sah sich um.

Sie lag auf dem Boden. Sie konnte die kalten Fliesen in ihrem Rücken spüren. Das Licht, das sie gerade noch geblendet hatte, entpuppte sich als fahles Mondlicht, welches durch die bunten Fenster fiel und bunte, bizarre Muster auf dem Boden hinterließ. Und dann kamen die Schmerzen. Ihr Bauch brannte wie Feuer und plötzlich erinnerte sie sich wieder. Lucifer! Er hatte sie mit seinem Schwert offensichtlich so schwer verletzt, dass sie ihr Bewusstsein verloren hatte.

Für wie lange, konnte Ari nicht einmal sagen. Mit einer unendlichen Kraftanstrengung stemmte sie sich - die Schmerzen so gut es ging ignorierend - auf die Ellenbogen und suchte nach Lucifer. Wieder drang das Klirren von Glas an ihre Ohren. Ari wandte ganz langsam den Kopf in die Richtung, aus der das Geräusch kam. Lucifer schien die Bewegung gespürt zu haben, denn in diesem Moment wandte auch er sich zu ihr um und grinste.

Der Spiegel, den er gerade zerschlagen hatte, füllte sich bereits mit dem schwarzen Rauch. Lucifer drehte sich ganz zu ihr herum und kam mit langsamen Schritten auf sie zu.

"Schön, dass du wieder wach bist. Ich hatte allerdings gehofft, dass ich mehr Spiegel schaffen würde, bis du wieder aufwachst."

Er baute sich vor ihr auf und sah mit Verachtung in den Augen auf sie herunter. Lucifer hatte sie verletzt. Aber Ari wusste auch, dass er sie nicht hatte töten wollen. Er war noch nicht fertig mit ihr. Ari griff sich mit der rechten Hand an den Bauch und senkte den Blick. Das Hemd war blutdurchtränkt und zerschnitten. Aber die Haut darunter war unversehrt. Ari tastete ihren Bauch ab. Tatsächlich. Die Wunde war nicht mehr da. Und auch die Schmerzen ebbten langsam ab.

Lucifers leises Lachen ließ sie mit Funken sprühendem Blick aufsehen. Er stand in scheinbar lässiger Haltung vor ihr, doch ihrem geübten Auge entging keineswegs, dass er das Schwert immer noch kampfbereit in der rechten hielt und seine Muskeln angespannt waren, wie bei einem Tiger kurz vor dem Sprung.

"Nimm es als Geschenk für dich, Liebes", sagte Lucifer und lächelte.

"Warum hast du mich nicht getötet?"

Ari sah sich unauffällig - unauffällig? Hatte sie wirklich gedacht, dass sie Lucifer so leicht hintergehen konnte? - auf dem Boden nach ihrem Schwert um. Als sie es entdeckte, verzog sie missmutig das Gesicht. Um es aufzuheben, hätte sie einen Hünen von Höllenfürst hochheben müssen: Lucifer stand auf ihrem am Boden liegenden Schwert. Es durchfuhr Ari wie ein Stromschlag. Der Bogen! Er lag immer noch dort, wo sie ihn zu Beginn ihres Kampfes abgelegt hatte! Sie konnte gerade noch den Impuls unterdrücken, in die Richtung zu blicken. Sie hatte nur diese eine Chance! Lucifer antwortete auf ihre Frage: "Weil ich mein Angebot gern wiederholen möchte. Wir beide können Anderwelt regieren, Ari."

Ari schnaubte verächtlich. "Weißt du noch, was ich im Burghof zu dir gesagt habe, Lucifer? Lieber würde ich mich umbringen!"

Sie stemmte sich ächzend hoch. Für einen Moment wurde ihr schwindelig und sie machte einen hastigen Ausfallschritt. Lucifer lachte abfällig und tippte mit dem Fuß auf ihr Schwert.

"Womit denn, Kleines? Es ist vorbei." Er grinste. "Ich habe wieder einmal gewonnen."

Ari trat einen Schritt auf ihn zu und blieb dicht vor ihm stehen. Wieder spürte sie dieses unstillbare Verlangen, welches sie damals schon diesen verhängnisvollen Fehler hatte machen lassen. Es fiel ihr unendlich schwer, ihn nicht wirklich an sich zu ziehen und zu küssen, als sich ihr Gesicht langsam dem seinen näherte. Sie ergriff ihn an den Schultern und flüsterte: "Du hättest mich töten sollen. Denn jetzt tue ich es."

Und mit diesen Worten riss sie ihr rechtes Knie hoch und rammte es Lucifer in den Bauch. Der Höllenfürst keuchte überrascht auf und sackte ein wenig nach vorn. Ari ergriff ihre Chance und riss ihr Knie ein zweites Mal hoch, um es Lucifer ins Gesicht zu schmettern. Mit einem Schmerzensschrei wurde Lucifer zurückgerissen und ruderte einen Moment hilflos mit den Armen, bevor er den Halt verlor und nach hinten taumelte.

Ari sprintete los. Sie hatte sich nicht getäuscht. Ihr Bogen und der Köcher lagen immer noch dort, wo sie sie abgelegt hatte. Im Laufen griff sie sich beides und schnallte sich mit einer routinierten Bewegung den Köcher um. Lucifer war hinter ihr bereits wieder auf den Beinen. Seine Augen glühten rot vor Hass und Mordlust. Er hatte jetzt beide Schwerter in den Händen und sprintete mit einem wütenden Schrei auf Ari zu.

Das durfte sie nicht! Niemals durfte sich eine Geliebte des Teufels selber richten! Er musste um jeden Preis verhindern, dass Ari die Chance dazu bekam. Lucifer steigerte sein Tempo noch, und kurz bevor er Ari erreichte, sah er, wie sie die Arme hob.

Sie rief ein Wort, welches er sehr genau verstand und das ihn wütend aufschreien ließ. Ari ließ ihre Handflächen zusammenklatschen und war in der Sekunde verschwunden, in der Lucifer sie erreichte. Die Klingen der beiden Schwerter wischten nutzlos mit dem Zischen einer Schlange durch die Luft. Lucifer stolperte ein paar Schritte weiter, drehte sich mit einem wütenden "Nein!" herum und knurrte wie ein verwundetes Tier.

Also gut! Ganz wie sie wollte! Diese Tricks hatte er auch drauf. Er ließ Aris Schwert fallen. Die frei gewordene Hand riss er in Richtung Decke und brüllte das gleiche Wort, welches Ari gerade benutzt hatte. Ein greller Blitz füllte den Raum mit gleißendem Licht, dann war auch Lucifer verschwunden.

Die Schlacht war das reinste Gemetzel und Darren genoss jeden Moment. An seinem Schwert klebte das Blut dutzender Engel und seine Gier war gerade erst erwacht. Nichts auf der Welt konnte ihn davon abhalten, diese Schlacht zu gewinnen und über Anderwelt und damit auch über die Menschen zu herrschen.

Er hatte sich seinen Weg zum Turmeingang frei gehackt und war auf immer mehr Widerstand gestoßen. Auch er hatte Verletzungen davongetragen. Aber keine einzige dieser Wunden konnte ihn von seinem Ziel abbringen. Er musste in den Turm. Er musste die Flamme des ewigen Lichts löschen. Das war alles, was zählte.

Darren zog mit einem kräftigen Ruck das Schwert aus dem Brustpanzer des Engels, der dumm genug gewesen war zu glauben, er könne Darren ernsthaft schaden, und stieß aus der gleichen Bewegung nach einem Engel, der sich von hinten an ihn heranschleichen wollte. Das Schwert glitt mühelos auch durch diesen Panzer und Darren drehte die Klinge herum. Das hässlich nasse Knirschen wurde übertönt von einem grellen Schmerzensschrei, als der Engel vor Darren in die Knie brach und Blut spukte.

Mit einem angewiderten Gesichtsausdruck zog Darren das Schwert heraus, gab dem schwer verletzten Engel dabei einen Tritt vor die Brust und drehte sich bereits nach seinem nächsten Gegner um. Von oben hatte er keinerlei Gefahr zu erwarten. Die wenigen Engel, die es schafften, sich in die Luft zu erheben, wurden sofort von den zahlreichen Mensch-Raben, Vampiren und absurd großen Fledermäusen angegriffen, die sich in Darrens Gefolge befanden.

Von Zeit zu Zeit musste er allerdings aufpassen, dass ihm nicht einer dieser verunstalteten Engel auf den Kopf fiel. Es hatte wieder zu regnen begonnen und die Blitze zuckten jetzt unablässig über den schwarzen Nachthimmel, als hätten sie vor, ihn zu spalten. Das Donnergrollen übertönte zeitweise sogar den Kampflärm auf dem Schlachtfeld.

Darren wich einer Schwertklinge aus, die ihn nur deshalb um Millimeter verfehlte, weil er sich so weit nach hinten bog, wie es eben ging. Sofort riss er sein Schwert in die Höhe. Die Klingen prallten Funken sprühend aufeinander. Darren verlor keine Sekunde und ließ sich einfach fallen. Im Fallen trat er seinem Gegner die Beine unter dem Leib weg und drehte sein Schwert so, dass der stürzende

Engel mit einem keuchenden Laut in zwei Hälften geteilt wurde, als er den Boden berührte. Mit einem eleganten Sprung war Darren wieder auf den Füßen.

Dieses Spiel begann, ihn zu langweilen. Wo war Amoragon? Es wurde langsam Zeit für einen wirklichen Gegner! Darren sah sich in dem Getümmel rings um ihn herum um. Hier herrschte das reinste Chaos. Die Kämpfenden waren teilweise so ineinander verkeilt, dass man nicht einmal mehr sagen konnte, wer hier gegen wen kämpfte. Zahlenmäßig waren das weiße Heer und die Armee des Teufels durchaus gleich stark. Aber die brutale Härte und Kompromisslosigkeit, mit der Darrens Armee vorging, hatte das Heer einfach überrollt. Es war nicht die erste solcher Schlachten. Aber die Armee des Teufels war von Mal zu Mal stärker und rücksichtsloser geworden. Auch das weiße Heer kämpfte ohne Rücksicht. Schließlich stand einiges auf dem Spiel. Aber dennoch gab es zwischen den beiden Parteien einen wesentlichen Unterschied. Die Engel waren Wesen des Lichts und die Teufelsarmee Kreaturen der Schatten. Nur in dieser bizarren, seltsamen Wirklichkeit, um zu töten und zu zerstören.

Es war ein aussichtsloser Kampf und dennoch hielt sich das weiße Heer, trotz verheerender Verluste, wirklich gut. Aber letztendlich würde es ihnen nicht das Geringste nützen. Darren sah sich um, und als er Amoragon entdeckte, spaltete ein diabolisches Grinsen sein Gesicht. Amoragon stand direkt vor dem Eingang des Turms. Seine Rüstung schien - an den Stellen, die nicht blutbesudelt waren - von innen heraus zu glühen.

Als hätte er Darrens Blicke gespürt, sah er in diesem Moment zu ihm herüber. Die Zeit schien still zu stehen. Wenigstens für einen kurzen Moment. Und wie auf ein geheimes Signal hin, setzten sich beide mit fast gemächlichen Schritten in Bewegung.

Mit einem Schrei schreckte Dara aus dem Schlaf hoch. Sie riss schwer atmend die Augen auf und sah sich mit klopfendem Herzen um. Das Vollmondlicht fiel durch die Vorhänge auf ihr Bett und sie konnte die Kälte fast spüren, die von ihm ausging. Erschrocken riss sie die Hände zurück, heraus aus dem Lichtschein, und schloss die Augen. Sie war allein in ihrem Schlafzimmer. Es war alles gut. Sie hatte nur schlecht geträumt. Jedenfalls versuchte sie, sich damit zu beruhigen. Vergeblich.

Dara fuhr sich mit beiden Händen über das schweißüberströmte Gesicht und seufzte. Sie machte sich nichts vor. Sie hatte nicht einfach schlecht geträumt. Darren! Sie spürte einfach, dass er im Begriff war, einen schrecklichen Fehler zu begehen. Einen Fehler, der hier unter den Menschen eine schreckliche Katastrophe auslösen würde.

Als sie in den Spätnachrichten die Katastrophenberichte aus verschiedenen Teilen des Landes gesehen hatte, hatte sie es bereits gespürt. Sie hatte es nur nicht wahrhaben wollen. Dara stemmte sich aus dem Bett und trat ans Fenster. Als sie die Vorhänge zurückschlug, schien ihr der Mond fast höhnisch zuzugrinsen. Das Gefühl, Darren endgültig verloren zu haben, wurde für einen Moment so stark, dass es ihr fast körperliche Schmerzen bereitete. Ihre Augen füllten sich mit Tränen. Die Leere in ihr breitete sich aus, wie ein alles verzehrendes Feuer und sie konnte spüren, wie dieses Feuer anfing, ihre Seele zu verbrennen.

Dara öffnete die Augen und starrte in das grelle Mondlicht. Sie konnte nur hoffen, dass Ari diesmal die richtige Entscheidung traf. Andernfalls war Darren verloren. Und sie konnte nicht das Geringste dagegen tun. Nicht mehr.

Das verdutzte Gesicht des Vampirs ging in einem schmerzerfüllten Keuchen unter, als Ari ihm die Faust ins Gesicht schmetterte und er zurücktaumelte. Vor einer Sekunde war sie urplötzlich vor ihm aufgetaucht und Ari hatte ihre Überraschung deutlich eher überwunden, als dem Vampir lieb sein konnte. Sie setzte sofort nach, packte ihn mit beiden Händen am Kopf und verdrehte ihm mit einem harten Ruck den Nacken.

Das trockene Knacken gebrochener Knochen klang wie Musik in ihren Ohren. Sie ließ ihn einfach fallen, stieg achtlos über ihn hinweg und sah sich um. Der Regen hatte sie in dieser kurzen Zeit bereits durchnässt und sie wischte sich die Tropfen aus den Augen. Dann nahm sie in einer blitzschnellen routinierten Bewegung den Bogen von den Schultern und legte einen Pfeil auf die Sehne. Sie hielt nach Lucifer Ausschau.

Um sie herum tobte die Schlacht um die Herrschaft in Anderwelt. Aber sie hatte nur Augen für Lucifer. Außerdem musste sie Darren finden. Eine riesige Fledermaus stürzte sich mit einem gellenden Pfeifen auf Ari. Sie wich dem Monster mit mehr Glück als Geschick aus und schickte ihr einen Pfeil hinterher. Der Pfeil bohrte sich genau in die Brust der Kreatur, die quiekend ins Trudeln kam und wie ein Stein vom Himmel stürzte. Sie hatte noch nicht einmal den Boden berührt, als Ari bereits den nächsten Pfeil aufgelegt hatte. Auch diesen Pfeil wurde sie schneller wieder los, als ihr lieb war. Mit einem genervten Seufzen legte sie noch einen Pfeil auf , in der Hoffnung, dass dieser wenigstens für ein paar Minuten dort blieb, wo er war.

Sie duckte sich abermals unter einem schwarzen Schatten durch und trat aus der gleichen Bewegung heraus nach ihm. Ihr Fuß traf und das schmerzerfüllte Keuchen bestätigte ihr, dass sie empfindlich getroffen hatte. Der Schatten taumelte zurück, direkt in das Schwert eines Engels des weißen Heeres, der verdutzt auf die Klinge starrte, die jetzt in dem Werwolf steckte.

Fast erschrocken zog der Engel das Schwert wieder heraus und gab der tödlich getroffenen Kreatur einen Tritt. Mit einem unterdrückten Winseln fiel der Werwolf nach vorn und kam mit einem seltsam schmatzenden Geräusch auf dem Boden auf.

Ari lächelte dem Engel zu und deutete eine Verbeugung an, dann drehte sie sich um und war in der kämpfenden Menge verschwunden, noch eh der Engel ganz begriffen hatte, was passiert war.

Die Klingen ihrer Schwerter prallten mit einem hellen Klirren aufeinander. Funken stoben in alle Richtungen und beide Kämpfer wurden durch den Anprall einen Schritt zurückgedrängt. Darren hob das Schwert ein wenig höher und grinste Amoragon mit glühenden Augen an.

"Dann lass uns mal sehen, wer von uns beiden der Bessere ist, Amoragon!"

Amoragon seinerseits verschwendete keine Zeit mit dem Versuch, Darren zur Vernunft zu bringen. Er würde ohnehin keinen Erfolg haben. Darrens Verwandlung war abgeschlossen und Worte konnten hier herzlich wenig ausrichten. Ohne zu zögern, ging er zum Angriff über. Er schwang das Schwert in einem großen Halbkreis und stürzte sich auf Darren. Darren wich dem Angriff gekonnt aus, duckte sich unter Amoragons Schwertarm hindurch, umrundete ihn mit einer eleganten Drehung und befand sich nun hinter dem Kriegerengel. Noch bevor sich Amoragon umdrehen konnte, rammte ihm Darren das Schwert zwischen die Schulterblätter. Der glitschige Boden nahm dieser Bewegung jedoch einiges an Schwung, sodass der Hieb nicht annährend so hart ausgeführt wurde, wie Darren geplant hatte.

Die Spitze des Schwertes bohrte sich knirschend in den ledernen Brustpanzer, konnte aber nicht tief genug eindringen, um Amoragon ernsthaft zu verletzen. Dennoch quoll rotes Blut aus der Wunde, als Amoragon sich seinerseits herumdrehte und das Schwert damit herausriss. Sofort ging Darren wieder in Angriffsposition und setzte ihm nach.

Amoragon riss sein Schwert in die Höhe und trat Darren vor die Brust. Darren taumelte zurück, verlor auf dem schlüpfrigen Untergrund fast den Halt und prallte gegen eine Kreatur, die man nicht einmal eindeutig irgendeiner Spezies zuordnen konnte und die gerade damit beschäftigt war, ihrem Gegner den Kopf abzureißen.

Amoragon nutzte die Ablenkung und sprang sofort einen Schritt vor. Darren wich ihm ungeschickt aus und kämpfte nun wirklich einen Moment um sein Gleichgewicht. Die Wut darüber, dass ihm die Kreatur so dumm in die Quere gekommen war, ließ ihn knurren und er trennte dem Stümper mit einer blitzschnellen Bewegung den Kopf ab. Der Kopf polterte zu Boden und Amoragon steppte hastig einen Schritt zur Seite, um nicht darüber zu stolpern.

Dem kopflosen Körper, der jetzt wie in Zeitlupe umkippte, konnte er jedoch nicht mehr ausweichen. Mit einem erschrockenen Laut stürzte Amoragon und der leblose Torso begrub ihn unter sich. Darren war mit einem Schritt bei Amoragon, riss den Leichnam von ihm herunter und schleuderte ihn zur Seite, als wöge er nicht mehr als ein Sack Federn.

Amoragon sprang mit einer eleganten Bewegung in die Höhe und fügte Darren einen tiefen Schnitt in die linke Schulter zu. Darren schrie auf und seine Augen verfärbten sich rot. Er fauchte Amoragon an und starrte verdutzt auf seine blutende Schulter.

Der Engel trat schwer atmend einen Schritt zurück.

Darren grinste. "Nicht schlecht, Engel. Aber das wird dir auch nichts nützen. Ihr seid erledigt, so oder so!"

"Wenn ich dich nicht zur Vernunft bringen kann, dann muss ich dich töten, Darren."

Es war keine Drohung, sondern eine nüchterne Auflistung der Möglichkeiten. Darren wusste, das Amoragon keinen Augenblick zögern würde, ihn zu töten, bekäme er die Chance dazu. Es stand zu viel auf dem Spiel, um Rücksichten auf Freundschaften zu nehmen. Und Darren seinerseits hatte nicht vor, Amoragon aus purer Nächstenliebe zu verschonen.

"Dann würde ich mich an deiner Stelle ein wenig beeilen, alter Freund. Aliana macht's nicht mehr lange, weißt du?"

Er konnte genauso gut wie der Engel spüren, dass ihre Macht jetzt schnell zu Ende ging. Und Amoragon hatte keine Ahnung was passierte, wenn er einen auserwählten Wächter des Lichts tötete. Niemand, nicht einmal Aliana, hätte ihm auf diese Frage eine Antwort geben können. Aber er wusste ganz genau was passierte, wenn Darren am Leben blieb. Und das musste er um jeden Preis verhindern.

Ein weißer Schatten raste über ihn hinweg, prallte gegen Darren und riss ihn um. Der weiße Schatten schlitterte ein Stück durch den Schlamm, während Darren sich bereits wieder aufrappelte. Ohne zu überlegen fuhr er zu dem Engel herum, der ihn gerade umgerissen hatte, und rammte ihm das Schwert in den Brustpanzer. Der Schrei des Engels ging in Amoragons wütendem Kampfschrei unter.

Lucifer sah sich gehetzt um. Es fiel ihm seltsam schwer, sich zu orientieren. Das Durcheinander auf dem Schlachtfeld war unbeschreiblich. Der Lärm malträtierte seine Trommelfelle und über allem lag der Geruch von Tod und Furcht. Normalerweise war das ja nicht wirklich schlecht. Gewöhnlich genoss Lucifer genau diese Situationen. Aber jetzt hatte er ein ernsthaftes Problem zu lösen. Lucifer atmete tief ein und fuhr aus einem bloßen Gefühl heraus herum.

Ari! Einer ihrer Pfeile durchbohrte gerade den Schädel eines Vampirs und sie legte mit einer blitzschnellen Bewegung einen neuen Pfeil auf. Jedenfalls versuchte sie es. In diesem Moment trafen sich ihr und Lucifers Blick und sie erstarrte. Lucifer stieß ein Brüllen aus, welches den Kampflärm um einiges übertönte und sprintete los. Noch während er auf dem Weg war, sah er Lillith, die sich gerade erfolgreich gegen gleich zwei Mitglieder des weißen Heeres zur Wehr setzte. Er brüllte ihren Namen und sie sah auf.

In ihrem Gesicht spiegelte sich Verwirrung über Lucifers Erscheinen, dennoch brauchte sie weniger als eine Sekunde, um zu begreifen, was ihr Herr von ihr wollte. Sie war deutlich näher an Ari, als Lucifer und sie konnte es schaffen. Lillith erschlug einen der Engel in einer fast beiläufigen Bewegung und rannte ebenfalls los.

Darren duckte sich einfach unter Amoragon weg und dieser setzte mit einem Sprung über seinen Gegner hinweg. Aber er kam nie auf der anderen Seite an. Ein schwarzer Schatten stieß aus den dunklen Wolken auf sie herab. Mit einem heiseren Krächzen prallte er gegen Amoragon und riss ihn mit sich fort.

Darren starrte den beiden total verdutzt hinterher. Nein! Das durfte doch nicht wahr sein! Dieser dämliche Vogel brachte ihn um seine Beute! Wütend drehte er sich im Kreis - und erstarrte!

Keine zwanzig Meter von ihm entfernt stand Ari. Auch sie drehte sich in diesem Moment zu ihm um. Auf ihrem Gesicht erschien ein Ausdruck, den Darren nicht deuten konnte. Ari wirkte fast erleichtert, ihn zu sehen. Dann lächelte sie ihm zu. Sie hatte ihn gefunden. Endlich. Nun konnte sie beenden, was sie vor so langer Zeit begonnen hatte. Aus den Augenwinkeln sah Darren Lillith, die auf ihrem Weg zu Ari Gegner um Gegner erschlug, der sich ihr in den Weg stellte. Wie eine Maschine, die nur erschaffen war, um zu töten, walzte sie rücksichtslos jeden Gegner nieder.

Die Zeit schien plötzlich stillzustehen. Darren stand inmitten eines Schlachtfeldes und noch vor einer Sekunde hatte er auch gewusst, was er hier wollte. Aber jetzt schien sein Kopf seltsam leer. Sein Blick wanderte irritiert zwischen Ari und Lillith hin und her. In seinem Inneren tobte ein Kampf, der gewaltiger und verheerender war, als die Schlacht, die um ihn herum stattfand.

Aris Anwesenheit löste einen Zweifel in ihm aus, den er sich nicht erklären konnte. Auch die Erinnerung an sie verblasste langsam, aber das, woran er sich noch erinnern konnte, löste in ihm tiefe Zweifel aus. Er stand einfach nur da, unfähig, einen Schritt zu tun. Wäre er in diesem Moment angegriffen worden, hätte er sich vermutlich nicht einmal gewehrt.

Ari legte mit übertriebener Sorgsamkeit einen neuen Pfeil auf und sah Darren direkt an. Für einen kurzen Moment wies die Pfeilspitze direkt auf ihn. Dann hob Ari den Bogen an, bis die Spitze des Pfeils in den bedrohlich schwarzen Himmel über ihnen wies. Sie ließ den Pfeil von der Sehne schnellen.

Lillith war kurz stehen geblieben, um einen besonders hartnäckigen Gegner mit einem gezielten Schwerthieb in der Mitte zu teilen. Als die beiden Hälften nach links und rechts wegkippten und ihre Sicht damit wieder frei war, stand auf ihrem Gesicht das pure Entsetzen geschrieben.

Lillith begriff, was Ari vorhatte. Ihr entsetzter Schrei blieb ihr fast im Halse stecken. Sie rannte los, doch sie war zu langsam.

Der Pfeil hatte den höchsten Punkt seiner Flugbahn bereits erreicht. Für einen Moment schien er reglos in der Luft zu stehen. Dann kippte er schwerfällig auf die Seite und rauschte mit der Spitze voran vom Himmel herab, wie ein Falke, der seine Beute bereits im Visier hatte. Ari ließ den Bogen fallen, breitete die Arme aus und schloss die Augen.

Darren beobachtete die ganze Szenerie, als ginge es ihn nichts an. Seine Muskeln waren immer noch wie gelähmt. Er verstand nicht, warum Lillith - seine Gefährtin - so ein Theater darum machte. Sollte Ari sich doch umbringen. Ein Wächter weniger!

Der Pfeil drang tief in Aris Brustkorb ein. Sie unterdrückte ein schmerzvolles Keuchen und brach ganz langsam in die Knie. Lillith blieb stehen und starrte entsetzt auf Ari.

Und plötzlich erwachte Darren wie aus einer tiefen Trance. Sein Herz hämmerte und sein Kopf pochte, als wolle er zerspringen. Ein unangenehmes, auf- und abschwellendes dumpfes Dröhnen machte sich in seinem Kopf breit. Darren schloss gequält stöhnend die Augen und griff sich an den Kopf. Das Schwert entglitt seinen kraftlosen Händen, fiel zu Boden und kam lautlos auf dem durchweichten Boden auf. Er konnte regelrecht spüren, wie das Gift, welches ihm Lucifer mit seinem Blut eingeflößt hatte, aus ihm herausgetrieben wurde. Benommen schüttelte er den Kopf und versuchte, die schmierigen Schleier vor seinen Augen wegzublinzeln. Er trieb auf einen Abgrund der Bewusstlosigkeit zu. So verlockend die Dunkelheit, die sich ihm anbot. So verlockend das Versprechen des ewigen Friedens dahinter. Doch er wusste, dass er dieser Versuchung nicht nachgeben durfte. Seine Knie begannen zu zittern und die Schmerzen, die sich in seinen Eingeweiden ausbreiteten, brachen urplötzlich über ihn herein. Er schrie schmerzerfüllt auf und brach in die Knie. Darren stützte sich mit einer Hand im Schlamm ab. Mit der anderen hielt er sich den Bauch, der vor Schmerzen fast zu zerfetzen drohte. Ihm wurde schwindelig und alles drehte sich um ihn. Er versuchte den Kopf zu heben und die Übelkeit wühlte erneut mit Genuss in seinem Inneren, als suche sie nach Nahrung. Nach etwas, das sie zerstören konnte. Darren atmete schwer. Kalter Schweiß trat auf seine Stirn und mit Entsetzen wurde ihm klar, dass das, was er gerade durchmachte, nichts weiter als Entzugserscheinungen waren. Wie bei einem Drogensüchtigen, dem man nicht mehr gab, was sein Körper so dringend brauchte. Langsam, wie aus den Tiefen einer vergessenen Schlucht, drang etwas in sein Bewusstsein. Etwas, das er längst verloren geglaubt hatte. Und mit jeder Sekunde, die er sich gegen die verlockende Ohnmacht wehrte, kamen auch die Erinnerungen zurück. Er erinnerte sich wieder, wer er war und was seine Aufgabe war. Er erinnerte sich an die Verwandlung und an Lucifer.

Unendlich mühsam hob Darren den Kopf und blickte zu Ari hinüber. Sie hockte immer noch auf den Knien und ein befreites Lächeln lag auf ihrem Gesicht. Die Übelkeit, die mit solcher Macht über ihn hereinbrach, dass ihm abermals schwindelig wurde, ließ Darren aufkeuchen. Sein Magen verkrampfte sich und Darren war für einen Moment wirklich nahe daran, der Versuchung nachzugeben. Sich einfach der Ohnmacht und der Dunkelheit hinzugeben. Doch er durfte nicht aufgeben. Noch hatte Lucifer nicht gewonnen. Darren hustete qualvoll. Dann erbrach er sich würgend in den Schlamm. Die rote, klebrige Flüssigkeit sickerte nicht ein, sondern begann, sich zu verändern. Sie wurde dunkler, lebendiger! Etwas darin bewegte sich, und als sich die Masse schwarz gefärbt hatte, hätte Darren sich um ein Haar ein zweites Mal übergeben. Sein Erbrochenes verwandelte sich vor seinen Augen in schwarze Würmer, die sich eilig in den aufgeweichten Boden eingruben. Darren würgte ein zweites Mal und wandte den Blick ab. Es kostete ihn unendliche Mühe, zu Ari hinüber zu blicken. Ari hatte sich mittlerweile mit einer Hand auf dem Boden abgestützt. Die andere klammerte sich um den Schaft des Pfeils und plötzlich begriff Darren, dass Ari sterben würde.

Er brüllte ihren Namen, sprang mit einem Satz auf die Füße und sprintete los. Er taumelte, noch immer schwach von der Rückverwandlung, die er gerade durchgemacht hatte. Als er Lillith erreichte, stieß er sie einfach aus dem Weg. Sie drehte sich einmal um die eigene Achse und fiel dann schwer auf die Knie, noch immer fassungslos auf Ari starrend. Darren warf sich neben Ari auf die Knie und ergriff ihre Schultern.

"Ari! Was hast du getan?", rief er.

Sie hob den Kopf und ein mildes Lächeln huschte über ihr Gesicht. "Dir das Leben gerettet, du Dummkopf."

"Aber was ...", begann er.

Doch Ari kam Darren auch diesmal wieder zuvor. "Ich war die Geliebte des Teufels. Ich kann mich nur selbst richten. Mein Tod bedeutet dein Leben. Nutze dieses Leben, Darren, und tritt ihnen kräftig in den Allerwertesten."

Darren wollte etwas erwidern. Doch sie legte ihm ihren Zeigefinger auf die Lippen.

"Meine Schuld ist beglichen, mein Hübscher."

Sie lächelte ihn noch einmal an und von einer Sekunde auf die andere zerfiel sie vor seinen Augen zu Staub. Der Pfeil fiel zu Boden und wurde zum einzigen Zeugen, dass es Ari jemals gegeben hatte - der Pfeil und ihr Blut, welches noch an seiner Spitze klebte.

Darren starrte fassungslos auf seine Hände, die gerade eben noch ihre Schultern gehalten hatten. Sein Blick streifte den Pfeil und dann den Haufen Asche. Ein plötzlicher Windstoß verteilte Aris Asche in alle Windrichtungen. Etwas davon wehte ihm ins Gesicht und plötzlich war es ihm, als könnte er Aris Stimme hören: 'Du weißt, was zu tun ist!'

Wieder starrte er auf seine Hände. Ja! Er wusste, was zu tun war! Zögernd streckte er die Hand nach dem Pfeil aus. Es schien ihm, als könne er seine Bewegungen nicht mehr kontrollieren. Alles geschah ganz automatisch, ohne sein Zutun. Mit einer kraftvollen Bewegung stand er auf und hob aus der gleichen Bewegung heraus Aris Bogen auf. Auch Lillith erhob sich schwankend auf die Füße. Sie starrte entsetzt in seine Richtung. Ihre Lippen formten das Wort 'Nein!' aber kein Laut drang an sein Ohr. Darren drehte sich zu ihr herum und legte den Pfeil auf die Sehne. Er wusste, was zu tun war! Woher, konnte er sich selbst nicht erklären. Nur Aris Blut konnte Lillith töten. Darren hatte noch nie in seinem Leben mit einem Bogen geschossen. Aber er war sich sicher, dass er es konnte. Ohne zu zögern, zog er die Sehne durch. Zum Zielen brauchte er nicht einmal eine Sekunde, dann ließ er die Sehne los. Der Pfeil sirrte mit einem hellen Singen davon und bohrte sich tief in Lilliths Brust.

Sie schrie - mehr entsetzt als vor Schmerzen - auf, brach in die Knie und ging im gleichen Augenblick, indem sie den Boden berührte, in Flammen auf.

Lucifer hatte von seinem Platz aus alles beobachtet. Auch er brach schreiend vor Schmerzen zusammen. Seine Geliebte war tot! Seine Macht war für einige Momente gebrochen und jetzt war selbst er verwundbar. Lucifer hob noch einmal den Kopf und trotz der großen Entfernung konnte Darren den Zorn sehen, der sich in Lucifers Augen spiegelte.

"Du verdammter Verräter!"

Lucifer war außer sich vor Zorn. Darren ergriff seine Chance, ließ den Bogen fallen und hetzte zu dem Platz zurück, an dem er das

Schwert hatte fallen lassen. Im Laufen griff er danach und klammerte sich mit verzweifelter Kraft am glitschigen Griff des Schwertes fest. Es jetzt zu verlieren hieße, auch die Schlacht zu verlieren. Darren packte das Schwert entschlossen fester. Mit ein paar ausgreifenden Schritten überwand er die Distanz zwischen sich und Lucifer und ging ansatzlos zum Angriff über. Aris Opfer hatte ihm einen großen Vorteil verschafft. Darren hatte nicht vor, diesen Vorteil leichtfertig zu verspielen.

Lucifer war so geschwächt, dass er den ersten Schwertstreich hinnahm, ohne sich zu wehren. Die Klinge bohrte sich tief in seinen rechten Oberarm und er brüllte vor Schmerz, Wut und Enttäuschung. Mit einer fließenden Bewegung hob auch er sein Schwert und ging zum Gegenangriff über.

Die Schlacht um sie herum war noch in vollem Gange, sodass niemand von ihnen Notiz zu nehmen schien. Darren wusste, dass ihm nicht viel Zeit bleiben würde und das er nur diese eine Chance bekam. Blitzschnell steppte er an Lucifer vorbei und rammte ihm den Knauf des Schwertes in den Nacken. Lucifer fuhr herum, knurrte Darren an und seine Augen verfärbten sich blutrot. Er riss sein Schwert hoch und ließ es in hohem Bogen niedersausen. Darren drehte sich halb um die eigene Achse, doch die Klinge Lucifers streifte ihn dennoch am Arm. Die Wunde war nicht besonders tief, aber sie blutete stark und brannte wie das Feuer der Hölle. Sein Schrei ging in dem Kampflärm um sie herum unter, doch Lucifer lächelte zufrieden.

"Du Wurm! Denkst du, du kannst mich besiegen?"

Seine Stimme schwankte, so wie auch er Mühe zu haben schien, auf den Beinen zu bleiben. Darren antwortete nicht, sondern setzte seinerseits gleich nach. Mit einem wütenden Schrei warf er sich auf Lucifer. Dieser parierte den Schlag und die Klingen prallten mit einer Wucht aufeinander, die Darren einen Schritt zurücktrieb und ihm fast das Schwert aus der Hand prellte. Wäre Lucifer im Vollbesitz seiner Kräfte gewesen, wäre der Kampf mit Sicherheit schon entschieden. Lucifer taumelte ebenfalls zurück, schüttelte benommen den Kopf und brauchte seinerseits ein paar Sekunden, um wieder zu Atem zu kommen.

Darren hatte nicht viel Zeit. Er musste es zu Ende bringen. Jetzt!

Bevor Lucifer die Macht, die ihm durch Lilliths Tod entrissen wurde, wiedererlangte. Darren packte das Schwert fester, nahm Anlauf und sprang mit einem Schrei über Lucifer hinweg. Lucifer duckte sich, aber das half ihm auch nicht mehr. Darren kam hinter Lucifer auf. Ohne sich umzudrehen, stieß er sein Schwert nach hinten. Er spürte, wie es in Lucifers Rücken eindrang und auf dem Weg durch den Brustkorb sein Herz durchbohrte.

Mit aufgerissenen Augen und ungläubigem Staunen im Blick starrte Lucifer auf die Spitze der Schwertklinge, die aus seiner Brust ragte. Ein Röcheln drang über seine Lippen. Dann machte er einen Schritt nach vorn und die Klinge zog sich mit einem hässlichen, nassen Geräusch zurück, wie der Stachel einer absurd großen Biene.

Schwer atmend stand Darren da. Er hatte kaum noch die Kraft, sein Schwert zu halten. Und er wusste, dass er keine weitere Chance bekommen würde. Er konnte nichts weiter tun als hoffen, dass er das Richtige getan hatte. Lucifer drehte sich wie in Zeitlupe zu ihm herum und ließ dabei sein Schwert fallen. Darren wandte sich ebenfalls um, trat einen Schritt zurück und starrte Lucifer an.

"Besiegen vielleicht nicht. Aber zumindest dahin zurückschicken, wo du hingehörst", keuchte er.

Lucifer machte einen Schritt auf ihn zu. Dann griff er sich an die Wunde, die Darrens Klinge in seinem Brustkorb hinterlassen hatte, und stieß einen lang gezogenen Schrei aus. Lucifers Stimme klang schrill und er schien von innen heraus zu glühen, als würde ein seltsames Feuer ihn von innen verbrennen. Das Licht wurde heller und für einen kurzen Moment verwandelten sich seine Umrisse in etwas anderes. Etwas Schreckliches, durch und durch Unmenschliches. Der schwarze Schatten schien durch die Umrisse seiner menschlichen Gestalt hindurch und eine flüchtige Vision von langen, grauenvollen Krallen, scharfen Zähnen und zwei gewaltigen Hörnern zerriss für einen Moment seine Gestalt.

Darren starrte die Gestalt vor sich an. Die Zeit schien plötzlich stillzustehen und selbst der Kampflärm war für einen Moment verstummt. Aus den Augenwinkeln konnte Darren erkennen, dass die Kämpfenden - auf beiden Seiten - tatsächlich einen Moment innehielten und die beiden ungläubig anstarrten. Dann explodierte Lucifers Schatten wie ein Vulkan. Das Feuer spritzte in alle Himmelsrichtungen und verglühte mit einem Zischen an der Luft. Der schwarze Rauch, der sich dadurch bildete, nahm für einen Moment wieder die Gestalt des grässlichen Wesens mit Hörnern und Krallen an. Dann wurde auch dieser Rauch von einem Windstoß auseinandergerissen.

Im gleichen Moment brach Darren mit einem Schmerzensschrei zusammen. Die Welt um ihn herum versank im Dunkel. Am Rande seines Gesichtsfeldes hob sich ein grelles Licht ab. Und in diesem Licht erschien eine Gestalt. Dara! Sie lächelte ihm zu! War das der Tod? Konnte er jetzt endlich der verlockenden Dunkelheit hinter seiner Stirn nachgeben?

Ein grässlicher Schmerz riss ihn in die Wirklichkeit zurück, und als er die Augen aufriss, war er für einen Moment nicht in der Lage, sich zu orientieren. Das Licht des Vollmondes blendete ihn, so mild es auch sein mochte und er schloss gequält stöhnend die Augen. Sein Rücken schien in Flammen zu stehen. Er spürte, wie etwas aus ihm herausbrach. Die Schmerzen wurden unerträglich und hätten fast abermals sein Bewusstsein ausgelöscht. Darren sackte nach vorn und stützte sich mit beiden Händen auf dem Boden ab.

Er spürte, wie eine starke Hand nach ihm griff und ihm half aufzustehen. Darren erhob sich schwankend auf die Füße. Seine Flügel bewegten sich fast wie von selbst. Von einem Moment auf den anderen waren die Schmerzen verschwunden und Darren starrte Amoragon verwirrt an.

"Aber ich … ich … verstehe nicht", stammelte er.

Mit einer blitzschnellen Bewegung hob Amoragon Darrens Schwert auf und reichte es ihm.

"Wir haben jetzt keine Zeit für Erklärungen."

Noch immer verwirrt blickte Darren in die Runde. Es war ein bizarrer Anblick. Die Schlacht war jäh zum Erliegen gekommen. Buchstäblich jeder starrte ihn fassungslos an. Lucifer war verschwunden und die Armee des Teufels war nun - da er zum Wächter geworden war - führerlos.

Amoragon begriff ihre Chance als Erster und stieß einen Kampfschrei aus, der jedes menschliche Gehör vermutlich zerfetzt hätte. Das weiße Heer stimmte in diesen Kampfschrei ein und in dieser Sekunde brach rings um Darren die Hölle los. Die Armee des Teufels brauchte entschieden zu lange, um sich - ohne ihren Führer - zu organisieren.

Das weiße Heer fiel mit ohrenbetäubendem Kampfgebrüll über die wilde Horde her, die sich erbittert zur Wehr setzte. Die Luft war plötzlich wieder erfüllt von Kampfgeräuschen, Waffenklirren und dem Geschrei der Verwundeten und Sterbenden. Aber ihre Gegenwehr war längst nicht mehr so verbittert wie zuvor. Es schien, als ob auch sie durch Lucifers Schwäche ihre Kraft eingebüßt hätten.

Darren warf einen Blick über die Schulter. Die riesigen, strahlend weißen Flügel bewegten sich und schienen ihm auf diese Weise zuzuwinken.

Flügel? Flügel! Das waren tatsächlich Flügel! Noch bevor er dazu kam, sich darüber zu viele Gedanken zu machen, warf sich einer der ihm an nächsten stehenden Kreaturen auf ihn. Darren reagierte, ohne nachzudenken, und warf sich in die Schlacht.

Es war vorbei. Die Schlacht war geschlagen. Es hatte auf beiden Seiten verheerende Verluste gegeben und das Schlachtfeld war übersät mit unzähligen Leichen, die teilweise so stark verstümmelt waren, dass man nicht einmal mehr erkennen konnte, für welche Seite sie in die Schlacht gezogen waren.

Das Licht des Mondes tauchte die Szenerie in kaltes Weiß. Und Darren schien es, als wäre es noch kälter geworden. Er hatte nicht die geringste Ahnung, wie lange die Schlacht um die Herrschaft gedauert hatte. Aber schließlich hatten die einzigen Geschöpfe, die überhaupt noch zu wissen schienen, was richtig war, zum Rückzug geblasen. Die schwarzen Reiter hatten die Führung übernommen und letztlich den Rückzug befohlen. Vielleicht hatte Lucifer sie auch zurückgerufen. Wie auch immer. Das weiße Heer hatte gewonnen. Auch wenn Darren jetzt nicht zum Feiern zumute war. Dieser Sieg hatte zu viel Blut und entschieden zu viele Leben gekostet. Es war einer der Siege, nach denen man sich fühlte wie nach einer Niederlage. Und vielleicht war das auch genau der Unterschied. Sie hatten nicht gewonnen, sondern die andere Seite hatte aufgegeben. Darren stand schwer atmend, völlig blutverschmiert, verdreckt und durchnässt vor dem Eingang zum Turm und ließ seinen Blick über das Totenfeld schweifen. Er fühlte sich schuldig am Tod all derer, die gefallen waren. Obwohl er wusste, dass das kompletter Unsinn war. Schließlich hatte er sich dieses Spiel nicht ausgedacht und schon gar nicht hatte er darum gebeten, mitspielen zu dürfen, wenn er sich recht erinnerte.

Trotzdem fühlte er sich besudelt - nicht nur vom Blut der Opfer. Lucifers Verwandlung hatte Spuren hinterlassen. Ein schwarzer Fleck auf seiner Seele vom dem er hoffte, dass er mit der Zeit nicht größer, sondern kleiner werden würde. Aber ein Teil von ihm würde sich immer erinnern können, sodass er die Hoffnung, das alles irgendwann zu vergessen, wohl getrost aufgeben konnte.

Kraftlos ließ er das Schwert sinken und Amoragon trat neben ihn.

"Wir haben es geschafft, Herr!", sagte er, ohne Darren anzusehen.

Aber seiner Stimme war anzuhören, dass er in diesem Moment das gleiche empfand wie Darren. Nein! Eine gewonnene Schlacht sah wahrlich anders aus. Darren atmete tief ein und wandte wie in Zeitlupe den Kopf.

"Sieht das so aus? Ich finde, wir hatten nur das Glück, dass die schwarzen Reiter wenigstens vernünftig waren."

Seine Stimme hatte einen verbitterten Klang. Amoragon lächelte flüchtig und legte ihm eine Hand auf die Schulter.

"Wie auch immer. Wir müssen uns beeilen! Alianas Licht hat nicht mehr viel Zeit."

Mit diesen Worten drehte er sich um und öffnete die Tür zum Eingang des Turmes. Er musste den Kopf ein wenig einziehen, um sich nicht an dem niedrigen Türsturz zu stoßen. Mit einer beiläufigen Geste bedeutete er Darren, ihm zu folgen. Darren zögerte noch. Abermals glitt sein Blick über das Feld der Toten. Das weiße Heer - zumindest, was davon noch übrig war - kümmerte sich bereits um die Verletzten.

Ein Windhauch streifte Darren und er sog erschrocken die Luft ein. Er hatte das Gefühl einer flüchtigen Berührung. Eine Berührung von etwas großem, machtvollem und dennoch irgendwie Positivem. Der Wind strich über das Schlachtfeld. Er streifte die Leichen der Gefallenen und einer nach dem anderen gingen die toten Schattenkreaturen in Flammen auf, während sich die toten Kriegerengel in einem gleißend hellen Licht auflösten und verschwanden. Darren trat einen Schritt vor und keuchte überrascht.

Amoragon ergriff ihn an der Schulter. "Herr! Es wird Zeit."

Dass Amoragon ihn jetzt schon das zweite Mal so förmlich ansprach, registrierte Darren zwar, dennoch reagierte er nicht darauf.

"Was ist das?", fragte er, ohne den Blick von den Toten zu wenden.

"Das Universum verschwendet nichts." Amoragon schüttelte Darren leicht an der Schulter, bis dieser sich zu ihm herumdrehte. "Wir müssen gehen, Herr!"

Amoragon wandte sich um, doch Darren hielt ihn noch einmal am Arm zurück. "Es tut mir leid, Amoragon", sagte er.

Der Kriegerengel lächelte flüchtig. "Es war nicht deine Schuld, Darren."

Der neuerliche Wechsel in das vertraute 'du' bewies Darren mehr als tausend Worte, dass Amoragon es ernst meinte. Amoragon fuhr fort: "Ari hat ihre Schuld beglichen und ihren Fehler wieder gut gemacht. Sie wird ihren Platz im Universum erhalten, wie sie es wollte und das macht mich glücklich. Wenn meine Zeit gekommen ist, werde ich sie mit Sicherheit wiedersehen. Bis dahin kann ich warten."

Darren sah Amoragon einen Augenblick nachdenklich an.

"Ihr habt wirklich keine Angst vor dem Tod, oder?"

Amoragon schüttelte den Kopf.

"Der Tod ermöglicht uns nur ein anderes Leben. Auf einer anderen Ebene."

Er sah Darrens verwirrten Blick und grinste.

"Mit der Zeit wirst du dich an unsere Art zu leben und zu denken schon noch gewöhnen. Und jetzt komm. Wir haben nicht mehr viel Zeit. Aliana ruft bereits nach dir!"

Der Gang, in den Amoragon ihn führte, war so lang, dass Darren sein Ende nicht erkennen konnte, und war dabei so schmal, dass sie beide mit ihren mächtigen Flügeln gerade Platz nebeneinander fanden. Links und rechts an den Wänden flackerten Fackeln und tauchten ihre Schatten in seltsames Licht.

Mit einer fließenden Bewegung ließen beide ihre Schwerter lautlos in den Schwertscheiden verschwinden. Amoragon schritt schneller aus und seine Schritte hallten von den glatten, felsigen Wänden wider, wie die Schritte einer ganzen Armee. Darren warf noch einen Blick zurück. Die Tür schloss sich wie von selbst und der dumpfe Laut, mit dem sie zufiel, hatte etwas Endgültiges.

Mit einem Schaudern wandte sich Darren wieder Amoragon zu und beeilte sich, zu ihm aufzuholen. Immer wieder kam er mit seinen jungfräulichen Flügeln den Fackeln gefährlich nah, sodass er teilweise sogar die Hitze der Flammen spüren konnte. Von Zeit zu Zeit strichen die Flügel auch sanft über den Stein der Wände und verursachten dabei ein seltsames Geräusch. Darren konnte aus den Augenwinkeln sehen, wie sich Amoragon ein Grinsen nur schwer verkneifen konnte. Es würde wohl noch eine ganze Weile dauern, bis er sich an seine Flügel gewöhnt hatte. Darren konnte nur schwer schätzen, wie lange sie so schweigend nebeneinander hergingen. Aber ihm kam es vor wie eine Ewigkeit. In der Ferne flackerte rotes Licht und nach einer weiteren Ewigkeit hatten sie die Lichtquelle erreicht.

Darren und Amoragon bückten sich unter dem niedrigen Eingang hindurch, und als sich Darren auf der anderen Seite aufrichtete, verschlug es ihm schier den Atem. Es war unmöglich! Er hatte den Turm von außen gesehen! Dieser Raum war deutlich größer, als der Turm, den er gesehen hatte. Noch immer hatte er sich nicht daran gewöhnt, dass in Anderwelt nicht alles so war, wie es schien.

Dieser Raum war so hoch, dass das Licht der Fackeln nicht bis an die Decke reichte, sodass sich die Spitze des Turmes in der Schwärze verlor. Auch hier brannten an den Wänden überall Fackeln. Das zuckende Feuer hauchte den Wandmalereien ein unheimliches Leben ein. Seltsame Schriftzeichen wechselten sich mit Bildnissen von Engeln und den Kreaturen der Schatten ab, die teilweise in verbitterte Kämpfe verwickelt waren. In der Mitte es Raumes befand sich eine Art Altar. In seiner Mitte stand, gefertigt aus purem Gold, eine Miniaturausgabe des Turmes -die trotzdem noch immerhin die Höhe von gut 2 Metern hatte - und auf seiner Spitze steckte eine Fackel, die heller brannte, als all die Fackeln an den Wänden zusammen. Dennoch war ihr Licht so weich und warm, dass es Darren keine Mühe bereitete, direkt in die Flammen zu schauen.

Plötzlich überkam ihn ein Gefühl von Zusammengehörigkeit und Einigkeit, das ihn mit angehaltenem Atem einen Schritt zurückweichen ließ. Für einen winzigen, unendlich kostbaren und wunderschönen Moment hatte Darren das Gefühl, eins zu sein mit allem Lebendem. Alles passte zusammen, alles gehörte zusammen. Das Universum verschwendet nichts.

Amoragons Worte bekamen für Darren erst jetzt die richtige Bedeutung und er wusste, was der Kriegerengel meinte. Nur mühsam löste er den Blick von der ewigen Flamme und sah zu Aliana hinüber. Sie lag neben dem Altar auf einer flachen, steinernen Konstruktion, die Darren unwillkürlich an einen Operationstisch erinnerte. Auch dieser Steintisch war verziert mit den verschiedensten Motiven und die Bewegungen dieser Motive hatten hier nichts mit dem flackernden Licht zu tun. Sie waren wirklich lebendig.

Darrens Gesichtsausdruck musste dementsprechend verwirrt ausgefallen sein, denn Aliana kicherte und winkte ihn zu sich heran.

"Du musst noch viel lernen, Wächter."

Zögernd trat Darren näher. Aliana lächelte ihn an.

"Hast du mich zu einem Engel gemacht?", fragte Darren.

Sie schüttelte den Kopf. "Ari hat dir doch erzählt, dass ein Mensch nur durch den Liebesakt mit einem Engel ein Engel werden kann, oder nicht?"

Darren schüttelte so heftig den Kopf, dass ihm fast schwindelig wurde. Vielleicht hatte sie es nicht wörtlich gesagt. Engel werden von Engeln gemacht, das waren ihre Worte. Und erst jetzt begriff er, was sie damit wirklich gemeint hatte.

"Aber ich habe nicht mit Ari ..."

Er brach ab, weil die letzte Konsequenz, die sich aus seinen Überlegungen ergab, zu unwirklich war, um wirklich Bestand zu haben. Er sah Aliana entsetzt an und sie nickte.

"Dara?", fragte Darren verwirrt. Er trat unschlüssig einen Schritt zurück. "Aber ... aber wie ist das möglich?"

Aliana machte eine Bewegung, mit der sie ihn wieder zu sich heranrief. Sie klopfte neben sich auf den Boden und stemmte sich auf die Ellenbogen. Darren ließ sich neben ihr auf die Knie sinken. Seine Flügel raschelten leise, als sie sich ganz von allein hinter seinem Rücken zusammenfalteten.

"Wir sind nur hundert Jahre die Wächter des Lichts, Darren. Danach dürfen wir auf die Erde zurückkehren", begann Aliana mit sanfter Stimme zu erklären.

"Zurückkehren? Was soll das heißen?"

"Engel werden von Engeln gemacht, Darren. Niemand weiß, woher der erste Engel kam. Aber nach hundert Jahren dürfen wir zurückkehren auf die Erde und ein ganz normales Leben führen. Wir verlieben uns, gründen Familien, tun unser Bestes, um die Menschen zu unterstützen und schließlich werden wir alt und sterben. Wenn wir auch wesentlich langsamer altern als die Menschen. Aber wir behalten immer unsere Gabe. Und einmal in unserem sterblichen Leben finden wir einen Menschen, mit dem wir auf eine ganz besondere Weise verbunden sind. Und diesen Menschen machen wir dann zu einem Engel."

Darren hatte gehört, was Aliana sagte, aber er weigerte sich, den Sinn ihrer Worte zu begreifen.

"Ich will das nicht! Ich ... Ich will bei Dara bleiben. Ich gehöre hier nicht her."

Seine Stimme klang verzweifelt aber auch unendlich müde. Aliana lächelte traurig und schüttelte den Kopf.

"Darren, du kannst in der Welt der Menschen nicht länger leben."

"Aber warum ich? Es gibt hier so viele andere."

Er schüttelte wieder den Kopf und in seinen Augen stand eine Verzweiflung geschrieben, die sich mit Worten nicht mehr beschreiben ließ.

"Ich habe entschieden, dass du meine Nachfolge antrittst. Du bist der Wächter des Lichts. So sind die Regeln!"

"Du kannst sie mir nicht wegnehmen, Aliana. Das ist nicht fair."

Aliana lächelte milde. Sie konnte ihn verstehen. Es war schwer, einen Menschen, den man so sehr liebte, zu verlieren. Sie nahm seine Hand und drückte sie fest.

"Sie wird auf dich warten, Darren."

Er schnaubte verächtlich. "Ja sicher. Hundert Jahre."

"Ich sagte dir doch, dass wir langsamer altern, als die Menschen. Außerdem sind hundert Jahre hier allenfalls zehn Jahre in der Welt der Menschen. Sie wird auf dich warten. Und sie wird auch noch da sein, wenn du einen Nachfolger brauchst. So wie sie einst mich zu ihrem Nachfolger gemacht hat."

Darren riss sich von Aliana los. "Dara ist ein Wächter des Lichts?"

Seine Stimme war nur ein Flüstern, aber so eindringlich, als hätte er diese Worte geschrien. Aliana nickte mit einem milden Lächeln.

"Vor mir. Glaube mir. Sie wird auf dich warten."

Darren war unfähig sich zu bewegen, unfähig einen klaren Gedanken zu fassen. In seinem Inneren tobte ein Sturm, dem er nicht mehr Herr werden konnte. Die Gefühle, die sich einen erbitterten Kampf lieferten, waren so unterschiedlich, dass die Verwirrung ihn schwindelig machte. Aliana sah Darren an.

"Es wird Zeit für dich, Wächter des Lichts."

Aliana grinste. Sie gab Amoragon einen Wink und dieser nahm eine noch nicht entzündete Fackel aus einer Wandhalterung und reichte sie Darren. Darren sah zuerst ihn und dann Aliana verdutzt an. Sie nickte ihm mit einem aufmunternden Lächeln zu und Darren nahm die Fackel entgegen. Kaum hatte er das alte, harte Holz mit den Händen berührt, entzündete sich mit einem leisen Zischen eine Flamme, die mit ihrem blutigen Rot den ganzen Raum ausfüllte.

Der Ring der Gezeiten, der immer noch an seinem Finger steckte, pulsierte heftig und Darren musste sich beherrschen, um nicht vor Schreck die Fackel fallen zu lassen. An den Ring hatte er gar nicht mehr gedacht.

Das Pulsieren wurde stärker. Die Flamme in seiner Hand flackerte stärker auf, als wollten die beiden Sinnbilder sich auch jetzt noch einen letzten, erbitterten Kampf liefern. Darren zog ungläubig die Augenbrauen hoch und im gleichen Moment verschwand der Ring von seinem Finger. Er löste sich einfach auf und zerfiel zu Staub, als hätte es ihn niemals gegeben.

„Aber die Einweihungszeremonie." Darren sah Aliana verwirrt an.

Sie lächelte. „Hast du soeben getan. Dich eingeweiht, meine ich."

„Häh?", machte Darren und sah sie so verständnislos an, dass sie leise lachen musste.

„Du musst deine eigene Fackel entzünden. Eine kurze Zeit brennen dann unsere beiden Flammen zusammen. Je mehr meine Macht schwindet, desto heller brennt deine Flamme, bis dann meine ganz erlischt.

Im selben Augenblick färbte sich das Licht der ewigen Flamme auf dem Altar blau und zog sich lautlos und behutsam aus dieser Dimension zurück, bis sie schließlich ganz erloschen war. Darren warf Aliana einen Blick zu, der sie abermals schmunzeln ließ. Er öffnete den Mund, um etwas zu sagen. Überlegte es sich aber im letzten Moment anders und deutete stumm auf seine Fackel.

"Nur der Wächter des Lichts hat die Macht über die ewige Flamme, Darren. Nutze diese Macht gut. Denn ihre Magie wird dich nur in unserem Reich beschützen, nicht in der Welt der Menschen."

„Was, wenn Lucifer die Schlacht gewonnen hätte?"

„Dann wäre es hier jetzt ziemlich dunkel", mischte sie Amoragon mit einem Lachen in das Gespräch ein. Darren wandte ihm den Kopf zu und zog fragend die Augenbrauen hoch.

„Die Fackeln wären beide erloschen und an ihrer Stelle würde dort", er wies mit dem Daumen hinter sich auf den Miniaturturm, „jetzt der Ring der Gezeiten stecken. Die denkbar schlechteste Variante, finde ich."

Aliana seufzte und selbst dieses Geräusch klang unendlich alt und müde. Dann strich sie Darren sanft über die Wange.

"Die Spiegel in der Halle. Du musst gut auf sie aufpassen, hörst du? Lucifer hat viele davon zerstört."

"Wie kann ich das wieder rückgängig machen?"

"Gar nicht. Diese Spiegel sind unwiderruflich verloren für uns. Sie werden das Sonnenlicht nie wieder spiegeln. Lucifers Einfluss auf die Menschen ist stärker geworden und mit jedem Jahrhundert, das vergeht, wird Lucifer stärker. Führe dein Volk in das Licht, Darren. Lucifer darf niemals Macht über die Menschen erlangen. Das weiße Heer wird dir folgen und die Menschen beschützen. Meine Zeit ist gekommen."

Sie schloss die Augen und seufzte abermals. Aliana lehnte sich ein wenig zurück und Darren griff mit der freien Hand nach ihr, um zu verhindern, dass sie ganz nach hinten kippte. Sie hatte kaum noch die Kraft sich aufrecht zu halten und Darren konnte sehen, wie schwerfällig ihre Bewegungen wurden.

"Wusste Dara Bescheid?" Darrens Stimme klang belegt und kratzig und selbst in seinen eigenen Ohren fremd. Hinter seiner Stirn überschlugen sich die Gedanken. Aliana bestätigte seine Frage mit einem Nicken.

"Dara hat sich in dich verliebt, Darren. Sie hatte gehofft, mit dir die schönsten Jahre ihres sterblichen Lebens führen zu können, bevor wir dich holen. Es tut mir unendlich leid, dass ich euch dieses Glück nicht schenken kann. Aber wir brauchen dich hier. Hier ist dein Platz. Aris Tod darf nicht umsonst gewesen sein! Und jetzt geh und verabschiede dich von ihr."

Aliana machte eine wedelnde Handbewegung, wie um eine lästige Fliege zu verscheuchen und ließ sich mit einem fast erleichtert klingenden Seufzen zurücksinken.

"Aliana, ich ... " Darren brach ab, als sie ihm einen derben, überraschend kräftigen Stoß gegen die Schulter gab.

"Du sollst gehen, du Hohlkopf. Sie wartet auf dich." Ihre Stimme war kaum mehr als ein Flüstern.

"Was passiert mit dir?"

Darren begann zu zittern. Er wollte Aliana nicht verlieren. Nicht jetzt! Er wollte diese ewige Flamme nicht und er wollte diese Verantwortung nicht, die sie ihm aufbürdete. Er war nicht der Wächter des Lichts und er wollte es nie sein. Darren wollte mit Dara zusammen sein. Die Spielregeln, von denen Aliana gesprochen hatte, interessierten ihn nicht! Er konnte einfach aufstehen und gehen und alles würde gut werden! Doch Darren wusste, dass es so nicht sein durfte. Und er wusste, dass Aliana recht hatte. Was interessierte das Schicksal schon, was er wollte und was nicht. Auch wenn er nicht wirklich damit gerechnet hatte, hob Aliana noch einmal in einer enormen Kraftanstrengung die Lider und zauberte sogar ein mildes Lächeln auf ihr Gesicht.

"Wir haben gewonnen", sagte sie. "Lucifer ist ruhiggestellt. Jetzt kann ich gehen."

"Ist er tot?", fragte Darren und sah noch einmal zum Eingang zurück, als fürchte er, dass Lucifer jeden Moment hereinkommen würde.

"So einfach ist das leider nicht. Aber das wirst du auch noch lernen. Gut und Böse gehören zusammen. Das eine kann ohne das andere nicht sein. Und du musst das Gleichgewicht bewahren, Darren. Ich kann dir jetzt nicht mehr helfen."

Und mit diesen Worten schloss Aliana die Augen. Ihr lebloser Körper erschlaffte und zerfiel, wie zuvor Ari, zu Staub in seinen Händen.

Dara seufzte und zog den Mantel enger um die Schultern. Es war nicht einmal besonders kalt hier oben. Aber sie fror trotzdem. Es war eine innere Kälte, die sich auch durch den Mantel nicht einmal ansatzweise vertreiben ließ. Der Wind strich durch ihr Haar und sie schloss für einen Moment die Augen. Sie hatte gehofft, dass er noch einmal zu ihr kommen würde. Und jetzt saß sie schon seit mehr als einer Stunde hier oben und wartete. Als sie die Augen wieder öffnete, war das Erste, was sie sah, das Funkeln der Sterne.

Seltsam, früher waren sie ihr nie aufgefallen. Jetzt aber schienen sie ihr wunderschön und unendlich. Zu gern hätte sie diesen Moment mit Darren geteilt. Sie wusste, dass er wichtig war für Anderwelt. Und sie wusste, dass sie keine andere Wahl gehabt hatte, als ihn gehen zu lassen. Aber das hieß nicht, dass es ihr nichts ausmachte. Im Gegenteil. Sie liebte ihn. So sehr, dass der Gedanke ihn verloren zu haben einen Schmerz in ihr auslöste, der sie fast in den Wahnsinn trieb. Sie würde auf ihn warten und sie hoffte, dass er sie nicht vergessen würde.

Dara warf noch einen letzten Blick auf die Lichter der Stadt. Ihr gleißendes Licht löschte das Licht der Sterne fast aus. Zumindest für menschliche Augen. Die Geräusche, die zu ihr heraufdrangen, hatten ein unwirkliches Echo. Die Menschen hatten keine Ahnung, wie dicht sie an einer Katastrophe vorbeigeschlittert waren. Und das war auch gut so. Sie waren nicht bereit für die Wahrheit.

Sie hatte Darren verloren, aber dafür Anderwelt gerettet. Trotzdem wünschte sie sich, sie hätte eine andere Wahl gehabt. Und im gleichen Moment hasste sie sich für diesen Gedanken. Das Universum hatte entschieden. Und sie durfte diese Entscheidung nicht infrage stellen. Dara stand auf. Mit einem traurigen Lächeln drehte sie sich um und ging auf die Tür zu, durch die sie vorhin hier heraufgekommen war. Dann hörte sie das Geräusch, auf das sie so sehnsüchtig gewartet hatte. Das typische Wispern und Rauschen, mit dem große Flügel die schwere Nachtluft durchschnitten. Sie hörte, wie er hinter ihr auf dem Dach landete und sich seine Flügel sorgsam auf dem Rücken zusammenfalteten.

Dara drehte sich herum und lächelte. Auch Darren lächelte. Gegen die helle Silhouette der Stadt hob er sich wie ein Schatten ab, sodass sie sein Gesicht nicht erkennen konnte. Aber sie konnte spüren, dass er lächelte. Er trat ein paar Schritte auf sie zu und kam in das einzige Notlicht hier auf dem Dach. Er sah noch genauso überwältigend aus wie früher und seine Augen strahlten wie die Sterne über ihm am schwarzen Nachthimmel.

Darren streckte die Hand nach ihr aus. Dara ergriff seine Hand und er zog sie sanft zu sich heran.

"Ich kann nicht lange bleiben. Nur diese eine Nacht", flüsterte er.

Dara nickte. "Ich weiß", flüsterte auch sie. Sie trat einen Schritt zurück, ohne ihn loszulassen und musterte ihn. "Wie ich sehe, hat Amoragon aus dir wirklich einen stolzen Krieger gemacht."

Darren verzog bei dem Gedanken daran, was ihm dieses Training abverlangt hatte, das Gesicht. "Sieht wohl so aus."

Plötzlich wurde er ernst. "Ari ist tot", sagte er völlig unvermittelt.

Dara nickte traurig. "Ich weiß."

Darren legte den Kopf ein wenig schief und sah sie überrascht an.

"Das war die einzige Möglichkeit, ihren Fehler wieder gut zu machen. Aber mach dir keine Sorgen. Sie wird ihren Platz im Universum finden. Da bin ich sicher."

"Ich will dich nicht verlassen", sagte Darren und zog sie zu sich heran.

"Ich dich auch nicht." Daras Stimme zitterte und sie kämpfte mit den Tränen.

"Was, wenn ich einfach nicht mehr zurückkehre?"

Dara schüttelte den Kopf. "Du weißt, dass das nicht geht, Darren. Sie brauchen dich. Die Menschen brauchen dich."

"Na und? Ich brauche dich. Das ist viel wichtiger."

Aber tief in seinem Inneren wusste er, dass das nicht stimmte. Es war nicht wichtiger, als das Schicksal der gesamten Menschheit. Dara war jetzt auch ein Mensch. Alles, was ihnen widerfuhr, widerfuhr auch ihr. Und er hätte es nicht ertragen, wenn ihr etwas passieren würde.

"Lass uns diese Nacht nicht mit reden vergeuden."

Sie küssten sich und von einer Sekunde auf die andere vergaßen sie die Welt rings um sich herum.

EPILOG

Darren schlug die Augen auf und war im ersten Moment völlig orientierungslos. Er blinzelte in das grelle Sonnenlicht, dass den Raum erhellte und er wusste, dass ihm dieser Raum bekannt vorkommen sollte. Aber er konnte sich beim besten Willen nicht erinnern. Vor langer Zeit einmal war ihm dieser Raum vertraut gewesen. Vor langer Zeit. Eine seltsame Formulierung, fand er. Darren schloss die Augen, atmete tief durch und stieß die Luft dann mit einem Seufzen aus.

Als er die Augen wieder öffnete, wusste er plötzlich, wo er war. In seinem eigenen Schlafzimmer. Natürlich. Wo auch sonst. Wie jeden Morgen. Ein Geräusch hatte ihn geweckt. Aber es gelang ihm nicht, es zuzuordnen. Mühsam stemmte er sich in eine sitzende Position und fuhr sich mit den Händen durch die schwarzen Haare. Das Geräusch wiederholte sich und Darren konnte ein Lächeln nicht unterdrücken. Neben ihm bewegte sich Dara. Die Bettdecke raschelte und sie gähnte zum dritten Mal herzhaft.

Dann strampelte sie - Zufall oder nicht - die Decke fast ganz herunter und streckte sich genüsslich. Sie war so wunderschön wie immer. Darren beugte sich zu ihr herunter und küsste sie auf die Stirn.

"Guten Morgen. Gut geschlafen?"

Dara blinzelte zu ihm herauf und grinste eindeutig zweideutig. "Wie immer, mein Held", antwortete sie und drehte sich im Liegen zu ihm herum.

Darren lächelte abwesend und fuhr sich erneut durch die Haare. Dara runzelte die Stirn.

"Was ist los mit dir?"

"Ach nichts. Ich hab nur schlecht geträumt. Das ist alles."

"Erzähl mir von deinem Traum."

Darren lächelte. "Da gibt es nicht viel zu erzählen." Er überlegte eine Weile. "Oder vielleicht doch. Total wirres Zeug, weißt du?"

Sie grinste und sah ihn erwartungsvoll an. Darren wurde klar, dass sie so schnell nicht aufgeben würde und er seufzte.

"Also gut. Aber du wirst mich sicher auslachen."

Sie machte eine auffordernde Geste und er fuhr fort: "Ich habe von einer anderen Welt geträumt als dieser. Ich kann das selbst nicht beschreiben. Aber in dieser Welt war kein Platz für uns beide."

Er sah Dara an und sie verzog in gespielter Enttäuschung das Gesicht. Darren schüttelte den Kopf.

"Ich habe mich mit dem Teufel persönlich angelegt."

Er lachte. "Der hat mir ganz schön das Leben zur Hölle gemacht, wenn du verstehst, was ich meine."

Dara stimmte in das Lachen ein und nickte.

"Das kann ich mir vorstellen. Und weiter?"

Er sah sie verwirrt an. Täuschte er sich, oder klang in ihrer Stimme wirkliches Interesse oder sogar mehr?

"Natürlich war ich der Retter der Welt. Nicht nur der seltsamen Welt in meinem Traum, sondern auch der Retter unserer Welt. Und zum Schluss wurde ich sogar ein leibhaftiger Engel."

Er lächelte Dara an. "Klingt blöd, was?"

Sie sah ihn ernst an. Etwas in ihren Augen blitzte auf und sie sagte: "Nein. Das finde ich nicht. Du hast durchaus das Zeug dazu."

Darren schnaubte mit einem schiefen Grinsen und schwang die Beine aus dem Bett.

"Na, dann macht der Retter der Welt erst einmal Frühstück, bevor er sich daran macht, noch eine Welt zu retten."

Er stand auf, und als seine Bettdecke herunter rutschte, rutschte Daras linke Augenbraue ein Stück nach oben und sie stieß einen leisen Pfiff aus.

Darren zwinkerte ihr zu und verließ das Schlafzimmer. Dara sah ihm lächelnd nach.

Sie würde es ihm erklären. Später. Schließlich war er gerade erst geboren worden. Sie wollte ihn nicht an einem solchen Tag mit der Wirklichkeit überfordern. Außerdem hatte sie zehn Jahre auf ihn gewartet, während er hundert Jahre eine Prophezeiung erfüllt hatte. Da kam es auf ein paar Stunden mehr oder weniger nicht an. Sie hatten alle Zeit, die ihnen das Universum zugestand.

Eine Feder schwebte lautlos von der Decke, drehte sich ein paar Mal wie ein Blatt im Wind und landete schließlich auf Darrens Kopfkissen. Dara lächelte und steckte die Hand nach ihr aus. Sie schloss ihre Hand um die Feder und spürte die pulsierende Kraft und Ruhe, die von ihr ausging. Endlich war er hier und alles war gut.